U0075992

七殺碑

朱貞木

近代武俠經典復刻版

下

英雄肝膽

朱貞木——著

目錄

第十八章　五毒手

原來傻金剛一出場，黃龍帶來的人，一個個摩拳擦掌，便要動手，只有活殭屍紋風不動地立在一邊，一對毒蚊似的鬼眼，只注意川南三俠的動作。這時鐵腳板卓立當場，向黃龍說道：

「看情形今晚諸位非要比劃比劃不可，不過話得聲明，諸位到此，總算是客，其實我們也不是嘉定土生土養，不過外面說起來，好像岷江一帶，我們邛崍派門下多一點，所以我們今晚到此，並無惡意，也沒有存心和諸位比劃。不過諸位要彼此過過手，也未始不可，現在從嘴皮上說出天大道理來，諸位也聽不進去，這是沒法子的事，看情形，諸位帶刀帶劍，全身披掛，原是預備打架來的。可是比劃比劃，也有個章法，你們還是一湧齊上，亂打一鍋粥呢，還是斯斯文文的單打獨鬥呢？諸位是客，只要劃出道兒來，我們全接著。」

黃龍怒形於色的喝道：「不用賣狂，同我黃龍一道的，都是響噹噹的腳色，現在我們借用大佛岩這塊地，接著豹子岡擂台的後場，同我來的，內中有好幾位沒有趕上擂台，平日又久仰川南三俠的威名，趁此機會，正可求教。」

黃龍這幾句話，倒夠味，一半他看出一點便宜，自己這面不但人多，功夫都不弱，其中有幾位，更有獨門功夫，還有隱跡多年，身懷絕技的活殭屍把場，那面出面的，始終只有川南三俠，便是車輪戰，也把這三人累倒了。

黃龍覺得有點把握當口，已有一個闊腮暴眼，頭大腿短，倒提九環大砍刀的漢子，大踏步走了出來，向鐵腳板雙拳一抱，天生的大嗓門，張嘴便嚷：「黃當家退後，讓俺先會一會鼎鼎大名的鐵腳板。」

黃龍一瞧這人是搖天動請出來的好友，黃龍和他也是初會，一見他闖了頭陣，忙一撤身，向鐵腳板說了一句：「這位是潼川秦兄，單名一個猛字，江湖上稱為矮腳豹子。」

鐵腳板早已把黃龍帶來的人物看在眼內，其中江鐵駝、搖天動等是認識的，裡面有四五個人是生面孔，一瞧出來要會自己的綽號矮腳豹子，不禁哈哈一笑。向矮腳豹子說道：

「你老哥外號兒，是矮腳，我是鐵腳，咱們真應了俗語，腳碰腳了。」

秦猛大喊一聲，一個箭步竄了過來，猛喝一聲：「誰和你鬥口，休走，看刀！」只聽得刀環嘩啦啦一聲怪響，一柄厚背大砍刀，潑風價斜肩劈了過來，鐵腳板笑嘻嘻的喊了聲：「來得好。」

脅下挾著的短鐵拐，動也不動，只微一閃身，刀便落空，矮腳豹子抽刀換招，再一進步的一個順水推舟，卻是虛式，倏地一塌身，刀光平鋪，捲向腳下，鐵腳板嘴上喊著：「你真狠，存心廢我一雙鐵腳來了。」

一聳身，大砍刀呼的帶著風聲，從腳板底下滑了過去，矮腳豹子招數迅捷如風，一刀又落了空，倏地一旋刀，原式不動，大砍刀又呼的回掃了過來，換了別人，這一招真還不易招架，鐵腳板聳身避開了著地捲來的頭一刀，如果雙腳一落地，勢必挨上了敵人返掃的第二刀，矮腳豹子也以為這一刀，瞧你往那兒閃？不料大砍刀掃回來，依然落了空，連當面的敵人都不見了，矮腳豹子剛喊出一聲：「不好！」猛覺自己右腿彎裡，被人掃了一下，立時一麻一屈，不由得單膝點地，卻聽得身後有人笑道：「你這矮腳豹子，暫時改稱三腳貓吧。」

矮腳豹子忿火中燒，用刀頭一點地皮，身子一站直，便覺右腿出了毛病，沒法再鬥，只好認輸，瘸著腿跛回去了，這邊矮腳豹子變成三腳貓，那邊傻金剛也鬧了笑話。

傻金剛起頭被黃龍喚住了，他雖然回到自己人這一邊，兩眼鬥雞似的，遠遠釘住了七寶和尚。矮腳豹子下場時，他也一跳而出，又向七寶和尚奔去，七寶和尚一看這位傻哥找上他了，心裡好笑，嬉皮笑臉的對他說：「你又來了，你腰裡纏著一條連環節鞭，為什麼不解下來，讓我見識見識？」

傻金剛怒罵道：「賊和尚，你用拳頭，我為什麼用傢伙，勝了你，也被人家恥笑！」

七寶和尚瞧了他一眼，笑道：「好，你這人不壞，可惜沒有交著好朋友。」

傻金剛怒喝一聲：「你也不是好東西。」便在怒喝聲中，一個黑虎掏心，又是劈胸一拳，搗了過去，七寶和尚一錯身，拳已落空，並不還招，卻笑喝道：「傻小子，輸了可不准哭！」剛才叫他一聲傻哥，已經怒氣勃發，此刻又喊他一聲傻小子，幾乎把他氣瘋了心，拳頭像雨點一般潑過來，恨不得把這和尚搗爛了才對心思。無奈人家一個身子，好像飄風一般，使盡招數，也挨不上人家一點衣角。

傻金剛兩條腿，擂鼓似的，跟著七寶和尚的身影打盤旋，不知怎麼一來，傻金剛眼前一黑，和尚的腌臢破袖，在他眼皮上一拂，他兩眼一酸，眼淚像雨點般直掉下來，耳邊卻聽得那和尚哈哈大笑道：「如何？真個吃不消了。」

在傻金剛掉淚，矮腳豹子瘸腿當口，黃龍那般人裡面刷刷刷，縱出三個人來，第一個是豹子岡上過擂台的江鐵駝，腰裡纏著一條蛟筋騰蛇棍。第二個是三十開外，瘦小精悍的漢子，綽號飛天鼠，腰裡挎著一具皮袋，右臂上繞著一圈圈發光的細銅鏈，手掌內鈴鈴發響，盤著錚光耀目的兩顆茶杯口大小的黃銅球，這不是玩的英雄膽，這是一種很難練的武器，叫作紫金流星鎚，他臂上盤著的銅鏈子，是和兩個鎚頭連著的，這種流星鎚，有單雙錘之分，飛天鼠用的是雙錘，這人是虎面喇嘛的朋友。

第三個是黃龍認為華山派中佼佼出群的人物，原是閩中大盜，人家只知他姓牛，閩中一帶，稱他為「牛魔王」，叫開了「牛魔王」便成了他綽號，他自己也以此為榮，年紀似已四十開外，長得凶眉凶目，一臉連鬢倒卷鬍子，真有點魔王魔相，拳劍兩道，卻有真傳，背上一柄長劍，也是一口斬金截鐵的利器，他到得成都晚了一點，沒有趕上擂台，卻趕上了大佛岩的約會。

三人一出場，江鐵駝把腰間騰蛇棍一鬆陰陽扣，兩手一握，找了鐵腳板做對手，飛天鼠奔了余飛，牛魔王雙足一點，蹤出一丈多遠，背上長劍，業已拔在手內，指著七寶和尚喝道：「俺牛魔王不斬赤手空拳之人，快取出你的兵刃來！」

七寶和尚曾經聽人說過，閩中凶盜牛魔王的名頭，一看鐵腳板、余飛兩人，已和江鐵駝、飛天鼠交上了手，黃龍和活殭屍遠遠的立在一塊兒，不知商量什麼詭計，知道眼前這三個對手，和傻金剛、矮腳豹子不同，不要弄得不巧，陰溝裡翻船，那才是笑話哩！心裡轉念之際，聽得牛魔王向自己叫陣賣狂，向牛魔王湊了一湊，笑道：「原來你就是閩中牛魔王，久仰，久仰！我窮和尚沒廟沒寺，不偷不盜，連一天三餐都混不全，那有閑錢買傢伙，你要和我比家當，我可比你不過，你要和我比拳腳，那是現成，你明知我窮得快要光屁股了，特地拿出寶劍來嚇人，你這是存心欺侮窮人，你不是也有腳嗎，你不會收起你的寶劍嗎？」

牛魔王氣得倒捲鬍子直豎，怒喝道：「叫你識得俺牛魔王拳腳的厲害！」喝罷，右臂一招，似欲把寶劍還鞘，七寶和尚忽然向他搖手道：「慢來，慢來，我明白你離開寶劍不成，你且等一等，我有現成的傢伙。」說罷，雙足一頓，飛身而起，竄出一丈開外，到了相近一棵松樹底下，這棵松樹年份不多，松身只有海碗口那麼粗，上下一丈七八尺長，七寶和尚微一蹲身，暗運內功，施展橫推八匹牛的排山掌，兩掌向樹身一貼，腳跟一用勁，便見樹上的松帽子無風自搖，松針亂落，下面松根四面的黃土，像沸水滾泡一般，紛紛翻起，七寶和尚雙掌一收，前身一俯，兩臂合盤，牢扣樹身，大喝一聲：「起！」竟把一丈七八尺的松樹，連根拔起，順勢兩手陰陽把，橫著連根帶葉的整株松樹，飛一般搶了過來。這一下，卻把自命不凡的牛魔王鎮住了。

牛魔王卻是識貨，知道這種排山掌，非內外交修，童子功打底不可，這和尚身有排山童子功，怪不得他赤手空拳，不帶寸鐵，現在他拿著一丈七八的整棵松樹當兵器，像他這身功勁，不用說難以近身，他只要拿著松樹，橫掃千軍，在二丈以內，誰也站不住，算我倒楣，碰著了頂頭貨，不如見機而退，落個整臉。牛魔王心裡一怯，嘴上喊著：「你這瘋和尚，世上有這樣比武的麼？」說罷，竟自退走了，七寶和尚哈哈大笑，把手上松樹從遠處一送，整棵松樹像怪蟒一般，飛了過去。七寶和尚這一手驚人舉動，非但嚇退了牛魔王，連黃龍和沒有交手的幾個同黨，都暗暗吃驚。唯獨活殭屍陰森森的幾聲冷笑，毫不動容。

七寶和尚拔樹退敵當口，那邊飛天鼠和余飛，江鐵駝和鐵腳板，早已龍爭虎鬥，打得有聲有色。飛天鼠提著紫金流星鎚奔向余飛時，余飛明白這種兵器，混身都是解數，肩胯肘膝，都可借力發鎚，臂上盤著鎚鏈子，一丈多長，攻遠擊近，捷於流星，所以稱為流星鎚。余飛不敢輕視，一呵腰，從兩腿高腰襪統裡面抽出兩支長僅尺二的精鋼判官筆來。余飛這對判官筆，平時輕易不用，綁在襪統裡面，可以代替練輕功的鉛沙。余飛把一對判官筆，交在左手上，右手把身上灰布直襟的下擺，拽在腰巾上。飛天鼠已走近前來，站在六七尺開外，彼此拱手，請教了萬兒。

飛天鼠霍地又退一步，臂上銅鏈子嘩啦一響，一側身，嘴上喝一聲：「仔細，我要獻醜了！」便在這喝聲中，一顆流星鎚，帶著一溜黃光，呼的飛了出來，向余飛腦袋上砸去。余飛身形一動，步法活開，對面流星鎚倏地一掣，便到了飛天鼠手中。這一顆鎚頭剛掣回去，第二顆鎚頭，已向下面襲到，余飛一偏腿，讓過鎚頭，正想進步還招，飛天鼠一上步，身形一轉，雙臂一悠，兩鎚齊發，向余飛左右太陽穴砸來。余飛兩臂微招，雙筆一分，巧不過，叮噹一聲響，兩支判官筆的筆尖，正把夾攻的雙鎚點開。

飛天鼠喝聲：「好！」趁著兩鎚悠開之勢，單臂一抖，一對紫金流星鎚，跟著他身上一個盤旋，忽地又身形一塌，一個犀牛望月。一顆單鎚，疾逾雷閃，向余飛華蓋穴從上擊下，余飛判官筆一起，又是噹的一聲點開，不料上面這個剛點開，側面一個鎚頭又到，霎時之間，上下左右，黃光亂閃，呼呼有聲，滿是流星鎚的鎚影子，換了別人，不用說招架，連眼神也弄迷糊了，余飛卻是行家，識得流星鎚的家數，眼神充足，展開流水步法，一對判官筆，上下飛舞，只聽得叮噹亂響，凡是飛到身邊的鎚頭，都被一對判官筆點開。飛天鼠使展了無窮解數，休想近身，可是余飛只守不攻，好像要瞧瞧飛天鼠還有什麼絕招沒有？

果然，飛天鼠突然身形一矮，一對流星鎚改上為下，鋪地亂串，兩顆鎚頭，此往彼來，忽分忽合，穿梭一般，捲向余飛腳下，余飛喊了一聲：「好本領！」身形一起，一鶴衝天，斜縱起一丈五六，人剛從空中落下來，不料飛天鼠趕上幾步，右臂一抬，長練一悠，一顆單鎚飛去一丈開外，向空中落下來的余飛猛襲，余飛不等鎚到，忽地雙臂一抖，腰裡一疊勁，一個細胸巧翻雲，竟在空中變了直下之勢，避開了鎚頭，落下身來，離開了原地幾尺，飛天鼠那肯干休，不等余飛立定身，雙鎚一收，右手向左腰皮袋一探，一揚手，聯珠般發出三顆銅彈，分上中下襲向余飛身上。

余飛被他逗得興起，怒喝一聲：「有本領，儘管盡量施展，讓我見識見識！」嘴上喝著，身手可沒閑著，左避右閃，把三顆銅彈丸筆打鐵腳，一齊閃開，正想反守為攻，飛步進招，給飛天鼠一個厲害，一眼瞧見鐵腳板對手江鐵駝，久戰無功，汗流遍體，手上一條騰蛇棍，招數已透出散漫來，眼看落敗，黃龍和傻金剛、矮腳豹子、搖天動等六七個同黨，刀光亂閃，紛紛出動，大有一擁齊上之勢。

正在這當口，樹林內有人大喊道：「好呀，打不過人家，便想群毆，我們也湊湊數。」一喝罷，竄出兩個人來，原來是從楊家回來的摩天翮和仇兒，黃龍一般同黨，誰也不認識這兩人，唯獨活殭屍一見這兩人，鬼眼亂閃，惡氣攻心，他瞧出成都碼頭上先上船的一主一僕，便是這兩人，連身上衣服還是船上的一套，他越想越氣，陡生惡念，一聲冷笑，向在場眾人一擺手，似乎止住黃龍這般人出手，大步向場中走來，指著摩天翮喝道：

「你們鬧得好鬼戲，你等著，有你的樂兒！」說罷，又大模大樣的向鐵腳板冷笑道：「我在一邊，瞧了你們半天，號稱川南三俠的，也不過如是。」說到這兒，回頭向黃龍一班人說道：「你們退後，叫他們識得拉薩宮活殭屍的厲害！」

鐵腳板大笑道：「三分不像人，七分倒像鬼。人不人，鬼不鬼，你嚇得了誰？只配吃我洗腳水！」鐵腳板罵得有韻有轍，連傻金剛都嗤嗤笑出聲來了。

活殭屍聽到鐵腳板這樣笑罵，在場的人，都以為活殭屍馬上便要動手。那知道他一張死人面上，不怒不笑，呆板板的好像沒有聽進耳內似的，慢慢的把身上紅袍的兩隻長袖，捲得老高，露出皮包骨的兩隻黑黝黝的枯柴長臂，兩臂往前一伸，腰背慢慢的向前駝了下去，一顆頭卻仰著，其形活似一隻蠍子精。

活殭屍一做出這般怪相，全身骨節卻格格的亂響。臉上和臂上，本已瘦得見稜見骨，此刻又格外凹了下去。只有一對鬼眼，注定了鐵腳板，幾乎奪睛而出，往前伸著的兩隻枯柴似的長臂，五指張開，向內微鉤，形如鷹爪，一伸一屈，向空亂抓，下面兩腿微屈，跟著上面一伸一屈的怪手，探著腳步，向鐵腳板身前，緩緩的逼近前去，他這副怪形狀，簡直毫無人形，真個變成殭屍惡魔一般。

鐵腳板和七寶和尚、余飛都暗地吃驚，明知他這種嚇人怪相，是一種外門的特殊功夫，一時卻想不起這種功夫，是什麼路數，哪一門傳授？鐵腳板不禁往後微退幾步，眼神釘住了活殭屍兩手，暗暗戒備，七寶和尚、余飛、摩天翮、仇兒四人，也用心監視著黃龍一般同黨。這時全場鴉雀無聲，連黃龍一班同黨，也被活殭屍可怕的怪相懾住，猜不透這是什麼功夫，個個用眼盯在活殭屍一對鬼爪上。

這時，活殭屍雖然一步步逼近去，舉動卻非常遲緩。鐵腳板和活殭屍的四隻眼神，卻鬥雞似的互相吸住，眼看活殭屍兩爪，只離鐵腳板胸前四五尺遠近當口，猛聽得鐵腳板身後松林內，聲若宏鐘的喝道：「火速後退，休被占身，這是五毒手！」這一聲猛喝，全場的人都聳然一驚。

鐵腳板何等乖覺，喝聲未絕，足跟一蹠勁，刷的往後倒縱七八尺去；同時活殭屍也突然發動，兩足一登，飛身而起，張著兩隻鬼爪，向鐵腳板身上撲去。

在這危機一發當口，松林內斜刺裡飛出一道灰影，疾逾飄風，搶在鐵腳板身前，舉起飄飄大袖，向猛撲過來的活殭屍兜頭一拂，眾人一陣眼花繚亂，只見活殭屍一個身子，似乎被那大袖兜起，斷線風箏一般，飄了開去。雖然沒有跌倒，卻已倒退了一丈多遠。

那面鐵腳板身前，卓立著一位慈眉善目，花白長鬚的老和尚，大袖一揚，指著活殭屍喝道：「這是清淨佛地，你們在此三更半夜，掄劍動刀，已是一片殺機，你卻依仗一手陰毒無比的五毒功，動手便想制人死命。你要知道這手功夫，是當年神醫馬風子為了製煉起死回生，救治百毒的秘藥，特地練了五毒手，親入深山瘴地，活捉各種毒蟲惡獸，配藥救人，並不是用來爭強取勝，貽毒江湖。練的也是一隻左手，因為他自己醫理通神，雖然把左手練成五毒手，依然有內服外敷的剋制靈藥，平時不致伸手害人。

「可笑你不知從哪兒偷得馬風子五毒手一點皮毛，妄人妄用，居然兩手齊練，妄想依仗兩隻毒手，稱雄江湖，那知道你害人不成，反而害己，瞧你這副怪相，定已奇毒入骨，不久遍身毒發，無藥可救。如在二十年前，我今晚定要替世除害，現在老僧皈依我佛，不動無明，惡因惡果，只好聽你自生自滅了。只可憐和他一起的朋友們，難免要遭無妄之災了！」

這位老和尚說出這番話來，黃龍一班人，聽得目瞪口呆。暗想活殭屍這手功夫，平時絕不顯露，連虎面喇嘛都說不清，只知他身有絕技，平時性情古怪，好吃毒物罷了，忙一齊向活殭屍瞧時，說也奇怪，活殭屍自從被那老和尚大袖一兜一拂似後，退回一丈多遠，仍然是駝腰張爪一副怪形狀，卻擺得紋風不動，張口如箕，嘴角上直流白涎，好像被和尚不知用了一手什麼功夫，把他制成這個形狀了。

眾人驚疑之際，那老和尚從容不迫的走近黃龍一班人所在，單掌問訊，緩緩說道：「老僧事外之人，一念慈悲，現身出來。既然和諸位會面，彼此總算有緣。」說到這兒，指著活殭屍道：「這人毒氣已透華蓋，早晚便得奇疾，無藥可救，這人自作自受，原無話說，不過和這人靠近的朋友們，千萬當心，此人奇疾一發，形若瘋魔，毫無人性，不論親疏，萬一占上他身上一點餘毒，便治不了。便是這人死後的屍骨，也要深埋深葬，免得腐毒之氣，發泄出來，貽害人群，這是老僧一片婆心，諸位千萬記住才好。」

這番話老和尚說得懇切動人，不由黃龍等人不信，本來他們和活殭屍沒有多大交情，經老和尚一點一醒，眼看活殭屍這般鬼相，人人心裡，已把活殭屍當作毒蟲猛獸，反而希望眼前這位老和尚伸手除害，一了百了，免得同舟回去，毒發害人，心裡這樣想，嘴上畢竟說不出來。當時黃龍向老和尚問道：「老禪師是得道高僧，未知禪師上下法號怎樣稱呼？這人被老禪師一擋，許久紋風不動，定是被老禪師功夫制住了，彼此無怨無仇，還得請禪師解救。」

老和尚呵呵笑道：「檀樾們誤會了，老僧怎敢伸手制人，這人未得真傳，瞎摸瞎撞的妄練五毒手。起初他自已蓄氣鼓勁，把全身功勁，聚在雙臂上，妄想一發制人，勁未發泄，被老僧出其不意的一擋，退了回去，一時岔住了氣，緩不過這口勁來，全身便僵住了，這是練功夫時，旁邊沒有高明指點，練時一心速成，不能循序而進，所以用的時候，便出了毛病，這倒不妨事，最多到明天，緩過這口勁來，就沒事了。」

老和尚說到這兒，忽然向黃龍這班人看了幾眼，嘆口氣道：「世上你爭我奪，不外為了名利兩字，生出無窮的怨纏孽障，其實到底都是一場空。諸位今晚的事，老僧雖然不便探問，總也不外乎爭名爭利。江湖上的朋友，依仗身上一點功夫，比普通人爭得更厲害，一動便講究拚命，其實世上沒有解不開的結。大家退後一步想，沒有不了的事，何必定要分個你死我活！講到武功強弱，這裡面沒有止境。練功夫的人，真到了純化之境，便已心平氣和，理智明澈，反而不易起爭執了。

「不瞞諸位說，老僧當年，也是好爭閑氣的人，現在才明白爭閑氣的無聊，練功夫不是為了爭鬥才練的，正為世上爭鬥得太厲害了，太沒有意思了，才苦練出一身本領來，防止爭鬥，熄滅爭鬥，這裡面道理，一時說不盡。諸位只要瞧一瞧，『武』字，明明不是『止戈』兩字嗎，諸位都是聰明人，毋庸老僧饒舌。奉勸諸位，大家回去都細想一想，雙方都退讓一步，消解了多少殺機，種下了多少善根，豈不是好！」

老和尚苦口婆心的一番話說完，黃龍突然驚呼道：「唔！我明白了，你定是烏尤寺的方丈，破山大師了！」

黃龍一喊出破山大師來，身後站著的江鐵駝一聲怒吼，搶了出來，指著破山大師喝道：「滿嘴假仁假義，你當年用五行掌把我父親擊落江中，害得我父親吐血而死。你現在倒充沒事人，來說風涼話了！」

破山大師向他點頭道：「不錯，當年有這段事，原來你就是琵琶蛇江五的後人，也就是擂台上的江鐵駝。好，子報父仇，理也說得過去，但是你要明白，當年你父親用琵琶掌煞手，想制我死命，我不能不救自己的命，才用五行掌把他推落江中，那時我這一掌，並非致命，以後你父親吐血而死，是否為了我這一掌致命，還是另有別事，其中很有分別。即使為了我一掌致命，請你想一想，假使你處在我當年情形之下，怎樣辦呢？

「事隔二十年，和你也沒法解釋，你也聽不入耳，來，來，來！老僧成全你一片孝心，父仇之報，一掌還一掌，天公地道，老僧風燭殘年，死也不屈，不論你用什麼掌法，盡量施展，老僧不閃不躲，也不動手還招，承受你一掌之仇，了結當年一段孽障。諸位在場的都是見證，你就下手吧！」

說罷，雙手一背，垂眉閉目，靜等江鐵駝一掌擊來。這當口，江鐵駝把手上騰蛇棍向腰裡一圍一扣，一個箭步竄到破山大師面前，一瞧破山大師低眉閉目，滿臉慈祥惻隱之態，忽地心裡起了一種莫名其妙的感應，竟狠不起這顆心來，突然面色慘變，大喊一聲：「罷了！」一跺腳，轉身便走，頭也不回，竟一人向大佛岩下走了。

江鐵駝出其不意的一走，似乎又出於黃龍一般人的意外。破山大師卻點頭嘆息道：「不忍之心，人皆有之。江鐵駝這點善因，將來也許得到善果。」說罷，向黃龍等連連合十，微微一笑，便也飄然下山去了。

破山大師一走，鐵腳板過來，向黃龍拱拱手，說道：「破山大師句句金玉良言，我們都得自己反省一下，如果今晚的事，還是為邛崍派和華山派的爭執，我可以明白的說一句，以後華山派只要不和我們過意為難，各憑天理良心做事，過去的事都可一筆勾消，在下言盡於此。今晚虛邀，改日再行陪禮，失陪失陪！我們要先走一步了。」說罷，向眾人一拱手，返身便走，和七寶和尚、余飛、摩天翮、仇兒一同躍入林內，走得蹤影全無，生生把黃龍這般人僵在那兒。

黃龍這時已鬧得意興索然，滿盤打算，全都落空，用智用力，都不是人家對手，這次勞師動眾的來到嘉定，依然落得個灰頭土臉，越想越不是味兒，只好和同黨們把活殭屍弄下山去，同回船中，立時開船，回轉成都去了。

上面的事，便是七寶和尚神氣活現，向楊展、瑤霜兩口子所說的後部玉三星。兩人聽得前後玉三星的故事，才明白這件東西，還起了這麼大的風波。昨晚的事，虞錦雯、獨臂婆都清楚，說不定連小蘋都有點知道，只有咱們兩人，被人家瞞在鼓裡，換了平常日子，第一個雪衣娘便要翻了，定得責問人家，為什麼把兩人瞞住，可是昨夜是什麼日子，人家完全是一番好意，讓兩人美美滿滿的安度洞房之夜，說起來，還得感激人家，還得謝謝人家，但是這種道謝的話，是無法出口的。

楊展沒有主意，旁敲側擊的說道：「原來三位在那三尊玉三星身上，費了這麼大的心機，我們卻安然坐享其成，這叫我們心裡太不安了。我們沒法報答三位，揀日不如撞日，今晚我們兩人，在敝宅另備一點體己酒肴，好好兒的請請三位，還有那位道長摩天翮，昨晚和仇兒光降敝宅，更是不安，務請代邀一同光臨。」

鐵腳板向七寶和尚、余飛大笑道：「你們聽聽，我們口福不錯，今晚這一頓，是姑爺親口說的體己酒肴，那還錯得了。」

七寶和尚也笑道：「既然如此，我們還得送點體己東西。」

鐵腳板雙手一拍，笑道：「對！那三尊玉三星雖是寶物，畢竟是死的，現在我們三人人情做到底，還得送一尊鮮活迸跳的東西。」

楊展、瑤霜聽得莫名其妙，連破山大師也被他們蒙住了，余飛向楊展笑道：「我們三人在成都便商量停當了，臬要飯的意思，是姑奶奶收了個得意的小蘋，姑爺身邊還沒有得意的書僮，未免減色，湊巧鐵拐婆婆的孫兒仇兒，心地玲瓏，祖傳的輕身功夫，很有可觀，跟著我們三人不是事，也耽誤了這孩子的上進，不如請姑爺收在身邊，做個貼身僮兒，將來姑爺飛黃騰達，仇兒庇蔭之下，也許有點出息，不負鐵拐婆婆臨死的託付，臬要飯說的鮮活蹦跳的東西，這件事，得請求姑爺姑奶奶成全的了。」

余飛話剛說完，鐵腳板便喊：「仇兒！仇兒！」仇兒從外屋進來，余飛便令向楊展、瑤霜叩拜，楊展向仇兒仔細瞧了幾下，向三人說道：「既然是鐵拐婆婆後裔，都是江湖同源，怎能屈為書僮？」

三人一聽，知道楊展已經應允了，鐵腳板便說道：「我的姑老爺，你到底還中點書毒，好漢不怕出身低，書僮有什麼關係？只要他肯努力上進，忠心為主，將來僕隨主貴，這領青衣，還怕脫不掉麼？一言為定，回頭便跟著兩位進府好了。」

仇兒託身之所，片言定局，大家又說起活殭屍的事來，連川南三俠也不明白活殭屍練的五毒手，有這樣厲害，占身便受其毒。瑤霜更是追根究底，向她父親探問這手功夫，什麼練法，他這兩手鬼爪子怎會這樣毒法？

破山大師大笑道：「這種算不了什麼出奇功夫，除出自己找死的活殭屍，也沒有人願意練這手冷門功夫的，活殭屍如何練法，我不得而知。當年馬風子練這手功夫，我倒有點知道，據說練法並不困難，困難的是找齊了各種應用東西，必須於清明節交節的時候，取用夾底泥三十斤，所謂夾底泥，便是要掘到五丈以下的淨土才合用，把三十斤夾底泥存在砂缸內，再到深山去，活捉四腳雙頭蛇一條，綠背硃砂肚的大蜥蜴一隻，尺長金背蜈蚣一條，碗大黑毛蜘蛛一個，雌雄金線蛤蟆十對。

「這五種毒蟲，都有出產之處，便得到各省出產地去用心捕捉，捉活的更不是一件容易事。捉全以後，還得好好餵養，必須到五月端午交節時，把五種毒蟲，一齊放在砂缸夾底泥裡邊，用木杵搗爛，再用鐵砂白醋各十斤，燒酒五斤，青銅砂二斤，混在泥裡邊，然後把這幾十斤奇毒無比的乾泥，放在堅實的木臼內，朝夜不斷的向木臼內的毒泥拍打抓斫，和練習各種掌法一般，寒暑不斷的練過三年，才能功成。一沾人身，毒便入骨，不過初練習時，每次練完以後，必有解毒秘藥洗手，等到功夫快成時，手臂其黑如漆，只要一吐勁，毒氣便從指上發射，中人必死，端的陰毒無比，不過把『隔山打牛』或混元一氣劈空掌等功夫，練到家時，不等他近身，一揮手，便把他打出遠遠去，這種陰毒功夫便沒有用了。」

瑤霜笑道：「這種功夫真沒法練，那五樣奇怪毒蟲，我聽也沒有聽見過，我真佩服活殭屍，真肯下死功夫，練這種鬼功夫。」

破山大師笑道：「這種功夫稱作『鬼功夫』一點不錯，活殭屍不出十天，定然變成真殭屍了，活殭屍自作自受，不去說他。昨晚華山派黃龍這般人，又受了一次教訓，依我看來，黃龍從此大約不易興風作浪，最不濟也可相安一時，黃龍有了悔悟之心最好，如依然對你們懷恨，他也不敢再輕舉妄動了。」

大家散席以後，楊展、瑤霜向破山大師告辭，和川南三俠約好當晚在家相候，杯酒談心，便帶著鐵拐婆婆孫子仇兒返城回家去了。

川南三俠和楊展盤桓了幾天，離開了嘉定。楊展、瑤霜新婚燕爾，也轉瞬過去了好幾天，楊老太太對於義女虞錦雯的一番打算，因為楊展和他母親在暗地裡母子商量了一陣，楊老太太明白了自己兒子的心意，一時不便硬作主張，只有過幾時再說。冷眼看他們夫妻對待虞錦雯，非常體貼周到，真和同胞手足一般。虞錦雯深受感動，自己也不以外人自居，相處如一家人，伺奉楊老太太，也和親生兒女一般，楊老太太有這三人在膝前侍奉，笑口常開，一門和洽，也是其樂融融。

有一天，外面家人傳報，成都監臨武闈兵部參政廖大亨返京復命，路過嘉定，上岸登門拜訪，楊展慌忙衣冠出迎，盛筵款待。席上廖參政說起陝北飢荒激變，義軍四起，勢成燎原，東虜變釁迭起，後患堪虞，國家多事之秋，正是豪傑奮袂而起的機會，再三囑咐楊展，來春務必進京會試，揚名天下，替國家出力。楊展對於這位師座，有算知己之感，自然唯唯答應。

師生盤桓了一陣，廖參政才分手登舟，自回京師。這時已到冬季，轉瞬便要過年，楊展預定過了新年，便動手北上，赴京會試。楊老太太把這椿事，當然看得非常鄭重，老早指揮家下人等，替楊展預備出門長行的應用東西，瑤霜卻暗地和丈夫私下商計，要跟著楊展同赴京師，作一次壯遊，只怕在楊太太面前，沒法啟口，只好暫悶在肚子裡。

同時虞錦雯心裡，也暗暗起了一種念頭，她在楊家相處非常和美，對於楊老太太的一種慈母之愛，更是感入骨髓，但是她對於義父鹿杖翁一去無消息，心裡也常常惦記，恨不得出去四處尋訪，才對心思，無奈到了楊家，安富尊榮，已成了閨閣千金的派頭。和在鹿頭山江小霞家中情形，大不相同，哪能說走就走。這幾天，楊老太太預備兒子出門的事，瑤霜也在她面前，暗地吐露願和丈夫到外面走走的意思。她心裡便起了念頭，自己能夠同她們夫妻一塊出門，沿途探聽自己義父鹿杖翁消息，豈不是好，無奈想到楊老太太跟前侍奉無人，怎能三人一同離開，這是萬難辦到的事，便是瑤霜想和丈夫同行，也是白費心思，楊老太太決不會允許的。

其實瑤霜和虞錦雯，原非閨閣中瑣瑣裙釵可比，每日深處高堂大廈，錦衣玉食，日子一久，便像飛鳥困籠一般，未免有點靜極思動了。

第十九章　鐵琵琶的韻律

在明季時代，從四川到北京，道路修阻，交通工具，又沒有像現代的便利，關山跋涉，當然是很艱難的。如果起早長行，由成都出發，走劍閣，進漢中，踏上褒斜棧道，越秦嶺，由長安出潼關，遵太行而趨冀北。如果走長江水道，溯江而下，直達荊宜，出川入楚，由楚轉豫，然後棄舟楫，登車騎，渡黃河向北，經邯鄲古道，而抵京城。

旱道險峻難行，那時候，陝西農民義軍，已經有蔓延鄰省之勢，這條旱道，當然商旅裹足，大家都從水道轉入楚豫，走向北京的官道上。但是也有奔長江下流，從運河，搭糧船，直駛天津，抵北通州進京的。

年老身弱的人們，吃不消車鞍之勞，或者另有其他情形，情願走得慢一點，多耽擱一點日子，便走了運河這條長行水路。這便是明季京蜀交通的大概情形。

封建時代的北京，是人們心目中的巍巍帝都，也是文武兩途謀出路的大目標，而那條邯鄲古道，也成了奔赴皇都的要道之一。凡是從河南出虎牢關，陝西出潼關，山西出娘子關，以及從江左漢口走大名旱道的，都要踏上這條邯鄲古道，然後由邢台、正定、清苑、高牌店、涿州，按站而抵北京。長長千把里路的一條要道，冠蓋絡繹，車馬載途，同時也是三教九流，以至雞鳴狗盜之輩，隱現出沒於其間，在明季戰亂引起之際尤甚。

邯鄲這個地名，在戰國時代，是很出名的。到了明季，不過是冀、豫交界的一個小州縣。

過了邯鄲，便到邢台；邢台便是漢代有名的「鉅鹿」。這條道上，緊靠著連亙燕、冀的太行山脈，有崎嶇盤旋的山道，也有平衍開展的沃野，原是古代用兵之地。

邯鄲、邢台之間，有一處熱鬧市鎮，地名小沙河鎮，是從邯鄲到邢台的必經之路。長長的一條街，市廛櫛比，足有兩里多路長。前站邢台，還不及小沙河鎮熱鬧便利。所以行旅商賈，都在鎮上打尖憩宿。鎮上市面，也一年比一年繁榮起來，大小酒館飯鋪，應有盡有，幾家招待客商仕宦的客棧，也馳名遠近。鎮上日落時分，兀自燈燭輝煌，摩肩接踵，不時還有遊娼歌妓，淡妝濃抹，出入客店酒館之間。

沿街樓頭簾底，一片絲竹管弦之音，夾雜著呼吆喝六的醉漢，直鬧到三更以後，才漸漸的安靜下去。

有一天，正值仲春時節，日影將次西沉。有大批北行客商，車馬紛紛，湧到小沙河鎮上，打尖的打尖，投宿的投宿。鎮上酒館飯鋪，立時熱鬧起來。這當口，鎮北市梢，人聲喧嘩，卻夾雜著「叮鈴！叮鈴！」一陣陣鐘磬之聲，一路鬧嚷嚷的響了過來。沿街酒樓店鋪的人們，都擠到街上來看熱鬧，等得黑壓壓一群人湧到眼前，才看清前面走著兩個凶眉鼠目的魁梧和尚，並肩而行，一個手執黃布短幡，上面寫著「十八盤拈花寺，苦行肉身募化」兩行黑字，一個手上敲著佛鐘，這種樂器，是用一根小木棍，頂著一個小銅鐘，另外用一根東西，一下一下的敲著，發出叮鈴叮鈴的聲響，一面走，一面嘴上嘟嘟喃喃的宣著佛號。

兩個和尚後面，一頭健騾，套著一輛鐵輪子的敞車：車上盤膝坐著一個上下精赤，只腰下圍著大紅袈裟的一個古怪和尚，可怕的是頭面以下，不論前心後背，上臂下腿，凡是精赤的皮膚上，都密層層的釘著兩三寸長，雪亮鋒利的鋼針，簡直變成了「人蝟」。

細看這個人蝟時，身上插了這許多鋼針，面上垂眉閉目，似乎毫不覺得痛楚，可是臉上血色全無，在車上坐得紋風不動，好像死人一般。在人蝟前面，另有一個跨轅的和尚，手上揚著趕車的長鞭子，身邊放著一個笸斗，裡面堆著不少碎銀，也有幾兩整塊的；跨轅的和尚，一路喊著：「拔一針，救苦救難，拔兩針，廣種福因，我佛慈悲，普度眾生，有緣的莫錯過機會呀！」

他這一喊，沿路真有不少善男信女，搶到車前，掏著銀子往笸斗裡擲的。每逢有人擲銀子的當口，跨轅的和尚，便伸手向人蝟身上，拔下一根鋼針來，插在笸斗圈上。瞧見結緣的人，出手大方，銀子擲得多一點的，便拔下兩針或三針不等。奇怪的是，拔下針來，人蝟身上，點血毫無。每逢拔下一針時，車後跟著一群遊手好閒的人們，便大聲叫起好來。鎮上的人們，瞧見這樣稀罕景兒，愈聚愈多，前面兩個搖幡敲鐘的和尚，越發賣弄精神，腆胸突肚的大踏步向前走去。

這一群人，擁著車上的人蝟，鬧嚷嚷的由鎮北向鎮南沿街走去。走到鎮心一家老字號鴻升客店大門口，街南鈴當急響，一匹烏黑油亮，白蹄白鼻白眼圈的俊驢，蹄聲得得，馱著一個面蒙黑紗，身背琵琶的紅衫女子，迎面馳來。

鴻升客店門口，站著不少客商，其中便有人笑喊道：「唷！今天真巧，三姑娘難得趕夜市的，今晚我們可以聽幾段好曲子了。」

這人喊時，驢上的女子，把驢韁一帶，避開了道，讓人蝟車子過去，黑紗面幕裡面，兩道電射似的眼光，卻盯在車上人蝟身上。前面搖幡、敲鐘、跨轅的三個和尚，都轉過頭來，六道眼光，一齊盯在驢上女子身上。車後跟著的一群閑漢，大約都認得這女子，七嘴八舌的嚷著：「三姑娘，快掏錢，替活佛，拔針，結個善緣。」

驢上女子，嬌聲笑罵道：「老娘三天沒有開帳，哪來的錢？孩子們替你娘墊上吧！」一陣胡嚷，人蝟車子和一群閑漢，蜂擁而過。三姑娘也在鴻升客店門口，跳下驢來。店內跑出來瞧熱鬧的一群客商，其中有常來常往，認識三姑娘的，便和她兜搭打趣。

一個客店夥計，狗顛屁股似的跑出來，在三姑娘手上一接過驢韁，牽去餵料。門內店櫃內管帳的先生，居然迎出櫃來，立在門口，滿面春風的笑著說：「前幾天又是風，又是雨，三姑娘有三天沒露面了，今天怎的高興趕起夜市了？這倒是頭遭兒，可是上燈還有一忽兒，我先替您預備一間乾淨屋子，讓您先休息一下，您看怎樣？」鴻升客店裡的人們，對於一個趕市賣唱的窯姐兒，竟還這樣小心奉承，不明白內情的，當然瞧得奇怪，身背琵琶，頭蒙黑紗的三姑娘，卻處之泰然，只含笑點立，款步進店。

三姑娘前腳剛邁進店門，猛聽得街上一陣騷動，三姑娘轉身一瞧，只見許多人從北往南奔去，同時街南也有許多人，像潮水般往後退下來，有幾個還沒命的嚷著：「不要過去，好凶的和尚，動了傢伙，真砍真殺，準得出命案！」

三姑娘心裡一動，霍地一轉身，正想向街上的人探聽一下，忽覺從自己身後，掠過一人，其疾如風，竄向街心。急瞧時，卻是個十六七歲的精瘦孩子，一身青衣，似乎是貴家的書僮，飛一般向街南奔去。這當口，街南人聲鼎沸，鴻升客店內的客商，又擠擠嚷嚷，擁到門外，打聽街南出了什麼事。

三姑娘轉身一瞧，驀見店內出來的客商後面，一位雍容華貴，面如冠玉的少年，緩步而出。這人雖然軟巾朱履，一身文生相公的裝束，一對黑白分明，開合有神的雙目，卻隱隱威稜四射，光采非常。三姑娘一見此人，心裡暗暗吃驚，嘴上也情不自禁的「噫」了一聲。

她在這條道上，見過千千萬萬的人，覺得此人於儒雅之中，蘊藏著英挺俊逸，異乎尋常的氣概，她本想到街南去瞧熱鬧，一見此人，不由得停住了步，不由得多看了幾眼。那位文生相公，一對明察秋毫的眼神，也遠遠的射到了她臉上，而且似乎射進了她蒙面的一層黑紗。

久混風塵的三姑娘，居然覺得自己粉面發熱，柳腰一擺，嬌羞似的扭過身去。她這一轉身，身後背著的琵琶，落入那文生相公的眼內。她這琵琶，原與普通的琵琶不同，這條鎮上，原有「鐵琵琶三姑娘」的聲名，不過鎮上的人們，和聽三姑娘奏鐵琵琶的客商們，只知道三姑娘的琵琶與眾不同，是鐵製的罷了。三姑娘為什麼喜歡彈鐵琵琶？三姑娘自己沒有說過所以然，大家也不求甚解，只聽出鐵琵琶彈出來的聲音，和普通琵琶不同罷了。此刻她身後的鐵琵琶，落在那位文生相公的眼內；他並沒十分注意三姑娘的人，卻注意上她的鐵琵琶了。

三姑娘不好意思的轉過身來，街上已經鬧得開了鍋一般，一忽兒，街南車轔轔，馬蕭蕭，許多人像潮水般湧了過來。人潮裡面，擠著一輛騾車，這輛車子，便是剛才載著人蝟，沿街募化的車子。這時車上的人蝟，身上一針俱無，倒臥在車上。另有一個，滿面血痕的壯漢，和人蝟偎在一起。車後幾個彈壓地面的官役，推著一個兩臂倒剪的和尚，跟著騾車走。另有一個紫膛面皮，短髯如戟的大漢，巍巍然騎在馬上，鞍旁掛著一柄綠鯊皮刀鞘的長刀，後面還跟著馱行李的一頭長行健騾，也跟著這群人走去。

立在街簷下瞧熱鬧的人們，便有指著馬上大漢說道：「沒有這位壯士，打抱不平，今天準得出人命，現在三個賊禿，拿住了一個，解到衙門去，一頓掌責，不怕賊禿不供出真情來。」鬧嚷嚷的這隊人過去以後，街上你一言，我一語，立時聚頭接耳，紛紛議論。三姑娘心裡有事，來不及打聽細情，忙轉身留神店門內，那位文生相公，已不知何往，多半回自己客房去了。她不見了那位文生相公，心裡好像失掉了一件東西似的，懶懶的隨著門口閑看的客商們，重行回進店內。眼風到處，剛才飛步出店的那個書僮，這時也從街上回來了，一進店門，匆匆的奔向後院而去。

這天，鴻升老客店，生意特別興旺，前後三層院子，正房和廂房，差不多住滿了南北來往的客商。一到掌燈，店裡櫃上的夥計們，忙得腳不點地，每一層院子的客房內，都不免引朋聚頭，喊酒叫菜，外帶叫粉頭，陪酒取樂，鬧得烏煙瘴氣。照說這時候，也是鐵琵琶三姑娘上市的時候，不意三姑娘這晚變了作風，她先在前面櫃上，暗地向夥計們，把店裡寄宿的幾批客商，打聽了一個大概，然後悄悄的在最後一層院內，開了一間單身東廂房，推說身上有病，把幾批慕名想聽三姑娘鐵琵琶的客商，都辭謝了。

店裡的夥計，似乎暗暗聽她調度，絕不敢違背她。她一人躲在自己廂房內，把門一關，卻從鏡內，暗地偷看上面坐北一明一暗兩間正房內的住客。兩間正房內的住客，便是她店門口瞥見的文生相公，和一個書僮，兩個長隨。

從夥計口中，已探出這位年輕相公是四川人，姓楊，大約進京去投親訪友，舉止不凡，出手大方，官宦子弟的派頭，其餘便摸不清了。

三姑娘注意正房住的年輕相公，不是別人，正是由四川進京，博取功名的楊武舉楊展。他和雪衣娘瑤霜成親以後，新婚燕爾，在家過了新年，到了二月初頭，帶了鐵拐婆婆之孫仇兒，做個貼身書僮，另帶兩個長隨，分挑著行李等件，離家長行。

楊展未動身以前，雪衣娘靜極思動，原想跟著楊展，夫妻同遊，但是兩口子私下打算了好幾天，無奈在楊老太太面前，難以張嘴，而且新婚以後，到了楊展動身時，雪衣娘覺得身上有了喜訊，事情還未十分證實，楊老太太得知了這件事，喜上加喜，對於雪衣娘更是噓寒問暖，早夜當心，雪衣娘想和丈夫出門的主意，更是受了一層阻礙，只好老實待在家裡。

連帶女飛衛虞錦雯躍躍欲動，去尋訪她義父鹿杖翁的念頭，也受了影響，她本私下暗打主意，希望雪衣娘夫妻同行，也許她可以順帶公文一角，現在雪衣娘既然不便同行，她也不便和楊展並轡聯舟，只好另打主意的了。

楊展帶著仇兒，和兩個長隨，由嘉定啟程，溯江而下，走的是出川入楚，由楚轉豫的路線。過虎牢關，渡黃河，便走上了邯鄲大道。一路平平安安的過了邯鄲，到了沙河鎮，便在鴻升棧內，鬧中取靜，住了後院兩間正房，暫息風塵。這天傍晚，聽得住在店內的客商，紛紛講說街上人蝟募化的奇聞，一忽兒，又有人嚷著「人蝟出事，和尚打架」。

楊展便命仇兒，出去打聽一下，自己也緩步踱到門口櫃上。一眼瞥見了門口頭蒙黑紗，身背琵琶的三姑娘。這種遊妓，四川碼頭上，時常可以碰到，並沒注意，只是她背上的琵琶，非常奇特，比普通琵琶小得多，頸長肚小，黑黝黝、光油油似非木製。楊展瞧見了她背上琵琶，心裡驀地一動，記起小時候聽義母紅蝴蝶講過，江湖行道的女子，有兩個厲害的幫口：江南鳳陽幫祖師傳下來，有隨身雨傘十八手，盡是絕招，這種雨傘鐵杆鐵骨，容易認出來；北地五台幫祖師傳下來，有陰陽手三十六路鐵琵琶，後人又在琵琶膽內，夾藏暗器，非常歹毒。

這兩個幫口，傳女不傳男，但是年深日久，江湖上能夠施展鐵傘鐵琵琶的女子，已不多見。楊展瞧見了三姑娘背上琵琶，想起了當年所聽說的話，雖然斷不定這女子是不是五台幫的傳人，也未免引起了注意。但彼此風馬牛無關，街上鬧嚷嚷的一陣過去，便自回房，也沒有把這事放在心上。

到了上燈時分，楊展一人無聊，也不上街到酒飯館去，便在自己房內，叫客房夥計，叫來幾色精緻酒菜，在房內一人獨酌。另外替戴仇兒和兩個長隨，在外間開了一桌飯菜。這時，戴仇兒正從街上打聽得人蝟新聞回來，一面伺候楊展喝酒，一面便報告街上見到的新聞。

原來十八盤拈花寺幾個惡化和尚，帶著一輛人蝟騾車，沿街募化，由鎮北往鎮南一路走去，從鴻升客店門口過去，剛走過十幾間店鋪，對面來了兩頭長行牲口，一馬一騾，馬上騎著一個紫面蝟髯、鳶肩獅鼻的大漢，一身勁裝，鞍鞘武器，好像是個軍官，身後一頭健騾，馱著行李，兩個壯年騾夫，跟在牲口屁股後面，跑得滿頭是汗。和募化的人蝟車子，正走了對頭。

人蝟車上跨轅的和尚，直著嗓子，喊：「拔一針，救苦救難，拔兩針，廣種福因。」馬上的大漢，向車上人蝟瞥了一眼，並沒十分注意，馬韁一帶，正想讓路。忽見自己馬屁股後面的一個壯年騾夫，向人蝟車子直撲過去。跨轅的和尚，還以為賣苦力的騾夫，也發善心，那知道這個壯年騾夫，攀著車沿，直眉直眼的瞧著人蝟，突然沒命的大喊起來：「天呀！這不是我失蹤的兄弟嗎！」

喊聲未絕，跨轅的和尚，臉色一變，舉起趕騾子的長鞭，呼的向那騾夫，夾頭夾臉抽去。騾夫正在極喊，不防有這一下，一下子抽個正著，面上立時流下血來。凶惡的和尚，轉鞭一掄，抽向駕車的騾背上，嘴上「噓！噓！」長嘶，想趕車急走。前面兩個搖幡敲鐘的和尚，也推開擁護的行人，往前飛步直奔。

這時，另外一個壯年騾夫，聽到同伴的喊聲，和車上和尚的行兇，已料著是怎麼一回事，一聲大喊：「這三個賊和尚，不是好人，快截住他們！」一面喊，一面飛步趕去，攔在搖幡敲鐘的兩個和尚面前，健膊一伸，想扭住和尚。不料搖幡的和尚，身手矯捷，短幡一擲，隨手一托騾大臂膊，下面騰的一腿，騾夫直跌出去。幸而人圍如牆，跌在人身上。這一來，動了眾怒，四面的人大喊：「這還了得，出家人也敢行兇，不要放走了三個賊禿！」

這一喊，呼啦的便把幾個和尚，一輛騾車圍住，四面拳頭像雨點般，向幾個光頭上招呼。地上走的兩個和尚，毫不懼怕，一頓足，都跳上了騾車，一呵腰，各人竟在高腰襪筒內，拔出一柄雪亮解腕雙鋒尖刀。跨轅的和尚，也站起來，跳上騾背，把手上長鞭，掄得呼呼風響，把四周逼攏來的人，抽得抱頭亂竄。百忙裡抽一下駕車的騾子，不管前面有人沒人，帶著車子，向前街直衝過去，嘴上還喊著：「不要命的，只管過來！」這一來，街上的人們，雖然義憤填膺，看著車上三個賊禿，凶神附體一般，駕車的騾子被和尚抽得奮蹄揚鬣，橫衝直撞的拖著車子齊了過去。空自咒罵，一時正還沒奈何他，眼看著這輛騾車，已被闖出重圍。

忽聽得蹄聲急，剛才騎馬的紫臉蝟髯的大漢，翻身追來，轉瞬之間，業已追上騾車。大喝一聲：「站住！」騾背上的和尚，豈肯聽這一套，順勢悠起長鞭，呼地向馬上大漢掄去。那大漢哈哈一笑，隨手一扯，便把鞭稍扯住，順勢往後一帶，喝聲：「下來！」騾背上的和尚，真還聽話，一個倒栽蔥，跌下騾背，駕車的騾子，立時屹然停住。恰好這時鎮上彈壓地面的番役也聞訊趕到，動公憤的群眾也一擁而上，把跌下來的和尚制住。車上還有兩個手持尖刀的和尚，一看情形不對，竟自一聲呼嘯，從車上雙足一頓，跳上沿街店鋪屋簷，竄房越脊，逃得蹤影全無。大家正還料不到這兩個和尚能高來高去，馬上的大漢，大約自問對於此道，也無把握，只好乾瞪著眼，讓這兩個賊和尚逃跑了。

這時街上裡三層，外三層，擠滿了人，七嘴八舌，打聽出事的情由。由那馬上的紫面大漢，把兩個起事的騾夫找來，才問出了所以然。

原來這兩個騾夫，是紫面大漢渡過黃河時，連長行牲口一齊僱用，講明到了沙河鎮，再換腳程。其中一個騾夫，是黃河北岸沙河店人，他有一個兄弟，在湯陰販賣瓷器為業，上月突然失蹤，遍訪無著，不想被這幾個賊和尚弄成這般模樣，不知吃了什麼毒藥，弄得半死不活，任人擺布，無意中被這騾夫當街碰到，一聲極喊，和尚心虛，揮鞭逞兇，事乃敗露。

大家一聽，便逼著捉住的和尚，當眾起下人蝟身上密密層層的鋼針，掏出還原的解藥。這兩樁事，捉住的和尚沒法不答應照辦，可是人家追問他：「十八盤拈花寺也是有名的寺院，為什麼要這樣惡毒募化？逃走的和尚高來高去，簡直和飛賊一般，決不是安分的出家人，你們是不是真的拈花寺裡的出家人，還是邪魔外道？」

這一問，那和尚牙關一咬，什麼也不肯說了。

和尚不肯說真情，大家越發起疑，紫面大漢早已明白這和尚，不是好人，主張送有司衙門，大家為鎮上安全起見，也不肯善罷干休。於是凡是此事有關的人，連打抱不平的紫面大漢也算上，同到衙門去作個見證。這便是仇兒到街上去打聽出來的經過，他還說：「打不平的紫面大漢口音，也是咱們川音。」

楊展聽得仇兒報告，微微一笑。想起成都豹子岡擂台上發生的許多事，覺得江湖上善善惡惡，奇奇怪怪，南北都是一樣，其實都是上無道揆，下無法守，沒飯吃的人太多，老弱的轉乎溝壑，強梁的便挺而走險，江湖上什麼稀奇古怪的事，因此層出不窮的發生了。

楊展舉杯獨酌，正在感喟，忽見房門口簾子一掀，店裡夥計笑嘻嘻的鑽了進來，在下面垂手一站，滿面堆笑地說：「相公還要添點飯菜不？」楊展只微一搖頭。那夥計嘴上一陣囁嚅，似乎還有話說，卻又不敢說出口似的。仇兒在旁喝道：「你幹什麼？鬼鬼祟祟的想說不說？」

夥計面上一紅，身子退到門口，向仇兒一招手說：「小管家，我和你商量一樁事。」仇兒過去，和夥計到了外屋，嘁喳了一陣，仇兒翻身進屋，噗哧一笑。楊展問他：「笑什麼？那個夥計鬼鬼祟祟的是什麼事？」

仇兒笑道：「那夥計不是好路道，無非想騙相公錢財罷了，這點鬼門道，敢來哄我們，不是相公吩咐過，我真想揍他一頓。」

楊展笑道：「怎樣的鬼門道呢？」

仇兒道：「他說，這兒店中有個出名的三姑娘，善彈鐵琵琶，是沙河鎮一絕，你家相公獨酌無聊，何妨逢場作戲，叫三姑娘彈幾套琵琶，解個悶兒，他一這說話，我立時回絕他，我們相公不愛這調調兒，免開尊口，他一聽我話風決絕，連外屋我兩位同伴，也恨他不識相，連啐了他兩口，他才明白財路斷絕，垂頭喪氣的走了。」

楊展聽了仇兒的話，微一沉思，悄悄向仇兒吩咐道：「剛才我在店門口，瞧見一個背琵琶的女子，非常怪道，後來在這房內窗戶上，張見那女子竟住在這東廂房內，有幾批客商來叫她，聽她一口回絕，這時夥計卻替她來兜生意，事有可疑，我疑心這女子有點門道，並不是真的風塵賣唱的女子，也許是北道上的綠林，而且也許注意上我們了，可是事情還料不準，不如乘機把她叫來，當面盤盤她，免得著她道兒。」

楊展這樣一說，仇兒面上一呆，而且看了他主人幾眼。仇兒也是十七八歲的大孩子，從前跟著鐵拐婆婆涉歷江湖，什麼事不懂？他誤會主人故意這麼說，其實真個想逢場作戲了，心裡暗笑，轉身便走。他剛回絕過店裡的夥計，不好意思去找他，靈機一動，走到院子裡，便往東廂房奔去。驀見那女子正倚著門框。手上拿著一支銀挖耳，正閑著剔牙，蒙面的黑紗已去，一對水汪汪的大眼，正怔怔的向上房注視著。瞧見了仇兒從上房奔出去，便想轉身。仇兒笑喚道：「三姑娘，你的買賣來了，我們相公想聽你琵琶哩。」

三姑娘向仇兒瞧了一眼，只微微一笑，並沒說話，卻向仇兒一招手，便轉身進房。仇兒莫名其妙的跟進房去，房內只一榻一桌一椅，桌上剛吃完了飯，殘肴冷飯，還沒有搬走，一支黑黝黝的琵琶，也擱在桌上。

三姑娘隨手把琵琶拿起，向仇兒一遞，笑道：「小管家，勞駕，請你把我這吃飯傢伙先拿過去，我馬上就到。」仇兒漫不經意的單手一接，不料那琵琶看著比普通琵琶小得多，拿在手上卻很沉，幾乎失手，換一個人，真還非掉在地上不可。仇兒吃了一驚，一掂斤量，約有三十多斤分量，才相信三姑娘琵琶真個是鐵的，怪不得自己主人疑她有點門道了。仇兒也機靈，依舊單手提著琵琶，向三姑娘點點頭道：「三姑娘快來，我先走了。」說罷，提著琵琶，三腳兩步跑回上房。和楊展一說，楊展趁三姑娘未到，從仇兒身上，拿起鐵琵琶仔細一瞧，看著黑黝黝，其實做得非常精緻，全身非銅非鐵，是五金之英，合鑄而成，周邊雕就極細雙龍戲水的花紋，中間刻著幾首有名的宋詞。

楊展點點頭道：「這是百年以上之物。」

他拿起琵琶，在耳邊搖了幾搖，覺得聲音有異，普通琵琶，肚內都有銅膽，唯獨這鐵琵琶，雖然肚內沒有銅膽，卻覺裡面也裝著東西，反覆一瞧，立時明白。原來鐵琵琶頭上有暗鈕，肚下有暗門，不用說，定然內藏機括，裝著厲害的針弩之類了。楊展心裡一驚，她把這鐵琵琶先叫仇兒拿來，似乎故意自露行藏似的，如果說她有意示威？卻又不像，這倒難以猜度了。

楊展把鐵琵琶橫在桌上，無心飲酒，低著頭，不斷的沉思。忽聽得耳邊仇兒報道：「三姑娘來了！」楊展猛一抬頭，只見房門口婷婷的立著一位北方姑娘，向他嫣然一笑，便大大方方的走了過來，向楊展斂著衫袖兒，當胸福了幾福。立在桌邊的仇兒，便說：「這便是我家主人楊相公。」三姑娘又是一笑，露出編貝似的一副細白牙，輕輕的叫了一聲：「楊相公！」

楊展在客店門口見她時，無非在人叢中瞥了一眼，那時她又面上蒙著黑紗，這時仔細打量她，只見她彎彎的眉兒，溶溶的眼兒，直直的鼻兒，美姿滿月，姣好如花，實在是個美人胎兒，只是眉毛略濃一點，顴骨略高一點，身材略長一點，亦婀娜，亦剛健，原是道地的北地胭脂，燕趙佳麗的典型。楊展從來沒有風月場中的經驗，對於這位三姑娘，恰正合著「目中有妓，心中無妓」的那句道學話。叫她進房來，原是別有用意的。所以楊展竟在座上欠了欠身，指著左面客椅上說，「請坐請坐！」

三姑娘長長的睫毛一動，亮晶晶的眼珠兒一轉，微微一笑，沒有理會楊展的話，卻風擺柳似的走到桌邊，伸出手來，搶過仇兒手上酒壺，貼近楊展身旁，斟上了一杯酒，笑盈盈的說：「借花獻佛，先敬相公一杯酒再說。」

楊展到底年輕面嫩，沒有經過這種陣仗，仇兒又立在桌邊，不禁躊躇不安的站了起來，忙說：「不敢，不敢，你請坐！」

仇兒立在桌邊，忍不住要笑。三姑娘卻向楊展深深的盯了幾眼，眉梢一展，把頭一點，倏地伸手，拿起桌上琵琶，往後一退，竟坐在左面客椅上了。

三姑娘抱著琵琶一坐下，向楊展點點頭笑道：「賤妾雖然是個風塵女子，兩眼尚能識人，相公果然是位非常人物，相公只管用酒，賤妾彈套曲子，替相公下酒。」

說罷，面色一整，琵琶一豎，先調正一下弦音，素手一動，便叮叮咚咚地彈了起來。楊展雖然不會琵琶，對於音樂一道，也懂得一點門徑，起首只覺得她彈出來的音韻，和普通琵琶有點不同，聲調顯得那麼沉鬱蒼涼，後來聽出來的是商音，彈到妙處，忽徐忽急，忽高忽低，忽而如泣如訴，宛若遊絲裊空，令人透不過氣來，忽而如吟如嘯，又似巫峽猿啼，秋墳鬼哭，令人肌膚起慄，滿屋子被鐵琵琶彈得淒淒慘慘，連仇兒也聽得鼻頭發酸，心裡難過。楊展更無心喝三姑娘斟上的一杯酒，留神三姑娘時，卻把她一張粉面，半隱在琵琶背後，雖然低著頭，燭光斜照，已看出眉頭緊蹙，有幾顆亮晶晶的淚珠，掛在眼角上。

楊展心裡一驚，不覺豪興勃發，倏地跳起身來，向三姑娘搖手說道：「三姑娘不必彈了，音從心出，音節如此，姑娘定有不得已之事，彼此雖然萍水相逢，倘可為力，不妨見告。」三姑娘一聽這話，一抬頭，噙著淚珠的一對秋波，透露出無限感激的意思，手上卻依然不停的彈著，嘴上卻輕喊著：「窗外有人。」

三姑娘一喊出窗外有人，琵琶上彈出的聲音，立時改了調門，幾根弦上，錚錚鏘鏘，起了殺伐之音。細聽去，有填填的鼓音，鏜鏜的金聲，還夾著風聲、雨聲、人聲、馬聲，突然手法如雨，百音齊匯，便像兩軍肉搏、萬馬奔騰的慘壯場面，也從音節中傳達出來。原來起先彈的曲子是《長門怨》，一時改了《十面埋伏》的曲子了。這《十面埋伏》的一套長曲，彈到緊張的當口，楊展聽得氣壯神足，把面前一杯冷酒，嘓的一口喝下肚去，酒杯一放，拍著桌子，喊道：「妙極！妙極！」

不料他剛連聲喊妙當口，窗外院子裡，忽然有人大喊道：「好呀！三姑娘爬上了高枝，把老客人也甩在脖子後了！」又有一個哈哈大笑道：「姐兒愛俏，天公地道，老哥，你自己拿面鏡子，照照尊容去罷！」一陣胡嚷，足聲雜沓，似乎一擁而出，奔向前院去了。房內三姑娘聽了個滿耳，長眉一挑，嬌嗔滿面，劃然一聲，琵琶停止，隨手把琵琶向身旁几上一擱，便要挺身而起。仇兒也覺得外面偷聽琵琶的幾個客商，話裡話外，有點侮辱主人，也要奔出去尋找胡說的人。楊展卻把仇兒喝住，又向三姑娘笑道：「這種市井趨利之徒，何必與他們一般見識，他們懂得什麼？」

這幾句話，三姑娘聽得，似乎心裡非常熨貼，立時轉怒為喜，回身走到楊展跟前，悄悄說道：「相公說得對，今晚也不知什麼緣故，見著相公，便像老早就認識似的，彈著彈著，便把心裡的鬱結都彈出來了。」

楊展向她看了一眼，說道：「姑娘如有需人相助之處，只要在情在理，我雖然是個過路遠客，也許可以量力而為。」

三姑娘立在桌邊，嘆口氣道：「多謝相公，賤妾來到沙河鎮，也有個把月功夫了，沒有把賤妾真當作淪落風塵下賤女子，也只有相公一人。剛才在店門口瞧見相公，便知不是常人，江湖上身有功夫的很多，像相公外表上英秀斯文，深藏不露，卻真難得。賤妾今晚存心拜見相公，故意推病把幾個邀彈唱的客商回絕，一面叫個夥計以兜攬生意為名，想藉此拜見，不意被小管家一口回絕，自己後悔不迭。相公不是這種人，原不該以此進身，正在後悔，想不到小管家竟奉命來喚，索興變計，不再掩飾行藏，把師傳鐵琵琶先托小管家送來，相公行家，一見琵琶，也許便知賤妾不是真的賣唱遊妓了……」

三姑娘話未說完，前院亂嚷嚷的，似乎又到了一批客人。一個暴跳如雷的客人，嘴上罵著大街，一路罵進楊展住的一層院落。來一個夥計，領著他到了三姑娘住的對面一間廂房。

夥計百般奉承，這位客人坐在房內，兀自高聲大罵。

楊展在正房內，以為客人罵的是店裡夥計，後來一聽是鄉音，卻捲著舌頭打京腔，罵的也不是夥計，他罵的是：「皇帝老子瞧不見老百姓苦處，偏又相信一般混帳行子的太監，把江山搞得一塌糊塗，咱還進什麼京去，回老子的老家是正經。」

楊展聽得非常驚異，這人難道是個瘋子？一個人坐在房裡海罵，而且從四川進京，到這兒，算是十停走到九停了，這位老鄉居然預備一怒而回，這事真新鮮了。聽他這陣海罵，是人人想罵，而不便出口的，原不足奇，何致於一怒而回，奇便奇在此處了。

仇兒笑道：「聽口音，這位海罵的老鄉，定是白天鎮上，打抱不平的馬上壯士。」

三姑娘點點頭道：「一點不錯，他罵的話，相公大約莫名其妙，憑我猜想，大約從和尚罵到太監，從太監再罵到皇帝頭上去的。」

楊展愕然問道：「這是怎麼一個故事？」

三姑娘笑道：「賤妾也是瞎猜，這容易，這位小管家多聰明，一打聽便明白了。」

仇兒腳底癢癢，巴不得望外蹦，順著三姑娘口氣笑道：「相公，那客人是我們老鄉，如果真是街上見過的馬上壯士，長得真威武，大約有點武功，相公何妨和他談談，否則我先探探去？」楊展微一點頭，仇兒如得軍令，飛一般出去了。

第二十章　疑雲疑雨

仇兒一出房，三姑娘一摸酒壺，便說：「只顧和相公說話，酒也冷了，飯也耽誤了，賤妾叫夥計來，拿出飯菜去熱熱才好。」說罷，翩若驚鴻的也出去了。楊展瞧著她背影，暗想這女子究竟是何路道？剛才彈琵琶時落淚，絕不是做作，這種身有武功的女子，如果為非作歹，是很容易的，可見剛才下淚，並不是為了窮，其中定然有難言之隱，我一時說出量力相助之意，也得看事做事。他正在心口相商，瞧見三姑娘進來，背後跟著夥計，三姑娘笑道：

「強將手下無弱兵，小管家，有幾下子，和那西廂房的客人，攀著鄉親談幾句話，便講得非常投機，也許一忽兒，便把那人領了過來了。」

楊展一笑，便命夥計把酒菜撤去，從新做幾樣新鮮的來。夥計出屋，房內無人，三姑娘正想說話，仇兒已笑嘻嘻的進房來了，西廂房的客人，卻沒有同來。

仇兒笑道：「那位老鄉真特別，他一聽到相公姓名，高興極了，連說：『早已知道相公名頭，想不到異地相逢，快極快極！』他說時，已經立起身來，我以為他馬上就要過來了，他忽然立住問道：『你們相公進京去，大約是想奪本科武狀元，趕去會試的？』我說：『是！』他立時眉頭一皺，怪眼如燈，噗地坐在椅子上，嘆了口氣，向我說道：『我今天街上喝多了酒，見了你們相公，在生朋友面前，酒言酒語，倒不方便，明天再說！』

「我一瞧，這人有點心病似的，我便順著他口氣哄他，探問他捉住和尚和人蝟的下落。這一問，倒又引起他滿腹牢騷，罵罵咧咧的把那段事都說出來了。」

原來這位老鄉，姓曹名勳，也是川南人，還是個世襲指揮。他有這個世襲前程，原是雄心勃勃，想進京去有點作為。不料剛才在鎮上碰著裝人蝟、騙錢財的三個賊和尚。又湊巧，看出車上人蝟，是自己兄弟的那個騾夫，正是曹勳在黃河北岸連長行牲口雇來的騾夫，曹勳又是個見義勇為的腳色，不由他不出手打這個抱不平。三個賊和尚，逃走兩個，捉住一個，由鎮上幾個番役押著，連同曹勳等一般人證，解到鎮北巡檢小衙門。

可笑那位微末前程的巡檢，官職雖小，門路卻熟，他一聽捉住的和尚是十八盤拈花寺裡出來的，頓時吃了一驚，立時眉頭一皺，計上心來，暫不問案，先請曹勳到別屋去坐，以示優待。

他卻在幾個親信爪牙耳邊，低低的吩咐了一陣，安排妥當以後，自己便來陪著曹勳說話。

說的都是海闊天空，不著邊際的事，曹勳哪裡聽入耳去，正要發作，一個番役進來，在巡檢耳邊，低低的回了一句話，便退了出去。曹勳瞧著巡檢鬼鬼祟祟。心裡有氣，怪眼一瞪，大聲說道：「俺趕路進京，身有要事，此刻天色又晚，還沒找著宿店，那賊和尚在這兒作怪，原沒俺的事，俺可要失陪了！」

說罷站起身來。不料曹勳這一發作，倒對了那位巡檢的心思，眉開眼笑的搶上一步，向曹勳耳邊悄悄說道：「老哥常在外邊跑跑，當然懂得眉高眼底，那個賊和尚，我也明知不是好人，可是他背後靠山太硬，老哥趕路是正經，犯不著為了一個騾夫，發火燒身，現在老哥自願脫身事外，這就好辦了，老哥只管請便，街南鴻升客棧是老字號，招待周到，老哥只管自便。」說罷雙手亂拱，表示送客，曹勳被他這一做作，幾乎要舉起拳頭來，把巡檢揍一頓再說，姑且忍住氣，問道：「你說什麼？一個山賊似的野和尚，有什麼靠山？靠山是誰？」

那位巡檢只想送這位太歲出門，自己多說了幾句，偏又被他刨根掘底的問了起來，萬分無奈的說道：「現在當今皇上身邊最得寵的公公，要算司禮太監曹化淳，曹公公現在又兼著九門提督，權勢赫赫，誰不敬畏？十八盤拈花寺的方丈便是曹公公的心腹人。你想，拈花寺出來的和尚，俺區區巡檢，怎敢得罪？便是拈花寺一隻狗，俺也惹不起呀，老哥是明眼人，一點就透，請便……請便……」

曹勳聽得，怒火上升，一張嘴，「呸！」夾頭夾臉向那位倒楣巡檢唾了一口，把頭一昂，拔步出門，匆匆的離了巡檢衙。那位巡檢老爺倒是涵養功深，伸手一抹臉上的唾沫，竟沒動氣，搖著頭說：「渾小子，懂得什麼！」忙不及向屋外喊著：「快請那位師父進來。」

原來街上捉住的賊和尚，一進巡檢衙門，早已恢復自由，安坐在另一間屋內。曹勳一走，那位巡檢反向賊和尚陪了不少小心，竟從後門把賊和尚送走了。回頭吩咐手下番役，把那騾夫連哄帶嚇，勒令把奄奄一息的人蝟領走，便算了事。

伸手打抱不平的曹勳，無端在巡檢衙門，受了一肚皮骯髒氣，到了街上，揀了一家酒飯店，進去大喝其悶酒，一面越想越氣，砰的一拳捶案，情不自禁的大喊一聲：「這還成什麼世界？老子還上什麼京！」他這一聲大喊，雖然是滿嘴川音，酒座上的外省人，不易聽清楚，卻都驚得抬頭朝他瞧，把他當作酒瘋子。曹勳滿不理會，自顧自風捲殘雲般吃完了飯，便到鴻升客店來投宿了，進了客店，還是罵罵咧咧的氣往上沖。這便是那位曹老鄉街上打抱不平的結果。

楊展聽了仇兒報告姓曹的舉動，暗暗點頭，向三姑娘笑道：「我倒不奇怪我們那位老鄉的舉動，卻奇怪你剛才早猜到姓曹的海罵，是從和尚恨到太監，又從太監恨到皇帝頭上去的，你和姓曹的並不認識，你也沒有和姓曹的到巡檢上門，怎會未卜先知，猜得這麼準？」

三姑娘一聽這話，眉梢一挑，眼射精光，似笑非笑的朱唇一動，似乎想說什麼。忽又咽住，卻向房門口一指，笑著說：「賤妾攬了相公半天，待相公用完了飯，相公如不嫌瑣碎，賤妾把其中原因說與相公聽好了。」

原來這時夥計把重行整治的飯菜端進來了。三姑娘也怪，留戀在楊展屋內，竟捨不得離開，而且花蝴蝶似的，搶著端飯端菜，很殷勤的伺候著楊展。

楊展也有點好奇，明知這個風塵女子，逗留在屋內，定有所為，存心一觀究竟，並沒有下逐客令。但是仇兒和外屋兩個長隨，卻暗暗好笑，心想楊家相公，離開了雪衣娘，便有點不老實起來，和這種江湖女子打什麼交道，看情形，這個彈琵琶的三姑娘，全副精神撲上了他，當然相公不在乎一點銀子，願意挨她一下竹杠的了。

楊展飯罷，仇兒把殘肴碗碟撤出外屋，自去用飯，屋內只剩了三姑娘和楊展。三姑娘紅袖輕飄，皓腕微露，捧著一盞香茶，放在楊展座前，秋波閃處，向楊展瞟了一眼，忽地雙肩一斂，憤然欲淚，竟向楊展插燭似的拜了下去。楊展從座上一躍而起，忙說：「我早知三姑娘有事見教，有話儘說，不必如此。」

三姑娘盈盈起立，眼角上晶瑩的淚珠，已奪目而出，舉起紅袖，拭了一拭眼淚，低低說道：「賤妾初見相公，便知是位不同尋常的人物，此刻和相公接談之下，便看出是位有膽量、有胸襟的少年英雄，明知萍水相逢，不便冒昧相求，但像相公這樣人物，平時絕難碰到，機會難得，也顧不得羞恥了。」

說罷，又要拜下去。楊展忙止住她行禮，正色說道：「不必多禮，我早說過，姑娘求助的事，如在情理之中，定當量力而行，如若愛莫能助的事，姑娘雖然哀求禮拜，也無濟於事，姑娘且請坐下，說出來讓我斟酌斟酌再說。」

三姑娘被楊展話風一鎮，低著頭，倒退了幾步，坐在楊展側首的一張椅上，臉上帶著一種悽楚可憐之色，半晌，沒有開聲。

楊展心裡有點不忍，微笑道：「姑娘究竟有什麼為難之事？不用管我能否有力量相助，萍水相逢，總算有緣，讓我聽明情由以後，再作商量，也未始不可。」

三姑娘眼皮一抬，淚光溶溶，滿臉帶著一種嬌羞乞憐之色；沉了片時，才緩緩說道：「距這兒二三十里路，太行山十八盤拈花寺的住持，現在被人們稱為八指禪師，受著北京聲勢赫赫的司禮太監曹化淳供養，其實此人，就是當年出沒晉北，出名的凶淫無比的大盜——江湖上有個怪綽號叫做花太歲的便是他。

「那時先父以保鏢為業，世居大同。有一年，先父押鏢路過晉西苛嵐山，花太歲率領同黨，在要路口埋伏，竟想截留先父的鏢馱子。狹路相逢，交起手來。花太歲被先父削掉右手指拇兩指，落荒逃去。從此結下深仇，先父也時常戒備。後來聽說花太歲被先父削指以後，落髮為僧，不知去向。

「過了幾年，先父一病逝世，家中只有賤妾姊妹三人，賤妾年紀最小，那時只有十幾歲光景，大姊已招贅先父一個門徒為婿，二姐年亦及笄，尚未嫁人。萬不料橫禍飛來：一天晚上，花太歲突然尋蹤而至，飛身入室，聲言報仇。我姊夫武功並不算弱，大姊二姊也有一點防身本領，三人合力抵禦之下，無奈花太歲幾年隱蹤，武功大進，右手二指雖已削去，一柄厚背鋸齒左劈刀，招術精奇，右臂一筒喪門釘，更是歹毒。我姊夫和大姊，雙雙畢命於喪門釘之下。最慘的我二姊，力絕被擒，先姦後殺。只賤妾預先逃出屋外，得免於難。

「事後，賤妾立志報仇，投奔五台山姨母家中學藝。我姨母便是五台鐵琵琶一派的掌門人，當年江湖上稱為『鐵姆』的便是她。我姨母得知賤妾家中鬧得家破人亡，恨極花太歲，一面傳授賤妾武功，一面探尋花太歲蹤跡。一晃五六年，竟查不出花太歲落腳處所，我姨母年歲已高，不久便死。賤妾自知武功沒有大成，可是報仇心切，背著師傳鐵琵琶，扮作賣唱的風塵女子，出入黃河以北各省碼頭，立誓蹤跡仇人，吃盡風霜之苦。

「直到今年新正，從山西遼州路過黃漳鎮，瞧見一群被十八盤匪盜劫掠的客商，說出攔路洗劫的強盜，其中竟有光頭受戒的和尚。黃漳鎮的人，一聽這話，立時變貌變色，暗暗告戒那般客商說話留神，十八盤拈花寺方丈八指禪師，是司禮太監曹公公的心腹。

「十八盤一帶，只有一座拈花寺，明知寺僧是強盜，也不能出口，萬一被寺裡和尚聽去，小命便難保了。賤妾一聽出家人敢這樣無法無天，已經可疑，又聽出拈花寺方丈叫什麼八指禪師，賤妾仇人花太歲，不是只剩八個指頭嗎？一發聽在心裡去了。當時不動聲色，便在黃漳鎮宿店住下，探明了拈花寺路徑，夜入寺內，暗地偵察了一下。

「果然，寺內聚著不三不四的人物，而且藏著女子，無惡不作，卻沒見八指禪師的本人。暗地偷聽寺內一般賊禿的談論，八指禪師定是花太歲無疑。但是花太歲已經離寺進京，被司禮太監曹化淳供養在家裡了。

「賤妾探明了仇人蹤跡，悄悄退出拈花寺，想了一個計劃，第二天從黃漳鎮路過邯鄲，便在這兒沙河鎮停留下來，借賣唱為生，掩飾耳目。好在仇人花太歲行兇以後，事隔多年，沒有見過賤妾，也不會知道賤妾是五台山鐵琵琶派下的門徒。仇人從北京下來，回他拈花寺去，勢必要經過此地。他寺內的和尚，如此不法，仇人更必不脫當年凶淫的面目，原想等仇人到此，以賣唱近身，行刺報仇。不意等了一個多月，音信毫無。

「最近從北京下來的客商口中，探出八指禪師被曹太監留住，異常寵信，好像變成曹太監保鏢的一般了。賤妾得知這樣消息，急得了不得，不用說一個孤身女子，想進京混入聲勢赫赫的曹太監府內，刺死仇人，很是不易。便是現在京城，因為山海關外騷撻子，常常入寇，震動京畿，京城進出，盤查非常嚴密，一個單身江湖女子，容易惹人注意，恐怕連混跡京城都不易了。正在無計可施，湊巧碰見了相公這樣人物，不敢請求相公助妾報仇，只求在相公蔭庇之下，能夠隱跡京城，便感恩不淺了。」

三姑娘說出自己的來歷，和立志報仇的事，聲音說得非常之低，好像怕外屋人們聽見似的。在外屋的仇兒和兩個長隨，還以為房內喁喁情話哩。可是楊展聽她說出這番淒慘的遭遇，和花太歲的淫凶，不禁劍眉微豎，不住點頭。暗想：「白天拈花寺和尚的人蝟惡劣，沙河鎮巡檢的卑鄙，以及同鄉曹勳的海罵，更覺花太歲這種惡人，萬死猶輕，同時反映出三姑娘冒死尋仇，志堅心苦，可嘉可敬。只是她最後說出來並不想求人幫助復仇，只求蔭庇進京，如果只想求人攜帶進京，任何人都可想法挈帶，剛才窗外吃醋亂嚷的幾個客商，恐怕求之不得，何必定要自己蔭庇呢？卻有點可疑。」

其實他想左了，三姑娘求人挈帶，進京報仇是一檔事，不求別人挈帶，只求楊展挈帶，雖然一客不難為二主，卻是報仇以外的另一檔事；也可以說三姑娘芳心裡暗藏的私事。不過女人的心，曲折而又曲折，楊展一時不易猜透，便認為可疑了。

楊展心裡轉念之間，三姑娘又開口了：「相公，像賤妾這樣來歷不明的女子，又在相公面前，明說進京報仇，自己也覺得太唐突了，相公是進京應試，飛黃騰達的人物，怎能攜帶一江湖女子，賤妾實在太冒昧了，恕賤妾失言吧！」說罷，柳眉緊蹙，悽楚萬分，緩緩的站了起來，玉手一伸，似乎想拿起桌上琵琶告退了。楊展一伸手，把桌上鐵琵琶撳住，忙說道：「姑娘請坐，楊某雖然天涯作客，尚不是膽小怕事的人，姑娘苦志尋仇，不用說姑娘是一位女子，便是男兒，也是不易，我並不是嫌姑娘冒昧，我正在替姑娘設想，進京以後，怎樣才能了你心願？這種事魯莽不得，京城不比他處，萬一打草驚蛇，仇報不成，姑娘自己反脫不了身，便不值得了。」

這幾句話，聽在三姑娘耳內，無異說是「挈帶進京，小事一樁，只愁你怎樣下手，才能了你心願呢？」三姑娘心裡一鬆，立時長眉一展，秋波深注，盈盈的走到楊展身邊，悄悄說道：「賤妾托相公福庇，只要混跡京城，拚出一死，也要報此深仇！」

楊展微一搖頭，笑道：「定法不是法，到了京城，總得看事行事才好，不過你這身打扮，不大合適，換一身雅淡點才好。」說罷，站起身，從床邊行囊中，取出一錠紋銀，擱在桌上，向她說：「明天我便進京，你拿著這錠銀子，快到鎮上找一套合身衣衫。」三姑娘瞧著桌上銀子，微微一笑，向楊展溜了一眼，咬著牙說：「相公權且安坐，賤妾去去便來。」說罷，不等楊展開口，行如流水，姍姍出房而去。她這一動作，楊展有點明白，定然因為拿出這錠銀子來，以為看輕了她，仍然把她當作串店賣笑的下流女子了，她這一去，當然是改換身上裝束去的。

三姑娘一出房，仇兒進來說：「三姑娘把鐵琵琶擱在這兒，她卻沒有回房，竟自出店去了，這女子有點怪道，相公得防著一點，不要著了她道兒。」楊展微微一笑，仇兒以為主人不信他的話，正想說出當年聽自己祖母鐵拐婆婆講過，江湖獨身女子，多有替盜賊做眼線，這女子步履輕疾，也許她便是女盜。話未出口，忽聽得院子裡步履聲響，店裡夥計領著客人看房子。仇兒覺得奇怪：這後院幾間屋內，都住滿了，那有閑房讓客？轉身趕到外屋門口，向院內瞧時，只見夥計領著一個彪形大漢，推開三姑娘住的一間廂房，走了進去。

夥計沏茶倒水奔進奔出，當然這個新到客人，住在三姑娘屋內了。仇兒瞧得格外起疑，忍不住走到院心，把夥計拉在一邊，悄悄探問：「三姑娘住的屋子，怎的又讓別人佔了？難道這位客人，是三姑娘的……」

話未說完，夥計搶著說：「年輕小夥子，不要輕口薄舌，三姑娘賣嘴不賣身，從來沒有陪過宿，剛才這位客人到來，前面櫃上回覆他客已住滿，沒有閑房，這位客人氣粗心暴，硬要我們騰房子，幾乎大鬧起來。湊巧三姑娘出店去，瞧見櫃上為了難，自願把這間屋子讓出來，好在離鎮不遠住所，她另有寄身之處，她又單身一人，除出隨身琵琶以外，原沒有什麼東西留在屋內。當真！說起琵琶，她出門時身上似乎沒有背著這傢伙，此刻我領客進東廂房時，屋內空空，也沒有留在屋內，這倒奇怪……」

夥計剛說著，東廂房的客人，在屋內獷聲獷氣的喊著：「夥計！夥計……」夥計被客人打斷了話頭，嘴上忙不及應著，便奔了進去。

仇兒聽得三姑娘退了房，已經出店，琵琶卻留在主人房內，這是怎麼一回事？心裡總覺拴著一個疙瘩。回到房內，便向楊展報告三姑娘退房出店的事。楊展看著桌上琵琶，似乎也有點愕然，卻沒有說什麼，只吩咐明天一早起程上路，早點睡覺。

仇兒領命退出，隨身替主人帶上了房門。自己和外屋兩個長隨，一處睡了。睡在床上，心裡老惦著裡屋桌上的琵琶。

迷迷糊糊一覺醒來，聽得鎮上已敲二更，兩個長隨，卻睡得死豬一般。覺得有點內急，輕輕的跳下床來，忽見裡屋門縫裡，兀自漏出一線燭光來，側耳一聽，裡面竟喊喊喳喳，壓著聲音在那兒說話。仇兒大疑，可是憋著一泡尿，顧不得別的，躡手躡腳的出了外屋，悄悄的在院子東面角落裡，一株大樹根下，放了一泡尿。繫好了褲，正想竄到主人窗下，偷看一下房內和誰說話。忽聽得正房後坡，微微的「咔嚓」一聲響，同時主人房內，燭火立滅。

仇兒心裡一動，一聳身，竄上了槐樹，身子一縮，隱身在樹枝杈縫裡。樹上已有幾條初芽的嫩稍，垂下來，簾子般把身影遮住，忙把腰上纏著的一條九節亮銀練子槍，問了一問。抬頭向正面房頂瞧去，借著一點稀微的月色，瞧出房脊上一條黑影，從後坡閃到前坡，一矮身，蛇一般到了簷口，略微一沉，便見他在簷上一轉身，背上斜繫著一個包袱，又插著一柄單刀，刀光一閃，人已垂下簷來。兩腿一拳，手一鬆，身子已落在院子裡。

可是一落地，腳上便帶出一點響聲來。樹上的仇兒，看他輕功不過如此，便放了心，且看他鬧出什麼把戲來。

這人從房上下來以後，鷺行鶴伏，沿著正房幾間窗下，挨著窗口，貼耳細聽。一忽兒，轉過身來，向西廂房奔去。這一來，樹上的仇兒，瞧清了這人面目，雖然頭上包著黑帕，上下一身短打扮，可是一張凶眉凶眼的骨牌臉，明明是白天揮鞭跨轅，駕著「人蝟」騾車的那個賊和尚，腳上兀自套著高腰襪，灰黃僧鞋。見他在西廂房窗下。聽了很久，房內姓曹的客人，呼聲如雷，有時一翻身，睡夢裡兀自喊罵著：「可殺的和尚！混帳的太監！」

仇兒聽得逼真，幾乎笑出聲來，在窗外偷聽的人，卻驚得往後倒退。忽地一轉身，奔了東廂房，在門上輕輕的彈了幾下。便見房門輕輕的推開尺許寬，從房內閃出那個投宿的彪形大漢，這時長衣去掉，一身勁裝，兩腿魚鱗綁腿布上，分插著兩柄攮子。一出房門，在彈門的賊和尚耳邊，喊喳了幾句。

賊和尚一翻腕子，拔下背上單刀，彪形大漢也把一柄尺許長的雪亮攮子，拔在手內。兩人霍地分開，賊和尚倒提單刀，竄到西廂房的窗下，身子背窗朝外蹲下身去，那個彪形大漢卻奔向西廂房門口。微一俯身，用手上攮子，偏著鋒，輕輕的插進門縫，似乎先試一試房門裡面，有沒有落閂，看情形大約裡面是閂上了的，彪形大漢，竟費了大事，躬著身，用刀尖慢慢的拔著裡面横閂，微微的發出吱吱的聲響。

隱身柳樹上的仇兒，是此道中的祖傳，瞧得暗暗好笑，暗暗罵聲：「笨賊！」彪形大漢拔了半天，似乎已經得手，房門已推開了一條縫。房內的曹客人，兀自鼾聲如雷，毫未驚覺。彪形大漢身子一起，似乎便要邁步而入。樹上的仇兒，看得逼真，暗喊不好：正想解下九節亮銀練子槍，縱下樹去解救，驀見彪形大漢，不知怎麼一來，嘴上竟唷的出了聲，而且上身往前一栽，通的一聲響，一顆頭正頂在房門上，把門頂得大開，幾乎直跳進房內去。同時又噹的一聲脆響，手上一柄攮子，也跌落在房內了。

這一來，房內酣睡的曹客人，大約已被聲響驚醒，床上有了動靜。

蹲在窗下巡風的賊禿，卻驚得一跳而起，死命拉著彪形大漢，跌跌衝衝的逃進了東廂房，把門關得嚴絲密縫，聲息毫無。可笑的那位西廂房曹客人，雖然被聲驚醒，跳下床來，赤手空拳的，走出房門來察看，因為屋內沒有掌燈，賊人掉落房內的一柄攮子，大約尚未瞧見。立在院子裡。昂頭回顧，嘴上喃喃的罵著：「老子真倒楣，不想又落在賊店裡，拚卻半夜不睡覺，看賊子有甚能耐，偷老子什麼去！」

嘴上罵著，奔到柳樹下小便了一陣，便馬馬虎虎的回進房去，把門掩上了。仇兒躲在樹上，看得這幕活劇，又樂又驚：可笑這位老鄉，白天在街上，手腳上很明白，不料是位初出道的雛兒，把兩個要命鬼，當作尋常偷兒，連店家都沒驚動，竟自馬馬虎虎的回房了。

可驚的那個撬門的彪形大漢，似乎受了傷。鬧得虎頭蛇尾，外帶丟人現眼，仇兒想到彪形大漢，定然受傷，便向楊展窗上，看了一眼，暗暗點頭，沒有別人，定然是我主人，暗地用金錢鏢，傷了賊人，替同鄉解了一步危難了。

這時，院內依然恢復了虛靜無聲的局面，自己主人房內，和東廂內兩個賊人，也絕無聲響。只有西廂房那位老鄉，似乎在床上翻來覆去，嘴上兀自喃喃的罵個不休。

仇兒聽得一樂，心想這倒好，這位老鄉，存心守夜，兩個賊人，一傷一驚，不致再出什麼岔子，街上已敲四更，離天亮也不差什麼了，我倒要和賊人開個玩笑，把那房上下來的賊禿，堵在屋內，且看他到天亮時，怎樣脫身？

仇兒暗暗地想了個主意，自己白天瞧見過東西廂房的內容，和正屋不同，窄窄的屋子，並無後窗，不愁賊人偷逃，主意打定，悄悄的溜下樹來，一聳身，到了正房門口，故意把房門，呀的推響了一下，加重了腳步，走到院心。西廂房的曹動，聽出聲音，便跳下床來，開門而出，向仇兒說道：「小管家，你大約也聽到響動了？這樣老字號的客店，竟有不開面的毛賊，想到太歲頭上動土，真是氣死人！」

仇兒嘴上故意說著：「也許你弄錯了，不過出門人，總是當心一點的好。」嘴上說著，卻暗暗把曹勳拉進西廂房，悄悄的把自己見到一賊翻下房來，一賊預先在東廂房臥底，怎樣撬門，怎樣受了自己主人暗器，受傷落刀，逃回屋去，顯而易見，這兩賊是拈花寺兇徒，一心來報街上之仇的。

曹勳聽得吃了一驚，忙點了一支燭，向房門口一照，果然地上落著雪亮的一柄攮子，而且門框上還留著幾點血跡。曹勳明白了內情，氣沖斗牛，把手上攮子一順，便要趕到東廂房去捉拿兇徒。仇兒忙死命把他拉住，一面把燭火吹滅，悄悄的勸他不要把事辦決裂了，事已過去，並無把柄，一鬧開，我們究係路過的客幫，反而纏繞不清，反不如讓受傷的賊人，摸不清路道，躲在屋內的賊禿，沒法脫身，和他們乾耗到天亮時，看他們怎樣露相。曹勳一想有理，索興把房門開著，故意在院子裡進進出出，一面和仇兒天南地北的瞎聊。

仇兒對著東廂房暗暗直樂，心想彪形大漢，定然受傷不輕，那個賊禿，想硬往外闖，也不可能，如果他不顧一切的在我們眼皮下逃走，留下受傷的，也是不了，何況那賊禿輕功有限，下房時還費了那樣大勁，上房去更不易了，大約那賊禿自知不行，只好硬著頭皮頂天亮了，這一夜活罪，也夠兩賊受的。

春夜苦短，東廂房的屋角上，已現出魚肚白的曉色，漸漸的便天光發亮，遠近雞聲報曉，街上也有了車馬的聲音。片時，店裡的夥計和前院住客，預備起早趕路的，也都起來了。西廂房的曹勳和仇兒，四隻眼卻盯住了東廂房的門。

這當口，店裡夥計提著一壺開水趕到後院來，一見西廂房門已開著，便提著壺進來沏茶倒水。一見仇兒也在屋內，笑著說：「小管家起早，清早便和曹客人攀鄉談了。」

仇兒拉著夥計，向對面一指，悄悄說道：「那面東廂房內，住的什麼人？怎的門上插著一柄刀，這是怎麼一回事？」

原來這是仇兒在天沒亮時，使的壞，一半替曹勳敲山震虎。夥計莫名其妙的回過頭去一瞧，果然對面房門上插著雪亮的一柄攮子。立時嚇得變了臉色，疑心那面屋內出了事。忙不及把手上水壺一放，趕了過去，卻不敢貼近門去，哆哆嗦嗦的喊著：「客人起來沒有？俺替你提滾水來了。」喊了一聲，一看手上沒有提著水壺，忙不及翻身奔到西廂房，拎起水壺，又三腳兩步跳了出去。這當口，東廂房的門呀的一聲開了，卻只開了一點縫，伸出一隻手來，把門上插著的一柄攮子，拔進去了。

夥計提著水壺立在院子裡，朝著那扇門翻白眼，頭皮有點發炸，瞧不透是怎樣一回事。突然房門一動，一個光頭僧衣的和尚，一陣風似的闖了出來，低著頭便向外走。夥計驚得直喊起來：「喂！師父，你是怎麼進來的，那位客人呢？」

和尚不睬，飛一般跑出去了。夥計拔步想追，一想不對，先瞧一瞧房內昨夜投宿的客人再說。提著水壺，探著腳步，向房內一探頭，只見客人倒是好好的歪在床上，不過腦袋上手上都纏著布條。一見夥計探頭，便向他點點頭道：「你來得正好，我病了一夜，渴了一夜，快替我沏壺茶水。」

夥計起初疑惑這屋子出了兇案，此刻看見原住客人好好的，便放了心。可是門上插著兇器，是怎麼一回事？昨夜明明是一人投宿，怎會清早多出一個和尚來，而且慌慌張張的跑掉了？

還有這位客人病得也奇怪，昨夜投宿時好好兒的，一夜功夫，頭上手上都纏著布，這是什麼古怪病？夥計滿腹疑雲，一面替病客沏茶，忍不住問道：「剛才從這屋內跑出去的一位師父，是什麼時候進來的？」

那床上的病客，朝他看了幾眼，冷笑道：「你是活見鬼了，我進來是一人，此刻也是一人，門不啟，戶不開，哪裡來的和尚師父！」夥計不明白這話是裝傻硬賴帳，反而被他蒙住了，蒙得暈頭轉向，一手提著水壺，一手拍著腦門走出房來。一見仇兒站在院子裡，便問道：「小管家，剛才從這屋子裡蹦出一個和尚來，大約你也瞧見了？」

仇兒搖著頭笑道：「我倒沒有留神。」

夥計驚喊道：「我的媽！我大清早，真個碰見活鬼了！」一面喊著，提著水壺，進了上面正房。仇兒惦記著自己主人昨夜在屋內和人說話的聲音，也跟著進了屋。

夥計在先，仇兒在後，先進外屋，兩個長隨，正在床上起來，裡屋主人的房門，卻已微開著，夥計迷忽忽的提著水壺，推門而入，驀見房內多了一位淡裝素服的年輕女子，和楊相公隔桌對坐，正在含笑低談。這一下比在東廂房瞧見蹦出一位和尚來，還要驚奇，驚得夥計往後倒退，心裡一迷糊，一失手，右手提著的水壺，掉在地上，大半壺滾燙開水，飛濺出來，濺在夥計腳面上，疼得他尖聲怪叫，翹著腳山雞似的跳得團團亂轉。幸而後面跟著仇兒，伸手把他扶住了，否則準得躺在地上。可是仇兒突然瞧見了主人對面的女子，也驚得目瞪口呆了。

失手掉壺的夥計，清早起來，連受驚嚇，在院子裡瞧見和尚，已經疑惑是活見鬼，萬不料這屋子裡，又多出一個女子來，鬧得他迷糊糊的魂不守舍，等得開水壺一失手，腳面上燙得起泡，這一疼，倒把他心神一收，神志略清。再一細瞧坐著的女子，衣服雖然生疏，面目卻甚熟悉，他這一認清了女子面目，又把他鬧糊塗了，竟兩眼發直，伸著指頭點著女子，嘴唇皮一陣牽動，掙命似的啞喊著：「你……你不是三……三姑娘嗎？昨夜我……我親眼送你出門的，你……你並沒有回來，怎的……怎的……」

這位可憐的老夥計，接連碰見怪事，幾乎痰迷心竅，只剩了嘴皮亂動，竟嚇得沒法說話了。改裝的三姑娘一笑而起，走到夥計面前，從身上掏出兩個銀錁子來，塞在夥計手心裡，滿面春風的笑道：「三姑娘一向是響噹噹的腳色，賣藝不賣身，昨夜可是例外，但是我三姑娘自己的事，沒有什麼可驚可怪的，多掙錢，少開口，頂好一壺水，被你流了一地，快去重倒一壺來！」

俗話說得好，銀子壓人心，夥計手上捏著銀子，心神立時安定了許多，嘴上說話也俐落了，忙不及連聲道謝，把銀錁子揣在懷裡，樂得心眼兒都在那兒笑，提起水壺便轉身出去了。

夥計一出屋，仇兒癡癡的瞧著三姑娘，覺得她昨夜今朝大不同，非但身上換了裝束，而且容光煥發，眉梢眼角，盡是笑意，舉動也活潑得多，簡直和昨夜一臉脂粉，滿身窯氣的三姑娘，換了個人。聽她向夥計開門見山的一說，這又證實了昨夜房中喁喁小語的一切了。

在仇兒心頭起落之間，三姑娘格格一笑，向他說道：「小管家，小兄弟，你小心眼兒轉的念頭，我滿明白，你不要把我剛才對夥計說的話，當真話聽，滿不是這麼一回事，我的事，將來你們相公會對你說的，我昨夜明的出去，暗的進來，你也和夥計一般，犯了嘀咕，其實毫不稀罕，你也是練家子，三姑娘雖沒有出色的真功夫，從這樣的後窗戶進出，還來得及，我這一說明，我的小兄弟，你還不明白嗎？」

仇兒微微一笑，並沒答話，心裡卻暗暗好笑，你昨夜彈琵琶時，愁眉苦臉的直掉淚，今天你卻笑得合不攏嘴，百靈鳥似的，咭咭呱呱，滿是你的話了，這是什麼緣故？還用細推細詳嗎?他心裡想著，眼神卻向自己主人掃去。

只見他主人坐在床前，按著茶盞，眼神注定了三姑娘背影，默默出神。仇兒這一視察，又起了一點誤會，而且小心眼兒，暗暗不平，心說：「你家裡擱著千嬌百媚的雪衣娘，聽說老太太還有意錦上添花，拉上那位女飛衛虞小姐，你卻在這兒，招事生非，沾上了這個來歷不明的江湖女子，像這樣串店賣唱的下流女子，比小蘋都不配，替雪衣娘拾鞋還嫌損……」

仇兒心上暗暗氣憤，小臉蛋兒便繃得緊緊的。楊展坐在上面，卻有點覺察了，微微一笑，說道：「仇兒，我們午前便動身，這位三姑娘跟我們一塊兒進京，你到前面帳櫃，算清了店飯錢，雇牲口時，順便替三姑娘雇一輛轎車好了。」

仇兒一聽更吃驚了，心說，「好呀！這女子夠厲害的，一夜功夫竟滾上了，訂了長期合同了。」心裡有氣，嘴上卻應著「是！」一轉身，正要邁步出房，忽聽得外屋腳步聲響，有人嚷著：「小管家，你替我引見引見，我來叩謝你家楊相公來了。」

仇兒一聽，是西廂房的曹勳，聲到人到，竟大踏步闖進裡屋來了。

曹勳闖進屋內，遠遠便向楊展一揖到地，嘴上說著：「久仰楊兄大名，昨夜又蒙解圍，心領盛情，理應叩謝。」

說罷，又舉手亂拱。忽地一眼掃見了桌邊立著一個女子，立時感覺一陣惶恐，忙不及說道：「在下來得冒昧，不知楊兄同著尊夫人一塊兒進京，這位尊紀又沒有預先說明，恕罪！恕罪！」一面說，一面往後倒退。這一來，楊展倒被他鬧得難乎為情，忙跳起來，一面還禮，一面說道：「曹兄不必避嫌，這是同行的舍妹，順便護送晉京，賤內並沒有同來，曹兄不必拘泥。」

曹勳一聽，覺得話說錯了，楞把人家妹子當作夫人，未免可笑，但是一向衝性的曹動，只覺可笑，並沒不安，睜著一雙怪眼，吃人似的向三姑娘瞪了一瞪，便坦然不疑的和楊展賓主分坐，打著鄉談，說起昨夜賊人行刺的事來了。

楊展和曹勳談了一陣，問他進京有何貴幹？他說：「新任兵部右侍郎廖大亨家中一位西席劉道貞，字墨仙，也是我們川南臨邛人，是位名孝廉公，非但學問淵博，而且曉暢兵機，最難得的是義氣俠膽，絕不像酸溜溜的文人。這位劉孝廉，是俺最佩服的好友，他差便人捎信與俺，勸俺進京，在邊疆上替國家出點力。俺信他的話，巴巴的趕到此地，不想昨天受了骯髒氣。聽得京城裡，成了太監們的天下。皇帝老子偏信五體不全的混帳行子，大明江山，哪會不一塌糊塗，哪會不使天下忠義豪傑灰心？俺一賭氣，便不願進京，連我好友，都懶得看望了。」說罷，怪眼圓睜，氣勢虎虎，尚有餘怒。

楊展微笑道：「曹兄骨傲性直，使人佩服，不過凡事不能一概而論，正唯君子道消，遂使小人炎長，如果正人君子，都像曹兄明哲保身，小人一發得勢，天下事一發不可收拾了。我想貴友劉孝廉既然千里勸駕，定有高見，如果曹兄一怒而回，別的不說，豈不辜負了貴友一片熱心？再說劉孝廉安硯的廖家，和小弟也有淵源，這位廖侍郎，便是小弟的座師，從前是兵部參政，大約是新任的右侍郎，事有湊巧，小弟本要去拜訪廖侍郎，曹兄何妨觀光京都，與小弟結伴同行呢？」

曹勳被楊展幾句話，說得心裡又活動起來了，點著頭說：「楊兄的話，當然是有道理的，但是俺功名之心已冷，和楊兄一路同行，藉此攀交，倒是求之不得，既然到此，不

去看望我久別的好友，確也理虧，楊兄何日起程？俺單身一人，說走就走，準定偕行好了。」

楊展這幾句話說服了曹勳，也很高興，便和他約定當日起程。兩人又談了一陣，曹勳便回自己房中，收拾行李去了。

第廿一章　且食蛤蜊休問天

仇兒年紀雖輕，卻是忠心護主，尤其是遠在嘉定的雪衣娘，是仇兒平日感恩敬服的主母。

他覺得一個江湖賣唱的三姑娘，鬼鬼祟祟在主人房中，盤桓了一夜，哪有好事？我主人也太對不起主母雪衣娘了。非但他如此著想，連外屋兩個長隨，和一清早鬧得迷迷糊糊的夥計，心裡都是這樣想。不論是誰，只見表面，不明就裡，大約都要作如是想。其實仇兒枉屈了三姑娘，而且也輕視了他主人了。不是三姑娘冰清玉潔，不會如此，無奈中有曲折，勢不可能。

原來那天晚上，楊展取出一錠銀子，叫三姑娘改換裝束，三姑娘似嗔非嗔的，留下琵琶，娘娘出房而去，而且退房出店，一去無蹤。楊展瞧著她留在桌上的鐵琵琶，卻明白這琵琶是她隨身之寶，此去定有所為，也許明天一早便來了。一聽鎮上已經起更，外屋仇兒和長隨們，業已呼呼大睡，便把房門掩上，正要預備安息。忽聽得後窗有人輕輕彈著窗上的花欄，楊展一愣，喝問：「是誰？」

窗外立時接口道：「相公噤聲，是賤妾三姑娘。」

楊展奔近窗口，悄喝道：「深夜不便，你明天再來吧。」

窗外急道：「相公，你不知道店裡進了匪人，多半是來對付貴同鄉曹客人的，相公快開窗，待妾進來說明就裡。」

楊展聽得微微一驚，便把窗閂輕輕拔下，悄悄地開了半扇窗，身子一閃，窗外的三姑娘，一個燕子穿簾，業已飛身而入，隨手把後窗掩上，落了閂。俏生生地立在楊展面前，似笑非笑地瞧著他。

楊展一瞧她身上身下改了樣，好像換了一個人；一色青的短打扮，背著一個包袱，頭上也用青綢勒額，腰上也緊緊的束著青綢繡花巾，臉上蛾眉淡掃，薄薄的敷著一點宮粉，卻顯得雅淡宜人，別具嫵媚。她覺察楊展不錯眼的打量她，低鬟一笑，把背上包袱取下，背轉身，打開包袱，取出一件素淨的淡藍對襟衫子，披在身上，繫好了胸前琵琶結，緩緩地轉過身來，笑道：「相公！你瞧，這一改裝，便像你的……」

她說到這兒微微一頓，楊展聽得心裡一跳，卻又聽她緩緩接著說道：「像你府上的使女們了。」

楊展忙說：「不敢當！不敢當！可是這一改裝，果然比剛才好得多了。」

楊展這個好字，無非說她雅淡一點，比剛才一身庸俗的妖艷裝束好得多罷了，原是指著孽帶進京說的。在三姑娘耳內，卻把「好得多」三個字，當作楊相公憐香惜玉的總評，反而有點脈脈含羞了。

楊展一瞧，孤男寡女，深夜相對，情形很是尷尬，忙不及心神一定，面色一整，指著側面客椅上說：「三姑娘請坐，剛才你說，匪人進店，想不利於曹客人，端地怎樣一回事？」

說完這話，自己先在床沿坐了。

三姑娘向他瞧了一眼，把包袱結好，隨手擱在楊展床上，一轉身，並沒走向客椅去，卻坐在床頭一張椅子上了，笑盈盈地說：「賤妾隱身此處，探詢仇蹤，已有一個多月，平時寄身之處，在這鎮南市梢，花了一點錢，向一家開小飯鋪的老婆子，租了一間後院閑房，權且安身。剛才遵照相公吩咐，預備回到安身處所，改換裝束，算清房錢，到明天清早再到相公這兒，伺候同行。到前面帳櫃時，原預備通知櫃上，退掉了東廂房一間客屋。湊巧櫃上有個投宿大漢，正在爭鬧，硬要櫃上替他騰出一間房子來，賤妾便做了順水人情。

「那時只覺投宿的那個大漢。舉動凶蠻，路道不正罷了，並沒有十分注意。後來回到鎮南安身之處，在自己屋內坐了一忽兒，換了身上衣衫，走向前面去找開飯鋪的老婆子，算清帳目。忽聽得隔屋酒座上有人說著江湖唇典（即黑話），暗地在門板縫裡向外一瞧，時已不早，飯市已過，座頭上卻有兩個賊眉賊眼的和尚，在座頭上對酌，滿嘴都是黑話，而且認出那兩個禿驢，便是白天在街上，用人蝟募化，鬧出事來的賊和尚。

「一聽他們黑話，竟說的要在今晚，刺死曹客人，以報街上之辱，已經派遣同黨，進店臥底。賤妾一聽這話，便想到櫃上碰到爭吵騰房的大漢，便是他們的同黨了，偏偏賤妾做了順水人情，把那間東廂房讓了他們，正和曹客人住的房間，同院的對面屋子，舉步可到。一想到事情凶險，心裡立時不安起來，明知有相公這樣大行家在此，曹客人也非弱者，賊禿未必得心應手，但是明槍易躲，暗箭難防，賤妾知情不舉，良心上也說不過去，故而匆匆算清店飯錢，拿了隨身包袱，便悄悄地趕來，特地繞到屋後，偷偷地從後窗進來了。」

楊展大讚道：「三姑娘俠腸義膽，不愧巾幗鬚眉，現在不必先知會曹客人，我倒要瞧瞧賊禿們如何下手？有何本領？敢這樣橫行霸道。」

三姑娘笑說：「割雞焉用牛刀，相公只管安睡，有賤妾暗中監視著，諒這幾個匪徒，也討不了好去。」楊展一聽，她簡直打定主意，要在這屋內同處一宵的了，自己問心無愧，可是被外屋隨從們瞧在眼裡，將來回家，傳到雪衣娘耳內，未免有點解釋不清。心裡一轉，一時又沒法轟她出去，只好微笑道：「我知道你要施展鐵琵琶內的透骨釘了，這太霸道，重則傷命，輕則殘廢，定然替這鴻升老店留下禍患，你不用管，我來打發他們。」

楊展一說出透骨釘來，三姑娘立時明白自己鐵琵琶內的機關，已被人家一覽無遺了，同時也明白了楊展的用意。暗想這位翩翩公子，少年老成，真是難得，使用話套話，漸漸地探詢楊展的家世，和武功的師門宗派。楊展有問必答，並沒十分隱瞞。

三姑娘這才明白人家是川南首富，而且家裡還有一位本領出眾的夫人，便是外屋那位小管家，也是大有來頭，自己這些年，心高氣傲，雖然混跡風塵，自問還沒有辱沒自己，好容易碰著一位可心人物，不料人家宛如一隻鳳凰，和人家一比，自己好像野地裡的小麻雀，也許人家還把自己當作聒噪的烏鴉？自己心頭暗藏的主意，立時打了折扣，雖然打了折扣，似乎還沒有完全絕望，好像隨風漂流的一顆浮萍，好容易得著一個有力的依靠，如果輕輕捨去，太不甘心。於是打疊起精神，預備用起水磨功夫來，款款地細探細談，殷殷地問寒問暖。

無奈在楊展一方面，觀於海者難為水，除卻巫山不是雲，雖然青衫紅粉，促膝深宵，未免有情，也無非隱有護花之意，卻無問鼎之心，護花木於俠骨，問鼎便成挾恩，而且負義了，何況匪人隱伏，禍變將來，西廂之客，危機瞬息，這樣局面，也無法視若無睹呢。

三姑娘和楊展娓娓清談，心神耳目，都集中在對方身上，連外面敲過幾更，都有點惘惘然不大入耳。可是楊展卻明明聽得敲過二更，心裡便惦著西廂房那位同鄉的安危。轉念之際，聽得屋瓦上，微微的「咔嚓」一聲，似乎裂了一塊瓦，再聽便又寂然。微一點頭，向三姑娘一搖手，順手舉掌向燈台一拂，燭火立滅。身子微動，疾逾飄風，已到了貼近院子的窗口。

花窗是紙糊的，有一點窟窿，便可看清院落內的動靜。

這當口，正是仇兒竄上柳樹的分際，柳樹在正房對過，仇兒上樹，和賊人下屋，一切舉動，都落在楊展眼內，同時也落在三姑娘眼內。原來房內漆黑，楊展伏窗竊窺時，三姑娘不敢落後，也走上前來，和他穴隙同窺了。

看到了賊人裡應外合，拔刀撬門，危機一發當口，楊展料定樹上的仇兒，定必魯莽出手，忙從身邊摸出兩枚金錢鏢，先把花格窗紙，弄濕了一塊，悄悄地揭下來，手法一展，兩枚金錢鏢，便從窗格內飛了出去。一中後腦，一中右腕，遂使撬門而進的賊人，疼得出了聲，驚得慌了手腳，向前一栽，把門頂開，攮子跌落，鬧得章法大亂，飛逃回房。接著就是曹勳驚起，仇兒答腔，解救了曹勳這場災難。

楊展發鏢以後，知道兩個賊人，輕鬆平常，已無施展餘地，便要退身。猛覺三姑娘軟綿綿一個身子，正和自己緊靠著相站著。自己身子一動，三姑娘猝不及防，身子一歪，楊展防她跌倒出聲，慌急伸手扶住。三姑娘也早把身子站穩了。

二人同在床沿上坐下，少不得彼此談些閑言閑語，以解寂寞，又恐隔牆有耳，彼此把聲音壓低，倒像在喁喁情話哩。楊展抬頭一瞧窗外，離天亮還有一段時間，佳麗當前，未免有情，同時想起新婚初別的嬌妻，也是不無悵惘。不覺向三姑娘說道：

「這次你跟我進京，報仇是第一大事，只要我能為力，定必助你一臂，將來大仇得報以後，像你這樣的人物，不難得到如意郎君，共用唱隨之樂，江湖上不但風霜勞苦，而且魚龍混雜，人品不齊，一個大意，容易上當，我是希望你早日跳出這種生涯呢。至於我們這次萍水相逢，總算有緣，我想從此以後，我們結為兄妹，此去一路上起居飲食方面，可

以免去多少顧忌，你看好麼？」

三姑娘感動身世，霎時間悲從中來，竟抽抽咽咽的哭了起來。楊展雖然心地光明，是烈烈轟轟一條漢子，終究此時夜深如海，客邸斗室之中，和三姑娘暗中相對，心理上多少受到些影響，常在自戒之中，此時聽三姑娘哭得悲傷，也就為之啼笑皆非，弄得不知如何是好，只好忍著心腸，假裝麻木不仁。

幸而這樣僵局，沒有十分延長，耳聽鄰雞報曉，眼見窗縫發白，由漫漫黑暗之夜，漸漸趨入光明的白天。楊展神志一爽，不禁長長的吁了口氣，宛如在萬馬軍中，拚死殺出重圍一般，暗暗喊聲：「好險！」

這時三姑娘，業已止啼，靜靜地好像入睡。楊展嘆口氣說：「可憐的姑娘！我定要助你報仇，我還想替你謀一歸宿。」

楊展話方出口，三姑娘突然一躍而起，這時曉色射窗而入，可看清彼此面貌，只見她跳起身來，滿臉啼痕地跪在楊展膝前，嗚咽說道：「相公真是頂天立地的英雄，難得相公垂憐，剛才說過願以兄妹相處，從此賤妾視相公為恩兄，但不知真的肯收留我這樣風塵淪落的小妹否？」楊展伸手把她扶起，慨然說道：

「丈夫一言，我從此把你當作義妹了，祝你此去，心願得了，和我一同回川，我母親膝前也有一位有本領的義女在家，你回我家去，定然可以處得像一家人似的。」

這時三姑娘心神，也和窗外曉色一般，清光徐來，浮雲盡掃。便和楊展細細商量一同進京的事。直到仇兒和夥計進房，曹勳求會見，誤把三姑娘當作楊夫人，楊展脫口說明是「舍妹」。從此楊展和三姑娘，成了口盟的義兄義妹了，可是在當時仇兒和長隨們，只看表面，不明底蘊，當然疑雲疑雨，想到曖昧關係上去的。

在楊展進京當口，正值明季思宗當國，崇禎十年以後的時期，內憂外患，已把大明江山，弄得風雨飄搖，危乎其危。可是北京城內，還是文酣武嬉，有家無國，有己無人，處處是漆黑一團。有幾個志行高潔，器識遠大的人，在這一瀉如崩的濁流狂瀾中，也沒法作個砥柱中流，只可做個消極的忠臣義士，拚作犧牲，再不然，在明哲保身的個人主義下，做了鴻飛冥冥，弋人何慕的逃世之流。

這樣趨勢之下，小人益眾，君子更危，時局一發不可收拾！這原是封建之世，「家天下」沒落時代的應有現象。可是那時北京城內，依然被一般昏天黑地的人們，維持著粉飾的昇平，紙糊的尊嚴。便是四方有志之士，也還把它當作揚名顯才的唯一中樞，這是封建時代為少年造成的一條鎖鏈，像楊展這樣人物，也無法掙斷這條鎖鏈，總得觀光京都。可是粗豪的曹勳，卻已使酒罵座，幾乎茫茫然而去之了。

北京東城大佛寺街北頭，鬧中取靜的地方，有一所不大不小的房子，是新任兵部侍郎廖大亨的府第。前進三開間敞廳左側，一個小小的垂花門，門內一條鵝卵石砌就的小徑，通到一處花木扶疏的園圃，鑿著淺淺的一圈金魚池，池旁點綴了一叢玲瓏假山，臨池南面一座精緻的小花廳。

時已掌燈，廳前一排花窗上，燈光閃爍，人影掩映，時時透出觥籌交錯，高談闊論的聲音，原來主人廖侍郎正在接待遠客，設宴洗塵。

廳內酒席上，坐在下面主位的，是白面長鬚的廖侍郎。坐在廖侍郎肩下，一個方巾直裰，年齡三十有餘，四十不到的清癯文士，長得額挺頤豐，眉疏目朗，於一臉儒雅之中，隱隱透著英毅沉練的氣概，這人便是曹勳的同鄉好友，廖侍郎賞識的西席，臨邛孝廉劉道貞，別號墨仙。

上面客位上兩位遠客，便是楊展和曹勳了。侍郎專為得意門生洗塵，因為曹勳和楊展同來，又是劉孝廉的好友，愛屋及烏，遂得並列洗塵之宴。

原來楊展主僕帶著三姑娘和曹勳，從沙河鎮鴻升客店起程，第二天進了京城，早有鴻升聯號，京師鴻遠老店的夥計，在城門口迎接，楊展一行人便落在鴻遠店內。一看這座客店，比沙河鎮鴻升客店規模大得多了，門口粉白照壁上，刷著「仕宦行台」四個大黑字，八字牆門兩旁，停滿了車馬，進進出出的都是衣冠楚楚的人物，送往迎來的店夥，禮貌周到，招待殷勤，果然皇都氣象，與眾不同。

楊展原是揮金如土的人，又帶三姑娘同來，便包了一所三合的側院，安置主客，綽綽有餘，三姑娘也獨佔了一間正屋。大家落店以後，盥洗吃喝了一陣，楊展一看日影西斜，原擬休息一夜第二天清早，再去拜謁座師廖侍郎，不料氣粗膽豪的曹勳，一心訪友，也沒知會楊展，竟獨自溜出店去，雇了一匹牲口，快馬加鞭，先奔廖府，去看望好友劉孝廉去了。

湊巧廖侍郎正在家中和西席劉孝廉一局圍棋消遣，曹勳一到，廖侍郎並沒進內。曹勳叩見之下，談起楊展一同進京，廖侍郎立時打發兩個親隨，套著自己上朝的雙套轎車，去接楊展，還囑咐把楊武舉行李隨從，一起接來。這一來，楊展才帶著仇兒，和家鄉土儀，趕來叩見座師。而且只好當面說謊，說是「因為奉母命，帶著一位義妹進京訪親，不便在老師府上叨擾，望乞恕罪。」同時請求到內室，以門生禮叩見師母。

廖侍郎對於這位門生，是夙契在心，刮目相待的，但是他的正室夫人，還在原籍，只有一二姬妾帶在身邊，說明就裡，便邀劉孝廉、曹勳陪席，在小花廳內設宴，替這位得意門生洗塵接風。

酒酣耳熱之間，廖侍郎興高采烈，和自己西席劉孝廉，提起岷江白虎口楊展如何退盜救危，清介絕俗，豹子崗擂台，親眼見楊展如何當眾苦口婆心，武闈場中，如何絕藝驚人，他夫人雪衣娘又是如何的一位絕世無雙的女英雄，說得有聲有色，掀髯大笑。其實他這許多話，平時對這位西席，不知講過了多少次，現在楊展千里進京，師生相對，不免又舊事重提，好像在這位西席面前，證明自已這番話，毫不虛假一般，一方面也可見得廖侍郎對於這位門生，如何地得意了。

廖侍郎說得滔滔不絕時，這位西席劉道貞微笑點頭，眼神卻不斷地打量楊展。廖侍郎話風一停，劉道貞轉過頭來，說道：「東翁，這位楊兄骨秀神清，英挺絕俗，果然是人中之豪，怪不得東翁讚不絕口，可惜今生之世，如果生在太祖開國之初，怕不是凌煙閣上人物。」

廖侍郎忽然停杯長嘆，捋了一把長髯，緩緩低吟道：「余欲望魯，龜山蔽之，手無斧柯，龜山奈……何……」說到最後幾個字，聲音細得像遊絲一般，接著又是一聲長嘆。

楊展聽得，暗暗吃驚，說道：「老師吟的是孔子『龜山操』，也是孔子當時的牢騷，老師吟此，似乎感慨甚深，像老師執掌兵政，當然簡在帝心，正可訏謨辰告，克展經綸，何致抑鬱如此呢？」

廖侍郎向楊展看了一眼，點頭嘆息道：「賢契！你生長天府之國的蜀南，從小席豐履厚，這次千里遠遊，初次到京，只覺耳目一新，哪知道國勢垂危，已如危卵呢，不過老夫這種杞人之憂，不應該對你說，不應該阻你英年銳進之心，天生我才必有用，自有你作為之地，像老夫飽經憂患，一味頹放，原是萬萬學不得的。」

說到這兒，忽又向劉道貞苦笑道：「墨仙！我居然得到這樣門生，應該自豪，偏在這大廈將傾當口，得到這樣門生，這又叫我萬分難過，當朝大老，昏頹至此，難道我忍心把他送入虎口嗎？他這次進京會試，一半還是我慫恿他來的呢。」

劉道貞笑道：「東翁身處朝廟，所見所聞，都是不如意事，日子一久，難免灰心到極處，但是天道常變，事難執一，真到了不可開交之時，中國地大人眾，豈無一二豪傑之士，奮臂一呼，保障半壁，少康偏旅，亦能中興，人定也許勝天，未來事豈可逆料，也顧不得這許多，且食蛤蜊休問天，對！一杯銷萬古，再酌定乾坤。」說罷哈哈一笑，端起面前酒杯，一飲而盡。

劉道貞對席是曹勳，他聽了他們鬧了半天文縐縐的之乎者也，自己插不進話去，雖然聽不大懂，察音辨色，自然也明白他們牢騷的意思，他又想起了沙河鎮那位巡檢的卑鄙行為，幾杯下肚，酒興上湧，他也沒有考慮身居客席，也沒有顧慮主位上，是身居顯職的兵部侍郎，在劉道貞話風一停，哈哈舉杯當口，他不知怎麼一來，怪眼一瞪，把手一拍桌子，高聲說道：

「朱家坐了二百數十年皇帝交椅，一代不如一代，大約氣數已盡，偏又寵信一般混帳行子的太監，活該倒楣，這是朱家的事，讓朱家自己料理去好了，要我們愁眉苦臉怎麼？俺在沙河鎮受了一肚皮骯髒氣，不是楊兄苦勸，俺早快馬加鞭，回轉自己家鄉了！」

這位粗豪的曹勳，毫沒遮攔的敞口一說，大家聽得驚呆了，廖侍郎更是驚得瞠目直視，背脊冒汗，暗想這位傻哥，竟敢在我面前，大聲疾呼地說出這樣大逆不道的話來，如果被東廠校尉們聽去，不但這位傻哥罪滅九族，連我也得陪他吃一刀，這可受不了。正想發話阻止，劉道貞忙站起來，拉著曹勳急急地說：「你吃醉了，快上我屋去，靜靜地躺一回便好了。」

說罷，不由分說，拉著曹勳便出廳去了。席上的楊展，也滿身不得勁，忙說：「老師恕罪，曹兄來自田間，性又粗直，說話不知禁忌，實在太……」

廖侍郎不住的搖頭，忽然低聲笑道：「你以為我惱他麼？我是驚他這樣大膽，楞敢說這樣石破天驚的話，正唯他來自田間，突然在這兒說出這樣話來，正是我們在朝的，連做夢都不曾想到的話，他既然說得出來，可見在野的無數人們，心裡都難免有了這樣念頭，民心如此，大事去矣！不過他說的在沙河鎮受了一肚皮骯髒氣，這又是怎麼一回事？」楊展便把沙河鎮人蝟募化，曹勳打不平的事，說了。

廖侍郎嘆息道：「原來那位曹君，未到帝都，便受氣惱，這就無怪其然。其實這種骯髒氣，在天子腳下的人們，已是司空見慣，受之若素了。不用說異常百姓，即就執掌鈞衡的大學博士魏德藻，和我們那位兵部尚書張縉彥兩位大老來說，那一天不仰承權監曹化淳王之臣等鼻息？堂堂宰相和尚書，都變成虛設，幾乎成了權監的清客。這裡邊也要怨幾位大老骨氣毫無，一味戀棧，遂弄得斯文掃地，我這不合時宜的侍郎，也只有滿腹牢騷，書空咄咄罷了。」

楊展一聽朝廷弄成這樣局面，怪不得陝晉等省分，變亂紛起，剿撫兩窮。最可注意的，廖侍郎提到司禮太監曹化淳上去，立時想起三姑娘報仇之事，不禁問道：「老師所說的權監曹化淳等，這種不學無術的宮掖小人，偶得至尊寵信，便要妄作威福，頤使廷臣，古今原是一轍，學生在路上，還聽說曹監提督九門，掌握金吾，家中還養著匪盜一流的亡命之徒，照這樣情形看來，大明二百幾十年的江山，真要斷送在這般人手上了。」

楊展是故意用話打探，果然，廖侍郎輕輕一拍桌沿，悄悄說道：「豈但如此，府第連街，廣置姬妾，一個太監，居然廣置姬妾，你想，這其間還堪設想嗎？我們這條大佛寺街南首盡頭，一所崇煥輝煌，勝似王侯的府第，便是他的私宇，你路過時，冷眼一瞧，便可推測八九了。」楊展聽得，便暗暗記在心裡。

師生密談之間，忽然門外搶進一個親隨，向廖侍郎稟報，說是：「此刻張尚書派人來請大人，火速到宰相魏大學士私邸，商議機密大事，張尚書已經先去了，下人們私下打探，據張尚書派來的親隨說：『新派陝西總制傅宗龍傅大人，到任不久，又受了闖王李自成圈套，傳大人已經生死不明，』這消息和上年總制陷身時一般，仍然從河南福王府轉來的消息，用八百里火急塘報，飛遞進京。塘報來投兵部，先送到尚書私邸，還是剛才的事。」

廖侍郎一聽這樣消息，倏地站起，一跺腳，長聲喊道：「完了！我這位前任傅年兄，又踏上了喬年兄覆轍，局勢糟到如此，京師屏藩的陝晉，非我有矣！看情形潼關一道鎖鑰，岌岌可危，河南的福王，大約已寢不安席了！」

說罷，命親隨們快去套車，又派一個下人，去請劉孝廉替自己陪客。這時楊展已離席而立，便說：「師座軍書旁午，國事要緊，學生改日再來叩謁，就此告辭。」

廖侍郎連連搖手道：「我們通家世誼，非比尋常，不必拘泥，墨仙才高學博，識逾恆流，你們大可一談，便是你進京會試的事，和都城一切情形，他也可以源源本本告訴你。」正說著，劉道貞已雅步而入。廖侍郎便把新得消息，匆匆一說，便自趕赴相第，議事去了。

劉道貞陪著楊展終席以後，邀到他安硯的書室，促膝茗談，楊展一瞧曹勳不在室內，問起情形，才知劉道貞已派人送他回鴻遠客寓去了。

劉道貞笑道：「曹勳是我總角之交，性情亢直，寧折不彎，世傳武藝，臂力絕倫，又是世襲指揮，上年春季東寇窺邊，震動畿輔，我偶托回川便人，捎封信札與他，勸他馳騁邊疆，克振家聲，不料他真個來了。可是今昔異勢，局面不同，他到了沙河鎮，一怒欲回，雖然他素性如此，其實此舉卻非常人所及，便是小弟在此孤寄，毫無官守，無日不起還廬之思？只因居停情重，一時不便出口，現在體察情勢，危巢覆卵，凛乎不可再留，也許和諸位可以聯轡出都呢。」

楊展說道：「看情形小弟進京會試，也是多此一舉，老母倚閭，白雲望切，小弟也心灰意懶了。」

劉道貞道：「這卻不然，天生人豪，才為世用，冥冥中自有安排，便是楊兄甘願韜光隱晦，事情到來，恐怕不由自主。至於武闈應試，憑真才實學，揚名天下，與阿媚權門，尸位素餐者不同，貴座師愛才念切，到時定有安排。川南來人及貴座師，時道吾兄及令閫俠風軼事，久已心折，我看老兄，現在像是懷著什麼心事似的，而且神色之間，也帶著肅殺之意，難道此來京師，曾有什麼不平之事遇到，動了扶危救困的俠義肝膽，想要一試身手麼？」

楊展聽得，猛吃一驚，暗想這人真了不得，居然在我面色上，隱隱道著了三姑娘一檔事，此後言語舉動，還得當心才好。轉念之間，不覺微一沉吟。劉道貞拍手笑道：「何如，事蘊於心，氣現於面，這一猜測，許是給我料著了吧？吾兄初到京城，地理不熟，人情隔膜，小弟雖無縛雞之力，也許可以借箸代謀，參與末議，借他人杯酒，澆澆自己塊磊，也是一樁快事。」說罷，呵呵大笑。

楊展被他當頭一罩，微微一笑，卻暗地留神劉道貞詞色之間，鋒芒畢露，豪邁過人，並非有意推敲，確是肺腑之語，大有傾心結交，一見如故之意。心裡暗暗打了個主意，故意不理會他的話鋒，很從容說道：「此番進京，得與先生結交，便覺此行非虛，倘蒙不棄，明晚在寓所當治杯酌，恭候駕臨，還要替先生引見一位風塵奇士，藉此也可傾談一切。」

劉道貞向楊展看了幾眼，笑道：「奇士定有奇聞，卻之不恭，一定遵召。」楊展暗暗好笑，便與劉道貞訂了明晚之約，告辭返寓了。

第二天，白天無事，楊展又是世代守鄉居富，並非仕宦一流，京中也沒有幾個戚友，只和曹勳到近處名勝處所，隨意遊玩了一陣，便回寓來。暗地和三姑娘說明自己聽得的曹太監家中的情形，又說出今晚約廖府西席劉道貞到寓便酌，「此人雖是文士，卻非常人，人既豪爽，胸多智謀，京城地面，他又熟悉，你報仇的事，也許著落在這人身上，他來時，只看我眼色行事便得。」當下吩咐仇兒，知會店櫃，在寓中代辦一桌精緻可口的酒席，晚上應用。

西山日落，燈火萬家，劉道貞翩然而來。楊展迎入自己屋內。曹勳也聞聲趕入。曹勳是中途結伴，同行同寓的同鄉，又是劉道貞的好友，當然是請他作陪，不過心頭蘊藏著三姑娘一段事，在這位心口如一，時發傻勁的曹老鄉面前，能否透露出來，卻有點躊躇了。

燈紅酒綠，主賓入座，仇兒在旁伺應。酒過數巡，劉道貞問道：「昨夜楊兄所說那位風塵奇士，何以未見？」

楊展指著左面空座上說道：「早已虛左而待，一忽兒便來。」說罷，向仇兒說道：「拿琵琶來！」

仇兒出去，便把三姑娘鐵琵琶拿進房來。楊展接過，擱在空席桌沿上，向劉道貞說：「劉兄博通今古，請鑒賞一下，這琵琶的異樣處。」

劉道貞站起來，俯身細察，用手彈了彈弦索，掂了掂輕重，立時面現詫異之色，向楊展看了一眼，正想說話，忽見房簾閃動，嬝嬝婷婷地走進一位蛾眉淡掃，裝束雅素的美人來。楊展站起身來，指著上面劉道貞說：「義妹，這位便是我說的劉孝廉道貞先生。」又指著三姑娘說：「這是小弟在邯鄲道上，結盟的義妹，也就是昨夜所說的風塵奇士，我輩襟懷磊落，萍蹤偶聚，劉兄定不拘泥世俗之見，以男女為嫌，正可請我這位義妹，彈套琵琶，向劉兄請教。」

劉道貞萬不料所謂風塵奇士是個女子，而且被楊展恍惚迷離地一介紹，桌上琵琶，又是精鐵所製，與眾不同，明知楊展這樣人傑，無端在半途結識這位義妹，其中定有非常之事。既稱義妹，卻又令同席獻技，事甚兀突，頗出意外。一時倒有點莫測高深了。

三姑娘垂眉斂目，向劉道貞福了幾福，又和曹勳打了個招呼，便盈盈地在左席坐了下去，拿起桌上鐵琵琶，微一側身，正了一正弦音，竟默不出聲叮叮咚咚彈起琵琶來了。劉道貞是個九流雜學，無所不窺的人，原是一個倜儻不群的人物，音樂一道，自然也是內行。一聽鐵琵琶彈出來的音韻格律，和普通琵琶完全不同。彈的調門，卻聽得出來，是失傳的古調「風塵三傑」。

他一聽她彈著此調，心裡一動，不禁向三姑娘背影掠上一眼（因為三姑娘是側身朝外的），同時又向主位上的楊展察看。見他面含微笑，拿著一支牙箸，輕輕敲著桌沿打拍子。女子對席的曹勳，音樂完全外行，統沒理會，只顧喝酒。劉道貞靜心細聽，覺得音韻非凡，漸入佳境，似乎幾根琴弦中，有時曲曲傳出兒女的柔情，有時也隱隱地起了英雄的叱吒，忽柔忽剛，忽揚忽抑，便像風塵三傑，在那兒對話一般。等到調終音絕，劉道貞還昂著頭癡癡地在那兒欣賞，耳朵邊似乎還存著裊裊的餘音。

第廿二章　賣荷包的家

三姑娘一曲彈罷，輕輕把琵琶擱在身後茶几上，盈盈地立起身來，對楊展低低地不知說了一句什麼話，便退下席來，遠遠地向劉道貞微一斂袵，竟悄悄地退出房去了。

劉道貞離席還揖時，見楊展任她退席，並沒挽留，自己嘴上急想說話，一時又不便說些什麼，兩道眼神把三姑娘一直送出房外，如有所失。心想這女子有點怪道，悄悄地進來，悄悄地退去，始終沒有開口說話，只輕輕和楊展說了一句，也聽不出字音來，所謂風塵奇士之奇，大約便在此處了？他無精打采地坐下，一時竟有點惘惘然。

劉道貞的神情，逃不過楊展兩眼，故意問道：「這位義妹的琵琶，還能入耳否？」

劉道貞精神一振，連讚：「妙絕，妙絕！」忽地上身一探，很迫切地問道：「楊兄恕我冒昧，這位姑娘端淑中寓流麗，秀媚中隱英爽，用的是生平僅見的鐵琵琶，彈的是『風塵三傑』的逸調，吾兄又故作驚人之筆，佈成匣劍帷燈之局，如此種種，定有所為，如蒙不棄，認為可交，何妨肝膽相示，遣此良夜呢？」

楊展暗暗一樂，先不開口，卻向曹勳瞟了一眼。劉道貞立時覺察，嘴上「哦」了一聲，向曹勳問道：「你和楊兄結伴來京，楊兄和那位姑娘結盟義妹的經過，你當然比我清楚得多了？」

曹勳大笑道：「俺在沙河鎮拜識楊兄時，那位姑娘已經在楊兄身邊，俺又不像你事事講究掘根刨底，怎會比你清楚呢！」

劉道貞微一思索，笑道：「我現在要和楊兄密談一下，也許事關隱秘，只許你聽在耳內，卻不許你隨口亂說。」曹勳怪眼瞪得老大，高聲說道：「我喝我的酒，你談你們事，聽不聽由我，說不說由你，你們信得及我時，便在我面前說，信不及我時，等我吃喝完了，避開了你們以後，再說未遲。」

楊展一聽，這位老鄉說話，真像打鐵一般。劉道貞卻滿不在意，點點頭說：「好了！我信得及的。」說了這句，又向楊展笑道：「我這位總角之交，剛而非懷，勇而有信，關係朋友重大之事，他是極有分寸的。」劉道貞這樣一說，明明是催楊展開口，急於一探三姑娘的隱情了。

楊展揮手命仇兒退出。一面殷殷勸酒，一面便把三姑娘立志報仇，進京尋訪花太歲──便是司禮太監曹化淳養在府中的拈花寺八指禪師。自己憐她一番苦心，業已允她相機臂助，帶她來京。男女同行不便，又憐她身世孤單，遂結為義兄妹，預備助她成功以後，再替她謀個終身的歸宿。但是初到京城，人地生疏，萬不能魯莽從事，必定要佈置周密，一擊而中，還要事成以後，一毫不露破綻，使人無從捉摸才好。吾兄才識過人，這檔事還得請教大才相助，示以機宜，非但三姑娘感銘骨髓，戴德如天，連她家慘死兇手的幽魂，也銜恩於地下了。

楊展悄悄地說出底蘊，曹勳也聽得兩眼直勾勾的出了神，劉道貞卻默不出聲，兩眼微閉，不住地在那兒思索。他半晌不說話，大家都沉默了。

許久，才見他雙眼微睜，射出精光，向楊展點頭道：「此事如若先探仇蹤，然後飛身入室，潛身伺隙，阻擊殲仇，非但三姑娘身有武功，還有吾弟這樣大行家扶持臂助，也許手到擒來，並非難事，但是據我所知，曹宅確有八指禪師其人，據說，武功絕倫，為曹監侍衛之首，八指禪師以下，恩養的四方武士，不下二三百名，平時曹監出入，前呼後擁的校尉，便不下百餘人，夜晚防護院宅，稽查出入，必定戒備更嚴，萬一稍有疏漏，一擊不中，便誤大事，何況京城非外省僻縣可比，吾兄又是揚名鄉土，具有身家的人，加上武闈廷試之日，大約還要半月以後，豈能輕身涉險，貽害無窮？

「正如楊兄所慮，必須一擊而中，還要不露破綻才好。這樣看來，當然要計策萬全，才能下手，因此我想到一條線索，從這條線索上，得到一個奇計，不過此時還不便明言，明天我得先暗暗訪明了這條線索，才能安排下手的步驟。大約明天廖侍郎下朝以後，定要來請吾兄敘話，那時或可與兄密商此事了。」

楊展聽他想得奇計，滿心喜悅，不料還得查明線索，話未明說，不知他葫蘆裡賣的什麼藥？倒被他弄得心癢難搔。自己還未開口，曹勳便搶著說話了：「我知道你肚皮裡，有的是稀奇古怪的鬼八卦，不然，我們小時候一淘頑耍的弟兄們，為什麼替你取個綽號，叫做賽伯溫呢？不過你既然替楊兄想了個鬼八卦，何必再扭扭捏捏，吞吞吐吐的令人難受？直接了當地先說明了，豈不痛快！」

楊展聽得大笑。劉道貞伸手拍著曹勳肩膀，笑道：「沒有你的事，喝酒是正經。」曹勳忽地一跳而起，指著劉道貞說：「怎麼，沒有我的事，那不行，你們用計的用計，出力的出力，去充除強助弱的好漢，卻把我老曹當廢物，蹲在客店裡受悶氣，那我不幹，我也得替三姑娘賣點氣力，回家鄉去也說得嘴響，否則，我得嚷嚷……」

楊展一聽要糟，他竟學起充憊賴的小孩子來了，又笑又氣，卻又愛他見義勇為的一股傻勁，自己和他初交，不便說什麼，卻聽得劉道貞和他說道：「誰也沒有把你當廢物，不過你這一身銅筋鐵骨，我都盡知，如果在長槍大戟，十盪十開的疆場中，你倒可以去得，現在需要的，卻是飛行絕跡，隨機應變的本領，這種本領，非你所長，如何去得，也罷，明天我和楊兄商量停當以後，總得叫你出身汗，你才沒有話說，可有一樁，你得自己留神你的嘴，不要誤了人家大事。」

劉道貞這樣一說，曹勳立時笑逐顏開，坐下喝酒了。酒席散後，大家又閑談了一陣京城掌故。

到了起更時分，劉道貞告辭別去。楊展拉著曹勳又談了一陣，探出劉道貞家世。才知道貞原是黎州大族，黎州有一個牢不可破的惡習，凡是有人登科，有了孝廉或進士身分，便要建立旌坊，逞雄一鄉，而且可以役使窮戶，攤派富商，名曰「免差」。簡直等於土豪惡霸，官不能禁，沿為紳例。到了劉道貞登科成名當口，他獨排眾議，謝絕應得的惡例，竟率了妻子，搬到臨邛去了。

黎州的人，弄他沒法，從此這個惡風氣，從劉道貞起，便革除了。後來他髮妻去世，斷弦未續，便進京浪遊，曾經上書當道，條呈救時之策，當道雖不能用，卻被廖侍郎賞識，請到家中，屈為西席，廖侍郎時時向他請教，賓主極為投契。

現在他家中還有老母寡嫂，前妻一子，也由寡嫂管領著。楊展探明了劉道貞家世情形，想起了眼前一檔事，心裡便暗暗打了主意。

第二天午後，楊展正和三姑娘密談劉道貞說有妥策，先去打探線索的事。談話間，廖侍郎已派車來接。楊展囑咐三姑娘安心在寓，對於同院住著的曹勳，想法和他談談，用話籠絡住他，免得他單身出外，酒醉漏風。吩咐以後，自己帶著仇兒，上車到廖府去了。

這天楊展到廖府時，廖侍郎把楊展請到自己內書房，密室談心。問起劉孝廉時，左右說是清早出去訪友，尚未回來，楊展猜是探訪線索去了。便一心和廖侍郎盤桓，順便問問武科廷試的情形。廖侍郎斥退左右，悄悄對他說：

「你既然進京，這次武科，當然得應試一下，在你又是輕而易舉的事，定然高中無疑，不管時局如何，總得了此心願，不過武闈高中以後，難免欽派職司，指省效力，到那時卻須看事論事，我自會替你想法。

「老實說，我希望你早回家鄉，早慰高堂倚閭之望。我謬充座師，對於有為英年，竟這樣勸人湧退，對於朝廷提拔真才，勤勞王事之旨，也說不過去，但是我另有想法。平時和墨仙，討論未來局勢，墨仙見識，比我徹透得多，他說：『朝廷餉兵兩絀，屢失戎機，晉陝民變，已成燎原之勢，萬一晉陝一失，京城必危，潼關一破，楚豫難保，真個到了這樣不可挽救時候，只望江南半壁，劃江自守，蜀國天險，防堵得人，或可保存東南數省幾分元氣，留待中興之機。』

「他這幾句話，我時常暗存心中，昨夜在相府密議傅總制失陷以後的辦法，袞袞諸公，竟無一人說句像樣的話，最可笑魏德藻堂堂元輔，別的主意一點沒有，卻主張把這火急塘報壓下，不使上聞，預備暗地和一般當權太監密商以後再說。你想元戎陷賊，兵心解體，這是何等重大的事？大禍已在眼前，還要蒙蔽君上，我忍不住說了幾句利害關係的話，反笑我迂執之見，不合時宜。我回來以後，氣得一夜沒睡。

「你我這樣無補時艱的老朽，早該掛冠而隱，無奈見危授命，殺身成仁之念，橫亙於胸，此時已非我高蹈之時。至於你，現在尚無官守，和我又不一樣了，我也得為國家保全才傑之士，預備他日中興之佐，何況你在川南，夫妻雙傑，人望所歸，你的好友像川南三俠，都是絕好臂膀，你如回到家鄉，逢到西蜀危難之時，正可振臂一呼，保障一方。墨仙足智多謀，也是絕俗超群之傑，我也預備請他和你們聯袂出都，將來可以同你聲應氣求，保衛桑梓，比較在此作撲火燈蛾，同歸於盡，豈非有意義得多？此刻出我之口，入你之耳，務必銘記在心！」說罷，竟自老淚紛披，長嘆不已。

楊展長眉劍立，俊目電射，朗聲說道：「師訓定必銘心！門生不才，到那時願毀家紓難，率川南數萬鄉子弟，乘流而下，掃蕩中原，迎師座於黃河之濱。」

楊展正慷慨激昂的說著，一個長班，在門外稟報：「居庸關總兵張倜、寧武關總兵周遇吉進京陛見，特來請謁。」

廖侍郎向楊展說：「我到外廳會客，你在此等墨仙回來，回頭我們再談。」說罷，到內室更換冠帶，預備見客去了。

楊展獨自在內書房，坐不到一盞茶時，長班來請，說是「劉師爺回來了，請楊相公到外書房敘話。」

楊展到了劉道貞屋內，兩人相見，楊展便問：「劉兄古道熱腸，今天外出，定是探尋線索去了？」

劉道貞微然一笑，一看左右無人，從自己書桌上青氈底下，取出一封柬帖，交與楊展。楊展仔細一瞧，柬帖上寫著，怎樣佈置，怎樣探仇，怎樣進身，怎樣下手，連如何退身，如何結束，一步步寫得層次井然，後面還附著街道四至的簡明地圖。

楊展瞧得暗暗點頭。劉道貞拱手笑道：「小弟效勞，只有到這地步為止，此後只有靜聽吾兄的喜音了，要緊的臨時運用，隨機應變，不要執滯，還得吾兄逐步留神，不要拘泥定策才好，還有我們曹老弟面前，只好實行古人『民可使由，不可使知』的那句老話了。」說罷，呵呵大笑。

楊展卻皺著眉道：「劉兄，你這條計，真夠得上一個奇字，佩服是佩服，不過卻苦了我，萬一陷身香國，洩漏春光，鬧得焚香搗麝，柳慘花愁，或者陰錯陽差，把我當作踰牆穿隙的狂徒，這可掬西江之水，難洗此辱，從此也無臉見江東父老了！」

劉道貞大笑道：「楊兄望安，這樣重任，非大將軍自己出馬不可，好在令閫不在此地，盡可放膽而行。」說罷，笑得打跌。

楊展看了他一眼，心裡想說出一句話，覺得時機來至，便沒出口。彼此又仔細商量了一陣，已經日影西斜。探得廖侍郎貴賓不斷的到來，應接不暇，便辭了劉道貞，悄悄回寓了。

楊展返寓，在當天晚上，把三姑娘、仇兒叫到跟前，悄悄地密談了一陣，把第一步應該做的事，仔細吩咐明白。

三姑娘自然心領神會，感激涕零，仇兒卻如夢方醒，才明白自己主人帶三姑娘進京，原來目的在此。心裡正奇怪三姑娘進京以後換了個人，次日淡裝素服，沉默寡言，無異一位幽嫻貞靜的閨秀，主人和她，分居別室，平日兄妹相稱，親而不密，看得莫名其妙，直到此刻主人說明就裡。自己暗暗慚愧，覺得自己在沙河鎮，有點錯疑主人了。

第二天下午，曹勳正在楊展屋內聊天，劉道貞到來，身後卻跟著一個鄉下裝束的僕婦。

楊展更不細問，便領著僕婦到三姑娘房去了。半晌，楊展回來，身後跟著三姑娘和仇兒，仇兒還扛著一個鋪蓋。三姑娘進房，向劉道貞含笑見禮，款款道謝道：「諸事蒙劉先生費心關照，實在感激不淺，現在同我兄弟特來告辭，改日再一併道謝罷。」說罷，向劉道貞、曹勳都福了一福，便退出房去。

仇兒也笑著向楊展說了句：「相公，此刻送我姊姊到親眷家安身，回頭再來伺候相公。」說罷，忍著笑，跟在三姑娘身後也出去了。曹勳瞧得亂翻白眼，不想三姑娘原有親眷在京？可是仇兒和她，怎地忽然變成了姊弟？而且帶去的女僕，還是由道貞替她找來的？忍不住問道：「三姑娘大事未辦，怎地走了？」

楊展道：「辦事不在一時，女流同處一寓，到底不便，讓她在親眷家安身也好。」

曹勳聽得理路滿對，便不再問了。劉道貞卻對他說道：「此刻我來接你們兩位到廖府寄住，比在嘈雜的客寓，畢竟好得多，你行李不多，也得收拾一下，外面車輛已經備好，我們馬上便走。」

曹勳聽得又是一愣，覺得事情都是突然而來，其中定有說處，定是劉道貞在那兒搗鬼，一時卻想不出所以然來。劉道貞又連連催促，只好先到自己房中收拾行李去了。

廖侍郎原預備接楊展到自己家中，現在聽得他同來義妹已經訪著親眷，另有安身之處，楊展已經遷來，便將花圃一座精緻小花廳，撥作門生寄寓之所。楊展帶來的長隨們，也安置在小花廳旁耳房內，可以早夕伺候。劉道貞卻把曹勳安置在自己書屋的鄰室，廖侍郎看在西席面上，對於曹勳，當然也另眼相待。

從這天起，楊展和廖侍郎師生周旋以外，常和劉道貞安步當車，出外遊覽京城景物，偶然也帶著曹勳同行。一連好幾天，曹勳覺得三姑娘、仇兒兩人一去無蹤，楊展和劉道貞也絕口不提，問起時，兩人又浮光掠影的一說，聽得摸不著頭腦。

有一天，楊展獨自外出。劉道貞也拉著曹勳到街上閑步，向大佛寺街南首走去。經過司禮太監曹府門口，向右一拐，繞到曹太監府後一條僻街上，幾步又拐進一條長長的靜靜的小胡同。走沒多遠，一家破舊的紅漆雙扇門外，掛著一塊半舊的木招牌，招牌上漆著一個五彩荷包，下面寫著「南北巧繡，織錦串紗，四季時樣，色色俱全。」

曹勳笑道：「久聞京城荷包有名，卻不料在這小胡同破落戶門口出賣，這樣冷清清地方，鬼也沒得上門。」

劉道貞道：「你知道什麼，京城鬧市繡貨鋪裡，有的是帶賣荷包的，但是要挑選上上的出色貨，還得上這兒來，你可得記住這地方，回家時，可以買幾件去送人。」兩人串了一陣胡同，便轉到熱鬧街上，進了一家酒館，對酌了一回，便回廖府了。

第二天掌燈時分，楊展換了一身華麗的衣冠，只和劉道貞、曹勳打了個照面，說是另有約會，便獨自走了。劉道貞和曹勳在自己房內對酌，劉道貞問道：「我記得你從前善使一條精銅連環鎖子蛇骨鞭，這是你祖傳的得意兵刃，遠道來京，防身利器，想必帶在身邊的了？」

曹勳指著腰裡說：「這是我的性命，當然刻不去身。」劉道貞一看房內無人，悄悄問道：「你不是願意幫助三姑娘一點忙嗎，現在還願意不？」

曹勳聽得一愣，說道：「這何消說得，丈夫一言，如白染皂，你問這話什麼意思？三姑娘安身親眷家以後，一無消息，連楊兄那個小管家都不見了，我正想問你哩。」

劉道貞微微一笑，喝了口酒，緩緩說道：「今晚三更，便是你幫忙的時候了。」曹勳一聽全身一震，霍地跳起身來，把自己坐的一張椅子，端到劉道貞下首，坐得靠近些，探著身，壓著嗓音說：「唔！我說這幾天楊兄常常獨自外出，你也有點鬼鬼祟祟，不用問，都是你的鬼八卦了？卻把我瞞得實騰騰的，到底也用著老子了，好！只要不把老子乾擱在一邊，由你們搗鬼去，我的軍師爺，我明白現在你是升帳發兵，想指揮老曹出馬了，用不著激將法，水裡火裡，老子都去，你就痛快說吧！」說著，說著，嗓門的話音，不由得便高了起來。

「噓！」劉道貞急用一指，在嘴上擺了一個「中」字，曹勳脖子一縮，舌頭一吐，輕輕地說：「沒有外人，快說，這幾天閑得沒事做，連周身筋骨都不得勁兒，拳頭癢癢的，捶幾個王八羔子，臊臊皮，也是好的。」

劉道貞正色道：「你不要把事看輕了，也許你用不著出手，也許你這條蛇骨鞭，要替人家抵擋一陣，不論如何，得聽我調遣，事情出入太大，一毫亂來不得！」

曹勳點著頭說：「依你！依你！」

劉道貞又說道：「今晚二更過後，你換身短衣，暗帶蛇骨鞭，和一條堅實繩索，悄悄地蹲在那條胡同背暗處所，快到三更時分，定有一輛朱輪繡幰駕著黑驢的精巧車子，在賣荷包的門口停下，車內也許下來一個，或兩個女子，你不用管它，等女子進門，趕車的漢子拉到遠一點地方息著當口，你便出其不意地撲過去，一下子把他制住，第一不准他出聲，把他身上號褂剝下，捆住手足，藏在車內，你卻把剝下的號褂，套在身上，抱著趕車鞭子，坐在駕車的位子上，假裝抱頭打盹，暗暗地留神那家門口進去的人。

「如果瞧見一個身材魁梧的和尚進去，你得仔細留神和尚的隨從，有幾個跟進去的？有幾個等在門外的？如果你瞧見，有人在暗中料理和尚的跟隨，已進門的你不必管，出在門外的，你得幫同下手，不管死活，一個不准他們逃出胡同去，假使風平浪靜，你卻不許動手。

「此刻我和你說的，無非是一種猜測，也許到時，情形有點不同，好在到了分際，定然有人替你打接應，怎樣悄不聲的退回來，也有人知會你的。」

劉道貞和曹勳密談的時分，楊展打扮得紈絝子弟一般，早已進了那條胡同內賣荷包一家的門。其實他已是輕車熟路，成為這家的入幕之賓，而且搖身一變，變成了脂粉隊中，出色當行，揮金如土的王孫公子。原來這家人家，並非真個出賣荷包的破落戶，荷包招牌，是個幌子，也是個暗記，門外好像是破落戶，門內前幾進閑屋，也瞧不出什麼來，可是再進去，便別有洞天，曲房複室，宛如迷宮，錦幃繡闥，有如內苑。

這家主人，是個四十多歲的胖夫人，上下人等，都稱她為九奶奶而不名。據說當年權傾朝野的奉聖夫人客氏，是九奶奶的乾娘，因此京城內皇親國戚，權門豪奸的姬妾們，十九和九奶奶有來往。客氏死後，氣焰冰消，九奶奶卻手段通天，密營香巢，替赫赫門第的蕩婦妖姬闢一方便之門，同時替一般公子王孫，做了蟻媒蝶使，兩面湊拍，於中取利，九奶奶便成了曠夫怨女的廣大教主。

但是九奶奶眼高於頂，普通人休想問津，凡是入幕之賓，都是經九奶奶親自選就的，有財有貌的風流男兒，或者是具有特別權勢的人物。前幾年，香窟並不在此，卻是門庭如市，車馬盈門，而且黑車四出，用計劫取俊壯男子，囚入迷香窟裡，許多少年子弟，竟有因此失蹤傷身者，風聲鬧得太大，御史奏了彈章，九奶奶幾乎弄得鋃鐺入獄，人、財兩失。幸而她平時背有靠山，聲氣相通，居然彌縫了事。

這一來，九奶奶匿跡銷聲，藉著司禮太監曹化淳的庇護，悄悄遷居於這個僻巷之內，不敢像從前明目張膽的大做，居然想入非非，用荷包為記，只偷偷摸摸做些舊日生涯。可笑曹太監庇虎傷身，引狼入室，府內一群姬妾，正是廣田自荒，得此近水樓台，豈肯放過？早和九奶奶結成不解之緣，另訂密約了。

劉道貞倜儻不羈，也許在九奶奶家曾作入幕之賓，也許耳熟能詳，深知內幕。為了三姑娘的事，運籌帷幄，居然想到這條線索上去。他自己並沒露面，指明地點，暗授方略，由楊展單獨前往，以挑選荷包為名，敲門而入，楊展進門時，只有一個龍鍾的老嫗應門，領到第二進院落穿堂小坐，老嫗便自退出。堂內設備，並不起目，無非應有盡有而已。半晌，一個垂髫雛婢，從屏後出來，捧著一盞香茶待客。楊展已經明人指教，九奶奶詭計多端，恐怕這盞香茶內有把戲，哪敢沾唇，便向雛婢道：「我要挑選上等的各式荷包，你家貨樣可曾完備……」

一語未畢，屏後笑道：「上等貨應有盡有。」從這句話音裡，轉出一個畫眉裁鬢，面如銀盆的貴婦人來，看臉上依然明眸皓齒，還留著一點少婦丰姿，而且翠羽明鐺，一身內家裝束，頗有點華貴氣象，只可惜發胖得有點身材臃腫。楊展明白，這婦人定是盛名之下的九奶奶，故意學出紈絝子弟的樣子，跳身而起，兜頭一揖，笑嘻嘻地說：「幸會幸會！想不到九奶奶今天親自出來待客，面子不小，有幸！有幸！」九奶奶嘴上噫了一聲，格格一陣笑，笑得面頰兩塊肥肉，像涼粉般哆嗦了一陣，指著他笑道：「小夥子，九奶奶面前，休弄鬼吹燈，你不是想挑選上等荷包嗎？這兒不是談話之處，來！跟我走！」

說罷，便往屏後走。楊展吃了一驚，心想自己還沒有說出所以然，她倒開門見山，單刀直入，為了三姑娘大事，既然到此，也只好冒險一闖的了，心裡轉念，腳下已跟著九奶奶轉過屏後。見她沒往後院引，轉入側面一道黑黝黝的夾弄，九奶奶一面走，一面和他說笑。楊展心頭直跳，不敢答腔。九奶奶立時覺察，嗤地一笑說：「小夥子，你還是初出道的雛兒哩！」

這條夾弄，足有四五十步長短，夾弄盡頭，卻是一堵砌死的牆，黑沉沉地看不出有門來。

九奶奶搶上一步，伸手在牆上摸了幾下，吱嘍嘍一響，整堵牆壁，竟向右面縮了進去。面前頓時一亮，立時鳥語花香，嫣紅奼紫，換了一個天地。九奶奶和楊展走出牆外，一按機關，整堵牆壁，依然嚴絲密縫的還了原。楊展留神這堵牆壁，原來是極厚堅木做就，下有鐵輪子，嵌在石槽裡，裡外都有暗藏的啟開機關。暗暗記在心裡。

楊展跟著九奶奶，踏上一條花園正中的萬字畫廊，這畫廊中間是十字形，把一座精緻花園，劃分為四面，除這面暗藏機關的木牆，似乎是出入的總門以外，其餘三面畫廊盡頭，都通著一式的雕欄朱戶的抱廈，四周花木映帶，池沼縈迴，益顯得曲徑通幽。重門疊戶後面，還有妙境。

楊展逐步留神，看出此處定是當年公侯府第的花園，大約因為先後銜接，僅一牆之隔，被九奶奶圈了過來，整治一新，闢為秘窟。九奶奶領著楊展，穿過畫廊十字交叉的中心，向對面正中一重繡戶走去，立時從裡面走出兩個妖嬈侍女，打起猩紅軟簾，讓兩人進內。楊展舉步進室，只覺寶光璀燦，陳設富麗。九奶奶並沒在這屋內待客，穿過這重堂屋，只一拐，又轉入一處目迷五色的華屋，屋內綉幃錦幛，似乎前後還套著不少複室。九奶奶和他，在這屋內靠壁的綉榻上，並肩坐下，侍女們立時分獻香茗，端上果盒。九奶奶微一揮手，侍女們便悄悄退走。

九奶奶笑盈盈地向楊展說道：「你既然知道我九奶奶名頭，當然經過明人指教，才敢到此，你為什麼不挨到起更進來呢？你要知道，你要挑選上等貨，有的是，可得等到三更時分。

「再說，看你模樣，當然是一位闊公子，但是京城裡幾家說得出的公侯府第，都在我九奶奶肚裡，這幾家的子弟們，都沒有像人樣的，你又帶著川音，可見不是這兒人，而且陌不相識的，居然敢單身獨闖，膽子真不小！小兄弟，你得說實話，你是誰家子弟？進京幹什麼來了？今天上我這兒來，還是瞧見了誰家可人兒，設法想想九奶奶施點手段替你醫相思病呢？還是想見識世面，求九奶奶畫符點將，替你做個媒呢？小兄弟，不用害臊，你就痛快說吧。」

楊展一聽，明白晚上才有鬼戲，心頭一鬆，故意搖著頭說：「你猜的都不是，我不是四川人，不過從小在四川長大的，至於我姓甚名誰，誰家子弟，關係我父親名頭，我不便說，你也不必問我，也不願對你隨意捏造，指點我到此的人說，只要你肯接待，照例不問人家姓名出身的，怎地破例問起我來了？」

九奶奶說：「咦！此刻幾句話，很是在行，好，我暫不問你出身姓名，你剛才說過，我猜的都不是你到此的原因，我問你，你巴巴地為什麼來了，難道你只要見見我九奶奶麼？」說罷，格的一笑。

楊展故意笑道：「也許有一點，說實話，我想求你幫個忙，不過初次見面，一時又礙口，不知怎麼才好。」

九奶奶笑道：「說著說著！又顯出雛兒的嫩相來了，九奶奶是幹什麼的，這兒是什麼地方，孔夫子門前休賣百家姓，用不著假撇清，哪一家的雛兒，攝了你的魂了？」

楊展故意囁嚅了半晌，才說道：「實對你說，我無意中瞧見了大佛寺街曹府的七姨，實在長得和天仙一般，害得我眠思夢想了許多日子，經人指點了一條明路，才知那七姨是你乾女兒，常到你這兒來的，所以……」

九奶奶一聽他說出七姨，立時眉頭一皺，不待他再說下去，搶著說道：「要命！你怎地偏偏看中了七姨呢？真是情人眼裡出西施，依我看，曹府幾房姬妾，最美的要算五姨和十二姨，你怎地偏偏看上七姨呢？曹府十幾房姬妾，除出七姨，不論哪一房，我都可以替你手到擒來，唯獨那七姨，連我九奶奶一時也沒法想了。」

楊展有意繞著圈子說：「我的九奶奶，七姨是你乾女兒，你便作難了，事成以後，你要我怎樣重謝，都可以。」

九奶奶嘆口氣道：「小兄弟，實對你說吧，七姨現在被一位魔王佔住了，這位魔王不是別人，便是曹府的總教師爺八指禪師，此人武藝高強，殺人不眨眼，手下統率著一二百名打手，是曹公公唯一保護身家的高人，你怎地想虎口上拔毛呢？」

楊展假作吃驚似的問道：「我真不懂，八指禪師一個出家人，不守清規，替人家護院，已是不該，怎的又佔了主人的姬妾，曹公公難道睜著眼充王八麼？照說曹公公是淨身的太監，怎地府內養著十幾房姬妾，這不是沒事找事，自討沒趣麼？」

九奶奶啞然笑道：「初出道的小夥子，你不懂的事多著呢，你知道太監淨身怎麼一回事？宮裡太監多得數不清，能夠巴結到皇上面前，得到寵信的沒有幾個，這許多太監，真個淨身的，當然不少，也有在淨身時化了錢，弄得半淨不淨的，曹公公便是這種人……」

楊展聽她說得離了題，慌攔住道：「九奶奶，老虎口上拔毛，我沒有那麼大膽子，我只好死了這條心，可是你這地方太好了，九奶奶！現在我再和你商量一檔事，明晚我想借你地方，會一個人，請你替我辦一桌精緻的宵夜菜席，九奶奶！你如應允的話，請你把這個收起來。」

一面說，一面從腰兜裡掏出一錠黃金，擱在九奶奶身邊。九奶奶看都不看，用手指著楊展笑道：「九奶奶這兒，本來沒有這個規矩，別人來是辦不到的，今天老姊姊，存心交你這個小兄弟，可有一節，下不為例。明晚起更時分，你們悄悄地進來，一切都會替你預備好的。九奶奶存心交友，這錠金子快收起來，將來老姊姊求你的事，多著哩！」

楊展站起來，拱拱手道：「彼此心照不宣，這點小意思，你留著賞人吧。」說罷，便舉步告辭。九奶奶親自送出抱廈，卻命身邊侍女們，陪著通過進來時候的，裝有鐵輪石槽，活動的假牆壁。

楊展出了九奶奶香窟，馬上趕到三姑娘安身之處，說知備細，叫她和仇兒預備明晚應辦的事。原來三姑娘安身之處，是劉道貞替她租了幾間僻靜的閑房，叫仇兒伴著她，姊弟相稱，又雇了一個鄉下女僕伺應，遮蔽耳目。白天深居不出，到了晚上，人靜更深，仇兒和三姑娘，每晚隱身九奶奶香窟左右，早已探明花太歲改稱八指禪師的仇人，每夜三更時分，必到香窟。

曹太監的幾房姬妾，也常常在香窟進出。唯獨七姨，差不多每夜必到。

有時楊展也施展輕功，潛蹤隱伺，而且深入曹府，暗地窺探花太歲手下，有什麼扎手人物。大致探明，才按照劉道貞定下計劃，實行下手。照說三姑娘訪著了仇人，有楊展等臂助，盡可直入曹府下手，何必費這周折？這裡邊完全是劉道貞智深慮遠，顧全事後不生枝節，楊展等仍可逍遙京都，不致變了黑人。

因為曹府屋宇深沉，戒備相當嚴密，不論事情得手與否，稍一敗露，立時可以掀起滔天風波，非但楊展難以露面，進不了武闈，連帶廖侍郎，也難免受了牽連。京城究非外省可比，曹太監又是炙手可熱的人，不能不計策萬全，利用九奶奶的香窟了。

在劉道貞授計曹勳這天晚上，起更時分，楊展和三姑娘在街上雇了一輛車子，悄悄到了九奶奶門前，先打發了車子，然後敲門進內，深入香窟。這時楊展和三姑娘，都內著勁裝，外罩華服。三姑娘更打扮得螓首蛾眉，珠光寶氣，而且湘裙百折，宮髮堆雲，儼然是一位大家姬妾，楊展的瑩雪劍，三姑娘的鐵琵琶，並沒帶著身邊，卻叫仇兒背在身上，施展他家傳的小巧功夫，從屋上進身，隱在暗處，聽命行事。

第廿三章 秘窟風波

魚更三躍以後，九奶奶秘窟香巢內，洞房邃室，兀自靜靜地寂無人聲，唯獨萬字走廊通到東首的抱廈內。左邊一間富麗堂皇的屋子，珠燈掩映，畫燭通明，而且時有笑語之聲，從茜紗窗內，透曳出來。

這間屋內，中間紫檀雕花的圓桌面上，擺著一桌精緻的酒席。楊展居中上座，打扮得珠光寶氣的三姑娘，含羞帶笑地坐在右面相陪，左側坐著談笑風生的香巢主人——九奶奶。兩個垂髫俊婢，執壺侍立。繡簾外面，幾個伺應使女，不斷地送進珍饈佳餚來。

九奶奶風流放蕩，不減當年，伸出肥藕似的手臂，翠鐲叮噹，和楊展猜拳行令，銳利的眼神，卻時時打量三姑娘。在九奶奶眼中，見她低頭時多，抬頭時少，偶然對答幾句，也似羞羞澀澀的，以為大家姬妾，初次做這風流勾當，畢竟膽虛，其實三姑娘久闖風塵，相當老練，此刻好像有點羞答答，一半是故意做作，一半是暗自擔心：事情能否順手？不免低頭沉思。同時還想起沙河鎮鴻升老店內，和楊展深宵相處的一幕趣劇，想不到今夜又和他扮演一幕「鵲橋相會」。雖然假戲假唱，為的是要和仇人一拚，血濺畫樓。可是綺筵繡榻，情景逼真，回憶前情，免不得有些芳心歷亂，惘惘無主，好像身入夢境一般。

酒盡席散，二更已過。九奶奶格格一笑，移動胖胖的嬌軀，把相連的內室門簾一撩，笑道：「小兄弟，時已不早，你們兩位進去瞧瞧，老姊姊替你們預備得怎麼樣？」

這一句話，三姑娘面上，立時飛起兩朵紅雲。九奶奶更是得意，哈哈一笑，趕到楊展身邊，在他耳邊悄悄地說：「老姊姊多知趣，明天卻要和你算帳，你也得掏出良心來，替老姊姊效點勞。」

楊展忙拱手道：「多謝多謝！以後有事吩咐，無不遵命。」

九奶奶點點頭道：「好，過河不准折橋，老姊姊不再囉唆你們，我也要張羅別的去了。」說罷，向三姑娘噗嗤一笑，在一個俊婢扶持之下，出房而去。外屋幾個侍婢使女，忙著撤筵調席。楊展向三姑娘一使眼色，便進了內室。

三姑娘低著頭，也姍姍跟入。一進內室，異香襲人，中人欲醉，鴛幃雀帳，色色俱全，畫燭珠屏，處處奪目。三姑娘奔波風塵，從來沒享受過這樣的華屋，處境又非常微妙，耳邊又聽得外屋侍女們異樣笑聲，頓時心頭亂跳，低著頭，不敢用眼去瞧楊展，卻聽得房門呀地一聲，被楊展關上，而且加上插銷，她覺得一顆心要跳出腔子來，身子好像駕了雲，不知如何是好。

猛聽得耳邊有人悄聲說道：「義妹！你先定一定心，快到你報仇雪恥的時候了！你慘死的兩位姊姊，冥冥之中，也要默護你的。」

楊展這幾句話，不知是有意，還是無意，落在三姑娘耳邊，宛如晨鐘暮鼓，芳心一驚，神志立清，一抬頭，咬牙說道：「全仗義兄扶持，只要大仇得報，小妹和那凶賊，同歸於盡，也所甘心……」

語音未絕，楊展嘴上，微微地發出一聲「噓！」一聳身，跳上了側面貼近一排花窗的長案上。一伸手，把上面一層冰紋格的推窗，推開了兩扇，向外面微一彈指。便聽得窗外一株馬櫻花樹下，也有人彈指作答。一忽兒，一條瘦小黑影，竄上迴廊，逼近窗下，哧地往上一起，旱地拔蔥，捷如猿猱，伸手勒住簷頂短椽，兩腿一起，整個身子像壁虎般綳在廊頂上了。再一移動，便貼近了上層的排窗。

楊展立在窗內，知他四肢綳住了身子，無法褪出背上的東西，自己微探上身，伸手把他背上的一柄瑩雪劍，一支鐵琵琶，替他卸下，拿進窗來，下面立著的三姑娘，忙伸手輕輕接過。楊展向窗外低聲說：「仇兒，快到外面，知會曹相公注意賊禿手下，千萬見機行事，不要跑掉一個，裡面的事，你們不用管了。」說罷，依然把短窗推好，跳下桌來，一轉身，把床上錦被抖亂，將鐵琵琶連同瑩雪劍，都塞在被洞裡。又把室內幾盞明燈都熄滅了，只留下一支畫燭，移到床側背暗之處。

三姑娘也把兩面排窗前遮陽垂蘇軟絲幔，一一垂下，燭光不致外露，即使有人在窗外偷窺，也瞧不見房內動靜了。

楊展坐在前窗下，暗地拉開一點窗幔，窺探外面動靜。細聽外室侍女們，也寂寂無聲，想已走淨。片時，萬字走廊上，起了笑語之聲，只見影綽綽兩個侍女提著紗燈，扶著一個妖嬈女人，冉冉地走向正中一所抱廈內去了。

楊展料是曹家的七姨來了，花太歲不久必到，轉身把身上軟巾直裰，統統脫下，露出裡面預備好的一身青色夜行衣，又掏出兩塊黑帕，一塊包頭，一塊是蒙臉的，上有露眼透氣的窟窿，拽在腰裡備用。

三姑娘也照樣脫卸一身華裝，裡面也是一身青的短打扮，也是黑帕包頭，卻沒有蒙臉的東西。從被洞裡取出鐵琵琶，去了絲弦，把暗器機關，察看了一下，息心澄慮的坐在床前，等待時機。

楊展也把一口劍斜背在身上。又沉了片刻，遠遠聽得街上敲了三更，窗外夜深入靜，月華如水。楊展先把臉蒙上，僅露出兩眼一口，噗的一口，把那支畫燭也吹滅了，悄悄把房門開了，探頭向外一瞧，漆黑無人。轉身向三姑娘說了句：「到時候了。」三姑娘跟著楊展，一先一後，閃出房去，依然把房門虛掩上。

楊展在先，三姑娘在後，悄悄從這所抱廈出來，不走萬字迴廊，一齊掩入廊外草地，藉著高高低低的玲瓏假山，和花木的陰影，蔽著身形，繞到正面一所前後五開間的抱廈左側。

前面各屋窗內，黑漆一片，後身靠左盡頭一間窗內，卻透出燈光，屋內還有男女嬉笑，杯箸起落之聲。楊展心裡起疑，一瞧那屋內並未垂下窗幔，心裡得計。暗囑三姑娘隱身暗處，他自己一聳身，跳過幾折花欄，隱到窗下，緩緩長身，用舌尖濕破了一點窗紙，瞄著一目往內細瞧時，只見房內一個掃帚眉三角眼闊臉暴腮，光頭剃得錚亮的高大和尚，身上似乎未帶兵刃，膝上擁著一個滿頭珠翠的妖嬈婦人，在那兒喝酒。

聽那婦人說道：「今天你來得晚一點，怎地和平常不一樣，悄悄地從屋上下來，沒良心的行貨，難道你還不放心我，特地考察我來了？」

和尚笑道：「休得胡想，府裡有事拴住了身子，來得晚一點是真的，因為到得略晚，怕你心焦，懶得走黑長廊推牆摸壁的又費事，乾脆從屋上翻進來了，不過今晚有點怪道，我從前面縱上屋時，瞥見了前面第三進屋脊上，似乎有個瘦小的身影，鬼影似的一晃便不見了，我過去一搜，竟沒有搜著，我不信，有人敢在我八指禪師面前搗鬼。也許我一時眼花，看錯了。」

女子說道：「天子腳下，哪有這種事，再說你是什樣人，敢在太歲頭上動土嗎？也許是小偷兒，你帶來的人呢？」

和尚說：「我今天只帶兩個人來，擱在前面破院內，九姑娘照例留著人招待他們，讓他們也自在一忽兒，你車上跨轅的小老頭兒，卻真虧他，抱著鞭子，猴在驢屁股上不管滿身露水，睡得直打呼嚕，怪可憐的，明天多賞他一點吧。」

楊展聽得暗暗吃驚，料不到賊禿今晚改了樣，從屋上進來，他瞧見的瘦小黑影，定是仇兒無疑，自己和三姑娘出屋來，一心以為他也從機關的牆外進身，沒有被他碰上，還算幸運，不過原定在仇人未到之先，將七姨捆縛藏過，叫三姑娘潛身入室，暗藏帳內的計劃，已不能用，現在只有單刀直入，立時下手的了。想定主意，一縮身，離開窗下，到了三姑娘伏身之處，附耳說明屋內情形，叫她如此如此行事。

三姑娘雖然身有武功，久闖風塵，到了真個找到仇人，千鈞一髮當口，一顆心也提到腔子裡。因為當年花太歲武功不弱，事隔多年，也許本領益強，能否得手，尚無把握。跟著楊展，鷺行鶴伏，亦步亦趨，向仇人窗下貼近，五官並用，宛如狸貓一般，不敢帶出一點響聲來。貼著一排花窗下面的牆根，溜到後堂門口。

楊展微掀軟簾，一看後堂燈燭盡滅，闃然無人，兩人躡足而進，和花太歲存身屋子，還隔著一間套房，房門口也垂著一重猩紅呢簾子。

楊展矮著身形，把下面簾角撥開一點，瞧出套房內桌上只點了一支殘燭，蠟淚堆得老高，一個青年侍女，斜倚著靠牆美人榻上睡著了。

楊展藝高膽大，一邁腿便進了套房，一伸手，窺準榻上侍女胸口軟骨黑虎穴輕輕一點。

這是眩暈難醒的穴道，點重了長睡不醒。像楊展手有分寸，也無非使她昏睡一時罷了。

楊展一回頭，三姑娘已跟蹤入室，向她一招手，自己一塌身，悄悄地掩到裡屋門邊，微一探頭，從門簾縫裡瞧出兩扇房門只虛掩著，透出室內說話的聲音，八指禪師和七姨兀自在房內吃酒鬥趣。楊展心裡一轉，急不如快，遲或生變，一縮身，向三姑娘耳邊說：「你放膽進去，進門時須把兩扇門推開，我自有法接應你。」三姑娘嬌靨煞青，柳眉倒豎，微一點頭，卸下背上鐵琵琶，挾在左脅下，一聳身，到了裡屋簾外。屋內似已聽得一點聲音，喝道：「小雞子似的女孩們，懂得什麼，羅漢爺此刻用你們不著，挺屍去吧！」

三姑娘一咬牙，杏眼圓睜，一撩門簾，兩臂一分，兩扇房門，呀地大開，一聲不哼，挺身而入。

房內八指禪師酒興未盡，兀自摟著曹府七姨，大得其樂，驀見房門開去，闖入一個一身青，短打扮，挾著琵琶的異樣女子，不禁一愣，卻依然坐得紋風不動，只睜著一對三角怪眼，把三姑娘上下打量了一下，指著喝道：「你是誰？這兒沒有你這樣人，你闖進來為什麼？快說！」

三姑娘往前一邁步。右臂一抬，指著八指禪師冷笑道：「我是誰，叫你死得明白，我是大同鏢師左臂金刀的第三個女兒。花太歲！十年舊帳，此刻是你償還血債之日……」

語音未絕，三姑娘一側身，左脅下鐵琵琶已橫在胸前。右手穩住前端琵琶頸，左手一托下面琵琶肚。機關一開，咔叮一聲，一支三寸長的純鋼雪亮喪門釘，疾逾電閃，哧的向花太歲腦門射去。花太歲驚得一聲厲吼，兩臂一抬，竟把摟於懷裡的愛寵，當作擋箭牌。而且也做了打擊敵人的武器。滿頭珠翠的七姨，一個瘦怯怯的嬌軀，竟被花太歲抛起，像一朵彩雲似的，向三姑娘頭上砸下來。三姑娘真還不防他有這一手，一閃身，只聽得七姨尖咧咧鬼也似的一聲慘叫，在三姑娘腳邊，金蓮一頓，立時玉殞香消，酥胸上已插著一支喪門釘，先做了情人的替死鬼。

在七姨中釘跌死的一剎那，花太歲早已跳身而起，順手撈起綉榻旁鼎立著的一人多高落地古銅雕花長燭台，頂端蓮花瓣上，還簽著一支火苗炎炎的巨燭，積著油汪汪的滿兜燭油，花太歲順手牽羊，把它當作傢伙，而且心狠手毒，隨手一掄，雖然花太歲立在酒桌那一面，可是蠟簽上的巨燭，和滿滿的一汪積油，卻向三姑娘兜頭飛來。三姑娘一伏身，帶著火苗的一支巨燭，飛落窗口，飛濺出來的滾燙燭油，卻濺了三姑娘一身，幸而伏身得快，面上沒有濺著。

三姑娘卻也厲害，伏身之際，不忘殺敵，乘機一按琵琶頸上的機括，又是叮一聲，一支喪門釘，從桌子底下射了出去。花太歲眼光雖然銳利，苦於一張圓桌面隔著燈光，也不料敵人暗器，與眾不同，來得太快，而且從下三路襲來，勢疾鋒銳，一支喪門釘，哧地穿透了他的右腿肚。凶狠的花太歲，咬牙忍疼，一聲不哼，兩眼閃閃，突得像雞卵一般，手上長頸落地銅燭台當槍使，前把一起，把中間圓桌猛力一挑，挑起老高，向三姑娘身上砸下。同時，嘩啦啦一陣脆響，桌面上杯盤酒菜，粉碎了一地。

三姑娘一退身，撈住砸下來的桌子腿，順勢一甩，把整張桌子，甩在上面金碧輝煌的床坑上。花太歲一聲怒吼，惡狠狠平端著長銅燭台，利用頂端蓮花瓣上七八寸長的尖銳鐵燭簽，向三姑娘直刺過去。三姑娘展開師傅鐵琵琶的獨門功夫，掄、砸、拍、崩、磕，和花太歲手上長銅燭台交上了手。

一個凶淫和尚，一個風塵英雄，在這錦幃繡閣之間，竟作了拚死決鬥之場。

房內這樣驚天動地一爭鬥，雖然是眨眼之間的事，夜深人靜，聲音當然震動了整個香巢。

潛身門堂外面的楊展，暗喊：「要糟！」心裡一急，把手上預備的兩枚金錢鏢，一抖腕，從門簾縫裡飛了進去。

房內花太歲瘋狂如虎，揮動手上長燭台，已把三姑娘逼得嬌汗淋淋，那料到門外還有伏兵。暗器上身，躲閃不及，一中左眼，一中右肩，臉上立時血汗齊流，手上銅燭台勁力一挫，被三姑娘鐵琵琶用力一拍，落在地上，順勢反臂一掄，向花太歲胸口劈去。

滿以為敵人已受重傷，不怕逃出手去，那知花太歲真個厲害，他左眼雖血肉模糊，尚非致命，一見敵人琵琶迎面劈來，勢沉力疾，自己雙手空空，忙一吸胸，一側身，琵琶落空，順勢左掌向下一截，向三姑娘右腕上斬去。三姑娘一擊不中，敵掌已到，疾一擰身，微退半步，正想換招，猛見花太歲雙足一頓，人已跳上窗口上的琴台，右肩一擺，嘩啦一聲響，一扇排窗，竟被他肩鋒撞散，人也跟著碎窗飛了出去。不過花太歲飛身出窗時，嘴上卻慘吼了一聲。原來楊展又送了他一枚金錢鏢，又中在後腰上。

花太歲穿窗而出，楊展一鏢發出，人已竄進房內，喝聲：「快追！」一個燕子穿簾，身子已經飛出窗去。三姑娘一眼瞥見，被花太歲甩落那支巨燭，火苗未絕，已把窗幔點著，燒了起來，又聽得別的院落內，已有驚呼之聲，料知九奶奶聞聲驚起，忙把琵琶一挾，跳上琴台，竄出窗去，再一聳身，落在花欄外面草地上，只見楊展縱上一叢假山上面，四面探看，倏又飛身而下，向三姑娘說：「禿驢身上受傷，已難上房，這一忽兒功夫，竟躲得蹤影全無，這兒房子曲折，路道他比我們熟悉，九奶奶們已經起來，不能再留連了，我們快退。」說罷，便向前院飛馳，忽地腳下一停，向三姑娘說：「不好！我們住的房內，還留下幾件衣衫，日後難免從這幾件衣服上出毛病，還得把它帶走才好，你在這兒停一忽兒，我去去便來。」說罷，飛一般向東面一所抱廈奔去。

楊展走後，三姑娘咬牙切齒，痛恨竟被仇人逃出手去，心有未甘，金蓮一頓，縱上院內萬字廊頂，仔細留神，絕無音響，忽地心裡一轉念，翻身跳下廊去，向出口處暗裝機關的一堵假壁奔去。剛到壁前，吱嘍嘍一響，牆壁內縮，從黑胡同裡跳出一條黑影來。三姑娘嬌喝一聲：「賊和尚！你現在還往哪兒逃？」

鐵琵琶一揚，一個箭步，趕近前去，便要下手。卻聽得那黑影低喊道：「三姑娘！是我！那禿驢已被曹相公料理了，快跟我來！我們相公呢？」

三姑娘一聽是仇兒，問話之間，楊展背著一個包袱趕到，聽說禿驢已死，很是驚異。回頭瞧見正中抱廈後面，已吐出火焰來了，九奶奶和一般侍女們尖叫之聲，嘈雜一團。三人忙穿過假壁出口，楊展按動機紐，依然把假壁還原。

三人穿出黑胡同，經過前面客堂時，楊展瞧見堂內桌上點著一支殘燭，擺著一桌殘席，一個麗服的侍女，和兩個武士裝束的大漢，都死在地上。楊展料是仇兒幹的事，沒功夫細問，大家飛步趕出前門。只見曹勳立在一輛車邊，手上提著連環蛇骨鞭，低著頭瞧著腳邊一具死屍。

楊展、三姑娘低頭一看，又驚又喜，花太歲腦漿迸裂，血流滿地，已被曹勳弄死了。

曹勳卻指著地上屍首，說道：「我細看這傢伙，只有八個指頭，大約就是三姑娘說的那仇家了。」

楊展一樂，拉著他說：「這輛車是曹府七姨的，讓它擱在這兒好了，快跟我走，回去再說。」

大家先回到三姑娘安身之處，因為三姑娘住身所在，原是特地撿著九奶奶香巢不遠處所，租賃了隱僻地段一家後院居住，三人從後牆悄悄縱入，進入屋內，換了衣服，楊展向仇兒、曹勳，問起殺死花太歲和前院幾個賊黨經過，經兩人說明所以，才知道花太歲活該遭報，竟被曹勳毫不費事的結果了。

原來曹勳在快到三更時分，記著劉道貞的囑咐，悄悄溜到九奶奶掛荷包招牌門口，撿了一處黑暗所在，蹲了不少功夫。果是鈴聲鏘鏘，輪聲轆轆，一輛精巧車子，駕著一匹小黑驢，從胡同口進來。車上沒有點燈籠，到了九奶奶門口停住，跨轅的跳下車來，在門環上敲了幾下，裡面一開門，一個使女提著紗燈，趕到東邊，撩起東簾，扶下一個環佩叮噹的女子，進門去了。女子一進門，兩扇大門立時關閉。駕車的沒有進去，把車子拉離門口一段路，掉轉車頭，便靠壁停住。

曹勳覷得清切，一個箭步過去，健膊一起，從駕車背後，夾頸一把挾住，立時拖翻在地。把他身上號衣剝下，掏出身上預備的繩索，捆了個結實，又撕下一條衣襟，塞在駕車嘴裡。其實駕車的是個瘦小的老頭兒，被曹勳鐵臂一夾，早已弄得兩眼翻白，動彈不得。

曹勳還唾了一口，暗罵：「沒用的東西！」把地上捆縛的人，提了起來，撩開車簾子，輕輕往車內一擲，鼻管裡一陣亂嗅，連說：「好香！你舒舒服服在這香車內睡一覺吧。」

曹勳初步工作完成，跨上車轅，鞭子一抱，在驢屁股上，伏身裝睡。過了不少功夫，胡同內鬼影都不見一個，曹勳兩眼一迷糊，不料是真個睡著了，而且睡得挺香，直打呼嚕。連花太歲帶了兩個從人，從他身邊走過，兩個從人敲門而進，花太歲獨自縱牆而入，他都一點沒有覺察。可是花太歲從他身邊過去時，認識這是七姨的車子，只見車夫抱頭大睡，身上披的曹府號衣，並沒有看到他的臉，當然絲毫沒有疑心，反以為七姨早到，急匆匆跳牆而入，會他的情人去了。

在花太歲從屋上進去當口，正是仇兒把背上鐵琵琶、瑩雪劍交與主人以後，從屋上退身出來，幾乎和花太歲覿面相逢。幸他機警，家傳小巧之技與眾不同，疾逾飄風，身形一閃，閃入一重房坡後面。花太歲急匆匆心在七姨身上，直向後面秘密香巢奔去，待他去遠，仇兒一長身，便向外院一層房頂縱去，在瓦上一伏身，側耳細聽。

下面堂屋內有人說話，料得跟著花太歲來的，不知門外有人沒有？先下去瞧瞧再說。心裡一轉，移動身形，從堂屋後進的側房，輕輕縱下，潛身暗處，偷瞧這層院內，寂無人影，只前面堂屋內，透出男女嬉笑之聲。膽子一壯，摸了摸胯間鏢袋，和腰中九節亮銀練子槍，掩入堂屋背後的過道，矮著身形，從門簾縫裡往外偷看。只見堂屋中間桌上，左右坐著兩個身著箭衣的武士，正在對酌，旁邊立著一個滿臉脂粉的侍女，在那兒殷殷勸酒。兩個武士，一面喝酒，一面不斷和女子調笑。

仇兒登時用二支三稜棗核鏢來，身形一起，左手撩開門簾，一抖手，先向左面一個武士發出一鏢，眼尖鏢疾，正中在太陽穴上。那武士手上酒杯，噹的一聲跌落，身子往後便倒。右面的武士一聲驚呼，跳身而起，說時遲，那時快，仇兒的第二鏢已到。右面的武士正在這時候倏跳起身來，無意中被他躲過，這支鏢正從他胸前飛過！立在他下首身旁的侍女遭了殃，哧的正穿在咽喉上，一聲不響倒下地去。

那武士伸手拔刀，一轉身，仇兒九節練子槍，毒蛇入洞，已到胸口。武士往橫裡一閃，用刀一迎，不料架了個空，仇兒一抖腕，猱身進步，九節練子槍，嘩啦一響，反臂一掄，又從他頭上砸下來。

這武士是個猛漢，對於這種軟硬兼全的外門兵刃，有點面生，單臂一攢勁，單刀往上一撩，似乎想用力把敵人兵刃磕飛，哪知道這種兵刃逢硬拐彎，噹的一聲，撩是撩上了，練子槍的槍頭上幾節卻拐了彎，「殼托！」正砸在猛漢頭頂上，砸得猛漢頭上一昏，身子一晃，微一疏神，仇兒的練子槍活蛇似的，一抽一送，銀蛇穿塔，猛漢顧上不顧下，哧的一槍，正穿在小肚上。猛漢吭的一聲，一個趔趄，仇兒乘機又掄圓了向他背上一砸，猛漢單刀一落，便爬在地上起不來了。又一槍，結果了性命。兩男一女，都已了結。

仇兒在一男一女身上，起下了自己棗核鏢藏入鏢袋，正想到門外知會曹勳，忽聽堂屋側面夾弄裡，機關暗壁，吱嘍嘍幾聲微響，仇兒心裡一動，竄出堂後，一閃身，隱在院子內的花壇暗處，剛一蹲身，便見夾弄裡竄出一人。

月光照處，一個滿臉血污的和尚，蹌蹌踉踉奔到院子裡，回頭向堂屋內，喊了聲：「你們快去通信，這兒有匪人了。」一語未畢，仇兒人小膽大，哧地從暗處竄出，嘩啦一聲，九節練子槍，太公鉤魚，向那和尚光頭上砸去，和尚一聲厲吼，一轉身，左臂一起，竟把當頭砸下的槍頭接住，往後一帶，力沉勢猛，仇兒一個身子，竟被他帶得往前一栽。仇兒喊聲：「不好，」人急智生，一撒手，那和尚手上練子槍帶了個空，步下也站不隱了，往後退了好幾步，幾乎跌倒，卻拖著仇兒的練子槍，一溜歪斜向前門衝去。

仇兒手上失了兵刃，心亂意慌，預備登出鏢來襲擊，前門一響，和尚已開門而出。

這時，門外的曹勳，還在車轅上半醒不醒抱頭打盹，朦朧之間，忽覺有人使勁推他，耳邊還喊著：「快送我回府，越快越好！我有重賞。」

曹勳猛一抬頭，兩眼一睜，瞧見身邊一個血臉淋漓的光頭和尚，一手攀著車轅，一手拖著仇兒的九節練子槍，一個身子，似乎已站不住，搖搖欲跌，嘴上兀自啞聲喊道：

「快！快！快送我回曹府去！」

曹勳吃了一驚，一轉身，跳下車來，嘴上說著：「好！我送你回去。」左手一插和尚的臂彎，好像要扶他上車一般，右臂卻揑緊了粗缽似的拳頭，砰的一拳，實胚胚搗在和尚臉上。把和尚搗得蹦了起來，一座塔似的倒了下去。曹勳更不怠慢，急急一鬆腰上如意扣，解下連環蛇骨鞭，往前一邁步，掄圓了往下一砸，這一下，和尚腦漿崩裂，頓時涅架。曹勳是個急勁兒，心裡兀自迷糊糊的，瞪著一對怪眼，細看了半天，才看清這個和尚，兩手只有八個指頭，才有點明白了。這當口，仇兒已從門內奔了出來，一看八指禪師，卻被曹勳砸死，從地上收起了自己九節亮銀練子槍，翻身又縱進門去，通知自己主人和三姑娘去了。這才四人會合，奔回三姑娘隱身之處。

楊展、三姑娘聽明了兩人的經過，萬想不到花太歲會死在曹勳手上，可是事情真夠險的，幾乎被花太歲逃出手去。如果真個被花太歲逃回曹府，便要大糟特糟，掀起無窮風波，不堪設想了。現在三姑娘在眾人扶持之下，總算克償心願，得報大仇，一番感恩銘德之心，自不必說。尤其在曹勳面前，不斷稱謝。樂得曹勳撕著闊嘴，不知如何是好。其實花太歲臉上身上腿上，受了好幾下重傷，勉強逃到曹勳車邊時，業已支持不住，否則曹勳雖然勇猛，也難得手。

九奶奶秘密窟內，出了這樣兇殺的事，而且關係著聲勢顯赫的司禮太監曹府。死在香巢內的，有曹府的寵姬七姨，而且房內遭火，幸而沒有延燒起來，死在門外胡同裡的，有曹府的總教師爺八指禪師，死在前院堂內的，有兩名曹府衛士，一名九奶奶的侍女，外帶七姨車內細縛得半死不活的車夫。

一夜之間，香巢內外，慘死五命。九奶奶雖然手眼不小，也沒法彌縫，第二天，當然轟動了九城。

兼掌九門提督大權的司禮太監曹化淳，驚悉之下，事關切己，當然要究查案情，查緝兇手，首當其衝的，當然是秘營香窟的九奶奶，饒她背有靠山，手眼通神，當不得案情重大，曹太監怒發雷霆，九奶奶也鐵索鋃鐺，背了黑鍋，要從她身上，追究出兇手來，可憐這位養尊處優，風流教主的九奶奶，從此便風流雲散，墮入悲慘地獄了。照說這起兇案，九奶奶實在受了冤枉的牽連，可是她這香巢，不知害了多少青年男女，也算是情屈命不屈，可憐而不足惜了。

可憐的是官法如爐，要從柳家花園的九奶奶，和她的幾個侍女身上，鍛鍊出殺人兇手，這叫九奶奶和侍女們，怎樣說得出來？明知出事那晚，有不知姓名來歷的，一男一女，借地幽會，事後一齊失蹤，當然認為可疑，無奈來到香巢的一般偷偷摸摸的男子，都是假名假姓，來歷不明的主顧，便是事先請教，也是枉然，除非大有來頭，平日知名的一般王孫公子，以及像七姨和八指禪師，與九奶奶有特殊關係的，才能知根知底，最後悔的是，平時遊蜂浪蝶，進入香巢，只有雄的，沒有雌的，雌的都是袋中人物，偏偏這一遭，破了例，連那女的都是陌不相識的外來貨，任憑有司衙門，三推六問，連過數堂，也只能說出那晚一男一女一點面貌格局罷了。

偌大的京都，人海茫茫，想尋出這一對男女來，卻非易事，無非多派幹役，在茶坊酒肆，熱鬧處所，大海撈針般，四面查訪而已。照例頭幾天，因為曹府的勢力，認真地雷厲風行，日子一久，線索毫無，不由得緩緩鬆懈下來，漸漸變成了一樁疑案懸案了。

香巢兇案風聲緊張當口，楊展自然深處廖侍郎府內，彷彿避囂養靜般，足不出戶，每日與劉道貞盤桓。廖侍郎公務羈身，在家時少，也料不到自己這位得意門生，竟和香巢兇案有關。至於三姑娘隱藏內院，二門不出，大門不邁，人家以為女人本分，更不易惹人起疑，鄰居的人，也摸不清她路道，也看不出她身有武功。幫忙的曹勳和仇兒，黑夜行事，見著他們面貌的，都已死無對證。便是被曹勳捆縛的曹府車夫，黑夜之間，倉卒遭殃，雖然未死，根本連曹勳面目也未看清，所以曹勳、仇兒兩人，不愁官役指認，照常隨意出遊，暗探此案起落。至於此案幕後劃策的劉道貞，更是無人知曉，在楊展深居不出的時期內，他受了楊展託付，常到三姑娘安身之處，照料一切。起初是楊展託付，後來是心熱腳勤，每天必往，每往必和三姑娘款款深談，大有樂此不疲之勢。

在三姑娘大仇已報，第二樁大事，便是自身歸宿的婚姻大事，在沙河鎮和楊展一夜相對，意外的希望，遭了意外的打擊，不得已只好另闢途徑。恰好有位風流倜儻，才高學富的劉孝廉萍水相逢，而且替她劃策報仇，這幾天劉孝廉又每日相見，情愫微通，形跡日密。

她想起楊展只管俠腸義膽，愛護情深，卻是另一種正義的愛，和自己心內希望，背道而馳，便覺他語冰心鐵，芳心裡總覺委屈一般，現在和劉孝廉每日相對，覺他言語舉動，溫暖了自己受創的心，每天盼望劉道貞到來，變成了日常功課，假使劉道貞到得晚一點，心裡便有點悽楚，如果劉道貞一天不到，心裡便覺失掉了一件東西，整天的茶飯無心，等到第二天見著面時，不由得把盼望之心，從言語舉動之間，流露出來。

劉道貞心心相印，忙不及打起精神，轉彎抹角的百般說解，才又眉開眼笑。兩人講不斷頭。

這樣情形，瞞不過奉命照護的仇兒。仇兒暗地通知自己主人。楊展得知此中消息，正中心意，預備到了水到渠成的時機，自己從中一撮合，非但免去許多唇舌，而且成就了一樁快心的事了。

這樣過了不少日子，外面沸沸揚揚的香巢兇案，漸漸平靜。茶坊酒肆，明查暗訪的快班們，也漸漸鬆懈，似乎有點霧消雲散的模樣。楊展卻已到了進關會試之日。主辦武闈的，是兵部禮部欽派監臨的，是勳戚王公，親信權監，這其間主持武闈的權臣，還得推重司禮太監兼九門提督的曹化淳。

楊展在廖侍郎代為安排之下，很順利地進闈應試，誰也料不到這位應考的英俊的武舉，便是香巢要犯，而且便是奉旨監臨武闈司禮太監曹化淳想緝捕的要犯，曹太監家裡一位千嬌百媚的七姨，一個保身護院的八指禪師，便是這位武舉送的終。

這次會試應考的科目，和成都鄉闈，雖然大同小異，但是集各省武舉於一處，校技競射，各顯本領，自然人物薈萃，比鄉闈當然要堂皇冠冕得多。論楊展一身武功文才，這次會試，不敢說穩奪頭名狀元，像狀元以次的榜眼、探花，似乎很有希望。可是武闈的考試科目，是呆板的程序，重力不重技，而且重勢不重才，明季一樣賄賂公行，考名武進士，一樣可以鑽門子，送人情，這其間，不知埋沒了多少真才實學的英雄。

雖然如此，楊展在這武闈中，恰幸巧遇機緣，做了一樁出類拔萃，一鳴驚人的事。

武闈考弓馬這場，是在紫禁城禁衛軍御校場舉行。這天御校場內，曉風習習，太陽剛從地平線上冒出頭來當口，一片偌大的校場，圍著旗甲鮮明的禁衛軍，和東廠的健銳營神機營的火槍隊標騎隊，一千多名應考的武舉，個個箭衣快靴，背弓胯箭，靜靜的排列在演武廳兩旁，直排出老遠去。演武廳左首一座兩三丈高的將台上，矗著直衝雲霄的一支旗竿，上面扯著一面迎風亂飄的杏黃旗。

旗竿的下面，肅立著兩位頂盔披甲，有職守的軍官。演武廳台階上下，也排著無數荷戟佩刀全身披掛的將弁。演武廳內正中兩旁幾張公案內，已到的是兵部、禮部的兩位尚書，和左侍郎、右侍郎及職司武闈應辦各事的大小官員，正中公案後面，還空著三位座椅。演武廳內外，以及整個御校場，雖然圍著威武整齊的無數兵馬，卻顯得靜蕩蕩的，絕無喧嘩之聲，只有四圍馬匹奮蹄打噴嚏的聲音，和各色軍旗被風捲得獵獵的聲音。

片時，校場外，號炮震天價響了三聲，一隊儀仗和無數校尉，簇擁著三乘大轎，從御校場口進來，飛風一般抬到演武廳階下。廳內幾位尚書和侍郎們，都步趨如風的搶出廳外，躬身迎接。這三乘轎內，便是領派監臨武闈的重臣：第一個下轎的，是執掌鈞衡，當朝首相大學士魏藻德；第二個下轎的，是勳戚襄城伯李國楨；最後下轎的，便是司禮太監兼九門提督曹化淳。

照說這幾個大臣，論位高權重，要算大學士魏藻德，次之是襄城伯李國楨，不料這兩位大臣，下轎以後，忙不及趨到曹化淳轎前，拱手齊眉，然後左輔右弼的，半摻半扶，和曹化淳一齊進廳。（崇禎亡國死難，多半誤此三奸之手。）

三位監臨大臣一到，文武各官，紛紛出動，先是鼓樂齊奏，然後宣讀諭旨。一套儀注完了以後，便按名點卯，架設箭鵠，分別考驗步下三箭，馬上三箭；凡是箭中紅心的，將台上必定擂鼓一通，楊展在這種場面上，當然遊刃有餘，箭箭中鵠。

在這馬上步下，校射過以後，突然演武廳內，趨出一位手執紅旗的將官，手上紅旗展動，大聲向階下喊道：「應考各武舉聽著，領派監臨曹公公有諭，今有口外千里馬一匹，名曰『追風烏雲驄』，性獰力猛，無人駕馭，應考武舉們如能駕馭此馬，繞場三匝，在馬上三箭中鵠者，非但高高得中，並將此馬賞賜，以資獎勵。」

這人一連喊了幾遍，唯恐遠一點聽不真，又命人牽過了一匹馬來，跳上馬背，揚著紅旗，潑剌剌向場心跑去，勒住馬韁，卓立場心，又照樣喊了幾遍，然後跑回演武廳，跳下馬來，進廳繳令。

這人回廳繳令以後，便聽得演武廳後身，呼咧咧一陣長嘶，聲音特異，與眾不同。一忽兒，十幾個壯健校尉，從演武廳左側，捆孽龍似的，服伺著一匹異種獰馬，像一陣風似的捲到演武廳階下。只見馬頸一昂，左右兩個扣嚼環的校尉，被馬頭帶起老高，雙腳離地，馬屁股一聳，兩條後腿一飛，後面夾持著的幾個校尉，便紛紛閃退。

那馬搖頭擺尾，一個盤旋，十幾個校尉，便跟著轉圈，幾乎制不住牠，忙不及把一副錦袱，向馬頭一罩，遮住了兩眼，才屹然卓立，不發獰性了。大家知道這是追風烏雲驄了，細看時，只見那馬自頭至尾，丈二有餘，立在地上，高出校尉們半個身子去，全身烏光油亮，玄緞似的一身黑毛，一片領鬣，一條長尾，卻是金黃色的，腿脛裡是虎斑紋的拳毛，蘭筋竹耳，霧鬣風鬃，端的是一匹千里腳程的異種寶馬！這樣名駒，不知為什麼落在曹化淳手上？大約口外番酋，有事走他門子，貢獻與他的了。

馬能識主，性獰如龍，曹化淳無福騎此烈馬，才牽到御校場來，一時高興，出個難題，想考校考校武舉們，能否有人駕馭？才不惜把這名駒，當作獎品了。

這時，剛才傳令的武官，又走出廳來，手上紅旗一展，又高聲喝道：「追風烏雲驄已到，自問能駕馭此馬的，便可下場一試，但是此馬非常，性子太烈，十幾個善騎的校尉，圍著這匹烈馬，還降伏不住牠的獰性，你們自問沒有十分把握，切勿以性命為兒戲。」

這一喝，話帶善意，但在一千多名武舉耳內，卻變成激將的語氣。有個膀闊腰粗，身似鐵塔的一名武舉，便搶了出來，嘴上還喊著：「烈馬何足為奇，咱在居庸關外，哪一天也離不開鞍子，只消咱壓牠一個圈子，便乖乖服咱了。」嘴上喊著，人已到了馬前，便向一群校尉說：「諸位閃開，瞧咱的！」

校尉們向他瞧了幾眼，搖著頭說：「這馬可和別的牲口不一樣，你將自己掂著一點，我們一閃開，你一個制不住，要鬧亂子的。」

這人滿不在意，一揮手，說了句：「諸位望安。」便欺近身去。校尉們說了聲：「好！瞧你的！」

十幾個校尉，忽地向四下裡一散。這人一手接住韁繩，一手把馬頭上罩眼的錦袱一揭，正想轉身攀鞍上鐙，猛見馬頭一轉，兩隻馬眼，精光炯炯，其赤如火，心裡頓時一驚，覺得眼蘊凶光，確是與眾不同，轉念之際。

左腿一起，背著馬頭，正想踏鐙上鞍，萬不料他背後馬頭一低，四蹄一動，馬嘴正兜著他屁股一掀，把他鐵塔似的一個身軀，掀起一丈多高，叭噠一聲巨震，甩跌在演武廳的滴水階上，人已跌得半死。那馬卻把頭昂得高高的呼咧咧亂嘶，前蹄一起，後蹄一挫，呼地竄出二丈多遠，向校場心奔去。

演武廳階上下許多校尉們，齊聲驚呼，連喊「要壞要壞！快圈住牠！」驚喊當口，武舉隊中，有兩人不約而同一躍而出，手腳非常矯捷，齊向追風烏雲驄追去。兩人似乎都想奪這匹寶馬，一左一右，向那馬橫兜過去。

那馬似乎聽得身後腳步響，忽地一轉身，又奔了回來，長鬃飛立，尾巴直豎，竟向左面追截牠的武舉，直衝過去，其疾如矢，威猛異常。那武舉喊聲：「不好！」向斜刺裡縱身遠避。但是那馬野性發動，四蹄奔騰，毫不停留，一直往左面一隊武舉衝了過去。這隊武舉們一聲驚喊，四下奔散！其中卻有一人卓立不動，待得那馬挾著猛厲無匹之勢，衝到身前，倏地微一閃身，讓過馬頭，奮起神威，伸手一扣嚼環，一較勁，竟把奔發之勢阻住。

可是那馬怎肯甘心，口噴怒沫，四蹄騰躥，把頭一昂一甩，力勁勢猛，這人竟有點把握不住，一個身子，隨著這匹怒馬，在當地播鼓似的轉了幾圈，扣嚼環的手一鬆，撩住馬韁，乘勢一頓足，騰身而上。人剛跨上錦鞍，那馬猛地往後一挫，呼地又向場心飛縱過去，馬一落地，前蹄倏又飛立起來。這人竟被那馬一竄一掀的猛勁，已坐不穩鞍上，雖沒有被馬拋落鞍下，卻已溜落到鞍後馬屁股上了。

那馬忽地又憑空往前直竄過去，馬屁股上又滑又溜，當然更吃不住勁，一個身子嗤溜往馬屁股後溜了下去。這人身手卻真不凡，身子落下去時，兩手把豎得筆直的馬尾鬣擄住，那馬奮蹄往前直奔，那人平著身子，竟懸空掛在馬尾上跟著跑。那馬似乎也吃驚不小，四隻鐵蹄，翻鈸似的繞場飛奔。這時演武廳上上下下，以及圍著御校場的武舉和軍弁們，萬目齊注在那人身上，沒有一個不替這人擔心，既然騎不上馬鞍，還死命攢住馬尾作什？只要一鬆勁，定然跌得半死。

全場注目擔心當口，扯在馬尾上面的人，已跟著馬飛馳了半個圓場，忽見他憑空虛懸的身子，飛魚一般，向前一竄，兩腿往下一夾，上身一起，竟又騎上錦鞍。他兩腳並不找鐙，兩膝一扣，襠中加勁，一俯身，撩起韁繩，把馬韁一收，任牠繞場飛奔。這時馬只管飛風的疾馳，身子卻是又平又穩，騎在馬上的人，一個身子輕飄飄的黏在馬鞍上，並沒十分吃勁，和起初亂掀亂聳時，截然不同，再也甩他不落了。

這一來，圍著御校場的人們，春雷一般喝起彩來。轉瞬之間，繞場飛馳一周。馬上的人，忽地想起，騎在馬上，還得連射三箭，但是這匹烈馬，不愧稱謂「追風」，實在跑得太快了，快得無法在馬上張弓搭箭。

場心正對演武廳架著的紅心箭鵠，飛馬而過時，一晃即逝，哪有張弓的手腳？轉念之隙，胯下的追風烏雲驄，閃電一般，又快跑到演武廳正面，人急智生，改用左手挽韁，右手在腰後箭服裡抽出一支鵰翎慈菇鏃的硬箭，暗加腕勁，待馬飛馳過箭鵠前面時，竟用三個指頭，撮著箭頭，像暗器中甩手箭似的，向紅心遙擲過去。離那箭鵠，雖沒有百步，也有五六十步，馬又跑得飛一般快，不用弓弦，要這樣投射紅心，非但四圍的人，瞧得懸虛，連馬上發箭的本人，也是頭一遭這樣發箭，並沒有十分把握。

箭一發出，眼不及瞬，馬已飛跑過一段路，只聽得將台上，鼓聲像撒豆一般急擂起來，四圍的人們，也暴雷價喝起連環大彩來了，原來這一箭，竟不亞如弓弦所發，恰恰的直中紅心。

鼓聲未絕，彩聲猶濃，追風烏雲驄又星移電掣般，又從那面快轉到演武廳前。

這一次，馬上人似乎有了把握，故意賣弄身手，一個鐙裡藏身，竟貼著馬肚下甩出箭去，第三趟跑過圈子來時，更俏皮，更奇特，一聳身，人已立在馬鞍上，手上箭一發出，兩臂一抖，施展輕功，竟離馬鞍飛身而起，直向馬頭前面，飛出身去，馬仍然向前飛馳，身子一落，恰好依然落在馬鞍上。三次馬鞍子，三次用手發箭，用了三種身法，三支箭卻一齊插在箭鵠紅心上，馬果然跑得疾，箭也發得準，將台上的鼓聲，和人們的彩聲，跟著馬趟子，一直沒有斷過，把上上下下整個御校場的人們，眼都瞧直了。待得馬上三箭射完，鼓聲彩聲，將停未停當口，那匹追風烏雲驄跑發了性，飛一般又跑了一圈。

將台上有人大喊著：「上面有令，馬上人是哪省武舉？快快報名！」

馬上人正在將台下跑過，扭身報道：「四川楊展！」

楊展在川中，騎慣了小巧馴良的川馬，對於北方高頭大馬的性子，原是生疏，起初原不想人前逞能，出頭騎這匹獰烈的追風烏雲驄。萬不料有湊巧，幾個自命善騎的北方武舉，都碰了一鼻子灰，馬又發了獰性，竟朝他直衝過去，逼得他出了手。起初上手時，幾乎被馬甩落塵埃，幸而仗著從小鍛煉的一身功夫，才勉強騎上了馬鞍。

不意追風烏雲驄馱著人一跑開趟子，雖然快得風馳電掣一般，卻是腿動身不動，騎在馬上，竟比普通馬還要平穩，幾個圈子跑下來，楊展已略微識得此馬性情了。那馬似乎也服了楊展了。三箭射畢，又多跑了一趟，最後轉到演武廳前時，楊展怕收不住韁，勒不住馬，一偏腿，霍地飛身而下。

說也奇怪，楊展一下地，那馬竟屹然停住，一陣呼咧咧長嘶，好像自鳴得意一般。楊展喜極愛極，抱著馬頭，拍拍牠身子，馬身上也微微的出了汗。那馬卻作怪，似乎馴良起來，和楊展猶如舊識一般，回過馬頭，不斷在楊展身上摩擦，一對火眼金睛，不斷向楊展直湊，自古英雄愛名馬，名馬亦能識英雄，楊展感覺那馬眼光中，好像發現了一種情感，高興得不知如何是好，竟捨不得離開。忽聽得演武廳階上，有人高聲喊道：「曹公公命四川武舉楊展進廳回話。」

楊展把拽在腰上的下襟放下，轉身向階上走去，那馬竟跟在身後，亦步亦趨起來，階上下一般校尉們，個個失聲道怪，都說：「這匹寶馬與這姓楊的有緣，註定是姓楊的了。」

楊展轉過身去，撫摸著馬頭笑道：「好寶貝，你且在這兒候信，也許上面說話算數，你是屬於我的了。」說罷，那馬真像懂得他話一般，立住不動了。

楊展進得演武廳，控身向上面公案打躬，口稱：「四川武舉楊展，參見列位大人。」只見正中一個臉色慘白，沒有鬍子的貴官，指著坐在右旁的官員笑道：「此刻我才知道，你是廖侍郎提拔出來的門生，果然是個少年英雄，好孩子，今天難為你了，憑你這一手降劣馬，空手發箭，你這名武進士，算穩穩高中了，我這匹追風烏雲驄，有話在先，你就牽回家去，好好調理牠去罷。」

楊展偷眼看那側坐的廖侍郎滿臉笑意，暗暗向上一呶嘴。楊展忙向上打了一躬，口稱：「恭謝大人恩賞。」便退身走出廳來。出廳時，隱隱聽得中間沒鬍子的人發話道：「這孩子長得倒挺英秀，可是外省的孩子們，禮數總差一點，竟沒有向咱們下跪。」

楊展聽得劍眉一挑，暗暗冷笑，接著又暗暗嘆息，心想自古功名二字，葬送了多少血性男兒，像這種禍國權監，誤君首相，便該用我瑩雪劍一一斬卻。

第廿四章　螳螂捕蟬黃雀在後

楊展經過這次會試，憑空得了一匹追風烏雲驄寶馬，在御校場一顯身手，業已名震京都。

他帶著這匹追風烏雲驄回到寥府，依然深居簡出，只靜靜等候著泥金捷報。

照說憑楊展在御校場獨顯奇能，例行的應考各場，也場場出色，藝壓當場，似乎可以爭魁奪元。哪知道本領出眾，敵不過炙手可熱的權門豪監，這種禍國之蟲，罰誓想不到為國選材，只知道樹黨營私，位置親信，把夾袋中人物，硬給排在三鼎甲內。

泥金捷報送到廖府，楊展中在三鼎甲後的第三名武進士。既然中式，照例要赴部習儀，唱名陛見，然後謁座師，拜同年，種種繁文縟節，忙了不少天數，才清淨下來。算計離家日子，已將近三個多月了，他先打發兩個跟來的長隨，動身回川，向家中報喜，安慰一下慈母嬌妻的盼望，備了一封詳信，報告武闈經過，不久即返，領到兵部憑照，即可返川，歸程有仇兒跟隨即可，故先打發兩個長隨回家的話。

這次武科，在一般昏庸大僚無非照例行事，但在深居九重的崇禎皇帝，他卻每天愁著大局日非，人才消乏，對於這科中式的武進士，頗希望他們年少氣銳，戮力疆場，個個變成保國干城的忠武之臣。特地傳旨兵部：

「本科武試，除前列鼎甲。另行議敘奏報外，鼎甲以次在十名內者，一律恩賞參將職銜，十名以次者，一律恩賞遊擊職銜，即仰該部量才錄用，分發效力，其有奇材異能，器識兼到者，得由該部另行據實保奏，候旨施行。」

這一道旨，總算是個異數，以前武科中式的，鑽頭覓縫，不知哪一年才能得到一官半職，哪有這樣便宜的事？楊展是第三名進士，便得了欽賞參將的前程。雖然是個空銜，又得經過兵部帶領引見，望闕謝恩的儀式。這當口，廖侍郎從這道旨意上，想了個主意，授意西席劉道貞，擬了一個保舉楊展的奏摺，折內大意是說：「楊展祖籍川南，文武兼資，蔚為鄉望，當此流寇竄擾，將及西蜀，該參將忠心為國，志願毀家抒難，精練鄉勇，捍衛一方……」

這幾句話，非常針對時局，這時縱橫晉陝的李自成、張獻忠等各大股兵馬，屢敗官軍，逼近潼關，而且分股進展，似已由商洛分向荊紫關蜀河口，蔓延及豫楚兩省邊境，伊洛豫襄等地，業已風聲鶴淚，一夕數驚。另一股從陝南侵入漢中，大有侵入西蜀之勢，如果荊襄不守，溯江而上，川省亦危！

所以廖侍郎這一保奏，雖然替自己門生避重就輕，別具用意，卻也切合時宜。奏上，居然得邀御賞，立奉硃批諭旨：「楊展忠純可嘉，仰該部轉諭川督，准許該參將在籍舉辦團練，有事之日，准其建立靖寇將軍旗號，以彰忠義。」
旨下，廖侍郎很得意，覺得這一著棋，沒有落空，楊展憑空又得個靖寇將軍的虛銜，也覺出於意外，頗有錦上添花之妙，於是又得忙著引見謝恩及赴部領取憑照等照例的官樣文章，又得破費不少日子的光陰。
這當口，和楊展同年的一班新科武進士，他們哪識得廖侍郎保舉，別有苦心，只覺楊展走了先著，得了甜頭，瞧得心熱眼紅，大家揣摩風氣，覺得這時皇帝老子，急來抱佛腳，急於收攬人才，不惜破格升賞，這種空頭將軍，大可照方抓藥的得個榮銜。立向兵部鑽頭覓縫辦保舉，似個個都變成奇材異能，器識兼到之士，都想藉此衣錦榮歸，以辦團練為名，在本鄉本土，作威作福了。
新進少年，便存這種想頭，天下焉得不糟？明室焉得不亡？楊展向兵部領得憑照以後，在京已無別事，便覺歸心如箭，和廖侍郎劉道貞商量起程回川。湊巧警報紛傳，潼關已是十分危急，襄陽一帶，已見張獻忠大股部隊。
楊展更得急速離京，如再遲延，潼關一破，他們衝關而出，黃河南岸，便難安渡。倘再襄陽有失，進川的下流阻斷，那才要命。時局這樣緊急，廖侍郎雖然依依惜別，也不敢耽誤門生的行程，而且結伴回川，不止楊展主僕數人，還有劉道貞、三姑娘、曹勳三人。
劉道貞此次結伴返鄉，雖然居停廖侍郎一力竄掇，勸他避亂返鄉，其中還有一段風流蘊藉的佳話，也可說是奇緣巧合。因為三姑娘大仇報復以後，楊展在廖府深居簡出，接著又忙於會試，三姑娘方面，一切都由劉道貞照料，楊展本心就想做個月老，替三姑娘謀個終身有托，不想事情湊巧，雙方天天謀面，情愫易通，三姑娘感激劉道貞策劃復仇，委身於這位磊落不群的佳婿，已是心滿意足。在劉道貞風流倜儻，得此風塵奇女，藉此繼弦鸞續，偕隱山林，亦屬名士風流。經楊展從中一撮合，便訂了百年之好。客中雖未能青廬交拜，好在彼此都非尋常兒女，為同行便利起見，大可脫略形跡，已無異鶼鶼鰈鰈了。只有廖侍郎未知細情，只知同楊展進京有位義妹，和劉道貞結為秦晉罷了。

一個身有武功，已經成名的人物，對於自己用的兵刃，以及擅長的暗器，當然愛逾性命，刻刻當心。楊展雖是出身富貴，和江湖人物不同，但是從小受巫山雙蝶的薰陶，當然也有這樣習慣。他從那晚九奶奶香巢事了以後，先送三姑娘回安身之處，然後長衣罩體，暗藏自己寶劍和一袋金錢鏢，同曹勳悄悄回轉廖府。心裡才覺平安無事，可以坦然高臥，休養一夜的勞神，那天未就枕之先，把瑩雪劍擱在枕邊，那袋金錢鏢，照例要倒出袋來，清數一下。

他一數金錢鏢還有十九枚，屈指一算，一點不錯，從家中動身時，雪衣娘替他裝了二十四枚金錢鏢，一路平安無事，並沒動它，直到沙河鎮，暗制撬門行刺的賊黨，發了兩枚，最近在花太歲身上，中眼、中腕、中腰，發了三枚，二十四枚發了五枚，當然只剩十九枚了。數清以後，隨手在床欄上一掛。以後深居簡出，接著進闈應試，一直沒有動它。

到了諸事就緒，預備離京的前幾天，自己檢點行裝，把床欄上掛的鏢袋，照例得數一數，再掛在身邊，預備路上萬一用它時，心裡有個數。不料他這次過數時，金錢鏢卻只剩十八枚了，明明以前數過是十九枚，怎會缺一枚呢？自己進闈應試，或者有事外出，房門雖未加鎖，自己帶來的一長隨，和廖宅下人們，絕不敢進來動這鏢袋，懂得門道的仇兒，又不在身邊，這一枚金錢鏢，怎樣失去呢？而且僅僅失去一枚，事情未免可疑了。雖然可疑，並沒和人說起這樁事，因為離京在即，諸事匆忙，也就擱過一邊。

到了楊展和劉道貞、三姑娘、曹勳三人，決定結伴起程日子的前夜，廖侍郎在內宅替門生和西席餞行。席間廖侍郎提起：「楊展到京這幾個月內，從京城到保定，從保定到黃河口岸，直到河南一帶路上，遊兵散勇，到處滋事，而且太行山一帶盜匪充斥，行旅戎途，已和你們來時的景況大不相同，你們雖然身有武藝，結伴同行，總是格外謹慎的好。今天皇上發出內帑二十萬兩，是犒賞把守潼關督師孫傳廷部下的，督解是欽派的內監，由兵部另派一名參將率領百名兵士護運，但是我卻非常擔心，怕的是，沿途不穩，要出毛病。這批銀兩如果到不了潼關，孫督師這支兵馬便難維持軍心了。」言罷，嘆息不已，大家依依惜別的，直談到起更以後，才分別歸寢。

楊展回到小花廳自己臥室，一進門，便看到書桌上燭台底下，壓著一個紅簽大信封，過去一瞧，信皮紅簽上，寫著：「楊相公親拆。」卻沒寫寄信人的姓名。

拿在手上，掂著有點沉沉的，似乎裡面裝著東西，心裡不由得一動，忙拆開信封，便聽得信內鏗鏘有聲，往外一倒，先骨碌碌滾出四枚金錢鏢來。自己暗器，當然一望而知，頓時大吃一驚，連喊：「奇怪！」忙不及回身把房門一關，再回到桌上，把信封內幾張信箋取出來，仔細瞧時，只見上面寫著許多事出意外的話：

「前刑部總捕金眼雕虞二麻子，川籍，六扇門中之傑出人物也。年老退役，恩養於某監之門，九門六班快手，多為其弟子行。近以九奶奶香巢一案，情況迷離，諸捕束手，不得不求教於退隱之師門。虞二不愧斫輪老手，略一研討，便得線索，蓋九奶奶及侍女們所述，是晚不速之客，品貌氣度，語多川音，及八指屍身，連中要害之三枚金錢鏢，最為矚目，藉此可以推測其人之身分籍貫，及武功造詣。又以各省武舉，薈萃京門，武闈題名，不難探索，應考者川籍無多，高中者舍君莫屬，此猶臆測，未得佐證，於是虞二老當益壯，乘君夜出，潛入寓齊，竊得一枚金錢，與屍身所得，合若符契，案乃迎刃而解，而君等危矣……」

楊展看到這兒，背脊冒著冷汗，暗喊：「壞了！壞了！」原來這種金錢鏢，和市上通用的制錢不同，有大有小，按照各人所練功夫和腕力取準的尺寸份量，叫巧匠加工打造出來的，當然可以作為案犯的有力證物，有了這樣證物，楊展已落入法網之中，一人落網，牽及全域，像三姑娘、曹勳、仇兒等，便難置身事外，連並未知情的廖侍郎，都有隱藏兇手的處分了，楊展如何不急？一看下面還有許多話，忙又看下去：

「然虞二非老悖，彼等遇棘手之案，固有明破暗不破，暗破明不破之神通。所謂明破暗不破者，大抵張冠李戴，以假冒真，以大化小，甚至元兇自購頂替，與彼等勾結，蒙蔽有司，藉以塞責。

「所謂暗破明不破者，明知案犯，而犯非常人，株連者眾，一經彰明，即彼等之身家性命，亦難安全，此等案件，彼等亦有閃展騰挪，假作癡聾之手段，香巢之案，跡類於是。

「蓋君係新貴，本領非常，居停又係顯宦，而死者一為比匪為奸，因眾痛恨之惡僧，一為禍國權監之妖妾，遭池魚之殃者，亦均非正人，且審度案情，跡近復仇。

「下手非一人，元兇誰屬，尚成疑問，京城非外省州縣可比，稍一魯莽，立興大獄，利害相權，不如緘口。然曹監既慟寵姬，又失心腹，追比責限，頗為兇橫，事難頂替，策無兩全，竟使七十退役之老翁，徬徨斗室，自悔多事，無異居爐上矣……」

他瞧到這兒，長長的吁了口氣，似乎還有轉機，難得這位老退役虞二麻子，居然識得大體，不過虞二為了難，事情還在兩可，再說這封信是誰寫的呢？誰有這樣好心，特地暗暗送封信來通知我，還把案內唯一證物送還呢？心裡一轉，急急的再看下去：

「虞二係余舊交，適余倦遊東塞，悄然來京，下榻虞處，虞二密談此事，且求決策。余不禁驚喜交並，且復失笑，即告以君之品德及出處，並代劃策，謀寢其事，而老朽亦施故技，夜入曹邸，示驚權監，鎩其驕炎。另由虞二暗施手段，以類似金錢，掉換原證，痕跡既泯，即換他人，亦難探索。用將尊鏢四枚，隨函附繳，從此當可高枕無憂。此即香巢一案，暗破明成，先張後弛之內幕……」

楊展不由得驚喊著：「這是誰？這是誰？對我這份恩情太大了！」嘴上喊著，兩眼跟著信內的字，一字都不敢放鬆，叨叨不絕念下去了：

「然余頗有所疑，虞二亦欲暗究真相，君千里應試，竟輕身涉險，為人復仇，於冠蓋雲集之地，似非智者所宜出？且彼姝之子，亦具身手，薄遊香巢，形同挾邪，此女又屬何人？

「種種疑竇，未便面質，遂使龍鍾二朽，雞鳴狗盜，作無事之忙，伺隙潛蹤，多方偵索，始明底蘊，於此益佩君之俠肝義膽，非常人所能企及。然國勢危矣，道遠多梗，君其速返，以慰倚閭，蜀險可守，君宜與川南三俠，速起圖之，余亦欲騁其朽骨，潛入晉陝，一覘揭竿而起者，究係如何人物？或亦有助於君等也。

「虞二亦有心人，業已暗識英姿，自謂老眼無花，君必鷹揚虎食，建立非常之業。然君知虞二麻子究為何如人乎？蓋即老朽義女錦雯之伯父行也。錦雯幼孤，虞二挈以付余，余近又挈以付君之萱幃，人生聚合，洵有前緣，尚冀成全終始，使孤寄者得追隨賢伉儷，以收同濟之美。此函入君手，余芒鞋竹杖，已先君等出京，將越太行而登華嶽矣。」

信尾並沒具名，但楊展看完了這封長信，便知是一去無蹤的鹿杖翁所寫，不禁又驚又喜。

驚的是螳螂捕蟬，黃雀在後，可見天下事百密難免一疏。喜的是幸虧機緣湊巧，鹿杖翁趕來彌縫其事，此老對我真可算得知己之感，恩情如許，叫我如何報答？他信尾提到雯姊，音在弦外，「追隨」「同濟」之語，更形露骨，又叫我怎樣安排才好呢？

第二天清早，楊展、仇兒主僕，劉道貞三姑娘夫婦和曹勳五人，結伴登程，離京返川。

五人都騎著馬，除楊展一匹追風烏雲驄以外，其餘四匹馬，都是花重價選好的長行腳程，因為路途不靖，各人在馬鞍上，只捎著一點簡單行李。

劉道貞雖然是個文人，平時卻也喜歡馳騁，騎術並沒外行。三姑娘做了一個藍布套，把鐵琵琶套上背在身後，臉上卻蒙著擋風沙的黑紗，一半還顧忌著香窟兇案那檔事，總得謹慎一點。

楊展肚裡有數，有虞二麻子從中維持，不致再出毛病，不過鹿老前輩，神龍見首不見尾，自己又匆匆出京，沒法和虞二麻子周旋一下，似乎禮教稍差。但鹿老前輩信內，說他恩養某監門下，大約也是八指禪師一流人物，這種人不見也罷。不過回家去，在虞錦雯面上，有點欠缺，路上想起來，總有點不安似的。這檔事，他沒在劉道貞面前說出來，三姑娘更是蒙在鼓裡。

楊展進京，是在仲春時節，這時出京，已到了仲夏，而且轉眼就要進入伏暑了。北地雖然不比南方，在白天當頭火傘似的太陽，射在長途奔馳的旅客們身上，也是汗流浹背，人馬都不好受，所以楊展一行人，都趕著早晚涼爽當口，多趕幾程，近日中時，便找地方打尖，沒有打尖處所，尋個樹林或山腳陰涼處所，避避當午的毒日頭。上路時，每人都頂著蒲編寬沿的遮陽涼帽，隨身兵刃，都捎在鞍後，楊展除一口瑩雪劍，一袋金錢鏢以外，卻多了一張心愛的弓，兩壺箭。

弓是鐵胎蛟筋的六石硬弓，箭是真真的鵰翎三脊狼牙箭，這弓箭是他預備考武闈，在京花了重價，從一個破落戶的武職世家物色到的，四川不易得到這樣好弓箭，才一齊掛在鞍後。他胯下追風烏雲驄，是他到京第一得意事，比中武進士還得意。說也奇怪，名馬靈性，畢竟不同，天生的和楊展有緣，凶獰得像野龍一般的馬，一到楊展手上，不到一個月功夫，居然被他調理得非常服貼，騎上去徐疾由心，絕不再發獰性。一路和別馬同槽，也極少撩蹶子發野性了。可是生人休想近牠的身，連仇兒每天替牠餵料溜蹄，還得不斷拍著牠鬃毛，敷衍牠一陣子。

他們一女四男，離了京城，曉行夜宿，過了清苑、正定，漸漸走近河北、河南兩省邊界上。便覺得道上情形，有點和來時不同。這條邯鄲古道上，來往商旅，和運載貨物的車輛騾馱，越來越少，以前沿途的幾處熱鬧市鎮，也顯著有點荒涼之色，路上走的，年青婦女，更是難得碰到。

一路只見荷槍披甲，雜亂無章的軍士，和不三不四，橫眉豎目的無賴少年，強賒強買，結群逞兇。沿途所見所聞，盡是這種蠻不講理的事。細一打聽，才知這幾月內，孫督師起初在潼關打了一次勝仗，殺了一股闖賊，將敵軍的頭兒闖王高迎祥，獻首京師，全軍志驕氣盈，鬧得烏煙瘴氣。不料被小闖王李自成這支兵馬，迸力猛攻，官軍立時吃了幾次敗仗，忙不及緊緊守住潼關。孫督師的大營，也從潼關退到了洛陽。

偏在這當口，官軍糧餉接不上，好幾萬兵馬，軍心立時不穩起來，有許多軍營便向商民們做出許多暗無天日的事來，嚇得這一帶有身家的老百姓們，紛紛逃竄。萬一潼關不守，孫督師的大營潰散，還不知鬧得如何的天翻地覆哩。楊展這一行人，幸而帶著兵部憑照，曹勳外表又長得威武，倒像是位奉令公幹的軍官，這種地方，倒可顯赫一氣，楊展的英俊，劉道貞的倜儻，在沿途遊兵散勇的眼內，倒顯不出什麼來。但是一路過去，大家謹慎一點，還不致生出什麼枝節。

這天過了內邱、邢台，到了沙河鎮，日色已經平西。楊展一般人，滿心想到進京時寄宿的鴻升老店，不意進入鎮內，走近鴻升老店門口，一看店門口，掛著一對氣死風的大號官銜燈籠，店門口兩旁站著帶刀執鞭的一群衣甲鮮明的禁衛軍，正在呼喝著驅逐閑人。鎮上那位巡檢，滿身大汗，衣衫俱透，在店門口腳不點地的跑進跑出，不知巴結什麼差事。

劉道貞一眼瞧見店門口左邊牆上，新貼著長長的一張大紅紙，上面寫著：「奉旨督運餉銀，兼督練禁衛武健營，司禮監掌印太監王行轅。」便向楊展笑著說：「瞧這情形，這座鴻升老店，已被這位內大臣整個佔住，餉銀重地，我們也犯不著惹火燒身，只好另找宿處的了。」

三姑娘在馬上悄悄說：「跟我來，南頭還有一家三義店。」說罷，一拎韁繩，一馬當先走下去了，大家跟著她向南走去。

楊展留神兩旁店鋪，只疏疏落落開著幾家酒飯鋪，一派的慘淡景象，和來時路過情形，大不相同。

大家到了鎮南盡頭處，三姑娘在一家破牆口的木柵門外，勒住馬，翩然跳下鞍來，大家跟著一齊下馬。一瞧兩面白灰牆上，刷著沙河三義店幾個大字。大家牽了馬，進了木柵門，裡面是一片空場，對面一排十幾間灰頂平房，中間空蕩蕩的，大約是個過道，過道後身，似乎還有一層院落，可是內外靜靜的沒有人影，只空場上幾株高柳，深綠色馬尾似的柳絲，被晚風吹得飄來飄去，簌簌作響。

三姑娘嘴上咦了一聲，指著空地說道：「這家也是老字號，專接南北來往客商，兼營堆棧生意的，現在一片空地，毫無堆貨，連鬼影兒都不見一個，難道這樣老店，也歇業了？」

正說著，過道後身，腳步聲響，有兩個漢子，從過道暗處走了出來。到了空地上，瞧見了楊展等幾個人，忽然腳步放慢，四隻賊溜溜的眼珠，瞧了又瞧，尤其在三姑娘面上，不錯眼珠地盯著。因為這當口，三姑娘遮臉的黑紗，已經去掉了。楊展瞧這兩人，凶眉凶目，一身紫花布的短打扮，包頭綁腿，滿身透著驕橫之氣，看不出是幹什麼的。

這兩人剛一出現，過道上又踅出一個店夥模樣的小老頭兒，一見三姑娘，直眨眼，忽地指著她，驚喊道：「你……不是三姑娘麼？幾個月不露面，你發福了，今天那陣風把你吹來的？三姑娘！現在沙河鎮，可不是從前沙河鎮了，但是你來得正好，鴻升客棧內，北京下來的欽差們，正在四處找彈彈唱唱的，你……」

他說到此處，忽然吃驚似的縮住了口，先向楊展等人打量了幾眼，又向那兩個漢子溜了一眼。三姑娘笑著說：「快嘴老王！你倒還認得我，三姑娘現在不幹這營生了，廢話少說，我們剛從北京到此，替我們弄幾間乾淨的屋子是正經，再說，這麼大熱天，我們的牲口，也受不了委屈！」

老王沒口的應示道：「有……有……別的不像從前了，客房有的是，前面這一排房子，被來往的將爺們，鬧得一塌胡塗，不像屋子，攔牲口倒合適，諸位跟我來，後院有的是屋子，當真，我先去招呼櫃上一聲……」

嘴上說著，人已翻身向過道奔進去了，那兩個漢子，本來往外走的，此刻竟站在一旁聽快嘴老王的話，一面不斷向三姑娘打量。老王一轉身，兩人竟也翻身進了過道，拉著老王，不知打聽什麼。

仇兒悄悄說：「這兩人路道不正，半是吃橫樑子的，我們當心一點。」

曹勳兩眼一鼓，冷笑道：「老子拳頭正在發癢，不捶他一個半死才怪。」

半晌，快嘴老王向著櫃上的先生，和另外一個夥計迎了出來，那兩個漢子卻不見了影子。

櫃上先生搖著一柄破蒲扇，立在過道口，滿臉堆歡的向三姑娘點點頭，又向楊展拱拱手說：

「諸位從京城下來，這麼大熱天，定然乏了，快往裡請。」快嘴老王和另一個夥計，便來牽牲口。仇兒忙拉著追風烏雲驄說：「這匹馬近牠不得，我自己牽著，看情形前面沒住人，牲口擱在外面，也不放心。」

快嘴老王說：「正是，後面有攔牲口的地方，槽頭草料都有。」

於是人和馬一齊進了過道，到了後面一層院落。後院也是一排十幾間平屋，比較前面整齊一點，各屋子都掛著席簾子，左右兩面搭著攔牲口的棚子，中間一片空地，比前面小得多，左首幾間屋子，似乎住著人，葦簾幌動，有人在那兒探頭，靠左馬棚內，也拴著幾匹長行牲口。

櫃上先生把楊展一行人，讓在右首幾間屋子內。楊展定了三間屋子，一間讓劉道貞、三姑娘合住，兩間是通間，由楊展、曹勳、仇兒三人合住。仇兒把五匹牲口，攔在右邊馬棚內，指揮夥計把馬上東西，送進屋內，然後自己替那烏雲驄卸鞍、溜繮、上水、餵料，其餘幾匹，交店夥計服伺去。

大家在屋子裡擦了臉，快嘴老王替眾人沏了一大壺茶，悄悄地向大家說：「這樣兵荒馬亂的年頭，規矩良善的老百姓，算遭了劫，遠的不說說近的，這沙河鎮上便關閉了十幾家店鋪，年輕一點的堂客，逃得一個不剩，諸位大約是往南方去的，依我說，諸位悄悄地在這兒住一宿，明天一早奔前程，比什麼都強，當真，時候不早，也該用晚飯時候了，諸位愛吃什麼？我到鎮上飯鋪裡叫去，遲一忽兒，飯鋪關了門，便沒有可吃的了。

「本店大廚房的司務們因為住店的客人，越來越少，都歇了業，躲回老家去，我們掌櫃也嚇得腳底揩了油，前面的櫃房，挪在後院來了，櫃上只剩了一位管帳先生，和我們幾個沒腳蟹，對付支持著這座三義店，我這一說，諸位當然滿明白了。」

這位夥計，不愧得個快嘴的外號，一進門，盡聽他一個人說的，嘴上鞭炮一般，說得沒了沒結。正說著，三姑娘從隔壁房裡，洗完了臉，嬝嬝婷婷走了過來，向夥計問道：「左首幾間屋內，住著什麼人？我一人在屋內洗脖子，幾個混帳東西，竟趴在我窗外偷瞧，我沒好氣罵他們，便踅過來了。」

曹勳一聽，便要往外蹦，劉道貞忙把他拉住了。快嘴老王雙手亂搖，一轉身，推開一點門口葦簾子，探出頭去瞧了一瞧，才轉身向三姑娘扮了個鬼臉，壓著聲說：「說也可憐，這麼一座老字號的三義店，諸位不來，便只那左面兩間屋的客人，那兩屋的客人，看著好像是一事，他們自己楞說不一事，瞧不透是幹什麼的。剛才我在前進過道外，多說了一句話，那兩人趕著直打聽，被我用話堵回去了。

「這種人八成是邪魔外道，諸位貴客，好鞋不沾臭泥，三姑娘！你眼界是寬的，大約也瞧出一點來，出門人將就點，圖個平安，現在這一帶，什麼路道都有，諸位吃喝完了，早點安息，明天早點趕路是正經。」說罷，便踅了出去，替他們張羅飯菜去了。

掌燈時，大家吃喝剛畢，睡覺還早一點，天氣又熱，屋內悶不過，大家掇個凳子，坐在房門口院子裡乘涼。那頭緊靠馬棚，也有幾個不三不四的漢子，圍著一張破矮桌，一面喝茶，一面獷聲獷氣在那兒聊天。因為長長的一排平屋，乘涼的院地，也是狹長形，兩面相隔，也有五六丈距離，說話聲音高一點，可以聽個大概，聽出那邊幾個漢子，滿嘴夾雜著江湖切口，有時向這邊鬼頭鬼腦望望，便交頭接耳，嘁嘁喳喳，說個不停，情形頗為可疑。

劉道貞、曹勳對於江湖黑話，一竅不通。楊展毫沒把這種人放在心上，根本沒注意，仇兒卻是此道中家學淵源，可惜南北路數各別，口音不同，明知是黑話，卻聽不出什麼來。

只有三姑娘是保鏢的世家，從小久歷江湖，懂得一點門道，但是那幾個漢子，雖然說著江湖切口，大約看出這邊幾位，有點來頭，說的話，也是半藏半吐，她也只聽得一星半點。

憑這一星半點，她已蛾眉時緊，犯了心思，卻沒和大家說，只暗地把仇兒調到一邊，悄悄囑咐了幾句。起更以後，大家進屋睡覺。劉道貞卻見三姑娘好像預備上路一般，把一方黑帕包在頭上，裝一筒袖箭，縛在左袖內，又取了一柄解腕尖刀，帶著皮鞘子，拽在腰巾上，卻沒動那鐵琵琶。

劉道貞說：「你這是為什麼？道上累了一天，還不躺下來休息？」

三姑娘嫣然一笑，悄聲說：「你不用大驚小怪，你睡你的，這種年頭，出門人不能不當心，兩個人裡邊，有一個醒著，究竟好得多。」

劉道貞明白關於江湖上的事，得事事請教賢內助，她這樣舉動，定有所為，自己也不敢高臥了，聽聽隔壁，那位曹大哥，早已鼻息如雷，聲振屋瓦了。三姑娘一看丈夫也不打算睡覺，嬌嗔著道：「你這是成心搗亂，你這文弱身體，經得住熬夜嗎？明天摳了眼，失神落魄地在馬鞍上打睡盹，不跌下馬來才怪呢，快給我睡去，我和衣陪著你睡，還不成嗎！」

劉道貞聽著嬌妻這番輕憐蜜愛的話，那敢違拗，只好解履上炕了。三姑娘噗的一口，把燈吹滅，輕輕把門虛掩上，側耳聽了聽院子裡，寂寂無聲，那邊幾個漢子，已不在院內聊天了。

沙河鎮雖然兵荒馬亂，鬧得大不景氣，可是街上敲更的，查夜的，卻比往常顯得緊張。

這是因為那面鴻升老店是欽差行轅，裡面卸著三軍命脈的二十萬兩餉銀的緣故。

在街上二更敲過，仇兒在屋內，一聽自己主人似乎睡得挺香，那位曹爺更是睡得仰面八叉，人事不知。仇兒人小身輕，輕功又出色，猴兒一般跳下炕來，身上原是結束好的，把一杯茶水，向門口一潑，毫無聲息的把門微微推開，閃著身出去，把門帶好，向門外暗處一縮身。打量院內，寂無人影，天上白灰灰的陣雲，遮蔽了月光，似乎要下雨一般，他先蹔到劉道貞夫婦的窗下，向窗格上輕輕彈了一下。三姑娘立時從門縫裡閃了出來，在仇兒耳邊，悄說道：「你替我巡風，卻不要離開這兩間屋子，尤其是我們這位劉大爺，非得有人照護著他不可。」她囑咐完了，毫不遲疑，刷地竄上了近身的馬棚，由馬棚一接腳，到了店房的屋頂。

這屋頂從右到左，都是灰泥平頂，其平如砥，長長的一排平屋，房上好像一條通道，她像燕子般，向左面盡頭幾間屋上掠了過去，腳下聲響毫無。將到盡頭幾間屋上，伏身貼耳一聽，聽出盡頭第二間屋內，有人說話。

她早已算定主意，一擻身，向屋後一瞧，是塊廢地，圈著一道土牆，靠左有幾間破屋子，大約是廚房之類，看情形沒有住人。她知道這一排客房，都是一樣格局，每間屋內後身，都有一尺半見方的小窗，打量好後窗尺寸，立時珠簾倒卷。

頭下腳上，兩腳扣住屋簷，像蛇一般捲下身去，兩手在牆上破磚縫裡微一借力，貼近了窗口。因是夏天，窗開著，透著涼風，她怕被屋內人瞧見，暫不探頭，把耳朵貼在窗口邊，靜著心聽他們說什麼。

原來她在院內乘涼時，聽出右面幾間屋內，住的幾個客人，滿嘴黑話，有幾句落在耳內，很是可疑，明知仇兒輕功，比自己高，可是他不懂他們的江湖切口，才決心自己探他們一下，暗地預囑仇兒替她巡風。不料她這一下真用上了，而且偷聽出可驚的事來了。

她聽得屋內有個蒼老的口音，笑道：「我把你們帶出來，是替瓢把子來辦大事的，不是陪你們來偷偷摸摸，幹這風流勾當的，你是這幾天找不著臭娘們，憋著一腦門的色勁兒了，還有那位憨頭兒韓老四，瞧見人家一匹好馬，也想伸手，不錯，馬是寶馬，不過憑我眼光看來，那邊住著的幾個人，絕不是省油燈，連那雌兒，也有門道，有其馬，必有其主，尤其騎這馬的主人，定非等閑人物，我勸你們安靜點，不要誤了瓢把子的正事。如果把煮熟的鴨子，給弄飛了，瓢把子的厲害，你們當然明白，你們有幾條命呀？」

又有一人說道：「范老當家的話不錯，鴻升客棧內二十萬兩銀鞘，是洛陽孫老頭兒的命根子，我們只要把這批餉銀拾下來，孫老頭兒手下十幾座營頭，馬上得軍心渙散，守不住潼關。小闖王一進潼關，我們瓢把子便是第一件大功，那時節，我們瓢把子和范老當家幾位出頭露臉的一干，最少也得占他十幾個州縣，從這兒到黃河口岸，穩穩的是咱們天下了。娘兒們算什麼，那時愛這麼樂便這麼樂了。」

三姑娘聽得吃了一驚，這般人簡直是小闖王的內應，忽聽得一個尖嗓門的嚷道：「好了，好了！我無非逗著說玩話，並沒有真個做出來，范當家訓了我一頓不算，你也編排起我來了。」

蒼老口音的冷笑道：「我才不犯著訓你哩，我比你們多吃幾擔鹽，說的是正理，你愛聽不聽？當真，隔壁韓老四和兩面狼，出去了半天，怎地還沒回來？我叫他們去探一探押餉銀的官軍有幾支火槍，這點屁事，也得費這麼大的功夫，年輕的哥兒們，真沒法說……」

屋內正說著，忽聽得那面馬棚內，蹄聲騰踔，呼咧咧長嘶，同時勃騰……叭噠……幾聲怪響。三姑娘一聽馬棚要出事，又聽出追風烏雲驄的怒嘶，更惦著她丈夫的安危，一縮身，翻上屋簷，一想不對，馬棚出了事，院子裡定然有人，屋上走不得，哧的又縱下了後牆根，沿著牆腳，飛一般向右邊奔去，到了自己房後，才竄上屋去，一伏身，向院內一瞧，立時放了心。原來她丈夫劉道貞，很平安地立在院子裡，和曹勳說話。仇兒牽著追風烏雲驄，正走回馬柵裡去。

楊展沒露面，院子依然靜靜的，沒有外人羼在裡面。那面屋內的匪人，竟一個沒探頭，剛才明明聽得馬棚一陣騷動，此刻竟像自己聽錯了，不明白什麼一回事。一聳身，縱下屋去。

劉道貞忙趕到她身邊，悄悄說：「你悄沒聲一溜，幾乎把我急死，你上哪兒去了？」

三姑娘微微一陣媚笑，並沒答話，卻向仇兒招手。仇兒過來，低低的一說所以然，她才明白了。

第廿五章　齊寡婦

在三姑娘上屋探聽匪人蹤跡當口，仇兒也縱上了屋頂。

他就在客房頂上，仰天一躺，覺得四面空闊，涼爽之至，他如果沒有巡風護院的事，真想在屋頂上高臥了。他得時時抬起頭來，瞧瞧下面院內的動靜，和左面三姑娘的身影。

他一看三姑娘施展身手，從那邊屋後掛下身去，便知她從後窗偷聽了。等了老大功夫，還沒見她翻上屋來，正想過去查看，忽聽得前進穿堂裡，起了沙沙的腳步聲。他一轉身，借著簷口一帶砌著半尺高的擋水磚，隱著身子，微露了兩眼，向對面穿堂口瞧時：只見兩個精壯小夥子，穿著一身青的短打扮，立在院心喊喳了幾句，一人向左邊客房奔去，一人卻向右邊馬棚走來，似乎踮著腳趾走，不使腳下帶出聲來，不時的留神住人的兩間客房。到了馬棚相近，忽地一個箭步竄入棚內。

不料他進去得快，出來得更快，似乎還沒有挨近追風烏雲驄的身子，那馬呼咧咧一聲長嘶，屁股一聳，後腿一個雙飛，辟噗，叭噠，人像圓球般彈了出來，直彈出馬棚一丈開外，跌在地上，還滾了一溜路。

這人死活還沒有看清，刷……刷……從左面飛過一條黑影，身法極快，撲到這人所在，一俯身，把地上的人提起來，在脅下一夾，又刷……刷……飛一般跑回左盡頭第二間房門口。

燈影一幌，閃身而入，霎時，燈影俱無。屋上仇兒看得暗暗點頭，此人身法步法，確是不凡，在這轉瞬之間，馬棚內幾匹馬都呼咧咧亂叫，四蹄騰踔，不安分起來。那匹追風烏雲驄，原沒有拴住轡繩，竟自縱出馬棚，昂頭長嘶。

兩間屋內的劉道貞曹勳，都開門而出，互問情由，劉道貞從睡夢中驚醒，不見了和衣而睡的三姑娘，更是驚疑萬分。

仇兒從屋上飄身而下，和他一說，才略安心。仇兒忙不及，先把追風烏雲驄拉回棚內，轉身出來，三姑娘也到了。

三姑娘心裡有事，急於想和楊展商量，一看楊展始終沒有露面，忙問劉道貞道：「我大哥呢？」劉道貞一愣，仇兒一個箭步，向主人房內竄去，一進屋內，他主人蹤影全無，一柄瑩雪劍，依然壓在枕頭底下。吃了一驚，一轉身，跳出門外，向曹勳問道：「曹大爺，我主人上哪兒去了，你知道麼？」

曹勳不信，跑到房門口，向內一瞧，果然沒有在屋，立時嘴張得老大，自言自語的說：「噫！這奇了，我聞聲蹦出來時，確沒有留神他，可是這一點地方，他楞會不見了，他從哪兒出去的呢？」

三姑娘玉手一搖，忙說：「莫響，我們進屋去。」

大家走進楊展住的屋內，劉道貞便問仇兒道：「你出去替她巡風時，你主人已睡著了麼？」

仇兒道：「我出房門時，我主人和衣睡在炕上，似乎睡得挺香，這位曹大爺呼聲震耳，也沒有把他吵醒，這樣，我才悄悄出了房門，怎地會不見呢？如果翻屋出去，我在房上早瞧見了，從哪兒走的呢？為什麼要這樣悄沒聲的走呢？」

仇兒放心不下，急於想去找自己主人，三姑娘把他拉住了，指著後窗笑道：「我相信他從這兒出去的，所以你瞧不見了，這樣小窗，我們想出去費事，你主人的本領，你當然知道的。奇怪的是，為什麼出去的呢？我相信我大哥的本領，不致有差，你想，他連隨身的兵刃都不帶，當然不是危險的事，他有他的道理，我們不用瞎猜疑，也許馬上就回來了。」

三姑娘肚裡憋著事，不見楊展的面，不願出口，劉道貞問她：「探聽了什麼？」她回說：「等大哥回來，再說不遲。」

大家坐在屋裡，疑疑惑惑的不太好受。楊展沒回來，也無法再睡覺，大約等了一個時辰，猛見房門輕輕開去，楊展悄聲的進來了，赤手空拳，身上依然是路上一套文生打扮，面上從從容容的，也沒異樣。大家見著他，如獲異寶，都跳起來，都想張嘴說話。曹勳頭一個張嘴便嚷，嗓門又寬，他說：「我的進士相公，你悄沒聲溜到哪兒去了……」

楊展指著後窗說：「莫嚷！莫嚷！你們剛才在屋裡說什麼來著？你們去摸人家，人家也來摸我們了。」

大家一聽，都暗暗吃驚，齊向後窗戶，瞧了又瞧。三姑娘更吃驚，心想聽他口氣，自己行動，他早明白了，人家來摸我們，這一著卻沒有防到，屋內空坐著四個人，竟一個沒覺察隔窗有耳，這一著，也算栽給人家了。她向楊展說：「還好，我們沒說什麼來，只瞎猜大哥上那兒去了。」

楊展點頭道：「這樣很好。」

三姑娘忙又說：「大哥，你坐下來，我有話和你說。」

楊展笑道：「我知道你說什麼，但是我知道的，比你多得多。」

三姑娘吃驚似的，張著兩片嘴唇，半晌，才說：「大哥！原來你也……」楊展不等她說出來，伸出中指，往自己嘴上一比，「噓……不必說了，你們也莫問，你聽街上敲了四更，沒有多大功夫，天便亮了，我們總得休息一下，有什麼事，明天路上和你們說吧！」

第二天清早，大家起來，盥洗，吃喝以後，大家聚在一屋內，整理行裝，預備上路。三姑娘肚裡憋著事，沒好好兒睡一覺，店夥快嘴老王進來伺候，三姑娘便問道：「天還沒亮透，我聽出左邊幾間屋內的客人，一齊摸著黑，便上路了，這班人走得這麼急，上那兒去的呢？」

快嘴老王搖著頭說：「嗨！這種人哪有好事，到這兒過了兩宿，什麼事也沒有幹，急急風的又往回走了，走的當口，馬上馱著一個半死不活的小夥子，不知受了什麼病，誰也瞧不透怎麼一回事，不然，怎麼叫邪魔外道呢？」

三姑娘心裡明白，那半死不活的小子，定是昨夜被馬踢傷的。

快嘴老王出去以後，三姑娘一肚皮的話，實在有點憋不住了，趕著楊展問道：「大哥，你昨夜說，你知道的比我還多，你知道這批餉銀往前去要出事嗎？餉銀出事，礙不著我們，不過我們一上路，走的是一條道，難免碰在節骨眼兒上，攪在混水裡。再說，昨夜那幾個吃橫樑子的，已經有人吃了我們追風烏雲驄的虧，這就算結上了樑子，萬一冤家路窄，有點風吹草動，不由我們不伸手，我們趕路要緊，誰願意找麻煩。」

劉道貞坐在一旁，聽他嬌妻百靈鳥似的說得又快又脆，心裡暗暗得意，笑嘻嘻不住點頭，謅著文說：「其然！豈其然乎！」

三姑娘瞧了他一眼，嬌嗔著說：「少來酸勁兒，鱔糊……鱔糊是道地南方菜，黃河邊上，只吃鯉魚，沒有吃鱔糊的，瞧你這酸溜溜的，少說閑白兒，好不好！」一面說，一面也格格笑了，大家聽她說得有趣，都笑得打跌。

楊展忍著笑說：「她的話並沒錯，可是事到臨頭，身不由己，你們哪知道事情沒有你們想的簡單，而且已經套在我頭上，只要我們一上路，往南走，是禍是福，便得聽天由命，昨夜我琢磨了半夜，也沒想出好辦法來……」

大家一聽，摸不著門路，楊展從來沒有這樣萎萎縮縮過，其中定然有出人意外的事了。曹勳卻不管這一套，大聲說：「不是為了那幾個毛賊嗎？小事一件，路上有點風吹草動，憑我腰裡一支鞭，便把他們打發了。」

這位傻大爺一廂情願，也沒有聽明白人家的話。楊展只是微笑。三姑娘向曹勳打趣道：「對！有曹大爺這條霸王鞭，小小毛賊，何足道哉，可是你得問問大哥，是不是為了幾個毛賊的事呀？」

曹勳眨著一對大眼，半天沒開聲，卻自言自語嘮叨著：「誰知你們肚子裡的毛病？有話不說，幹麼老賣關子，憋得人都悶得慌。」

三姑娘笑得直不起腰來。劉道貞笑說：「楊兄昨夜，定有所見，此刻那邊，幾個匪人已走，不怕隔牆有耳，何妨在這兒說出來，大家商量商量，何必定要在路上說呢？」

楊展說道：「不是我故意不說，我是為了難，想打算一個妥當辦法。以後，再和你們說，也罷，我們到下午再上路不遲。」說罷，叫仇兒從一個包袱內，取出一個護書夾子，自己從裡面抽出一封信來，送給了劉道貞，嘴上說：「你先瞧瞧這個，我再向你們說昨晚的事。」

劉道貞拿著這封信，凝神注意細看，還沒有瞧完，已驚得跳了起來，嘴上喊著：「好險！好險！差一點我們出不了京城！竟有這樣的事，楊兄，你為什麼不早對我說……」

楊展笑道：「事已過去，何必大家擔驚，早對你說，你們離京的，難免前瞻後顧，態度便沒有這樣自然了，實對你說，倘然沒有昨晚的麻煩事，這段秘密，便打算不讓你們知道了。」

三姑娘文字有限，急得拉著劉道貞問道：「這信是誰寫的，寫的什麼事，你自己瞧明白了，對不對？」

劉道貞一看三姑娘嬌嗔滿面，忙不及把信內的大意解釋出來。他這一解釋，三姑娘、曹勳，以及仇兒都聽傻了，都覺著此刻五個人，好好兒的聚在沙河鎮三義店，是天大的造化。

原來這封信，便是鹿杖翁暗暗送回金錢鏢，說明虞二麻子，從中維持香窟兇案的那封長信。

信尾附帶著虞錦雯幾句話，劉道貞知趣，略而不提。可是這封信沒有具名，是誰寫的，劉道貞還不知道。三姑娘想問時，楊展早開口了，笑道：「這封信，是一位老前輩，道號鹿杖翁寫給我的，這位前輩老英雄，是我們四川第一奇人，和我卻有相當淵源。那位虞二麻子，在京時雖然沒有見面，說起來，也不是外人，是我一位義姊的伯父，所以在暗中，肯這樣出力維護。這檔事總算過去，不必再說他，現在你們明白了這檔事，我再說昨晚的意外事，而且是一樁麻煩事。」

原來昨夜院內乘涼當口，三姑娘暗地和仇兒鼓搗，楊展早已看在眼內，明白他們要摸人家根底去了。仇兒門口潑水，偷偷走出，楊展假裝睡熟，其實都知道。仇兒和三姑娘一上屋，他也沒閑著，早已一躍下炕，正想跟蹤出屋，猛聽得後窗口，卜托一聲響。一轉身，哧地從窗口飛進一件小東西來。楊展一伸手，便接住了，舒掌一瞧，原來一粒沙石，裹著一個紙團。

走近床前油燈盞下一瞧，紙上寥寥幾個字：「請到窗外一談，虞二候教。」

楊展瞧這幾個字，卻大大的吃了一驚，想不到虞二麻子也到了此地，難道鹿杖翁信內所說，未全真實，虞二還要下手，緝拿香窟兇犯麼？如真為了這個，跟蹤而來，說不得，只好本領上見高低，沒法顧到虞錦雯面上了。正在一陣猶疑，身子正背著後窗，猛又聽得後窗口，有人低聲說道：「千萬不要多疑，錦雯是我侄女。」

楊展一轉身，不由得嚇了一跳，只見一個怪模怪樣的腦袋，從後窗口探了進來，窗口既小，腦袋卻特別的大，而且是個卸頂的大老禿，漆黑的一張大麻臉，燈光又弱，只見黑麻臉上，一對灼灼放光的怪眼，只見腦袋，不見身子，好像這顆鬼怪似的大腦袋，長在窗口一般，而且朝著楊展，呲牙一笑，醜怪異常，膽小的普通人，深更半夜，碰見這樣怪事，準可嚇死大活人。

楊展向窗口怪腦袋，雙手高拱，悄悄說道：「虞老前輩，深夜光臨，定有賜教，屋內有友人同榻，讓晚輩出去拜見好了。」

窗口怪腦袋點點頭，兩眼向他眨了幾眨，腦袋往後一縮，便不見了。楊展向枕頭底下瑩雪劍，看了一眼，並沒抽劍，又向後窗打量了一下，一個迴旋，全身骨節，格格作響，忽地一聳身，兩臂向上一穿，兩掌一合，一個燕穿簾，人像根草似的，飛出窗去了。

這樣小窗口，大約也將把身子鑽出去，稍胖一點，便不可能。

楊展穿出後窗，輕飄飄落在窗外七八尺遠，一轉身，只見牆根下，立著一個矮老頭兒，向他低低讚道：「好俊的功夫，鹿杖翁畢竟老眼無花。」

楊展心裡說：「原來你故意在後窗外，來考較我的。」心裡這樣想，看在虞錦雯面上，只好走近前去，深深一揖，嘴上說道：「匆匆和幾個同伴出京，未能拜訪老前輩，尚乞海涵一二，想不到老前輩也出京來了，怎知道晚輩住在三義店呢？」

虞二麻子說道：「此地不是談話之所，那邊住著幾個賊崽子，我瞧見你們同伴中一位女英雄，也聽他們去了，這幾個賊崽子，沒有什麼了不得，我們且撿個僻靜處所，談一下，你跟我來。」說罷，便向屋後圍牆走去，一聳身，便縱出去了。

楊展見他老氣橫秋，初次見面，便以長者自居，談吐卻非常爽直，而且語氣親切，猛地轉念，那位任性而行的鹿杖翁，還不知和虞老頭兒說什麼來，虞錦雯的事，也許當作真事般和他說了？所以虞老頭兒在窗口一探頭，忙不及聲明錦雯是他侄女，看情形，也許在他眼內，已把我當作侄女婿了。這種事，一時沒法分辯，只好含糊著再說。

他跟著虞二麻子的身影，縱出三義店後身的圍牆，一先一後，翻過一座黑土岡子，穿入一片高梁地，約莫走了半里路，前面一片樹林擋住，月黑星稀，瞄著虞二麻子身影，穿入林內，才看出是座像樣的墳地，樹林是圈著墳地的。只要看周圍的樹木，盡是合抱的白皮松，這座墳定是百年以上的老墳地。前面墓道上，還有石人石馬對立著，墓左豎著巍然聳立的大石碑，墓中枯骨，最少是個赫赫一時的人物。黑夜瞎摸，有事在心，也沒有這樣閒情逸緻，去摸索墳前的碑文。墳後林上的夜梟子，咻溜！咻溜！在那兒悲啼，增加了深夜荒墳的淒清。

虞二麻子在石碑前面立定身，笑道：「這兒很好，我今夜能夠會到你，高興極了，實對你說，你們從京城動身，過了高牌店，我已跟上你們了。你不認得我，我卻認得你，因為我夜入廖侍郎家裡，暗地裡見過你面的。」

楊展聽得未免吃驚，心說：「你還是為了那檔事來的。」不禁脫口而出道：「老前輩既然有意跟蹤，為什麼不早早露面，老前輩這樣跋涉長途，倒叫晚輩心裡不安了。」

虞二麻子聽出軟中有刺，仰天打了個哈哈笑道：「你以為我為了你們，才跑這麼遠麼？笑話，我虞老頭子一輩子雖然心狠手辣，還不致在自己侄姑老爺身上施展。」

這姑老爺三個字，更使楊展吃驚，心想不好，這事越扣越緊，總得說明一下才好，剛一張嘴，喊出「老前輩」三個字，虞二麻子立時搶著說道：「你莫響，聽我說，鹿杖翁到得真是時候，幾乎使我做出見不得人的事，我一聽他說虞錦雯在你府上，鹿杖翁和你老太太已辦得停停當當，你又高中武進士，得了參將的前程，我真高興極了。我虞二無男無女，只有這麼一個侄女，時時惦著她，想不到我侄女倒有志氣，似乎也配得過你，而且我虞二面上也沾了光。我虞二雖然心狠手辣，在六扇門中吃了一輩子，可是自問良心沒有黑過，沒有做過沒出息的事，雖然是個快班頭兒，出身不高，在京城裡還說得出去，還不致玷辱我們姑老爺……」

楊展越聽越不是味兒，鬧得無言可答，不知說什麼才好。虞二麻子只顧自己說話，絕不理會楊展的神氣，黑夜之間，也不大瞧得出來，而且說得滔滔不絕，絕沒有旁人張嘴的餘地。

他吸了口氣，又說道：

「未出京時，我明白你得鹿杖翁那封信，心裡還是疑疑惑惑的，總以為六扇門的鷹爪孫，哪有好東西，絕不會去找我虞老頭子的，但是我真想見你一見，所以暗地裡到了廖宅，偷偷瞧了你一下，心裡還是不安，還想請你出去，好好招待一下，讓我同行中一般後生小輩開開眼，我虞老頭子，也有這門高親。再說，我鰲裡奪尊，人前顯耀的姑老爺到了北京，我沒有好好的會一下親，我侄女錦雯面前，也交代不過去。可是鹿老頭子說走就走，你又為了那檔案子急急出京，叫我老頭子乾著急，毫無法想。

「不料事有湊巧，大內發出二十萬兩餉銀，欽派了堂印太監王相臣押運，王太監是我老頭子的飯東，我年老退役以後，便在王太監府裡一忍，王太監為人怎樣，我不管，他待我，可是稱兄道弟，當我一個人物看待，我們這種人，受了人家好處，極不能擱在一邊，王太監押運餉銀，雖然有軍部調撥一名參將和一隊護餉官兵，他自己還帶著幾十名禁衛軍，他卻知道這條道上，不比從前，沿途亂得厲害，綠林人物，更是活躍，求我跟他跑一趟，隨身有人保著他，放心一點。

「照說這批餉銀，起運出京，大約比你動身時早一二天，可是一過涿州高牌店，我便看出情形不對，有吃橫樑子的暗樁，墜上這批餉銀了。

「敢動這大批餉銀的，絕不是普通人物，沒相當的把握，絕不敢動大隊護運的官餉，光棍不鬥勢，既然敢鬥一鬥官家的勢力，不用說，事情很棘手的了。

「可是我只看出一點風色，還不能十分確定，不便和王太監實說出來，推說路上有形跡可疑的人，應該留神一點。我便離開了大隊，故意落後一段路，裝著不相干的行人，暗地留神吃橫樑子的舉動，想不到我這樣一來，在清苑到望都道上，便瞧出你們也從這條道上來了，不用認你本人，只遠遠瞧見你胯下追風烏雲驄，便早認出來了。我心裡一喜，有緣千里來相會，無緣對面不相逢，居然碰上了。同時卻又替你擔心，你騎這匹寶馬，在綠林道的眼內，比萬兩黃金還眼熱，遲早會引出麻煩來的。

「那時我算定同在這條道上走，只要不過黃河，隨時都可碰上，先不忙著和你打招呼，因為這批餉銀關係太大，關係著無數軍民的性命，我得用心探出一點線索來，總得探明那一個山頭，有這麼大的膽量。我充作到河南收帳的老客商，一站一站的綴下去，綴著幾個暗墜銀馱子的匪人，直到了這兒沙河鎮。可恨的王太監，我雖然吃了他的飯，不由我不恨，這批餉銀關係何等重要，他卻在鴻升老店擺起了欽差的譜兒。

「在這兒息馬養神，竟蹭蹬了兩天兩夜。在這兩夜內，我也摸著了三義店匪人的暗舵，探出一點眉目來了。雖然只探出一點眉目，我自己明白，生有處，死有地，我這副老骨頭，要擱在這條道上了。我是不是為了保全這批餉銀，或者為了報答王太監平日一番恩情，情願把老命擱在此地，我自己也說不出所以然來。

「我在未死以前，我得和你會一面，請你捎個口信給我侄女錦雯，萬一見著鹿杖翁，也通知他一聲，只要說一句，虞老頭子為什麼死的，便夠了。還有，你們得趕快走，越快越好，馬上得動身才好，千萬不要淌在渾水裡，切記切記！我言盡於此，這便是我此刻來找你談一談的原因。好了，現在我可放心了，你回房去吧！我要走了！」說罷，嘆了口氣，點點頭，便轉身走去。

楊展一個箭步，攔住了虞二麻子，劍眉微聳，虎目放光，斬釘截鐵地說：「老前輩！請你止步，晚輩有事求教！」

虞二麻子朝楊展看了一眼說：「噫！你這是為什麼，你有事麼？」

楊展說：「二十萬餉銀，有這大隊官軍押運，老前輩也是江湖聞名的老英雄，晚輩真不信，有這樣厲害的綠林，敢向這批軍餉下手，而且老前輩認定非死在這兒不可，究竟老前輩探出什麼來了？何妨對晚輩說一說，晚輩雖然北道上事事生疏，也許可以稍助一臂呢！」

虞二麻子一聽楊展說出這樣話來，一跺腳，說道：「糟！糟！怕什麼，有什麼，我不和你說，便怕你有這一手，你要明白，你雖然是新中武進士，得了參將前程，你現在還沒有吃上官糧，這檔事，和你又沒有一點關係，你家裡有老母嬌妻天天盼望著，連我侄女也在內，你犯得著淌這渾水麼？你不用問，沒有你的事，你年紀輕輕，留著這身本領，將來替國家幹大事，攪在這種事裡邊，為什麼？」

楊展立時接口道：「為什麼？為了報答老前輩維持秘窟兇案的恩義，也為了老前輩是雯姊的伯父，鹿老前輩的至友！」

虞二麻子聽得直眨眼，半晌，沒有出聲。

楊展又說道：「老前輩，你是把事繞住了，綠林人物，這種年頭，什麼地方都有，我們四川出名的十三家山賊，晚輩也和他們周旋過，只要他不是三頭六臂的怪物，也是兩手兩腿的人，總有法子對付的，我也不敢大包大攬，只要老前輩把探得的一點眉目說出來，我們看事做事，有力使力，無力使智，大家商量著辦，也沒有關係呀！」

虞二麻子忽地拉住楊展手臂，搖了幾搖，嘆口氣說：「你話是不錯，你哪知道這次想動餉銀的，不是普通的綠林人物，而且這般綠林裡面，偏偏有我虞二麻子的對頭冤家，事情擠在一塊兒，只要一發動，便得分死活，你不要瞧這批餉銀，有一百多號官軍跟著，我深知在京城裡的官軍，不論是什麼營頭，都是擺樣兒的貨，到了節骨眼兒上，他們肯賣命才怪哩，早已腳底揩油，遠遠地溜了，我擔心的便在這上面。」

楊展道：「這不去管他，老前輩探得的是什麼樣的人物呢？」

虞二麻子說：「嗨！你非逼我說不可，說就說罷！你們住的左首盡頭兩間屋內，住著五個匪人，便是匪人的暗舵，沿途暗綴著銀馱子的，便是這暗舵派出去的，這五個匪人裡面，有一個五十上下的匪首，外號叫做金眼雕，因為他姓金，長著一對黃眼珠，能夠黑夜辨物，手底下很有幾下子。

「他巢穴在磁州邊界，靠近河南彰德府武安縣境的石鼓山。但是憑金眼雕這股匪人，還沒有這麼大魄力，敢摸這批餉銀，他是捧粗腿，替人忙合，起了見面有份的主意，正點另有其人。

「據我這幾天暗地探聽他們過話的口風，才明白他們是合著三座山頭的力量，來動這批餉銀的，而且他們雄心勃勃，非但垂涎二十萬兩餉銀，還與潼關外面的小闖王大批部隊，都暗通聲氣，也許受了小闖王指使，叫他們截留這批餉銀。使孫督帥部下的軍心渙散，不戰自亂，便可攻破潼關，直進河南。這主意很是厲害。

「這三座山頭的匪首，石鼓山金眼雕的力量弱一點，無非替人跑腿，主要的匪首，在衛輝府境內的浮山嶺和塔兒岡兩座山頭：浮山嶺寨主，是綠林道出名的魔王，江湖上提起飛槊張，大約不知道的很少，他手上得意的兵刃，就是一支鐵槊，所以稱為飛槊張。張是他的姓。

「這種槊，是古代馬上的兵刃，又稱馬槊，古人馬上交戰，有用二丈長槊，盪決於萬馬軍中，五代李存勗，便用這種長槊。槊鋒長二尺五寸，寬鋒三刃，形似巨劍；還有在上面綴金鈴的，叫做鈴槊。飛槊張用的鐵槊，什麼樣子，沒有瞧見過，不過槊法似已失傳，除出飛槊張以外，還沒有聽人用過這種兵刃，不知飛槊張從那兒學來的招數。既然是長兵器，也不外從槍、矛、戟等招術中蛻化出來罷了。我雖然沒有見過飛槊張的槊招，卻和此人結過樑子。

「這事還在十幾年前，飛槊張還沒有上浮山嶺立櫃開山，在關外做了一陣馬賊，不知為什麼獨個兒到了京城，狂嫖狂賭，揮金如土，同時幾家王公國賊，都出了飛賊案，丟失不少金銀珠寶，那時我正做著刑部大班頭兒，得著弟兄們報告，盯著了飛槊張落腳處所，把他堵在一家私娼的屋裡。

「飛槊張真夠狠的，他把那個私娼當了兵器，從後窗內擲了出來，他自己卻攀折了屋頂短椽，從屋上逃走，身手不弱，我一直追到城牆根，他已施展壁虎遊牆功夫，上了城牆，被我打了一鏢，竟帶著鏢被他逃走了。

「這事以後，不到兩個月工夫，忽然有人送了一封信到我下處，我沒在家，回去看到信時，送信的人早已走掉，信封內裝著我自己一支鏢，信內寫著：『記著這筆帳，那兒碰上那兒算，連本帶利一塊兒算！』下面具著飛槊張三個字。吃我們這一行的，這種事當然難免，我不常出京，京城是我們的地面，也不怕他再來興風作浪。過了好幾年，有人傳說在浮山嶺闖出了字號，做開了線上買賣，我也沒有十分注意。一晃好幾年，想不到冤家路窄，這一次我飛蛾撲火，新帳舊欠，一塊兒總算，誰也沒法含糊了。」

虞二麻子說到這兒，不由得嘆了口氣。楊展點著頭說：「原來如是！飛槊張和金眼雕是石鼓山、浮山嶺兩處山寨的匪首，老前輩剛才說過，還有塔兒岡一處強人，又是什麼人物呢？」

虞二麻子仰天噓了口氣，背著手在石碑前後轉了一圈，壓著聲說：「江湖上不論是誰，只要提起塔兒岡這個地名，便知道說的是誰了，好像這塔兒岡三字，便可代替一個人的名字般。

「這人是誰呢？嘿！你想不到，這人還是個婦道，而且是個寡婦，黃河兩岸，提起齊寡婦的名頭，不論是達官的保鏢，上線的綠林，在塔兒岡左近一帶跑跑道的，總得和齊寡婦打個招呼，遇上解不開的扣兒，只要齊寡婦派個人，拿著她一張字條兒，便煙消霧散，不怕你不乖乖的聽她吩咐。

「這位齊寡婦的名頭，也無非在最近七八年內叫響了的，她的本領和機智，在江湖道中，實在可算得一個傑出的厲害人物。自從江湖上有了她這個人以後，沒有聽她栽給人家過。我替這批餉銀擔心，算定自己這副老骨頭，準得擱在這條道上，還不是怕飛槊張金眼雕，怕的便是那位齊寡婦……」

楊展聽得有點不以為然，暗笑虞二麻子人老氣衰，齊寡婦無非一個女強盜，犯不上怕得這樣，嘴裡不說，鼻子裡卻哼了一聲。

虞二麻子立時覺察，微笑道：「其實我沒有見過齊寡婦，關於齊寡婦的事，都是聽旁人說的，你定以為齊寡婦手下黨羽眾多，是個大股匪徒的女強盜頭兒？如果這樣，和飛槊張金眼雕差不多，不過是個女的罷了，談不到怕字頭上去。

「正怪她並沒有佔山立寨，也沒有上線開爬，她在塔兒岡還守著偌大一片財產，在塔兒岡是個首戶，有人上她家去，和別處的大家富戶一樣的排場，見著她本人，也和大家貴婦差不多，現在年紀大約也不過三十左右，論門第，還是位總兵夫人，看表面，誰也瞧不透這位齊寡婦，有這樣大的魄力和本領。

「但是齊寡婦實在是個非常人物，她以前的故事，現在沒有功夫細說，只說她最近幾年，暗地裡把塔兒岡佈置得像鐵桶一般，不經她許可，誰也休想走進她的禁地。據說她家裡有地道，可以通到塔兒岡險要處所，也是她秘密佈置的發號施令之所。她家中黑壓壓一片莊園，裡面不論男的女的，老的小的，以及丫頭使女長工小僮之類，可以說手上都有兩下子，遇上事，都能對付一起，表面上卻和平常人一般。

「有人說，齊寡婦是當年皮島大帥毛文龍的小姐。她丈夫便是毛文龍手下的得力臂膀，在毛文龍被袁崇煥劍斬以後，她丈夫也力屈殉難。齊寡婦那時也不過二十左右，她卻帶著許多人，從海道逃走，隱跡江湖，暗地用了計謀，賄賂了幾個奸臣權監，羅織罪狀，把袁崇煥也弄到明正典刑，報了她父仇夫仇。到了這七八年內，才在塔兒岡露了頭角。

「她現在家裡用的一班人，以及浮山嶺的飛槊張，石鼓山的金眼雕，都是皮島毛文龍的舊部，這是人家知道一點的。沒有知道的黨羽，大約也不在少數。凡是齊寡婦手下的人，對於朝廷，沒有不切齒痛恨的。齊寡婦和潼關外面的強徒，暗通聲氣，這是當然的事，所以我探出了想截這批餉銀的主點，是齊寡婦，我便知道不妙。

「押運的官軍，又這樣不濟，憑我一個老頭子，濟得什麼？便是再添上幾個，也白費事。我這把年紀，也活膩了，這副老骨頭，擱在此地，毫不足惜，如果再把你也帶上，我真死不瞑目了。我還是那句話，將來國家，需要你們年輕人來支撐，攪在這種渾水裡面，一百個犯不著，你走你的清秋大路，不要多管我老頭子的事。好了！話越說越多，我還有事，你快回房去罷！」

楊展一面聽，一面心裡不斷的打稿子，聽出齊寡婦非但不是普通的綠林，簡直是河南一帶的心腹大患，奇怪是河南那班昏庸的文武大員，平時在那兒幹什麼？難道個個都是耳聾眼瞎一般？可見齊寡婦的手段，非常厲害。也許文武衙門內，都有她的心腹奸細了。既然被自己知道了此事，虞二麻子孤掌難鳴，往前走，確是死路一條，難道我能看著他去送死嗎？他心裡稿子還沒打好，虞二麻子話已說完，便要走開。

楊展忙伸手拉住了虞二麻子，說道：「老前輩吩咐，晚輩不敢不遵，可是我有點小主意，也許老前輩用得上，可以解一步危難。」楊展想留住虞二麻子，故意這麼說，其實他還沒想出主意來。

虞二麻子一聽，精神不由的一振，忙問：「你有什主意，北道上的事，你不熟悉，哪裡來的主意？」楊展一急，似乎發現了一線光明，問道：「據老前輩所說，匪人有三處巢穴，老前輩能夠猜度他們下手的地點麼？」

虞二麻子說：「這批二十幾萬兩銀子，不在少數，小一點的山頭，是藏不住的，何況他們截留了這批餉銀，另有用意，內藏機謀，據我猜度，金眼雕的石鼓山，在邯鄲磁州一帶，還在河北境內，不會下手，一進河南，過了湯陰，大賚店是打尖處所，離浮山嶺最近，便有點靠不住了。

「再過去，到了洪縣，出洪縣，地名叫十三里堡，便是通塔兒岡的要道，一過十三里堡，步步走近黃河北岸，離遠了塔兒岡，便不是下手之地了，所以他們下手之處，必在湯陰大來店，到洪縣十三里堡一段路上。對！大約便在這段路上，你問這個是什麼主意？」

楊展說：「既然猜得到他們下手地段，在未到他們下手之處，這批餉銀，可以放心的走，從這兒到湯陰，大約還有二三百里路程，老前輩何妨知會押運的王太監，故意慢慢地走，一面趕緊派人，先渡過河去，通知孫督帥大營，火速調兵渡過河來，星夜兼程疾進，迎護這批餉銀，孫督師當然明白這批餉銀，關係全軍安危，當然儘力護餉，只要兵力雄厚，齊寡婦雖然了得，也無法可想了。」

虞二麻子笑道：「這主意，我早已想過了，我此刻到行轅去，便要對王太監說明內情，教他趕快派人渡河求救。但是我料到這一著棋，齊寡婦也想得到的，這條道上，齊寡婦定已層層佈置，我們派去的人，大約到不了黃河口岸，便被他們截住了。

「再說，我探知潼關一帶，非常吃緊，孫督帥幾座得力營頭，已經吃了幾次敗仗，大約所有兵力，都已調到吃緊處所，大營能不能立時抽調得力軍隊，趕來接應，還是個疑問。其實餉銀未起程之先，軍部已有緊急塘報，知會孫督帥大營，怕的是這按站傳遞的塘報，在這條道上，也是玄虛，也許這塘報已落齊寡婦之手。不管怎樣，死馬也得當活馬醫，這一步棋總要走的。」

楊展一聽，涼了半截，低著頭，不住地思索。他思索的，自己決計要救一下虞二麻子，救虞二麻子還有法想，救這批餉銀，卻非常玄虛。但是虞二麻子這個倔老頭兒，已和這批餉銀貼上了，想救虞二麻子，便得救這批餉銀，難就難在這上面了。楊展想了半天，猛一抬頭，不見了虞二麻子，四面一看，蹤影全無。虞二麻子竟悄悄溜了。楊展心理有點慚愧，一時想不出妥當辦法，追上他也沒有用，只好怏怏地回到三義店去了。

楊展從原路獨個兒回轉店房，剛進了圍牆，遠遠便見自己房後小窗外，一條黑影子一閃，從牆根下像鬼影似的，向左面溜了過去，被樹影遮住，剎時失了蹤跡。楊展有事在心，並不追蹤。回到店房，經眾人追問之下，才把和虞二麻子會面的事，說了出來，大家才明白楊展為難的情由。

三姑娘向楊展說道：「齊寡婦這名頭，我在這兒賣唱時，聽人說起過，確是個厲害的女魔頭，別的不知道，只由我從江湖上聽到的一樁事來說，這位齊寡婦定有極大本領。」

楊展問道：「你知道的什麼一樁事呢？」

三姑娘說：「據說齊寡婦長得很美，初到塔兒岡時，身邊只帶兩個丫頭，和一個白髮蒼白的怪老頭兒，並沒住在塔兒岡內有人家的地方，揀了一處僻靜所在，孤零零地蓋了幾間房子，房子外面，並沒圍牆，只用枯枝短榛編了一圈籬笆。她屋內卻佈置得非常華麗，用的器具，非金即銀，而且不斷的拿出銀子來，周濟鄰近的窮苦山民。受了她好處的，只知道她姓齊，是個富家寡婦罷了，誰也摸不清她的來歷。不知怎樣一來，她樂善好施，人美而富的聲名，傳到了左近綠林耳內，預先派手下到齊寡婦門前，採好了道，探明了屋內除去齊寡婦以外，只有兩個丫頭，一個打雜的老頭兒，地方又偏僻，門戶又單薄。這種買賣，手到擒來，幾個吃橫樑子的，還想來個人財兩得。

「一天夜裡，兩個匪首，領著十幾個嘍囉，暗暗地摸到了齊寡婦的門前，因為她門前沒有圍牆，僅短短的一道籬笆，連籬笆口子的柵門，都沒有安設，只要立在籬笆外面，便可窺到齊寡婦的窗口。大約那時是春夏天氣，其餘屋內沒有掌燈，只有一間，開著窗，靠窗桌上，擱著一盞明角風燈，兩個十六七歲的小丫頭，對坐著，一面說笑，一面各自拿著一件女紅，一針一針的在那兒刺繡。

「一個丫環笑著說：『主母和老伯伯已經出去了兩天，還不回來，教我們兩個女孩子守著屋裡，這種鬼也不見一個的野地方，多麼怕人。』對面的一個，嬌罵道：「你不用嚇唬我，你聽聽那面山坳裡的狼嚎，不用說進來幾個山賊，便是竄進幾隻狼來，也是不得了，你聽聽，至少有十幾隻狼崽子出窩了，我說今晚有點懸虛，我老是心跳，你怕不怕？」

「窗內兩個丫環說話，山靜夜寂，外兒聽得逼真。籬外幾個匪人聽出齊寡婦不在家，這兩個妞兒也不壞，連人帶財物一起捲，人要交了子午運，山也擋不住，天下哪裡還有這樣便宜事。兩個匪首，想得心裡開花，這還有什麼客氣，也用不著掩掩藏藏，竟是高喝一聲：「哥兒們！上！可不要嚇壞了咱們兩個小妞兒！」

「一聲喝罷，便率領手下向籬口進身，留神窗內兩個妞兒時，真奇怪，頭也不抬，依然在那兒不徐不疾的刺繡，好像都是聾子，沒有聽到他們吆喝一般，為首兩個匪徒，雖然覺得奇怪，人已邁步到了籬口，有幾個心急的匪黨，手上刀子一舉，哧的先跳進了籬笆內，第一個跳進去的，腳還沒有落地，忽地「啊唷！」一聲，手上刀片一擲，身子跌倒，痛得滿地打滾，第二個跟著進去的，照方抓藥，也是滿地亂滾。

「這當口，兩個匪首，剛搶進籬口，瞧見跳籬的同伴，弄成這般模樣，還有點莫名其妙。驚疑之際，猛見窗口兩隻小白手，朝他們一揚，極細的幾縷尖風，一齊刺入兩個匪首的雙目，立時幾聲狂叫，痛得兩個匪首，蹲下身去，動彈不得了。匪首身後，還有七八個匪徒，一看情形不對，疾向籬口兩旁一縮，正想拔腳逃命時，屋內窗口那盞明角風燈，突然熄滅。籬外匪黨們喊聲「不好！」一窩風向來路奔跑，猛覺迎面飛來一條黑影，還沒有看清什麼，前面的兩三個匪黨，齊聲慘叫，雙目立瞎。後面沒有受傷的，嚇得掐了頭的蒼蠅一般，轉身又往這面飛逃。

「哪知道太歲照命，人家是兩頭堵，一個個都中了暗器，都弄瞎了眼。十幾個吃橫樑子的，不論匪首匪黨，沒有一個留一隻活眼的，一個個的雙眼內，都插著一支繡花針，一個個都變成瞎子。

「聽說這十幾名瞎賊，命倒沒有送，被人家像串蚱蜢似的，用繩束縛成一串，領出塔兒岡外，才放他逃命。這十幾個瞎賊，眼瞎嘴不封，從他們嘴裡說出來，才傳開了齊寡婦的厲害，兩個小丫頭都有這樣本領，何況主人呢。但是江湖上各色各樣人物都有，三教九流，藏龍臥虎，有的是能人，其中也有不信這回事的，也有倚仗自己的功夫，想到塔兒岡去，探個實在的，也難免聽得齊寡婦人美財富，存著非分之想的。

「有一次，有一個綠林中的桀傲人物，綽號穿山甲，倚仗一身橫練，拳腳上也下過死功夫，一柄單刀，一袋棗刻鏢，在江湖上頗為有名，聽得人家說起塔兒岡的齊寡婦，他便說：『一個男子漢，鬥不過一個娘們，太泄氣了，我不信那娘們有什麼特別出手，不信，我穿山甲會會她去。』

「他說了這話，果真單槍匹馬的走了。他暗暗進了塔兒岡，費了一天工夫，才把齊寡婦住的所在找到了。通齊寡婦住的所在，有一條像胡同似的窄窄的山徑，兩面都是直上直下的岩壁，穿山甲從一座山岡盤下來，望著這條山徑走去時，瞧見路口一塊磨盤大石上，一個鬚髮虬結的老頭兒，半蹲半坐，側著身，嘴上含著一支旱菸袋，菸袋的菸鍋，比平常大了好幾倍，如果老頭兒嘴上不噴出煙來，遠望過去，好像石頭雕出來一般，坐得那麼紋風不動，身旁擱著比牛腰還粗的，兩大捆新砍下來的松木柴，上面橫著，整棵去枝葉的松樹桿，大約是挑柴用的。窄窄的山徑，被這樣兩捆柴一擱，便塞滿了。

「穿山甲遠遠聞到關東的老葉的煙味兒，便覺這老頭兒有點異樣，地上擱著兩大捆濕柴，都是整段的老松幹，少說也有五六百斤。穿山甲離著吃旱菸的老頭兒還有兩三丈遠，老頭兒一手托著那支旱菸管，叭噠……叭噠的吸著菸，頭也不回，似乎毫無覺察來了人。穿山甲心裡犯了疑，一閃身，閃進了路邊幾棵長松後面，隱著身子，從松林縫裡，躡了過去，離那老頭兒約一丈多遠，便住了步，想暗地窺探老頭兒究竟什麼路道。

「可是老頭兒依然保持著原樣，半天沒有動彈一下。穿山甲越看越奇怪，他看出這老頭兒有玩意兒，他來時，便聽說齊寡婦身邊，除出兩個丫環以外，還有一個打雜的老頭，也許就是他。齊寡婦身邊的丫頭，都有幾下子，這老頭兒定然也有門道，不然，這麼重的木柴，怎能挑得動呢？

「要鬥齊寡婦，先把這老頭兒降伏了再說，從他嘴裡，可以逼問出齊寡婦的細情來。他倚仗自己一身本領，綠林中也是數一數二的人物，照他天生狂傲的性格，還不願和這糟老頭子動手動腿的費事。他暗地拿出一支棗核鏢來，也不願暗地傷這老頭性命，想用這鏢，先試一試老頭兒除出能扛五六百斤柴擔以外，還有多大功夫。自己一顯本領，也許一下子，便把他唬住了。他想得滿對，他平時在棗核鏢上下功夫，能夠打到五十步開外，擊滅香火頭，而香桿子不動，這時他隱在一株松樹背後，從側面窺準了那老頭兒手上冒煙的大菸鍋，一抖手，便把棗核鏢發了出去。他的意思，想把那支旱菸袋打出手去，鏢勁勢疾，眼看準準地要打中了大菸鍋。

「不料事情真湊巧，紋風不動的老頭兒，早不磕菸灰，晚不磕菸灰，不早不晚，偏在這時候，一翻腕，有意無意的把菸鍋向下一磕，噹的一聲響，準準的磕在棗核鏢上。這支鏢被他菸鍋一扣，同磕出來的菸灰，一齊跌落地上。老頭兒明明瞧見一支鏢，從他面前跌落，好像沒有這回事一般，頭也不回，從吊在旱菸管上的菸袋內，慢條斯理的又裝起關東菸葉子來。發鏢的穿山甲，驚得背脊上冒冷汗，疑惑老頭兒並沒有背後眼，大約事情湊巧，正碰著他要磕菸灰了？但是鏢在他面前跌落，他滿不理會，這又是怎麼一回事？一不做，二不休，不能被他這一下，便把我嚇退了。

「心裡一轉，又拿出了一支鏢來，趁老頭兒正在裝菸當口，哧地又發了出去。這一下，起了凶心，是向老頭兒後脊樑襲去。真奇怪，老頭兒真像長著背後眼一般，不早不晚，在鏢鋒離後脊樑不到一尺光景，忽地一歪身，棗核鏢擦著他左臂膀滑了過去。

「老頭兒右手已放下菸管，漫不經意用三個指頭一撮，正撮住了鏢尾，向撮住的棗核鏢一看，哈哈一聲狂笑，身子已轉了過來。指著穿山甲藏身處所，喝道：『你這乏鏢跟誰學的？大約跟你師娘學的，第一鏢，情尚可恕，第二鏢，竟暗下毒手，像你這種狂妄小子，也敢在我面前施展，真是笑話，快替我滾出來！讓我瞧瞧你這小子，是什麼變的。』

「老頭兒喝聲如雷，鬚髮磔張，一張赤紅的臉，一對閃如嚴電的大目，神態威猛，直注穿山甲藏身之地。

「穿山甲在綠林中自以為足可闖一闖，萬不料齊寡婦還沒見著，先碰上這位可怕的老頭兒，論功夫，絕不是怪老頭的對手，便是怪老頭兒這樣懾人的神威，已把自己罩住，自己好像渺小的一隻小耗子了。穿山甲自己明白，不要看那老頭兒還坐在石上，便是想逃走，也逃不出怪老頭手心去，今天栽到了家，不如認栽，倒還光棍一點，心裡一轉，忙不及現身而出，搶到老頭兒面前，跪了下去，報明了自己姓名，說了無數的話，求怪老頭高高手放他走路。

「怪老頭一聲冷笑，把旱菸袋向腰裡一插，一翻身，又把跌落地上一支鏢，也拾了起來，一手拿了一支鏢，在掌心裡掂了一掂，倏地跳起身來，指著直橛橛跪在地上的穿山甲，喝道：『我看不慣你這種乏貨，快替我滾起來，我送你上路。』

「穿山甲聽出口音不對，嚇得不敢起來。怪老頭手上兩鏢並一，右手夾脊一把，拎小雞似的拎起了穿山甲，隨手向來路上一甩。穿山甲一個身子，活像風車一般翻了出去，直甩出二丈開外，甩的手法很妙，很有分寸，只把他著地滾了一溜路，翻跌得臉破血出，卻沒多大的重傷。穿山甲勉強掙扎著立了起來，老頭兒在那邊厲聲喝道：『滾……滾……快給我滾……』

「穿山甲一看老頭兒沒有要他命的神氣，一連串的喝著滾，忍著滿身的痛楚，周身骨節好像散了一般，自己一身橫練，禁不住老頭兒一抓一甩，這還說什麼。這時有了逃命機會，不走等待何時？咬著牙，忍著痛，拔腳便走。聽得老頭兒，還在那兒呼喝：「乏貨！快滾，滾得快一點，休惹我老人家再生氣，我一伸手，你便沒命了。」

「這一呼喝，嚇得穿山甲忘記了痛楚，沒命的向前飛奔。猛覺腦後兩縷尖風，穿耳而過。穿山甲突覺兩耳一麻，不敢回頭，死命的向前飛奔，直逃出老遠，拐過幾重山腳，才敢立停身，不住地喘氣。一摸兩耳，滿手是血，嚇得靈魂出竅，原來被怪老頭用自己兩支棗核鏢，還敬過來。

「這種棗核鏢，比普通鏢輕得多，小得多，發鏢的手法，也是兩種路道，不料那怪老頭，手法準而且巧，竟像耳箭似的分插著他兩個耳根上。自己心寒膽落的逃命，連鏢插在耳根上，都沒有立時覺到，一立停，可疼得難受。一狠心，拔下鏢來，掏出隨身的金創藥，止住了血，悄悄逃出了塔兒岡。從穿山甲逃出塔兒岡以後，綠林道中一發把齊寡婦敬畏如神了。其實齊寡婦究竟怎樣的一個人，有怎樣特別的本領？除出齊寡婦身邊的人，江湖中人誰也沒親眼見過她。這幾年齊寡婦羽翼大集，塔兒岡外人輕易進不去，更沒有人敢去摸她了。」

第廿六章　金蟬脫殼

從三姑娘嘴上講出齊寡婦從前的故事，大家聽得，未免聳然驚異。

楊展笑道：「眼見是真，耳聽是假，一樁平淡無奇的事，經過幾個人的傳說，便可渲染得古怪神奇，照你所說，齊寡婦本人，並沒有在江湖上露面過，也沒有人親見著她的本領，只憑著她手下一個老頭兒，兩個丫環。幾手功夫，便把齊寡婦抬得高高的，以為她手下人，尚且如是高明，她本人更是了不得的了。其實只怪去的人，存心不良，本領又不濟，倒造成了齊寡婦的大名了。」

三姑娘說：「齊寡婦的本領如何，暫且不去說她，我們受了虞二麻子的恩惠，尤其是我，偏又走在一條道上，我們總得想法子，報答人家一下才合適。像大哥這身本領，當然不把齊寡婦放在心上，可是好漢擋不住人多，獨龍不鬥地頭蛇，我們這幾個過路的人，要想救他，真還想不出好法子來。」

這當口，她丈夫劉道貞背著手，低著頭，在屋子裡來回大踱。三姑娘嬌嗔道：「喂！我大哥為了這事，心裡煩得了不得，你不要裝沒事人啊！」

曹勳大笑道：「你不要忙，我知道他毛病，他這一溜圈兒，定然在肚子裡轉鬼八卦了。」

劉道貞默默無言踱著四方步兒。忽然坐了下來，向楊展道：「齊寡婦這種舉動，不能把她當作一般綠林看待，如果她真是毛文龍的女兒，她手下的黨羽，定然是毛文龍的舊部，毛文龍在皮島，原是野心不小，宛然化外扶餘。袁崇煥雖然有點狂妄擅殺，毛文龍也有自取殺身之道。毛文龍死後，他部下非但恨袁崇煥，當然也恨朝廷，齊寡婦切齒父夫之仇，更不用說。說她聯絡大幫，劫取餉銀以亂軍心，也是意中事。可恨的是冀豫兩省撫鎮大員，境內有了這樣人物。因循苟安，既不事前預防，阻遏禍患，也沒設法羈縻，引為己用。大約各省情形，都差不多，天下怎能不亂，明室怎能不亡？……」

三姑娘聽得不耐煩起來。搖著手說，「好了！好了！這就是你的鬼主意麼？說這樣不相干的話有什麼用。」

楊展微笑道。「你不要打岔，聽劉兄說下去！」

劉道貞苦笑了一下，向三姑娘說：「我這話怎會不相干呢？我是說明齊寡婦對於這批餉銀，別有用心，勢所必劫，虞二麻子也見到，如果派幾名軍弁，飛馬渡河求救，未必濟事，還怕到不了黃河口岸，已被人截住。但是齊寡婦也無非沿途多派黨羽，隨時注意運餉軍弁的動靜罷了，如果把求救公文，改由普通來往的客商們。代為傳送。齊寡婦手下，也沒法把來往的客商都截留下來的。」

楊展拍著手說：「對！這是個辦法，我為了虞二麻子，我替他們跑一趟去，仗著追風烏雲驄，來回更快一點。」

劉道貞笑說：「你去不得，騎著追風烏雲驄，更去不得。江湖中人，眼睛毒得很，你這氣度舉動，再騎著寶馬，必找出麻煩來。何況渡河求救，救兵能否如期趕來，未必有十分把握，還得雙管齊下，應得另想法子。保全餉銀，和虞二麻子的安危哩！」

三姑娘柳眉緊蹙，吁了口氣說：「真麻煩！想保全餉銀都不易。虞二麻子偏和餉銀在一塊兒，這怎麼辦呢！」

劉道貞說；「辦法不是沒有，擔憂的是，王太監能不能聽我們的話，辦得嚴絲密縫，不洩漏一點機密？我們便沒法預料了。」

楊展聽他說有辦法，驚喜得跳了起來，向他拱拱手說；「道貞兄智珠在握，定有妙計。」

劉道貞說：「我們想法保全虞二麻子。是我們知恩報恩，義不容辭的事。其實我們想法保全這批餉銀，題目更大，是為了保全潼關內無數人民的生命。你想餉銀一失。軍心一變，潼關一破，有多少良善的百姓要遭殃？雖然這批餉銀，也只救急一時，未來的事，誰也摸不清，但是我們既然碰上了這檔事，想不出辦法來，沒話說，如果有一點辦法可想，總得試他一試。現在我這辦法，能否用得上還不敢說。我想和楊兄去找虞二麻子談一下，我這辦法，在未見虞二麻子之先，沒法規定下來的步驟，只有四個字的總訣，便是：金蟬脫殼。」

當天楊展、劉道貞二人，同赴王太監的行轅，秘密和虞二麻子會見以後，虞二麻子聽得一臉黑麻子個個都放了光，立時和督運餉銀太監王相臣秘密計議了一下。王太監早從虞二麻子口中，得知了餉銀難保，前途有許多綠林等著他，早已嚇得屁滾尿流，走頭無路。突然聽到虞二麻子有了幫手，有了避免危險的妙計，把虞二麻子當作護法天神，只要餉銀不失，性命保全，虞二麻子怎麼說怎麼好。一切聽他調遣。於是按照劉道貞「金蟬脫殼」的計劃，暗暗佈置，秘密調動起來。

沙河鎮欽差行轅內，銀鞘堆積如山，毫無動身模樣。押運的軍弁們，三三兩兩，嘻嘻哈哈，只顧在鎮街上吃喝玩樂，很自在的閑逛，從他們口中，透出「第二批餉銀，已從北京起運，不日就到，因為沿途辦差不力，車輛不全，原有騾馬，十九老弱，不堪載重長行，正在向就近各縣，調動運銀車馬，大約一時難以起送，須等第二批餉銀到時再走。」

在這風聲傳遍沙河鎮時，行轅已派出一個快馬傳送公文的軍弁，背著公文黃包袱，馳報河南大營。公文內大意，也說這樣的話，通知大營，派人在黃河南岸迎候餉銀，幫同照料的話。

這封公文，卻是預備齊寡婦沿途匪黨截留的。在這飛送公文的軍弁出發以後，三義棧內楊展等五個人，也有三個人上了路，卻分成兩撥走。第一撥是三姑娘、劉道貞夫婦二人，第二撥是曹勳單身。

三姑娘貼身帶著王太監向河南大營告急調兵護餉的重要公文；王姑娘是婦道，劉道貞是道地的孝廉相公，動身時又改扮了一下，夫婦二人，好像丟官罷職，挈眷回鄉的失意人物。

三義棧匪人暗舵又早撤走，誰料得到這夫婦倆和大批餉銀有關係呢。曹勳遠遠地隨著兩人，預防萬一有個失閃，好接應報信。三人一出發，三義棧內只剩下楊展和仇兒主僕二人了。

三天以後，欽差行轅派出一隊騎士，趕赴邢台，說是迎護第二批餉銀的。因為第二批餉銀，是由沿途州縣，按站派人護運；只要護送到邢台。只差沙河鎮一站路，便算交差。由督運太監派去的騎士接運。

這天沙河鎮上，在三更時分，車轔轔，馬蕭蕭，第二批餉銀果然運到了；裝載銀鞘的車輛和騾馱，排列了一長街。這種銀鞘，是用大塊堅木，做成夾子，中心挖槽，嵌入二百兩重的整錠銀子，加釘上栓，貼上官封，便成一鞘。這批銀鞘，停在鎮上，並未卸裝。南北鎮口，官軍設上卡子，禁止閑人出入。好在深夜，也沒有在鎮上走動。

候到天色剛一發曉，還沒亮透時分，原車原銀，便接著向前途進發。督運太監也上了轎車，帶著一隊護運騎兵，親自押運；卻留下一名參將，帶著大半軍弁，看守鴻升老店內第一批運到的銀鞘。等候徵發車馱到時，再行起運；也許等候先出發的車輛，到了河南卸了銀鞘，空車回頭時。再來裝運。因為原裝第一批餉銀的牲口，確實有許多老弱病倒，不堪長行的。

第二批餉銀，到得晚，運得快，從沙河鎮向前途進發以後，當天到了邯鄲。可是在邯鄲城內，不知為了什麼。竟耽擱了兩天兩夜，似乎那位王太監又在邯鄲城內擺起欽差譜兒來了。

到了第三天，才從邯鄲出發，過磁州進了河南省界。一路似乎風平浪靜，沒有出事。等得過了湯陰，抵達浮山嶺相近的大賚店，沿途便發現了幾批短裝快馬的漢子，常常出沒於隊前隊後，有時越隊疾馳，一瞥而過。運餉隊尾，押著王太監一輛華麗舒適的轎車，車前插著威武的官銜旗子，轎簾卻垂下來，遮得密不通風。由大賚店前進，過了洪縣，前站是十三里堡。

這段是山路，崗巒重迭，道路有點崎嶇，車輛便走得滯慢起來。大隊人馬，是在洪縣打的午尖。

走上這條山道，日色有點平西，可是初夏天氣，一路太陽灼得皮膚生痛，押運的兵弁，和趕車的夫子，都是汗流口渴，牲口身上，也直流汗，張著嘴直喘氣兒。本來預備一氣兒越過十三里堡，趕到汲縣，再行息宿；可是還有七八十里路，這樣人困馬乏，大約趕不到洪縣，要在十三里堡停下了。

這樣流著汗，又走了一程，一輪血紅的太陽，已落在西面的山口。落山的太陽雖然又紅又大。卻已不覺得可怕了，頭上已失去火傘似的陽光，一陣陣的輕風，從兩面山腳捲上身來，頓時覺得涼颼颼的體爽神清，腰腳也覺輕了許多。趕車的腳夫，裊著長鞭。嘴上直喊著：「噓……噓……」想乘晚涼多趕幾程。一路輪聲蹄聲，震得兩面山崗裡起了回音，可是走的山道，雖不是峻險的山道。有時過一道土岡子，上坡的道，非常吃力，下坡時卻非常的輕快，跨轅的腳夫，手上只要勒緊了韁繩，兜著風順坡而下，一氣便可赴出一箭里路去，腳夫們這時最得意，嘴上還哼著有腔無調的野曲子。

大隊車輛正過了一道黃土岡，兩面山勢，較為開展，左面忽高忽低的沙土岡子，土岡上面，只疏疏的長著幾株大松樹；右面是黑壓壓的一片樹林。樹林背後，是一層層的峻拔山峰。

中間一條坦坦的山道，直看到那面兩山交錯形似門戶的山口。大隊車輛，走上這條坦道，忽聽得右面樹林背後的山腰上，呼咧咧……的幾聲口哨，接著從樹林內鑽出噹啷啷……鴿鈴似的怪聲，曳空而過，噗的一支響箭，直插在欽差的轎車上。護運的騎士，趕車的腳夫，立時起了一陣驚吼大家都明白，這支響箭，是綠林劫道的先聲。趕車的腳夫，尤其有這種經驗，只要抱著鞭子，向道旁一蹲，沒有他們的事。

可是官家的公物，尤其是這種大批餉銀，絕料不到有這樣大膽的綠林，楞敢下手，連趕車的腳夫，都覺得事出意外，不知如何是好了。這批押運的騎士，僅五十多名，一半是京城的禁衛軍，一半是軍部抽調的京營，平時候在京城內，本是擺樣兒的貨，非但沒有上過陣，也沒有和綠林交過手，以為這趟差使，雖然辛苦一點，不致有多大風險，想不到竟有敢劫官餉的匪人，一個個都麻了脈，睜著眼向那面樹林裡瞧。

忽聽得樹頂蹄聲響處，潑風似的跑出兩匹馬來，一色的棗紅馬，馬上的人，都把一頂大涼帽掀在腦後，一色土黃繭衫的短打扮，飛一般橫衝過來，嘴上卻大喊著：「吃糧的哥兒們，沒有你們的事，識趣的躲得遠遠的……」

這兩人兩騎一出現，山腰上又是幾聲口哨，樹林內又縱出三四十人來，一個個揚著雪亮的長刀，卻沒有騎馬。前面山口，也出現了一隊騎馬的，也有二三十人，一聲呼嘯，迎頭馳來，把去路截住。從樹林裡出來的，便奔了車輛；這時照料車輛騾馱的腳夫，吃了齊心酒似的，早已抱著鞭子，蹲在左面的道旁。

可笑幾十名押運的禁軍和營弁，竟一齊撥轉馬頭，往來路飛逃，因為來路上，還沒有匪人攔道。卻把欽差王太監一輛轎車，和幾十輛銀鞘車馱，都丟在那兒了。

先出來騎棗紅馬穿土黃繭絲短衫的兩人，大約是首領，瞧得一般軍弁沒命飛逃，哈哈大笑，直奔王太監坐的那輛轎車。其中一個手持長槊的，用槊鋒一挑轎簾，向車內一瞧，頓時怪眼圓睜，嘴上喊著；「晤！這倒奇怪。姓王的混帳小子上那兒去了？」

原來他瞧見轎車內並沒有王太監，裡面只擱著兩個鋪蓋捲兒。持槊的身旁，背著一柄短把大砍刀的，鬚髮已經蒼白，長著一對鷹眼，眼珠是黃的，卻射出逼人的凶光，在馬上一俯身，也瞧清了轎車內空無人影，嘴上噫了一聲，立時喝道：「不對！這裡面有玩意兒，我們的人，明明瞧見他坐著這車子進邯鄲城的。」

使槊的說：「這人命不該絕，不去管他，我們把銀馱子原車帶走便了。」

背刀的微一沉思，搖著頭說：「這裡面有事，我們不要中了他們道兒，我們得驗實了，再伸手！」說罷，一帶馬頭，奔了裝銀鞘的車輛，一聳身，跳下馬來，反臂拔出背上大砍刀，抽出一個銀鞘來，大砍刀一舉，咔叭一聲響，把銀鞘劈開。仔細一瞧，木槽內倒嵌著整錠像銀子般的東西，不過是鉛做成的。他挨著車輛，一車裡劈開一個，劈了十幾個銀鞘，不料都是鉛的。這便可明白，這幾十輛銀鞘，都是假銀鞘。為什麼要這把戲？

不用多想，立時便可明白。他不明白的。是憑王太監這種混帳東西，居然會玩出這手「金蟬脫殼」的把戲來，而且從什麼地方，洩漏了機密，被人家探出底細來呢？他氣得哇哇大吼，跳著腳大喊；「媽的！我們栽了！憑我們竟栽在五體不全的混帳東西身上！」

原來這名匪首，便是石鼓山的金眼雕，他不但生氣，而且慚愧，沿途設暗樁，探動靜，是他帶著黨羽辦的，費了不少心機，竟著了人家道兒，還耽誤了瓢把子的大事。

金眼雕跳腳大喊當口，使槊的也催馬趕來；這使槊的，便是浮山嶺首領飛槊張。長得魁梧威猛，豹頭環眼，年紀四十不到，三十有餘，他手上倒提著那支似槍非槍的長槊，比古人用的可短得多，八尺左右長短，統體純鋼，槊桿上纏絲加漆，烏光油亮，約莫有三十多斤重量，鞍後掛著一個扁形的牛皮袋，插著兩排短把飛槊，這種飛槊，形狀和他手上的長槊差不多，不過一尺多長，鋒長柄短。近於甩手箭一類的東西。飛槊張催馬趕近金眼雕身邊，看清了一輛輛銀鞘，變成了鉛鞘。罵了一句；「狗養的，把老子們冤苦了！」

一抬身左手拇食兩指向嘴內一叼，臉衝著右面樹林，鼓氣一吹，嘴上發出尖銳口哨，其聲舒捲悠遠，似乎是一種傳達急報的信號。他接連吹了幾次，那面林後一座高崗上，突然鴿鈴嗡嗡作響，衝天而起，一隻雪白鴿子，在空中一陣盤旋，便向這面直瀉而下；眨眼之間，鴿子落在一輛車蓬上。

手下弟兄，趕過去伸手把鴿子捉住，從鴿子爪上，解下一個紙卷。飛槊張搶過來，舒開紙卷，和金眼雕同看。紙卷上寫著：「頃得密報。始知昨夜洛陽孫營抽調一支兵馬，星夜渡河，迎護餉運，係由新城小道，向延津滑州一路疾趨，可見餉銀必定過道渡河，汝等定必中計。即事前截獲公文，亦係詭計。事機不密，致有此失。然王太監庸碌小人，何得有此經緯，其中定有能者。汝等速回，另有安排。」

這幾行字下面，畫著一個「齊」字的花押，當然是齊寡婦的手筆了。飛槊張金眼瞧見了瓢把子的手筆，弄得你看我，我看你，半晌，沒開聲。金眼雕又悔又恨，瓢把子條子上寫著「事不機密」，便是自己的過錯，多半壞在韓老四兩面狼這幾個楞小子身上，一路墜著餉銀過來，定然露了馬腳，落在行家的眼內了。

但是王太監左右幾個人，自己暗地都探過，似乎沒有什麼扎眼的人在內，憑王太監這種龜孫子，決鬧不出這套鬼畫符來，這事卻有點奇怪。

他猛地想起了一檔事，一偏腿，跳下馬來，向飛槊張道：「你且等一忽兒，我得仔細探查一下。」

他一聳身，跳上近身一輛車子，落在車的左面。因為他們這般人，大半從右面樹林內鑽出來的。這時道上首尾相接，停著長長的幾十輛運載銀鞘的車輛，所有趕車的腳夫，都抱著一條趕車的鞭子，蹲在左面道旁。金眼雕怒氣衝天，瞪著一對咄咄逼人的黃眼珠，向地上蹲著一溜的車夫，喝問道；「你們是哪兒人？車上的東西，從哪兒起運的？」

蹲在地上的車夫，照規矩不敢站起身來，有幾個膽大的，七嘴八舌的說；「我們都是邢台人。是邢台衙門抓的官差，你老聖明，我們苦哈哈，敢不伺候官差嗎？東西是由邢台縣衙，黑夜起運的，到了沙河鎮，滿街得說這批東西，是北京下來的，我們不明白怎麼一回事，滿街都有老總們押著走，不准我們隨便開口，到現在我們還摸不清哩。」

金眼雕點點頭道：「唔！我明白了，我再問你們，替王太監趕車的，怕不是你們邢台人吧？」其中有人便答道：「他不是我們一事，趕這輛車的，剛才和他們一塊兒騎著馬逃跑了。」

金眼雕又問道：「你們一路過來，有一個穿得斯文秀氣的小白臉兒，騎著一匹黑身白蹄，異樣的駿馬，大約還有幾個人同行，其中還有一個美貌年輕的女子，你們路上瞧見了沒有？」

車夫們搖著頭說：「我們沒有瞧見這樣的幾個人，更沒有瞧見年輕女子，這條路上，年輕女子，更不易碰見的了。」

其中有一個車把式，卻說道；「我們從磁州進湯陰這段路上，卻碰著一位俊秀相公，確是騎著一匹與眾不同的好馬，是烏雲蓋雪的毛片，奇怪的是，這位相公文生打扮，鞍後卻掛著弓箭，而且單身匹馬，馬又走得飛快，我看得有點別緻，這時才想得起來。」

金眼雕向這群車把式們問了一陣，已明白這批假餉銀，在邢台做的手腳。沙河鎮鴻升老店內一批真餉銀。定然在假餉銀起程以後。把我們引到這條路上，他們卻暗暗繞道走了。真瞧不透那混帳的王太監，有這樣鬼門道，也得怨我一時大意，把他們太看輕了。他越想越不是滋味兒，非但瓢把子面前，有點沒法交代，自己金眼雕的老名頭，也被這一下子，摘了牌匾了。事已如此，只好和飛槊張同回塔兒岡，見了瓢把子，再想別的主意。

在金眼雕、飛槊張空手回巢的第二天，這段山道上，靜蕩蕩的不見一人，所有幾十輛假銀鞘，已由車把式在當日趕回原路。他們一回到沙河鎮，當然會有人開發他們。

在這第二天的清早，楊展騎著追風烏雲驄，身後仇兒也騎著一匹快馬，一主一僕，走到這條山道上來了。

昨天這條道上的情形，楊展已從仇兒嘴上，得知備細，暗暗佩服劉道貞這條金蟬脫殼的妙計。

因為金眼雕、飛槊張攔截車輛當口，王太監一輛空車上的車把式，是仇兒改裝的。在出事當口，仇兒跳下車來，搶了一匹馬，夾在一群押運軍兵隊內，假裝落荒而逃，其實他又抽身回來，伏在遠處，看清了金眼雕、飛槊張一群強人的起落，才撤身飛馬而回。把一切情形，向主人說知詳細。

這時主僕二人，裝作無關的過路客人，安心走到這條道上，預備一兩天內，渡過黃河，到南岸虎牢關。和劉道貞、三姑娘、曹勳三人會面。原是事先約好的，劉道貞夫婦趕往洛陽，投遞公文。請孫督師大營調兵、火速向指定地點，迎護餉銀，事情辦妥，再由洛陽折回虎牢關，等候楊展主僕。一同返川。

這時楊展主僕，到了這段山道上，不免按轡徐行，據鞍四眺。仇兒還指點昨天強人出沒處所。主僕二人，以為事已過去，心裡還暗暗好笑，齊寡婦這次白費心機，上了這麼一個大當。哪知道齊寡婦並非普通人物，已經爪牙四出，另有安排，而且根據金眼雕說起三義店韓老四輸馬吃虧的事，已經注意到楊展一般人身上，雖然還沒十分摸清楊展和餉銀有關，但是這匹追風烏雲驄，是個容易招眼的幌子。這時主僕二人，又在這出事地段。指指點點的一流連，早被塔兒岡的暗樁伏在林內，暗暗盯上了。

主僕兩人，過了這段山道，出了一重山口，前面道路較為平坦，兩邊依然是密林陡壑。

不過地勢卻比過來的那段路，開展得多。主僕正想放轡疾馳，猛聽得前面右邊深林內，嗡的一聲，一支響箭，曳著破空的尖嘯，從馬前射了過去。楊展在馬上咦了一聲，立時把馬勒住，回頭向夥兒笑道：「當心，有那話兒了。我們也會一會北道上的好漢們。」一面說，一面順手摘下鞍後捎著的那張蛟筋鐵胎六石弓，把鞍旁掛著的一壺三脊狼牙箭，也問了一問。後面的仇兒，便說：「相公！瑩雪劍在我鞍後鋪蓋卷內，待我……」

楊展忙喝住道：「莫響！用不著，別被好漢們恥笑。」正說著，林內弓弦微響，刷地又一箭，直向楊展胸前射來，弓勁矢急，已到胸前。他正左手持弓，橫在鞍上，不慌不忙，右手一起，正把射到那支箭綽住。

一瞧手上的箭，雖非響箭，也是去掉箭鏃的，不禁暗暗點頭道：「盜亦有道。」便向發箭處所，高聲喊道：「哪位好漢賜教！四川楊展，在此恭候！」

這樣高喊了幾次，只聽到遠遠山谷裡自己的回聲，發箭的林內，卻依然靜悄悄的，毫無動靜，等了片刻，一個強人都沒有出現，這倒出於意料之外，也猜不透一支響箭，一支刨頭箭，是什麼來意？既然平安無事，也不必留戀下去，主僕二人，便整轡上道，可是這一路過去，不能不隨地留神，暗自戒備了。

主僕二人一路疾馳，來到將近十三里堡一條道上，遠遠便見到前面一座黃土岡的岡腳下，疏疏的幾株長松，松蔭下影綽綽的有一個大漢，騎著馬，屹立不動。主僕兩匹馬跑到離那人一箭路時，雖然看不清那人面貌，卻已看出那人手上拿著一張弓，而且正開弓搭箭，楊展不由得吃了一驚，可是也有點暗怒了，一聲冷笑，立時放轡緩蹄，順手在箭壺內抽出一支箭來，兩眼注定了那面馬上的動作。似乎那面馬上人，存心和楊展過不去，遠遠一聲大喊：「來騎留神，看俺射你馬項。」

喊聲未絕，箭已發出，那邊弓弦一響，楊展這邊也同時弓開滿月，斜身一箭。說也奇怪，一來一去兩支箭，其疾如電。竟會不差分毫的，在空中半途相撞。卻不是箭鏃和箭鏃相撞，因為楊展扭腰探身，取了側勢，加上弓硬箭勁，一箭射去，兩箭相值，竟把來箭，截為兩段，半途掉下地。楊展射去這支箭，餘勢猶勁，飛出老遠，才斜插在草地上了。

這是一眨眼的功夫，楊展箭一發出，兩腿一夾，胯下馬已向那人直衝過去。在楊展存心，想逼近跟前，問個清楚，再作了斷；不意追風烏雲驄向前一衝，那人順風大喝一聲：「好箭法！」一帶馬頭，轉身跑上黃土岡，翻過岡去，立時不見了蹤影。

待得楊展追上岡頭，只看到這人背影，馳入一條岔道，拐過一重山腳，便看不見了。始終沒有著清這人長相。這種離奇舉動，更摸不清是怎麼一回事，能夠猜想得到的，在這段地上出沒的綠林，是搭兒岡齊寡婦的黨羽，他一想到這人和齊寡婦一黨，猛地醒悟，自己已被盜黨注意。也許已疑惑到自己，和那批餉銀有關了。

楊展一路戒備著，往前途進行。覺得一路過去，這段路上，很難得碰見走道的人，這樣大白天，行旅這樣稀少，可見兵荒馬亂到什麼程度，怪不得綠林好漢任意出沒了。主僕走了一程，已到了淇、汲兩縣的中站——十三里堡。

楊展明知道十三里堡，鄰近搭兒岡，無奈天已近午，夏天的毒日頭，在白天子午時分，火傘當空，灼熱異常，再說，路上兩次碰著離奇莫測的綠林，其中定有詭計，既然碰上了，未便示弱，主僕二人，略一商量，便決定在十三里堡打午尖。

這十三里堡，也算一座市鎮，可比沙河鎮荒涼得多：靠著一座山腳，圍著幾十戶人家。

都是泥牆上屋，偶然有幾家門口，挑出賣酒飯的招子。仇兒在馬上皺著眉頭說：「相公！這樣地方，沒法歇腿，這種狗洞般房子，像火洞一般，怎鑽得進去？」

楊展向前面一指。笑道：「不用發愁，你瞧那面山溝裡黑壓壓一片樹林，露出一段紅牆，似乎是個廟宇，倒是涼爽處所，我們帶著乾糧，向廟內討點水喝。定比這種小店強得多。」

正說著，聽得那面林內，牲口打噴嚏的聲音，仇兒說：「果然是個打尖處所，已經有過路的客商，在那兒息馬了。」

兩人離開了一帶土房子，便向那面山灣走去。到了相近一看，兩座岡腳，環抱著一片極大的松林，林內有一條曲折的小道。

楊展和仇兒跳下馬來，各人牽著馬，走上林下的小道。

一進林內，立時覺得精神一爽，因為頭上一層層的松枝松葉，遮住了當午的毒日，涼陰陰的立時換了一個境界，而且林內自然有股涼風吹上身來。主僕二人把頭上遮陽寬邊薄涼帽，掀在腦後，迎著風望林內進去。轉了兩個彎，才露出短短的一帶紅牆，中間一座牌樓似的山門，門上橫著一塊「黃粱觀」三字匾額。楊展心想：「原來是座道院，邯鄲道上，黃粱一夢，恰是切地對景，行旅過此，也算紅塵擾擾中的一帖清涼散。」

兩人牽著馬進了山門。門內一大片空地，盡是參天古樹。上面枝柯虬結，綠葉漫天，日光被漫天樹葉，篩成流動的光影，鋪在中間長長的一條南道上，彎成參差的花紋，黛色染襟。暑氣全消，樹上蟬噪鳥鳴，和樹葉被風吹著颯颯微響，真有「蟬噪林愈靜，鳥鳴山更幽」的境界。

甬道盡處，三開門的一座殿宇，並不崇宏莊嚴，看去只有這一座正殿，後面大約沒有幾層殿院，正殿階下一株大柏樹上，拴著一白一赭的兩匹馬，正低著頭，嚼樹下的青草。這兩匹馬鞍絡鮮明，頗為神駿，似乎不是普通行旅的腳程。駿馬亦愛伴侶，兩匹馬同時昂起頭來，朝著楊展、仇兒手上牽著的兩匹馬。呼咧咧長嘶，嘶聲一起，大殿裡走出一個鬚眉俱白，顧盼非常的老道，龐眉底下，兩道炯炯有神的目光，向楊展、仇兒打量了一下，又釘住了楊展身後烏雲驄身上。突然兩道長眉一掀，聲若洪鐘地哈哈大笑，便邁步迎下階來，向楊展稽首道：「貴人下降，難得之至，這樣大熱天，長途跋涉，實在辛苦，快請進殿安座，待小道奉茶請教。」

楊展一面抱拳還禮，一面留神老道步履堅實，音吐宏亮，便知不是尋常道流，身上定有武功。這當口，仇兒從楊展手上，接過韁繩，便說：「相公進殿，我在這兒守著牲口。」

老道士立時呵呵笑道：「小管家。你放心，不論什麼寶物寶馬，只要進了我黃粱觀內，如有失閃，小老道還擔待得起，大約這百里以內，還沒有人敢在我眼皮底下鬧把戲的。」

這一句話，鋒芒頓露，楊展、仇兒神色上都不由的一愣。楊展立時接口道：「一見道長，便知是位隱跡高人，萍水相逢，真是有幸。」又向仇兒說道：「你把兩匹馬拴在這面樹上，隨我進殿好了。」

仇兒心裡還有點嘀咕，不願離開兩匹馬，不但烏雲驄是匹寶馬，兩匹馬鞍上，還馱著瑩雪劍和其他重要東西。不意老道又咄咄逼人的笑道：「相公端的不凡，難怪名振京華，藝蓋當場了。」

楊展、仇兒又吃了一驚，暗想這老道什麼人物，似乎已知我們的來歷了？楊展不願示弱。便跟著老道進殿去了。仇兒把兩匹馬拴在樹上，有點不放心主人，從鞍後鋪蓋卷內，抽出瑩雪劍來，連鞘背在肩後，急急飛步進殿。一瞧殿內，明潔無塵。四外空空，只中間一座佛龕，並無主人和老道的蹤影。繞出龕後，跨過殿後一重門戶，現出另外一重院落，花木扶疏，筠籬靜下，聽出正面堂屋內，有自己主人說話聲音。心裡略寬。便掀起簾子，走將進去；一瞧屋內，自己主人和那老道之外。還坐著一位俊俏書生，身後立著一個青衣書僮，一身打扮，竟和自己主僕有點相同。仇兒悄悄的在自己主人身後一站，目不轉睛的。打量那一主一僕，越瞧越覺這一主一僕，有點別緻。

原來楊展和那老道進殿以後，老道便引著楊展往後院走，一面走，一面談話，問出老道便是黃粱觀主，道號涵虛。老道請教楊展姓名時，也據實說了。老道領著楊展走進後院裡屋時，屋內有一位方巾朱履，細葛涼衫的俊俏書生，手上搖著洒金摺扇，從座上很瀟灑地站了起來。老道涵虛便笑著說：「這位是敝觀護法檀越，毛芙山毛相公，住宅離此不遠，常常到此隨喜。」老道介紹了這位毛相公，卻沒說楊展姓名，可是毛相公脫口說出：「久仰楊兄英名，幸會！幸會！」好像早識楊展姓名似的。

這幾句話，聲音很低，而且帶點童子的嬌嗓音，一對黑白分明，煞中帶媚的長鳳眼，向楊展上下，不斷的打量。

楊展細瞧這位毛芙山，長眉鳳目，白面朱唇，確是北道上不易碰到的美男子。料不到這十三里堡，倒有這樣人物。賓主落座以後，進來兩個道童分獻香茗，還擰著潔白的熱手巾，請楊展擦汗。

一陣殷殷招待以後，仇兒已從外殿進來，楊展命他見過毛相公和老道，便站立自己主人背後，仇兒覺得姓毛的一主一僕，與眾不同，毛相公果然長得風流瀟灑。連他身後那個書僮，也長得細眉粉面，非常秀氣，不免向那書僮多看了幾眼。

那書僮似乎被仇兒看得不好意思起來，紅著臉扭過頭來，冷不防又回過頭來，向仇兒背上的寶劍，盯了幾眼，暗地小嘴一撇，身子一扭，臉又衝著屋門外去了。仇兒冷眼瞧得有氣，心想你撇嘴幹麼？你懂得什麼？像你這樣風吹得倒的身子，經不起我兩個指頭一捺。

這時楊展忍不住便向毛芙山問道：「剛才小弟進門，等兄便說出賤姓來，彼此萍蹤偶聚，素昧平生，從何處知道賤姓呢？」

毛芙山微微一笑，並不答話，卻向老道看了一眼。老道涵虛，哈哈笑道：「天下何人不識君，這兒雖是小地方。也是京洛必由之路，從路過幾位武舉口中，早知楊相公武闈獻藝，獨得寶馬的鼎鼎大名，剛才一見相公氣度，和牽著的尊騎，便知相公光降，隨後口頭動問，果然所料非虛。」

楊展嘴上順口謙虛幾句，心裡卻覺察老道話有漏洞。在老道自己，還可以說見到追風烏雲驄，推馬及人，但是這位毛相公坐在後院，並沒有看到寶馬，自己又是和老道一同進來，現在老道用自己的話，來替毛相公解釋，便顯出有意掩飾，中有別情。可是姓毛的秀逸超群，吐屬不凡，老道髮眉俱白，道氣儼然，實在不容人疑惑到旁的地方去。這時楊展有問必答，不願以小人之心度人。毛芙山和老道動問的話，也只限於武闈情況，京中近狀，再不然談談一路風土人情，連近在咫尺的潼關戰局，地方安危，也沒有人提起來。

楊展暗暗的一點疑心。不由得置之度外了。老道涵虛還十分殷勤，指揮兩個道童。在隔室擺起一桌素齋，款待楊展。毛芙山和老道，陪著吃喝；仇兒也被兩個道童拉去，另屋接待。

仇兒自從跟了楊展以後，雖然是個青衣書僮，楊宅上下人等都喜他伶俐聰明，楊老太太又是位仁慈寬厚的人，可憐他的遭遇，大家都另眼相待。仇兒近朱者赤，非但從小習染的江湖氣，去了不少，拳腳兵刃得了楊展、雪衣娘、女飛衛三位大行家指點，雖然日子不多，也增長了許多功夫，至於每日飲食起居，在這富厚之家，色色俱全，和跟他祖母鐵拐婆婆奔走風塵的時候，自然有天壤之別。

仇兒一進楊家，就算一跤入青雲。仇兒從小還有點愛喝酒，楊家有的是自製佳釀，他常常和楊家下人們，偷偷兒的喝幾杯。常常喝得小臉蛋兒紅紅的，楊展也沒有數說他。進京以後，楊展禁止他不要喝酒，因為有個曹勳，也是嗜酒如一命，怕生出事來。仇兒禁酒多日，做夢都想鬧幾盅，這時被黃粱觀兩個道童，拉到後院一間側屋內，仇兒一瞧屋內泉上幾色素齋以外，還有一盤五香牛肉，一大壺酒，未免暗暗心喜，嘴上卻說道：「你們出家人，怎地有酒有肉。不避葷腥？」

道童笑道：「這是你們來得湊巧，這點酒肉，原是預備著接待毛相公的，你只管請便，我們卻沒福吃這東西。」

仇兒道：「毛相公那位小管家呢？他是正客，快請他去罷！」兩個道童相視一笑，搖著頭說：「他嗎？他是不會和我們一塊兒吃喝的，他是離不開自己主人的。」

這一句話，仇兒沒有十分注意。他清早起來趕路，一路奔馳，肚子裡實在有點餓了，便也不客氣，坐下來，很自在的消受酒肉。吃喝之間，兩個道童，果然只吃點素齋相陪，對於一壺酒，一大盤牛肉，看也不看，讓仇兒自斟自飲。

仇兒不敢盡量暢飲，只吃了半壺酒。因為天氣太熱，下午還要趕路，一大盤五香牛肉，覺得可口，便不客氣，盡量裝在肚子裡了。

他手上正拿起一個白麵饝饝要吃；突然一陣噁心，腦裡發暈，眼上發黑，心裡猛地一驚，記起從小聽自己祖母鐵拐婆婆說過：「江湖路上吃喝當心」的話，不由得一聲驚喊：「不好！酒裡有毛病！你們……」

一抬腿，一伸手，想跳起身來，拔出背上寶劍。可是他心裡打算這樣做，兩手兩腳已不聽使喚，嘴上喊出了「你們……」兩字，底下變成了有聲無音，嗓子裡好像突然築了一道壩，而且心裡一陣陣的迷糊，屋子天搖地動地轉了起來，兩腿一軟，身子一歪，爛醉如泥似的溜到桌子底下去了。

不知經過多大時候，仇兒做夢一般醒了轉來，神志還有點迷迷忽忽，四肢還軟軟的不得動。半晌，突然睜開眼來，滿眼漆黑，瞧不見什麼，不知自己身子落在何處，只覺自己身子很平整的睡在一張涼榻上。

他神志漸漸的清楚起來，第一個念頭，便驚覺到自己中了人家道兒，主人定也同落虎口，他一想到身落虎口，手腳定被人家捆住，擱在盜窟，暗室裡面了，可是立刻證明了猜想不對，四肢一活動，遍身一摸，嘴上不由的喊出聲來，「咦！怪了！」

原來他身上好好的並沒有繩索捆縛他，自己腰裡纏著九節亮銀練子槍，和暗拽著一袋鏢，依然紋風不動的纏著拽著，自己背著的那柄瑩雪劍，雖然已不在背上，卻用手一摸，摸著了這柄劍，連鞘擱在他枕邊。

仇兒急忙攢住了瑩雪劍，從榻上一躍而起，一轉臉，瞧見了一線燈光，從一重細竹梅花眼的湘簾內晃漾出來。他兩腳站在地上，試一試自己腿勁，覺得身上好好的，已沒有什麼了。正想一個箭步，竄近簾外，窺探簾內是何景象，忽聽簾內有人喚道：

「外屋是仇兒麼？身上好了麼？不必驚慌，進來好了。」

仇兒一聽，是自己主人叫他，驚喜之下，掀開簾子，一躍而入，一眼便瞧見自己主人坐在一張華麗奪目的雕花錦榻上，身子斜靠著一個高高的朱漆涼枕，手上拿著幾張水紅色的信箋，湊著榻邊高几上一張四角流蘇的紅紗高腳燈，細細的瞧著信箋上的字。

仇兒一進去，楊展抬起頭來，悄悄的說：「我知道你睡在外屋，我也和你一般，著了他們道兒，不過我沒有貪杯，比你醒得略早一點，醒來時，便在這間屋內，看情形天已入夜。這兒決不是黃粱觀，黃粱觀決沒有這樣華麗深沉的房子，現在我們已落在人家圈套之中，不過大約沒有十分惡意，你且沉住氣，讓我看完了這件東西再說。我醒來時，頭一眼便瞧見紗燈下擱著這封信，信皮上明明寫著『楊相公親展』。看不了幾行，你在後屋有了響動了。現在我們彷彿做夢一般，大約在這封信上總可以瞧出一點來的。」

楊展說罷，仍然瞧他手上的信箋，原來信箋上寫的是：

「蜀客北來，時道及賢伉儷俠名韻事，夙已嚮慕。近日京華過客，又盛傳武闈逸事，更切心儀。不期台旌南歸，黃粱邂逅，求教既殷，投轄逾分，小試狡獪，情非得已，死罪死罪。然未敢以江湖汙濁之藥，損及玉體，謹以家傳秘製『醉仙人』，使君一枕華胥，聊息長征之勞耳。

「尊紀安臥外室，寶馬安處內廄。倘損毫髮，唯妾是問。妾非他人，即切齒父仇之毛紅萼，亦即塔兒岡之未亡人也。潼關破在旦夕，闖王奇兵，由間道而出商洛。張獻忠、羅汝才輩，且已逼近荊襄，豫楚指日瓦解，無待龜卜。

「今晨復得探報，黃河渡楫，悉被官軍劫擄，已作逃亡北渡之備，非特阻遏入川之荊襄孔道，即黃河渡口。亦難覓得片帆矣。情勢如此，與其彷徨渡口，何如且住為佳？妾如未得確報，亦何敢冒昧挽留，重負太夫人倚閭之望，此實天假之緣，使妾得掃榻歡賓，抒其誠悃。數日短敘，稍盡東道，屆時自有良策，送君渡河而南，趨荊襄而安返鄉里也。白雲親舍，未免依依，賓至如歸，幸毋悒悒！未亡人　熏沐拜具。」

楊展把這封信，看了好幾遍，不由得驚得直跳起來，嘴上喊著：「不得了！我們醉得真像死的一般，被人家從黃粱觀抬到塔兒岡來，竟會人事不知。」

仇兒一聽到了塔兒岡，也嚇得變了臉色，悄悄的說：「相公，我們的馬呢？把我們弄到這兒，當然沒有好意，我們趕快想法逃出去。齊寡婦雖然厲害，他們雖然人多，我們不和他們硬拚，偷偷逃跑，大約並非難事。」

楊展搖頭道：「這封信便是齊寡婦寫的，信裡的話非常婉轉，我們的馬也被他們帶來了，惡意大約沒有，其中也許另有別情，依我猜想，多半和那批餉銀有關。至於逃跑，不用說身入盜窟，路境不熟，不易逃出他們耳目去；再說現在局面，不是逃走的事，事情還沒弄清，便是逃出去，也使人家恥笑，反而落個話柄。

「說起來，還是我們自投羅網。不進黃粱觀，便不會著了道兒。你還不知道，黃河渡船，都被官軍抓在南岸，荊襄這條路上，也被軍馬堵塞，這雖是齊寡婦信內的話，大約不假，現在我們只有見機行事了。」

仇兒道：「這位齊寡婦手段不小，黃粱觀的老道，和那個毛相公毛芙山，當然也是他們一黨了？」

楊展笑道：「什麼毛相公，毛相公便是齊寡婦的化身，連那個書僮，也是女的改扮的。我在黃粱觀和她同席，當時雖然被她瞞過，此刻想起來，北道上原不易見到這樣清秀人物，說話又低言低語，好像帶點童音，一主一僕，明明都是女相。此刻她信內說著黃粱觀內和我見面，又說出她便是切齒父仇毛紅萼，也就是塔兒岡的齊寡婦。她所謂切齒父仇，她父親便是被袁崇煥殺死的皮島毛文龍。外面傳說齊寡婦是毛文龍的女兒。可見一點不假。她在黃粱觀女扮男裝。一時真還不易瞧出來，大約她出門時，常常改裝的。她把毛紅萼化名毛芙山，大約從王摩詰『木末芙蓉花。山中發紅萼』那句詩裡脫胎出來的。這位齊寡婦文武兼備，倒是巾幗中一位怪傑，難怪名震江湖，雄據一方了。」

仇兒聽她稱讚齊寡婦，心想身落虎口，吉凶未卜，還有心思讚揚人家。劉孝廉、三姑娘、曹相公三位大約定虎牢關相會，還不知我們半路出了這樣岔子，天天盼望著，不知怎樣地焦急哩！

仇兒心裡想著，嘴上正想說話，驀地聽得錦榻後側，呀的一聲響，一扇門開了：一個嬝嬝婷婷的青年女子，手上提著曲柄八角細紗燈，走了出來，向主僕二人看了一眼；走到楊展面前，微一屈膝，嬌聲說道：「主人吩咐，楊相公醒來時，請相公後堂敘話，此刻已到起更時分，我家主人，早在後堂設筵相待。請相公跟婢子進去好了。」

楊展微一沉思，便說：「既然到此，理應見見你們瓢把子，好，請你領路。」

仇兒慌把手上提著的寶劍，背在身後，說道：「相公，我跟你去。」

那女子說：「小管家。你放心。馬上有人來招待你吃喝，主人沒有吩咐，我不便領你一同去。再說，我家主人對於楊相公，完全是一片敬意，絕沒有意外的事，你放心好了。」

楊展向仇兒一使眼色，接口道：「你且候在這兒，我們是客，聽從主便了。」說罷，向那女子微一揮手。便跟著那女子，從榻後腰門裡走了。

第廿七章　紅粉怪傑

楊展跟著提曲柄紅紗宮燈的青年女子，從榻後側門出去，穿過一層院子，步出一重後戶，忽然明月在天，松濤聒耳。原來屋後並沒高軒複室，卻是一條步步登高的坡腳，坡腳上面松柏交柯，濃蔭蔽月，松林背後，一座峭拔的孤峰，巍然聳峙。提燈女子，把手上紅紗宮燈高高地舉著，竟向上坡一條山路走了上去。

楊展心裡犯疑。上面松林黑沉沉的，並沒有房子，也沒有燈光人影。既已到此，不管齊寡婦什麼陣式，也得見個起落，便一聲不響，跟著上了山坡，回過頭來，一瞧坡腳下，高高低低，藉著山勢蓋造的瓦房，有透出燈光來的，也有漆黑一片的，都靜悄悄地鴉雀無聲。一層層的屋脊，浸在一片溶溶的月光下，看去好像富庶的山村，從那兒也瞧不出這是江湖馳名、聲威遠播的盜窟。

提燈領路的女子，領著楊展步步登高，從林內一條山徑，繞著山腰，向峰背轉了過去。

一到峰背，山形忽變。走上了幾十級石道，兩面石壁夾峙，截然如削。磴道盡頭，現出一重山石築成的穹門，好像嵌在石壁之間的天然洞穴。進了穹門，地勢一展，現出寬闊的一座院子，月光照處，院內中心掘著圓圓的荷花池。田田的碧葉，亭亭的紅白蓮花，山風舒捲，撲鼻清香。

隔著荷花池，正面一排五開間的敞廳，燈光照耀，人影幢幢，正有許多人在廳內高談闊論，似乎有黃粱觀老道涵虛的口音在內。這時正有一撥人從廳門一湧而出，其中有人說了一句：「我們瓢把子也太謹慎了，管這種混帳太監，和那姓虞的鷹爪孫，當地結果就是，何必遠遠地提活口到這兒來呢。」

這一句話，聽在楊展耳內，老大吃驚，暗想虞二麻子難道仍然落在他們手裡麼？驚疑之際，這撥人和楊展擦肩而過，只向楊展看了看，出了穹門，走下磴道去了。

楊展心想，這是齊寡婦住的所在了。可是提燈女子並沒領他向廳門口走去，就近向右一拐，轉入一重隔牆的月洞門，走上一條長長的走廊，兩面都有扶欄。靠裡一面，廊外花木扶疏，參天古樹，靠外一面廊外，卻是斷崖壁立，下臨深澗，非常險峻。原來這一面房子，都建築在一層壁立的危崖上面，長廊走盡，又過了幾重曲徑通幽的門戶，才到了待客之所。提燈女子請楊展在此稍候，自己提著燈，冉冉的撩開一重羅幃，悄沒聲地進內去了。

楊展一進這屋內，頗為驚異，絕不是意想中有脂粉氣的佳人繡閣，也不是有肅殺氣的汾侯虎帳，竟是一所古香古色的高雅書齋。屋內華燈四照，卻寂寂無人，只寶鼎內焚著沉香，散出一股細細的幽香，令人神清氣爽。他仔細打量這所書齋，深邃宏敞，堂皇古雅。一面是一排花格綠紗窗，這面大約是偏東的方向，紗窗外月影透窗，山風微拂。推窗可以望遠，一層層的峰影，遠列如屏。

當窗陳列著一張極大的青玉書案，案上玉軸牙籤，鸞箋犀管之類，位置楚楚，色色精良。案旁沿窗排列著幾張紫檀鑲大理石的太師椅，中間嵌著一式的高几。每隻几上都擱著周敦商彝之類的古器。這一面，是頂天立地的一排書架。芸編瓊笈，整列如城。屋心一張雕花的大圓桌。罩著古錦的桌套，桌心放著一具高腳古玉鼎，一縷縷的沉香。

便從鼎蓋的花孔上，裊裊而出。

桌旁圍著幾個錦套的磁墩。靠裡隔著一座落地紅木雕花十錦格，中間鑲出一個大圓穹門，靜靜的垂著一重沉香的羅幃。提燈女子，便從這重羅幃進去的。

幃後珠燈璀璨，似乎套著複室。楊展雖然驚異盜窟中有這樣佈置，然想到齊寡婦是毛文龍女兒，又是總兵夫人，原與立寨佔山的草寇不同。他又一眼看到排窗盡頭牆壁上，掛著一軸大堂人物，走近一瞧，筆勢飛舞，衣褶高古。絕非近代手筆。再一細瞧題款，竟是顧虎頭的「伏生授經圖」。心想齊寡婦真了不得，憑這一張絕無盡有的名畫。便價值連城，他細細賞鑒得出了神，竟忘記了身在龍潭虎穴之中。

在他面著壁上古畫，鑒賞出神當口，突然聽得身背後，發出銀鈴般聲音：「楊相公鑒賞不凡，這張畫從前經過許多名流鑒定，說是海內第一神品哩！」楊展慌一轉身，只見大圓桌邊，悄立著一位儀態萬方、光采照人的婦人。他一轉身，正和她瑩如秋水的眼神，四目相對。

楊展和她一對眼，便看出是黃粱觀同席的毛芙山，也就是威震江湖的齊寡婦了。這時卻看出她臉上薄薄勻上一點宮粉。淡淡的掃著蛾眉，一張微帶鵝蛋形的俏面，珠瑩玉潤，光彩非常，而且豐腴的粉靨上，一對酒渦，似乎蘊藏著無窮智慧，蕩漾出神秘的溫柔，可是顴骨似乎略聳，鼻柱似乎太挺，天庭似乎特寬，加上一對黑白太分明長鳳眼，笑時現出無限姣媚，不笑時，卻隱著凜凜的尊嚴，頭上光可鑒人的青絲，雍雍的挽著堆雲高髻，身上穿著對襟淡青寧綠衫，下面被圓桌隔著，一時瞧不清，手上拿著一柄湘妃竹夾絹團扇。燈光下，香肩微聳，亭亭俏立，實在是一位美貌佳人。和易釵而弁時的毛芙山一比，又是不同。只瞧她梨渦上，不斷的漾出笑意，便增添了許多柔情媚態。

她身後還立著一個二十左右的俏丫環，並不是提燈領路女子；雙手托著朱漆描金盤，上面擱著兩盞香茗，似乎等待主客就座，才能分獻香茗。可是楊展一轉身時，突然面對著齊寡婦，四目相對，好像雙方都愕了一回神。齊寡婦嗤的一笑，露出編貝似的一副細牙，指著隔桌的磁敏說：「楊相公請坐！」

楊展心裡有點惶惶然，拱著手說：「黃粱觀內會面的毛芙山兄，不想就是齊夫人改裝的，在下出京南下，沿途便聽得夫人大名，不想承蒙定召，諒必定有賜教？」說罷，就走近桌邊的磁墩上坐了。齊寡婦也款款的坐在隔桌相陪。身旁俏丫鬟獻過香茗，便悄然退去。

齊寡婦說：「相公乞恕無禮，妾等竟用詭計把相公賺到此地，心實不安，不過也有一點不得已的苦衷，才出此下策。賤妾在下面客館裡留下的書信。相公諒已賜察，這一封信，無非使相公略明道上情況，一面表明妾等並無惡意，免得相公和尊紀醒來時，驚詫不安……」

楊展忙說：「彼此素昧平生，當然是無仇隙可言。我看到那封信以後，便知夫人智慮周詳，是位不可多得的巾幗英雄，既然用計寵召，其中定有道理，此刻夫人所說，內有苦衷，尚乞見教！」

齊寡婦瞧著他，微笑道：「相公是光明磊落的英雄，定然語出真誠，決不願欺哄女流，太監王相臣押解的二十萬餉銀，居然用『金蟬脫殼』之計，改途偷運，據人探報，此計係相公代為劃策，並有人親見相公逗留沙河鎮，出入王太監行轅。但賤妾有點不信。像相公這樣人物，豈肯和權監同流合污，妾部下欲以武力沿途邀截，妾力禁不許，和我義父涵虛道長商議之下，算定尊駕必經之路，略施詭計，邀請到此，當面請教，一掃疑團，一半也仰慕相公高才絕藝，非同尋常，同時探得，黃河一時難以飛渡，藉此挽留大駕，不致耽誤歸程，不瞞相公說，在黃粱觀改裝會面以後，才決定邀請到此，賤妾素不與外人謀面，對於相公，卻是……」

她說到這兒，忽然微笑低頭，默然不語，好像這「卻是……」下面，含著無限情意，盡在不語中，不必再細批細解了。而且聽她語意，如果在黃粱觀會面時，認為不必邀請上山，也許她對待他不是這樣局面了。

楊展聽得，心頭忐忑不定，很是為難，怕什麼，有什麼，怕的是他們疑心他和二十萬餉銀有關，果不其然。為了這檔事，自己和劉道貞替虞二麻子劃策時，確是進出過王太監行轅，這一點，也被他們探出來了，這位齊寡婦不要瞧她一朵花似的，心計實在厲害，先把我抬得高高的，還說語出真誠，不會欺哄女流，特意先用話把我套住，逼著我實話實說，最難受的是，二十萬兩餉銀，本來與自己無關，為的是救虞二麻子一條命，但是剛才進門時，在前廳隱約聽到虞二麻子仍然落到他們手中了，如果這事確實，這條「金蟬脫殼」之計，滿白費了。

他心裡略一琢磨，慨然說道：「齊夫人！在下生長川中，這次觀光北京，僥倖中名武進士，無非聊慰家慈盼子成名之望，說實了，我一瞧京城大僚們靡華昏頹的局面，實在悔此一行，在這時候，中名武進士，有甚稀罕，不瞞你說，我在京城真是少年好事，還替一個江湖女子臂助復仇，幾乎闖了大禍，出不了京城。」

齊寡婦說：「哦！其中怎麼一回事呢？那個江湖女子是誰呢？」楊展便據實說了，而且從這條根上，一直說到為報答虞二麻子恩情，才連帶替二十萬兩餉銀，用了「金蟬脫殼」之計，竟一五一十，毫不隱瞞的說了。

齊寡婦聽得不住點頭，好像對於他說的事，有點明白似的，笑著說：「楊相公語出真誠，確是位光明磊落的英雄，我說，像相公這樣英俊，怎會和權監混在一起，幸而我預料一步，不讓他們胡來，否則，便把事情辦糟了！不過那位劉孝廉這條『金蟬脫殼』計，還是白費，而且……」

齊寡婦話未說完，兩個丫環出來，把羅幃兩面一分，嬌聲報道：「酒筵齊備，請貴客入席。」

齊寡婦婷婷而起，向楊展笑道：「山居粗餚，不成敬意。」一面卻向丫環問道：「老道爺進來沒有？」

丫環說：「道爺已經差人知會，說是有事羈身，在前廳和眾寨主一塊兒吃喝了，明天再向楊相公陪話。」

齊寡婦向楊展笑說：「我義父有事失陪，楊相公這半天沒進飲食，定然餓了，請裡面坐吧。」說著，把手上團扇一揚，露出白玉似的皓腕。帶著一只通體透水綠的翠鐲，奪目耀睛，益增嫵媚。楊展情不自禁的盯了幾眼，跟著她進了十錦格的穹門。這一面是錦繡輝煌的起居室，佈置又是不同。只覺處處珠光寶氣，和華燈畫燭，掩映生輝，目不勝收。一張菱花形的鏡面小圓桌上，幾色精緻菜餚，兩副犀杯象箸。一個侍婢過來捧著酒壺，侍立一旁。齊寡婦讓楊展坐定了，自己在主位相陪。

吃喝之間，楊展對於二十萬餉銀毫沒關心，只惦著虞二麻子的安危，故意繞著彎子說：「為了想報答虞二麻子一番情意，不想繞上二十萬餉銀的事，而且無意中破壞了夫人大事，未荷夫人譴責，反待以上賓之禮，實在慚愧之至，剛才夫人話未說全，似乎對於那批餉銀，已在把握之中……」剛說到這兒，側面一重湘簾晃動。閃出一個包頭紮腿，背著寶劍，穿著一身青的短裝女子，步趨如風，到了齊寡婦身邊，在她耳邊低低的說了幾句。

齊寡婦微一頷首。那女子便倏然退去。齊寡婦向楊展瞧了瞧，嫣然一笑道：「楊相公！你到現在。還以為我們垂涎二十萬兩餉銀哩，如果我們目標只想把這批餉銀得到手中，你貴友這條『金蟬脫殼』計，倒真有用，因為餉銀一改道，路途太遠，我們自然無法可想了。」

她說到這兒，格格一笑，親自拿過酒壺，替他斟了一杯，然後又說道：「二十萬兩銀子，數目並不小，但是我們還沒把它放在眼裡，我們要截留它的大主意，不在於得到這批餉銀，而在於使這批餉銀不入官軍之手，目的在此。不管它怎樣改道，只要摸準他們的路線，一樣可以下手，一樣可以使官軍得不到這批餉銀。

「貴友那位劉孝廉，確是向洛陽投到了公文，孫督師把這二十萬兩餉銀，當然視同命根；勉強湊集近身的一支隊伍，確是星夜渡河，向延津、滑州一路迎上去的。我們在十三里堡邀截失敗，還在官軍渡河之後，但是我在那時，立時算定餉銀迂道改途，必定由沙河鎮走小道，奔廣平大名邊境走的，由大名再奔南樂濮陽，繞入河南滑州，再從衛輝奔黃河渡口。

「你想這一迂道遠繞，騾車裝著二十萬兩銀餉，走的又是小道，要多走多少日子，才能繞入河南境界。不瞞你說，渡河迎護餉銀的官軍，剛趕到滑州，還沒迎出河南邊境，我已派人星夜趕赴大名，邀同那一路幾家山寨，便把二十萬兩餉銀截下了，非但截留了餉銀，而且把那位欽差太監王相臣，以及保駕的虞二麻子，一起生擒活捉，馬上便可能上搭兒岡來了。」

楊展一聽，涼了半截，「金蟬脫殼」變成了「一網打盡」。非但白費心機，救不了虞二麻子，連自己主僕，也成了自投羅網，在人家掌握之中了。劉道貞夫婦和曹勳，在虎牢關，還以為妙計成功，眼巴巴等著自己，結伴還鄉哩。真糟！糟透了！他暗暗難受，半晌沒有出聲。

齊寡婦察言觀色，肚內雪亮。不禁噗嗤一笑，兩隻眼卻不斷的在他臉上掃來掃去，而且不斷的問他：「武功何人傳授？尊夫人名震川南，得意的是哪門功夫？四川情形怎樣？」等等的話，楊展心煩意亂，又不便不順口答話。心裡有一番話，想說出來。卻又難以出口。一時摸不準對方這樣厚待，有無別意？這種智計百出，雄據一方的巾幗怪傑，性情最難捉摸，和雪衣娘、虞錦雯是另一路道，說不定，一翻臉，便成怨仇。在他心腸紛亂，食不知味當口，不料齊寡婦突然說道：「楊相公一心想救虞二麻子，除出香巢血案一層關係以外，還有別的淵源沒有？」

楊展說：「虞二麻子也是同鄉。」

齊寡婦笑道。「大約是看在一位虞姑娘面上罷？」

楊展吃了一驚，立時明白，他們乘我主僕昏醉當口，連我們行囊都搜查過了，她沒看到鹿杖翁那封信，怎會知道虞錦雯和虞二麻子的關係。當面不便點破，點著頭說：「虞錦雯是我一位義姊，是虞二麻子的侄女，不過在京時，並沒和虞二麻子見過一面，事後才知道的。」

齊寡婦笑道：「現在虞二麻子已落他仇人之手。性命只在呼吸之間，他仇人便是浮山嶺寨主飛槊張。」

楊展說：「我在沙河鎮聽虞二麻子說起早年和飛槊張結樑子的事，不過當年虞二麻子當差應役，身不由己，一鏢之仇，情或可恕。」

他說到這兒，俊目一張，英氣勃發，侃然說道：「我自身尚且落入夫人掌握，雖蒙禮待，總是萍水初逢，當然不能替他求情，不過夫人智勇兼備，胸襟勝似丈夫，餉銀既已如願，像這種年邁退役，不足輕重之人，殺之不武，何不網開一面呢？這是我隨便一說。夫人智慮周詳，自有權衡，魚已落網，我也不便代他屈膝求命。」

他說得不卑不亢，語氣之間，也有點露出鋒芒來了。齊寡婦微然一笑，突又問道：「欽派太監王相臣，應該不應該網開一面呢？」

楊展脫口說；「這種禍國權監，人人得而誅之。」

齊寡婦接口道：「相公也恨這種人，和這種人混在一起的人，也不是沒有可殺之理。」

楊展一聽，語帶冰霜，暗喊：「要壞了，虞二麻子老命難保。」一時沒法答腔，卻聽她又緩緩的說：「這些小事，不必掛懷，明日便有分曉。」她撇開了虞二麻子的事，卻談起天下大勢來，嬌音嚦嚦，雄辯滔滔，有許多事，楊展還從未聽人說過，從她這番話裡，可以窺測她雄心不小，江湖上把她當作綠林英雄，還是小看了她，想不到陰差陽錯，碰到了這位紅粉怪傑。

散席以後，齊寡婦粉面微酡，益增嬌媚，興致勃勃的，仍然陪著他在這間房內，煮茗清談，而且從天下大勢，漸漸談到明室必亡，將來席捲華夏，安內攘外，捨闖王李自成莫屬。

接著又把闖王許多好處，和手下雄兵猛將，人才濟濟的情形，說得興會淋漓，如數家珍，弄得楊展插不下嘴。心想這位紅粉怪傑，談鋒實在可以。但是楊展心裡除了虞二麻子的生死以外，自己被這位紅粉怪傑軟困塔兒岡內，還瞧不透她究竟存著什麼主意，未免滿腹懷疑，表面上還要佯作鎮定，對於她海闊天空的談鋒，卻只秋風過耳，並沒理會她語有用意。

這樣談了一陣，楊展正想開門見山的，談到切身問題，忽然有人傳報，前廳寨主們有事請她出去，這才打斷了她的談鋒叫過原先進來領路的侍女，悄悄囑咐了一陣，便命她領著楊相公送回客館。臨走時，卻跟著楊展身後，很懇切的說：「賤妾身世，相公多已明白，對待相公，自問絕無一毫歹意，明知相公歸心如箭，可是入川路上兵荒馬亂，確是實情，賤妾為此事正在想法，使相公安返家鄉，不必掛慮在心，明日還有要事相商。」叮嚀了一陣，才含笑退入另一間複室去了。

侍婢提著紗燈領著楊展穿過外間書齋，卻沒走原路，也沒經過前廳，從書齋側面一拐彎，進了一重垂花門，通過一個小小的花圃，便到了一所極精緻的小院子，升階入室，進入中堂，左右兩間屋子，侍婢掀起右側門口湘簾，請他進房。屋內雖不及書齋的古雅，複室的輝煌，卻也茜窗茶几。四壁琳琅，屋內正有一個垂鬟雛婢立在貼壁琴台邊，在三明子的燭台上，點上了三支明燭。門外腳步響處，又搶進一個大一點的丫頭，挾著錦衾角枕之類，在床上鋪陳起來。點燭的雛婢順手又在靠窗書案上，一具古銅鏤花香盒內，焚上了一盤迴紋細篆香。

楊展想得奇怪，便問領路的女子道：「客館不是在坡腳下那所屋內嗎，怎的領我到了此處呢？」

那女子說：「這是我夫人十分體貼相公，特地請到內宅安息的，因為夫人對待相公，確是一番誠意，道爺兩眼最能識人，說是相公是位非常人物，可是我們幾位寨主，未必和夫人一樣心思，萬一在坡下客館，有點魯莽舉動，便不是夫人待客之意了。這兒是內宅，夫人號令森嚴，除出道爺，不論是誰，輕易不敢進來的。」

楊展說：「既然夫人平時內外有別，我雖然是個遠客，似乎在此下榻，多有不便，不如仍回原住的客館去吧。」

那女子朝楊展瞧了一眼，抿嘴一笑，卻不答話。窗口點篆香的女子，忽然轉身笑道：「楊相公，你瞧瞧床上香噴噴的枕被，還是我夫人自己用的哩，相公還不肯領情，真是……」一語未畢，鋪床的丫頭，翻身嬌喝道：「誰要你多嘴，仔細你的皮！」

楊展心裡怦怦然，不好說什麼，半晌，才向領路的女子說：「我那書僮和一點行李，都在外館，兩下裡隔開，似乎不大方便……」

那女子答道：「相公放心，夫人已差人知會小管家，一忽兒便帶著行李來了，對面一間，便是安置小管家的，連相公的寶馬，叫什麼烏雲驄的，也在這屋後內廄，和我們夫人騎的那匹照夜白，一塊兒餵著，兩匹馬都長得異樣的俊，一白一黑，真像一對似的。」

楊展一聽烏雲驄便在屋後，忙命女子領著去瞧一下。那女子應命。領著他出了房門。從階下花圃一條小徑，通到屋後，矮矮的短牆，圍著一片土地，地上幾株森森直立的古柏，樹後蓋著幾間馬廄，馬真通靈。楊展還未走近廄前。烏雲驄已在廄內長嘶起來。

他進廄察看了一下，烏雲驄好好兒的。也就放了心。隔壁廄內，時起蹄掌蹴地之聲，大約是齊寡婦的照夜白。心裡有事，懶得看人家的馬，匆匆的回到前面屋內。焚香鋪床幾個丫頭不見了，桌上卻多了一個紅漆十錦格的點心盒，盒上一張字條，寫著「且住為佳」四個字，筆跡秀逸，料是齊寡婦的親筆。他對著「且住為佳」四個字，不禁默默出神。忽聽得腳步聲響。仇兒臉上喝得紅紅的，背著瑩雪劍，提著行李弓箭，跳進屋來了。仇兒一進屋，領路的女子說了聲：「相公早點安息。」便退出屋外去了。

仇兒把行李寶劍卸下，忙不及問道；「相公，怎地又把我們提到這兒來了，這是什麼處所，他們對我們究竟預備怎樣？相公，我真被他們鬧糊塗了。」

楊展笑道：「瞧你喝得紅光滿面，大約也沒有虧待你。」

仇兒摸摸自己面頰，忸怩著說：「相公走後，我正心裡不安，有兩個大漢，和我稱兄道弟的談了一陣，便拉著我到另一間屋內，大吃大喝。談話之間，我不知相公對他們說什麼，正愁著不知怎樣應付才好，不料他們並沒問長問短，只撿沒要緊的說，我也想用話試探，他們口風也緊，被我問急了，只推說他們瓢把子號令極嚴，不便亂說。

「雖然如此，到底被我無意中探出一點點來，據他們說，黃粱觀涵虛道士，是齊寡婦的乾爹，本領最高，也就是江湖傳說，穿山甲碰著吃大虧的怪老頭，金眼雕、飛槊張這般人，非常怕他，齊寡婦面前，也只有這個老道說得上話。我吃完了夜飯，陪著我的人，又和我瞎聊了一陣。

「後來一個女子走來，說是相公吩咐的，才帶著行李，跟她到這兒來了。一路進來，我暗地留神，並沒有嘍囉們戒備，簡直不像佔山為王的路道，只進門時，遠遠瞧見一座大廳內燈燭輝煌，似乎廳內有不少人，在那兒談話，其餘一路走過的所在，連鬼影兒都沒得一個，這是怎麼一回事？人家說得塔兒岡不亞如龍潭虎穴，依我看來稀鬆平常，相公，我們不管他們好意歹意，我們趕路要緊，神不知鬼不覺的悄悄一溜，大約沒有什麼為難的，相公你瞧這主意怎樣？」

楊展笑道：「你真是一相情願的孩子話，你瞧著鬼影都沒一個，你要知道不露面的比露面的厲害得多，否則，也不成為大名鼎鼎的齊寡婦了，其實他們怎樣厲害，倒沒有大關係，我們要走時，一樣得想法子闖出去，不過現在沒法走，你還不知道，二十萬兩餉銀，依然落到他們手中了，王太監和虞二麻子，卻被他們生擒活捉，快弄到塔兒岡來了，王太監和二十萬兩餉銀，不去管他，我為了虞二麻子正在犯愁呢。再說，黃河渡不過去，也是枉然。」

仇兒聽得吃了一驚，楊展粗枝大葉地和他悄悄一說。仇兒才明白了。

一夜過去，倒是平安無事。主僕二人清早起來，便有二個俏丫頭。進來伺候，香茶細點，流水般供應，在京城廖侍郎家中作客，也沒有這樣殷勤舒服，反而弄得主僕好生不安。

楊展夜裡睡在床上，枕畔衾角，時時聞到溫馨柔膩、不可名說的一種異香，心裡又縈繞著那個雛婢洩露的一句話，心裡七上八下的，未免想入非非。可是第二天從清早起來，直到太陽下山，主僕二人，吃喝之外。無所事事，除出幾個俏丫環在面前穿花蝴蝶般殷勤服侍以外，並沒有人進來和他們談話，楊展暗地打量這幾個丫頭，雖然嬝嬝婷婷的似普通女子，可是行家眼內，從步履之間，可以瞧出她們身上都有點功夫。倒是昨夜和齊寡婦盤桓了一陣，卻瞧不出她有異樣的本領來，忍不住向歲數大一點的丫頭問道：「這一整天，你們夫人在家裡幹什麼，還有那位涵虛道長，怎地也沒露面？我想和那位道爺談一談，請你去知會一聲。」

那丫頭笑道：「我們夫人和道爺，有事出外去了，此刻快到掌燈時分，大約也快回來了，夫人臨走時吩咐，相公如感覺寂寞，可以到書齋隨意鑒賞那邊的書法名畫。書齋貼近這兒，我領相公去罷。」

楊展道：「夫人、道爺既然都快回來，我在這兒候著罷。不過承夫人這樣優待，實在不安，黃河那岸，還有幾位朋友等著我，老在這兒打擾，也不是事。」

那丫頭不住地抿著嘴笑，楊展看她笑得異樣，問道：「你叫什麼？」

那丫頭低著頭說：「我叫了紅。」

忽又悄悄說道：「相公安心，虎牢關幾位貴友不會等在那兒的了，也許這時已動身離開虎牢關了。」

楊展忙問；「你怎會知道？」

了紅向楊展身後侍立的仇兒看了一眼，說道：「昨夜夫人已經派人渡過河去，通知貴友，叫他們安心上路，不必坐等相公。一半也是因為貴友中，有一位姓劉的，是劃策什麼『金蟬脫殼』計的一位，叫他明白明白，人外有人，在我們夫人面前，是枉費心機的。」

楊展、仇兒聽得，面面覷看，楊展急問道：「夫人既然能夠派人渡過河去，可見黃河仍有渡船相通，南岸官軍封船之說，並不可靠了。」

了紅說：「難怪相公有這麼一想，相公還沒知道我們塔兒岡的威力，黃河北岸一帶，有我們暗卡，常年藏著我們自備渡船，官軍們只能劫掠民船，怎敢在虎身上拔毛，所以相公渡河時，只要我夫人一紙命令好了。不過渡河容易，從河南奔荊襄入川的一條路上，聽說亂極了，相公帶著烏雲驄寶馬，更不易走，我夫人正在替相公設法呢，所以相公最好在這兒安心住著，我們夫人自會替相公打算的。相公！你知道夫人對待相公，真是十二分的……我們還是第一遭見夫人敬重人哩！」

掌燈時分，另有一個丫頭挺著紗燈來請楊展，說是：「夫人和道爺都在前廳恭候。」仇兒忙把瑩雪劍背在身後，搶著說：「相公，我跟著你。」楊展看出來訪的丫頭，沒有阻攔的意思，便命他跟同前在。

主僕二人跟著提燈的丫頭，仍然從書齋外面一帶長廊，轉出隔牆的月洞門，來到正面那座敞廳的前面，繞過院心荷花池，踏上廳階，廳門口肅立著兩個帶刀壯士，把當中竹簾子高高的一撩。仇兒緊緊跟著主人走入廳內。廳門口立著八扇落地大屏風，轉過屏風，才看見黃粱觀老道涵虛和齊寡婦都起身相迎。兩邊還有不少雄赳赳氣昂昂的人站著，都睜著眼，盯在他們主僕身上。

老道涵虛身量魁偉，顯得比眾人高一頭，一張赤紅臉上佈滿了笑意，和當胸飄拂的一部雪白長髯，紅白相映，很是別緻，身上一領香灰色的細葛道袍，腰束絲條，腳穿朱履，步履如風，異樣精神，真有幾分像畫中仙人一般，迎著楊展，呵呵大笑道：「楊相公是川中豪傑。不易到此，大家萍蹤偶聚，總是前緣。」說罷，又向二面站著的人說：「來，來……你們過來會一會聞名已久，新在北京武闈、鰲裡奪尊的楊相公。」

於是奔過來十幾個草莽豪士，和楊展一陣周旋，從中由老道涵虛提名過姓的一一介紹。楊展才認出其中兩個為首的，一個鬚髮蒼白，長著一對黃眼珠的是金眼雕，一個豹頭環服，體態威猛的，便是飛槊張。一陣周旋，大家才謙讓著分坐下來。坐的地方，是大廳正中對面兩排長長的紅木靠著太師椅，每一面排著八把椅子，每兩把椅子中間，嵌著一張茶几。

這座敞廳，真是特別寬大高敞，兩排太師椅上面，正中一張極大的香案，圍著紅呢桌幃，桌後還有幾尺空地，然後靠壁擺著一封書式的長案，案上陳列五供，上面掛著頂天立地的一張天神像，畫著一位虬髯如朝，河目隆準，全身甲冑的坐像，上面金箋引首上，大書「故帥毛公文龍遺像」；下面左角裱綾上，還貼著一張黃綾籤條，寫著：「不孝女紅萼率舊屬將士奉祀」。

楊展一眼看到毛文龍遺像，慌不及從座上跳起身來，向齊寡婦說：「不知尊大人遺像在此，太失禮了。」嘴上說著，人已搶到香案前面，向上面遺像深深一躬。

一轉身，瞧見齊寡婦在一旁斂衽答禮，而且金眼雕、飛槊張一般人，都已排立在齊寡婦肩下，一齊躬身抱拳，齊聲唱著：「謝謝相公多禮！」

楊展忙又一揮到地，朗聲說著：「英雄不論成敗，後輩自應敬禮，諸位請坐。」

這時只有老道涵虛，拱手遠立，微笑點頭。這一點動作上，楊展瞧出這般毛文龍舊部，對於故主的忠誠。齊寡婦以一女子，能夠指揮這般人物，多半還仗著一點父蔭，尤其上面掛著的一張遺像，掛在這聚義廳式的大敞廳內，是相當有意義的。

這點禮節過去，大家照舊落坐。楊展留神齊寡婦舉動，見她坐在左面第一把太師椅上，有點沉默寡言，顯出一派端壯嚴肅之態，眉梢眼角，還隱隱罩著一層殺氣，和昨夜私室勸酒，談笑幾生的態度，好像換了一個人。因為楊展坐在右邊第一位上，正和她遙對著，有時彼此四目相對，她忙不及把眼光避開，這種動作，雖然像電光似的一瞥而過，可是她一對酒渦上，還禁不住現出一絲絲的笑意。這一絲笑意，是無聲的語言，是對於座上貴客的一種默契，這絲笑意，像電光似的瞥過以後，臉上的殺氣立時布滿了。楊展明白她臉上可怕的殺氣，是她在這種地位上，矯揉造作出來的，日子一久，自然而然變成一種習慣了。

這當口，幾個壯丁，已在大廳右側一張大圓桌上，佈置好一桌盛筵，於是賓主一陣謙讓，紛紛入席。金眼雕、飛槊張等當然陪席。壯丁們川流不息地上菜敬酒。仇兒也站在主人背後。

楊展坐在首席上，和這一席上不可測度的人物，虛與周旋，心裡實在不安，故意和飛槊張攀談，想從他嘴上露出虞二麻子的事。但是飛槊張等，好像吃了齊心酒似的，只和他海闊天空的談些不相干的事，非但極不提起虞二麻子，關於二十萬兩餉銀和楊展來蹤去跡，都絕口不提。

這席上，老道涵虛談鋒特健，忽然向楊展問道：「我們從川中幾位同道傳說，知道楊相公和巫山雙蝶淵源特深，聽說當年巫山雙蝶以五行掌蝴蝶鏢，威震江湖，五行掌的功夫，奧妙宏深，內外兼修。除巫山雙蝶以外，還沒有聽到得此秘傳的，楊相公既然和巫山雙蝶，大有淵源，對於五行掌的功夫，當然得有真傳的了。」

楊展忙說：「江湖傳說，多不足信，在下對於此道，雖略問津，卻沒深造。」

老道哈哈一笑，卻老氣橫秋的，指著楊展，向金眼雕、飛槳張說：「你們練的都是外五行的功夫，是在身、眼、手、法、步上築根基，你們瞧瞧楊相公臉上手上，細皮白嫩，好像是一位文質彬彬的白面書生，但是你們最好仔細瞧瞧，楊相公的細嫩皮膚，和普通細嫩不同，不是細嫩，是堅緻油潤，隱隱有一層寶光。這便是在內五行上築的根基，內五行便是心、肝、脾、胃、腎，內五行練到有成就時，這裡面有一句行話，叫做「一簍油」。楊相公皮膚隱著一層油潤的寶光，便是已練到「一簍油」的地步，老朽老眼不花，從這地方可以窺測楊相公對於五行掌的功夫，定已得到真傳，而且已練到驚人地步了，因為五行掌功夫，內外兼修，先從內五行築根基，然後再轉到外五行的。」

老道這麼一說，一席上的人，都向楊展臉上細瞧，主席上的齊寡婦一對秋波，更是脈脈深注，酒渦上又現出笑意來了，楊展倒被他們看得有點兒訕的，向老道笑道：「道長太誇獎了，在下年紀尚輕，便是平日練點粗淺功夫，也到不了道長所說的地步，道爺！你這一次要走眼了！」

老道伸手把長髯一揮，大笑道；「我決不走眼，不過楊相公說的也有道理，我正奇怪，像楊相公這樣年紀，不過二十左右，論歲數，實在練不到這樣地步，除非一出娘胎，便得真傳，世上那有這樣的事，何況楊相公出身富貴之家，也只可說稟賦不同，得天獨厚了。」

楊展肚裡暗笑，心說：「可不是一出娘胎，便在大行家手上調理的，看情形你們對於『巫山雙蝶』，也無非耳朵裡聽得一點傳聞罷了。」

席上金眼雕、飛槊張等，不時探問他拳劍上的功夫，楊展只一味謙遜。只把年輕功淺來做擋箭牌，極不露出一點鋒芒來。席散以後，仍然回到廳中客座上。這時有兩個上下一身青的輕裝女子，年紀似乎都不到二十，各人背著一柄劍，跨著一個皮囊，悄不聲的進廳，向齊寡婦耳邊說了幾句，便侍立在她身後。楊展留神這兩個女子，似乎和齊寡婦身邊的幾個丫頭不同，沒有見過面，眉目如畫，丰姿英秀，透著異樣精神。

這兩個女子一進廳，便聽得廳外院子裡一陣腳步聲，似乎院內站了不少人。這當口，齊寡婦向楊展看了一眼，眉峰微蹙，忽又臉色一整，向飛槊張說：「虞二麻子既在王太監身邊，便恕不得我們心狠手辣，不過現在我們知道了楊相公和虞二麻子有點瓜葛，看在楊相公面皮上，我們倒不便處理了。」

飛槊張從下面椅子上，站了起來，向楊展笑道：「我們現在已明白楊相公和二十萬兩餉銀絲毫無關；無非為了報答虞二麻子在北京時一點恩義，才弄出『金蟬脫殼』的把戲來，大丈夫恩怨分明，這是我們要原諒楊相公的，這是我們夫人用計請相公駕臨塔兒岡以後才弄清楚的，正唯我們弄清了這層關係，和敬重楊相公也是一條漢子，才把楊相公當貴客相待，可是楊相公那條計策，並沒十分成功，虞二麻子仍然落在我們手中了。

「楊相公，現在虞二麻子已帶到門外，照我們塔兒岡規矩，便該和那王太監一刀兩段，可是白天我們夫人和老道爺都有話吩咐，這事應該和楊相公當面談一下，不瞞楊相公說，當年虞二在六扇門裡，和在下還有一鏢之仇，這可是在下的私事。現在公也罷，私也罷，虞二的事，我要請楊相公吩咐一下，楊相公，你看這檔事，怎麼辦？」

飛槊張這一問，連仇兒聽得都覺難於應付，不要瞧他們這樣禮待，說翻臉，便翻臉，自已本身陷入盜窟，處處都是危機，那有工夫保全虞二性命。在夥兒暗地為難當口，楊展從容不迫的向飛槊張微一拱手，說聲：「張寨主！你請坐，我想這事很容易解決。」

他說話時，向齊寡婦和老道掃了一眼，待飛槊張坐下，才朗聲說道：「張寨主！在下和諸位萍水相逢，承蒙諸位這樣厚待，已出望外，怎敢亂言，足下認為虞老頭子有可殺之道。現在人已落在諸位手中，要殺要剮，貴寨自有權衡，在下雖然年輕，不識得一點進退，不過此刻張寨主既然賞臉問到在下，我不能不張嘴，但是我想說的，不是為了虞老頭子，因為他已活到六十七歲，死了無非臭塊地，一個糟老頭子，死在諸位英雄手上，更值得，至於在下對於虞老頭子一點私情，總算已盡過心了，瓦罐不離井口破，將軍難免陣前亡，原難保他一輩子的，所以我想說的，不是為了虞二麻子，倒是為了塔兒岡。」

他說到這兒，略微一沉，齊寡婦和老道都用眼盯著他，卻默不出聲。飛槊張鐵青面皮說：「高人定有高論，說的又是為了我們塔兒岡，我們更得洗耳恭聽了！」

楊展微微一笑，並沒理會飛槊張，卻欠身向老道涵虛說：「老前輩才是世外高人，不用說見多識廣，眼前這點小事，大約早已胸有成竹了，晚輩從北京出來，路上聽到塔兒岡的威名，此刻又很榮幸的瞻仰了毛大將軍的遺像，和諸位英雄相聚一堂，便明白了塔兒岡不是佔山立寨，上線開爬的草莽人物，是懷抱大志，預備轟轟烈烈幹一番大事業的英雄，上繼毛大將軍遺志，下展在座諸位的雄心，而且時機已到，在這亂世多事之秋，正是諸位崛起草野之日，諸位前程遠大，眼前有多少大事要辦，第一件大事，莫過於廣布恩德，使四方有志之士，對於塔兒岡望風響應，然後才能達到諸位的雄心。

「道長請想，在這緊要當口，殺死一個虞二的糟老頭子，宛似踏死一個螞蟻，真是小而又小的一樁事，諸位如果認為殺死這樣一個糟老頭子，毫無益處，反而汙了英雄的寶刀，那麼乾脆一放，顯得英雄們大度大量，非但虞二麻子死裡逃生，要感激一輩子，也許在這上面，諸位還可以交幾個好朋友，總之這檔事，小事一段，不值一談，不過這是晚輩亂談，也許諸位英雄，還把這糟老頭子當作人物，有點擒虎容易放虎難的意思，那末乾脆一刀，也就安心了，道長！你看晚輩這樣亂談，還有幾分可取嗎？」

老道涵虛長鬚飄揚，仰頭大笑道：「說得好！說得妙！」齊寡婦秋波一轉，在暗地裡不住點頭，飛槊張是老粗，一時被楊展用話繞住，有點接不上話，金眼雕一對黃眼珠，灼灼亂轉，大聲說道：「楊相公！有你的，你是明修棧道，暗渡陳倉，外帶連激帶損，明面上可是說得滿在理，被你這麼一說，倒鬧得殺也不是，不殺也不是了，百言抄一總，巧語不如直道，虞二麻子這條性命，還得著落在楊相公身上，也就是楊相公剛才說過那句話上，為了饒捨虞二麻子一條不足輕重的性命，能夠交幾個好朋友，這是我們願意的。

「不過我們塔兒岡統率著大小山頭的弟兄們，說多不多，說少不少，也有好幾千人，好朋友來到我們塔兒岡，總得拿出點體己功夫來。讓我們死心蹋地拜服一下。讓我們在弟兄們面前，嘴上說得響，說是『虞二麻子這條命，完全衝著好朋友面上了。』

「楊相公文武全才，嘴皮子上，我們真得甘拜下風，真功夫上，我們雖然有點耳聞，可是眼見是真，耳聞是假，我們斗膽，要請楊相公留下點什麼，楊相公有的是俊功夫，露幾手，讓我們瞻仰瞻仰，是輕而易舉的事，為了救虞二麻子一條命，楊相公更得賞臉……」

楊展還沒答話，飛槊張已跳了起來，向楊展拱拱手說：「楊相公！我幾手粗拳笨腿，願意請教請教楊相公的五行掌，楊相公，不必客氣，我們到廳外空地上玩幾下。」這一來，劍拔弩張，逼得楊展不出手是不行了，可是老道涵虛一對威稜四射的清目。卻向飛槊張瞪了一下，似乎暗中示意，舉動不要魯莽，不要輕視了這位年輕客人。

第廿八章　英雄肝膽兒女心腸

老道雖然暗中示意，無奈飛槊張話已出口，收不回來，明擺著當面叫陣之勢。在座的人，都以為楊展在這局面之下，沒法不出手。背後站著的仇兒心頭跳動，把背著的瑩雪劍扶了一扶，心想：我們主僕是禍是福，已到了節骨眼上了。

不意楊展坐得紋風不動，向飛槊張拱拱手說：「張寨主，你請坐，你要和我過過手，這是練功夫的常事，彼此切磋切磋，也沒有什麼，可是得分什麼時候說話。此刻好像為了虞老頭子一條命，要從我兩人功夫高下上來決定，這可不敢從命，假使你張寨主功夫高強，甚至連我姓楊的性命也墊在裡面，這倒不要緊，只怨我年輕功淺，自討沒趣，萬一我一失手，張寨主走了下風，這事便不好辦了。

「張寨主和虞二麻子一鏢之仇，事隔多年，到現在還有點化解不開這層怨結，我和張寨主無怨無仇，何必再來一下怨上加怨，何況承蒙諸位待以上賓之禮，我怎敢埋沒諸位一番好意，張寨主，你不要疑惑我膽怯怕事，在這樣局面下，你我兩人一動手，便得分點高下，一分高下，不論誰勝誰敗，都是沒有意思的事，這是何必……」

這時老道涵虛站了起來，大笑道：「你們有眼無珠，剛才我在席面上，早已用話點明，你們偏不信，看得楊相公斯文一脈，年紀輕輕，功夫有限，你們要明白，楊相公不肯和你們交手，不是謙虛，是存心瞧得起你們，存心想彼此交個朋友，現在這麼辦，把虞二這檔事丟開一邊，我請楊相公露一手給你們開開眼。」

說罷，向齊寡婦身後兩個一身青的女子招手道：「你們一齊過來，你們以二敵一，討教楊相公一點劍術。」

齊寡婦說：「義父，你叫她們兩人和楊相公對劍，兩對一，似乎欠公平些。」齊寡婦這意思，是深知這兩個女侍衛的功夫，都在金眼雕、飛槊張之上，也就是涵虛的得意門徒，齊寡婦能夠成振塔兒岡，一半是涵虛老道的扶佐，一半是這兩個貼身護衛。

金眼雕、飛槊張一般人，還算不上塔兒岡的頂尖人物。齊寡婦說出以二對一不公平的話，是怕楊展恥笑，也許怕他吃虧，不是自己待客之道。但是老道向齊寡婦微一搖手，仍然把兩個女子招了出來，指著兩女，向楊展笑道：「這兩個妞兒，一名紫電，一名飛虹，劍術雖不高明，還說得過去，江湖上不開眼的人們，在她們手上吃過虧的倒不少，可是在楊相公大行家手底下，哪有她們施展的餘地，她們兩對一，未必能佔便宜，好在彼此不下煞手，大家見意而已，所以我叫她們兩人出來。在楊相公面前請教幾手劍法，小管家身上背著的那口等劍，很是不凡，楊相公的劍術，定是高明，偶然遊戲一下，大約不致駁我這老面子，楊相公不必再謙虛，讓他們也見識見識真功夫，他們要求楊相公在這兒留個紀念，也就應了點，這兩個妞兒，心地還聰明，手上也還有分寸，楊相公，老朽極沒有惡意，你也不必多掛慮了。」

老道這一手，卻比飛槊張、金眼雕厲害。那兩個女子，已行如流水般向廳門口走去。楊展劍眉一挑，心裡一轉，暗想到底生薑老的辣，這兩個女子，定有特殊功夫，我勝得了他們，說起來是兩個女孩子，算不了什麼，萬一有個招架不住，定然弄得灰頭土臉，抬不起頭，事情擠到這兒，已無迴旋餘地，說不得只好施展師門秘傳的絕技，和她們周旋一下了。

他主意一定，站了起來，笑道：「恭敬不如從命，這是道長逼得我獻醜，我若再推託，好像不識抬舉了，道長！你就請兩位姑娘留步，何必老遠跑到院子去，就在這兒替兩位姑娘接接招吧！」

這一句話，卻有點露出鋒芒來了，因為大廳左右兩排椅子中間，也只寬出一丈多點地方，從香案到廳口屏風，卻有兩支五六尺深，上面正中大樑上，垂下來七寶攢瓣蓮花燈，下面地皮鋪著百福攢壽的地氈，楊展一說出就在廳心比劍的話，連老道也有點驚疑，心想畢竟年輕人，禁不住幾下裡一擠，未免顯出有點狂妄來了，你不知道我們兩個妞兒，輕功絕人，身法如電，這點地方，以一對一，還怕你躲閃不開，何況以一敵二，這不是自招苦吃嗎？心裡這樣想，嘴上卻向那面喊著：「你們回來，楊相公功夫與眾不同，叫你們不必跑到院子裡去，你們就在這兒請教吧。」

說罷，又向楊展說；「叫他們把這兩排椅子往後撤遠一點才對。」

楊展笑道；「何必費這大事，我就空手接幾下，接不上來時，道長休得見笑。」這一賣味，老道心裡也是一驚，金眼雕、飛槊張瞪著四隻眼，還疑惑自己聽錯了，因為他們兩人，平時對於紫電、飛虹是口服心服的，肚裡還怨著老道，太把姓楊的當人物了，紫電、飛虹不論是誰，有一個出手，便把姓楊的制住了，何必以二敵一呢。

這時齊寡婦、金眼雕、飛槊張都離座散開，退到兩面椅子背後，廳門屏風左右也擠滿了人。

這些人們，大約是塔兒岡有點頭面的頭目們，得到消息，來瞧熱鬧的。老道涵虛，卻站在上面香案跟前，時時留神楊展的舉動。可是楊展輕衫朱履，連衣襟都沒曳起，很瀟灑地站在廳心，談笑自若，連仇兒瞧得，都有點玄虛，主人既已出口空手接劍。便沒法把瑩雪劍送上去，只好在原地方站著。

立在屏風下的紫電、飛虹，也在那兒悄悄說話，因為他們瞧著楊展面目英秀，光彩照人；卻一身斯文秀氣，從哪兒也瞧不出有大功夫來，楞敢說空手接劍，兩人暗暗驚奇，私下裡在那兒商量，道爺叫我們兩人一塊兒上，豈不被人恥笑，不如先一個上去探他一下，真個不成時，再一塊兒上，真不信這樣年輕輕的斯文書生，會勝得了我們。在她們倆私下說話時，楊展已向她們含笑招手道：「兩位女英雄，劍術定然高超，請賜招，讓我瞻仰。」

這當口，她們兩人已把背上寶劍出鞘，隱在臂後，一齊走上幾步，和楊展也只七八步距離。飛虹先答了話：「楊相公，愚姊妹初學乍練，相公手下留情。」

飛虹說時，右臂一抬，並指齊眉，這是起劍的禮節，身形一挫，劍已交到右手，卻看得對面楊展依然斯斯文文站著，並沒顯出門戶來。飛虹嬌喚道：「相公請賜招！」

楊展笑說：「毋庸客氣，有傢伙的先上招，噫！那一位，怎麼站在一邊，道爺說好兩位一塊兒上……」

楊展話還未完，飛虹一聲嬌叱：「我先請教！」聲方入耳，劍已近身，飛虹身法，真個快如閃電，其實飛虹這一手「巧女紉針」是虛招，先探一探對方動靜的。不料楊展身子動也不動，只兩道眼神，卻緊緊盯著劍點。

飛虹本預備對方一動手，便抽招換招，想不到對方好像嚇傻似的，呆若木雞，她趁勢一上步，右臂一沉，劍訣一領，變成「舉火燒天」，還不忍真個在白如冠玉的臉蛋上刺去，無非想嚇他一下。可是劍勢疾逾飄風，眼看劍光閃電似的已到了楊展面前。猛見他身形一晃，右腿一邁，左手兩指，已到了飛虹一對眼珠上。

飛虹「唷！」的一聲。後跟一墊勁，倒縱七八步去，人已立在屏門前，兩腮飛紅，兩手已空。原來手上一柄劍，不知怎麼一來，竟到了楊展手上。這一手，除出老道涵虛以外，誰也沒有瞧清楚，飛虹的劍竟會到了楊展手上，而且飛虹的劍術，又是相信得過的，何以剛一動手，劍便出手了？這真是邪門兒。

哪知道楊展早明白這兩個女子，善者不來，來者不善，如果和她們招來招去的糾纏，雖然自問不致落敗，也得費點勁，存心以靜制動，一上手便用師門絕技，湊巧飛虹逞能，獨門先動手，正中下懷。

飛虹身法更快，第一招「巧女紉針」明知是虛招，不去理睬，等她變招為「舉火燒天」，又瞧出她輕視自己，劍招並沒實刺，從自己面前，閃了過去，立時將計就計，施展師門秘傳鐵指功，雙肩一錯，右掌一沉，似乎順著劍勢，向下一壓，不料他手法比電還快，竟用兩指，把劍身吞口上面的側鋒鉗住，同時左手兩指，已點到飛虹面上。

飛虹萬想不到人家有這一手，愣敢用指鉗劍，而且兩指如鐵，一下子竟抽不回劍來，敵人左手兩指，卻已到自己眼上，如不撒手抽身，兩眼難保，這兩下裡一合一分的勢子，兔起鶻落，其快無比，楊展這一手，更比飛虹的劍招，還要快上幾倍，非但快，還要在尺寸上，扣得準，用得穩，才能一下手，便分輸贏。

楊展一出手，便把全廳瞧著的人驚呆了。楊展卻笑嘻嘻的把手上一柄劍，擱在旁邊茶几上，向飛虹笑道：「這一下，不算數，說好你們兩位一齊來，飛虹姑娘未免心急一點，先把劍拿回去，兩位一齊上。」

他這麼一說，飛虹有點不好意思把劍拿回去，那位紫電，柳眉倒豎，杏眼生光，突然把手上的劍，還入鞘內，嬌聲說道：「我們姊妹，不論是誰，有一個用劍失敗了，我們便沒法再用劍來請教，楊相公既然吩咐我們一齊討教，好！我們遵命！」

紫電、飛虹，霍地左右一分，一跺腳，兩人竟想用四隻玉掌，挽回失劍的臉面，而且疾逾猿猱，二龍出水式，向楊展襲來。他一瞧便明白，兩人拳劍上都下過苦功，出手的式子，是少林十八羅漢拳一類。未待近身，兩隻長袖一揚，飄飄而舞，並沒和她們接招還招；卻在這一丈多點的地方，像穿花蛺蝶一般，飛舞於飛虹、紫電兩個女子之間，明明瞧見他在紫電身後，紫電一轉身，玉腿飛去，人影全無，再一看，人已到了飛虹身邊，飛虹一挫身，粉拳一揚，人又不見。

飛虹、紫電，身法拳法，都是奇怪無比，卻連楊展衣角都摸不著，非但局中的紫電、飛虹，鬧得變成捉迷藏，一身香汗，連瞧的人，也弄得兩眼迷離，只瞧見一條白影。忽左忽右，忽內忽外，在兩條黑影裡邊，電掣星馳，像旋風一般飛轉，轉著轉著。忽聽得一團黑白影子裡面，突然兩聲嬌叱，一條白影，倏然不見。只見飛虹、紫電兩女怔怔立著，你看我，我看你，忽然一齊驚叫起來。

大家細看時，原來兩女上身黑綢短衫上，凡是衣角寬鬆之處，都有兩指對穿的圓窟窿。兩女以二敵一，非但近不了人家的身子，反而在不知不覺之間，被人家做了手腳，如非對方手下留情，怕不香消玉殞。飛虹、紫電是塔兒岡的出色人物，不料在楊展手上卻絲毫施展不開，無怪兩女嚇得面面覷看，做聲不得了。

這一手，比剛才奪劍還要驚人。旁觀的金眼雕、飛槊張等，不由得心頭亂跳，才明白剛才人家不願和自己動乎，不是膽怯，也不是謙恭，確是一番好意，是替自己保存臉面，真想不到斯文一脈的年輕相公，有這樣出奇本領，但是出奇的楊相公上哪兒去了呢？大家四面亂尋當口，老道涵虛從上面香案前大步走了過來，抬頭向中間七寶攢瓣蓮花掛燈上面，一片黑影處，大笑道：「楊相公，我們算開了眼了，我們兩個妞兒，被你鬧得頭暈眼花，你卻飛上頂樑看哈哈了。」

老道這樣一提明，大家一齊抬頭，因為中間蓮花燈頂上，有一個極大的八角五色琉璃罩子，正把向上一面的燈光遮住，廳屋又高，頂樑上黑黝黝的，一時真還瞧不清楊展隱身之處。只聽得上面黑影裡有人笑道：「道爺！兩位姑娘實在厲害，羅漢拳裡暗藏著燕青八翻手。功夫一長，我實在有點招架不住了，沒法子，我只好躲到上面來，先喘口氣兒。」

老道大笑道：「我的楊相公，真有你的，你不要替她們臉上貼金了，我知道你在上面，又不知顯什麼神通了。」一人隨聲落，楊展已在老道一片笑聲中，真像四兩棉花一般飄然下地，聲息全無。

楊展一下地。向老道拱著手說：「道爺！恕晚輩魯莽，剛才金張兩位寨主，定要晚輩在塔兒岡留點什麼，一趁此刻躲在上面喘氣的工夫，隨手在樑上留點紀念，也是晚輩景仰諸位英雄的一點微意。」

老道聽得微然一愣，嘴上哦了一聲，兩眼看著紫電、飛虹，向上面一努嘴。

兩人會意，霍地一分，齊一跺腳，宛似兩隻燕子，飛上樑去，二龍搶珠般，貼在頂樑上，向下面嬌喊道：「楊相公指頭竟是鋼鐵鑄的，我們這條楠木大樑，卻變成豆腐一般了。原來他在這樑心上，端端正正刻著，『英雄肝膽，兒女心腸』八個大字哩。」喊罷，刷地縱下地來，居然輕飄飄的片塵不起，落地無聲。仇兒在一旁暗暗佩服，這兩個女子一身輕功，似乎比自己還強一點，不過地上鋪著厚氈，落地無聲，比較容易一點。

兩個女子縱下地時，老道涵虛向齊寡婦說：「我活了這麼歲數，眼見的後輩人物，像楊相公這樣功夫，這樣胸襟，實在少有，我先說在這兒，將來楊相公定有一番極大作為，可惜我這歲數，也許看不到了。」

說罷，一聲長嘆，忽又雙目一睜，威光四射，向金眼雕、飛槼張等大聲說道：「你們肚裡沒有多喝一點墨水，還沒明白楊相公在樑上留下那八個字的用意，你們要知道，有了英雄肝膽，沒有兒女心腸，無非是一個殺人不眨眼的混世魔王，算不得真英雄。有英雄肝膽，還得有兒女心腸，亦英雄，亦兒女，才是性情中人，才能夠愛己惜人。

「救人民於水火，開拓極大基業，這裡面的道理，便是英雄肝膽，占著一個義字，兒女心腸，占著一個仁字，仁義雙全，才是真英雄，我們憑著一個義字，聚在塔兒岡內，隱跡待時，將來機會到來，義旗所指，崛起草莽，如果心中沒有一個仁字打底，殺戮任意，鬧得天怒人怨，不得人心，結果還是一敗塗地，所以楊相公留下這八個字，真是金玉良言，楊相公瞧得起我們，沒有把我們當作草寇一流，才肯留下這情重意長的八個字，楊相公方是我們塔兒岡的真正好朋友，你們能夠交到這樣好的朋友，將來得益不淺，衝著好朋友，我們得知趣一點，快把虞二麻子釋綁，叫他進來和楊相公見見面，然後好好護送出塔兒岡去。」

老道神威凜凜地說，金眼雕、飛槊張齊聲應是，飛槊張向屏風口一招手，便有兩個頭目過來聽令。飛槊張喝聲：「把姓虞的放了。告訴他是看在楊相公面上。才放他一條活命，叫他穿上衣服，進來相見。」

兩個頭目，領命剛一轉身，楊展忙說：「且慢！」說罷，向眾人一躬到地，來了個羅圈揖。

大家慌一齊向他還禮，老道說：「楊相公何必多禮，有話吩咐他們就是。」

楊展說：「承蒙諸位賞臉，在下銘諸心腑，諸位都是義氣漢子，君子一言，何必叫他進來見面，只消轉告他一聲，這麼大歲數，在家頤養天年，不必再出來奔波冒險了。」

老道拍著手說：「對！叫他進來，反而沒意思，而且這也是楊相公真心交友的過節。表示信得過你們，不必再驗明虛實了，你們就依楊相公的話辦，好好連夜把姓虞的送出塔兒岡好了。」

虞二麻子，總算死裡逃生，楊展暗暗喊聲「僥倖！」心裡一轉，料得王太監和虞二麻子一塊兒活擒來的，也許當晚要發落，自己坐在一旁，多有不便，也得見好就收，不要再生出麻煩來，有什麼話，明天再說，不要擠羅在一塊兒。主意打定，便向老道說：「打擾多時，晚輩暫先告退。」

老道笑說：「好……好……楊相公只管請便，明天咱們再細談，我們已經派人打探進川這條路上的情形，好歹總有法想，千萬安心屈留幾日，有什麼不便之處，只管吩咐。」

老道說話時，齊寡婦暗地向紫電、飛虹吩咐了幾句。飛虹點起了一盞避風紗燈，和紫電一齊走到楊展面前，嬌聲說：「相公，我們送相公去。」楊展忙連聲稱謝，仇兒跟著，便辭了眾人，走出廳來。出廳時，一眼瞧見院子裡。黑壓壓地站著不少人，都鴉雀無聲地站著，也不知虞二麻子已經釋放沒有。既已說明，不便探問，跟著紫電、飛虹，匆匆走過，向後進內宅走去。

楊展主僕和紫電、飛虹四人，走過危崖上的長廊，將近書齋當口，飛虹忽然停步，在楊展耳邊悄悄說：「今晚我們夫人有機密大事，和相公商議，請相公在書齋內候她片時，小管家先叫紫電送回去好了。」

楊展微一遲疑，不知齊寡婦有什麼機密大事？也許和自己有關，便命仇兒先回，自己跟著飛虹進了書齋。飛虹卻沒讓他在書齋內坐下，掀起羅幃，又領著他進了那座十錦格窗門的羅帷內，便是昨夜楊展和齊寡婦對酌之處。

飛虹一進這屋內，默不出聲的，提著紗燈，飛步進了側面另一間複室去了，半晌沒有現身。

楊展有點詫異，飛虹怎地一聲不哼便走了？正想著，忽聽得後壁牆內呀的一聲響，牆上原掛著富麗輝煌的通景織錦壁衣，突見靠近壁角的一幅，變戲法似的，直捲上去，露出窄窄的一重門戶來，這種暗戶，離地有三尺多高，飛虹在上面現出身來，笑嘻嘻擎著紗燈，嬌喚道：「相公！請上這密室來！」

說罷，身子往裡一閃，等他跳上去。楊展心裡起疑，今晚為什麼這樣鬼祟，但也不疑有什麼歹意，走過去，一縱身，便縱上了暗戶，飛虹擎著燈，等他進了暗戶門，把這扇暗戶一關，聽得外面沙沙一陣響，大約捲上去的一幅壁衣又還了原，把這重暗戶仍然遮住了。

他一瞧立身所在，是窄窄的長長的一條夾弄，飛虹提著紗燈，在前面領路，走盡這條夾弄，又拐轉了彎，轉入另一條黑道。楊展暗中伸手一摸兩面牆壁，並非磚牆，竟是壁立如削的石壁，腳底下是一級級的磴道，步步上升，不禁問道：「這好像從山腹裡開闢出來的秘道，你引我到哪兒去？」

飛虹笑道：「相公不要多心，這是我們塔兒岡的秘道，一半人工，一半利用天然岩壁造成的，這秘道除出夫人、道爺和我們有限幾個人以外，便沒有幾個人知道了，從這兒過去，便到我們最機密所在了，夫人肯把相公引到最機密所在，難道相公還疑惑我們有歹意麼？」

楊展笑道；「這是你在那兒多心，我若起疑，也不會跟著你走到此地了。」

飛虹嗤地一笑，又走上十幾級磴道，忽地向左一拐，從一個一人多高的洞穴裡鑽了出去。楊展跟她鑽出洞穴，豁然開朗，星月在天，立身所在，是一座孤立瘦削的岩腹，岩形奇特，好像一張捲心蕉葉，把岩腹一大塊平坦的草地，捲入核心，草地盡處，蓋著一所小小的精緻整潔的院子，外面圍著一道短短的虎皮石牆，回頭一瞧，鑽出來的洞穴，原來是一株碩大無朋的枯樹根，樹心中空，樹身幾枝枯幹上，藤蘿密匝，垂條飄舞，好像替這洞穴掛了一張珠簾。

飛虹笑說：「楊相公，你瞧，這地方多幽僻，現當夏令，在這兒避暑消夏，最合適沒有了。」

楊展說：「你們把這兒當作機密處所，難道除出這枯樹根的洞穴，別無山徑可通麼？」

飛虹說：「正是！相公，你瞧這奇特的岩屏，正把這塊岩腹抱住，和四近的峰巒，絕不相連，四面又壁立如削，無路可上，便是大白天，立在別的山頭上，也瞧不出這兒有房子的。」

楊展說：「照你這樣一說，萬一被人堵死了這個洞穴，你們如果在這所屋內，不是也沒法下山了。」

飛虹笑道：「我說的是別人無法上這兒來，我們自然另有秘徑，平時我們也不常鑽這洞穴，因為楊相公是貴客，從這條秘道走，省事一點。」

飛虹說罷，卻沒動步，向楊展瞧了一眼，似乎有話想說。

楊展看她口齒伶俐，眉目如畫，年紀也不過將近二十，剛才大廳上，和她們逗了一陣，已試出功夫很是可觀，換一個人，便制她們不住。這時見她想說不說，笑問道：「到了地頭，為什麼不領我進那屋子去呢？」

飛虹抿嘴一笑，指著那所房子說：「你瞧！屋內還沒掌燈，夫人還沒到哩！」

從她這句話，楊展便知另有秘道，通那屋內了。心想齊寡婦真了不得，在這塔兒岡內，不知費了多大心機，在這秘密地方和我約會，不知為了什麼？……猛地靈機一動，覺得自從被他們用詭計騙進塔兒岡以後，除出今晚在大廳內，和涵虛、金眼雕、飛槳張等謀面以外，始終都由齊寡婦本身招待，又把我留在內宅住宿，意思雖然親切，到底有男女之嫌，何況她還是個寡婦，奇怪的是涵虛這般人視為當然，毫不聞問，這是什麼緣故？他心裡正在暗暗琢磨，飛虹忽然提著燈向他臉上一照，笑問道：「楊相公！你不言不語想什麼心思？能對我說嗎？」

楊展故意說：「我正在想你們夫人叫我到此密談，不知什麼事？你知道麼？」

飛虹格格笑得嬌軀亂顫，搖著頭說：「夫人的機密大事，我怎會知道，相公見著夫人，便會明白。何必多費心思……相公！你年紀比我大得有限，你這一身本領，怎麼練的，我和紫電佩服極了，剛才我們上了你的當，你那手功夫，我們雖沒練過，卻有點知道，叫做『奇門遊身循環掌』，又叫做『脫影換形』。按著八卦步位，順逆反側，移步換形，我們一時粗心大意，不能以靜鎮動，反而以動繼動，才上了你的當，不知不覺。跟著你的身影，轉了許多糊塗圈子，還把我們衣衫上，戳了許多窟窿，當著許多人，真把我們羞死了。」

楊展忙說：「對不起！對不起！好在我們是鬧著玩，不是真個性命相拚，你不要擱在心裡去！」

飛虹抿著嘴說：「唷！說得好輕鬆的話，你一狠心，我們還有命嗎，但是我們倒不怕死，羞辱我們比死還凶！楊相公！你好意思，欺侮我們兩個女孩子嗎？」

飛虹說得那麼委屈纏綿，好像要掉淚似的，楊展不知是計，心裡真還有點不好意思，忙安慰著說：「不要這麼想，你們一時大意罷了，其實你們姊妹倆，功夫著實可以了，我聽人說過，從前有一般吃橫樑子的，想摸你們，被兩個女孩子用繡花針，都弄瞎了眼，那兩個女孩子，大約便是你和紫電了，我知道，不是繡花針，你們用的是梅花針，這手功夫很不易練，現在你們定然更高深了，你們有了這手功夫，足可稱雄江湖，我也著實佩服呢！」

飛虹噗嗤一笑，說道：「你真會哄人！誰對你說的？事情是有的，可是內情不是這麼一回事，梅花針是我們夫人的絕技，那時我們年紀還小，初學乍練，沒有十分準頭，腕勁氣勁都不足，雖然來的都是笨賊，沒有夫人隱在一旁助陣，絕對辦不到這樣乾脆，因為那檔事，夫人並沒露面，外邊的人便認為是我們兩個小孩子的本領了，你不知道我們夫人是天生的神眼，黑夜能夠視物，梅花針是她防身的利器……嘿！我話說遠了……相公！你欺侮了我們女孩子，你得收我們做徒弟，賞給我們幾手高招。替我們遮遮羞！相公，你好意思不賞臉嗎？」

飛虹口齒伶俐，巧舌如簧，死命纏住了楊展，恨不得這時，先背著紫電，傳授幾手高招，才對心思，楊展被她磨得沒法，明白她靈心慧舌，故意說得那麼委屈婉轉，無非想偷學幾手本領，卻喜她說話動聽，便笑道：「我這點年紀怎配做你們師父，那是笑話，我也沒法留在這兒教你們，剛才確是把你們得罪了，總得想法補償一點，這樣辦，明天你們有工夫時，我把逗你們那手『脫影換形』的入手功夫，和其中一點訣竅，傳給你們，像你這樣聰明，輕功又這麼好，一點即透，你看怎樣？」

飛虹大喜道：「這可好！相公說話可得算數……我先謝謝我們老師父的恩典！」說罷，嗤地一笑，真個向他跪了下去，楊展忙把她攔住了。笑著說。「不要淘氣了，……你瞧，那屋裡有人掌燈了。」

飛虹跳起身來，回頭一瞧，喊聲：「啊唷！我們只顧說話，夫人已在屋內了，我們快走吧！」

楊展、飛虹立身所在，地形略高，離那所房子還有百把步路遠近，中間隔著一塊茸茸一碧的淺草地，草地上一條小徑，直通到那所房子的門口。

兩人走近虎皮石牆中間的一座短柵門時，柵門內正好有個人推開柵門，現出身來，指著飛虹說：「我在窗口，瞧見你和楊相分站在枯樹洞口，搗了半天鬼，你還給楊相公下了跪，這是幹什麼，你休瞞我，都被我瞧在眼裡了。」

原來說話的是紫電，嘴上說著，眼睛卻盯著楊展。飛虹面孔一紅，啐道：「我又不做虧心事，瞞你幹什麼，大約我手上提著燈，才被你瞧見了，你既然這麼說，偏叫你悶一忽兒……相公，咱們進屋去！」飛虹賭著氣，領著楊展穿過進門一條短短的甬道，向中間堂屋走去。

紫電跟在身後，冷笑道：「不識羞的丫頭，幾時又變成咱們了！」

飛虹不睬，楊展聽她們鬥嘴，紫電還有點酸溜溜的，想得好笑，不禁回頭，向她打趣道：「她說的咱們，也有你在內呢，她給我下跪，一半為她自己，一半也為的是你呀！」

紫電聽得大疑，飛虹卻掩著口竊竊的笑。紫電想拉住楊展問時，大家已走上了堂屋台階，而且齊寡婦已聞聲迎出來了。

齊寡婦這時換了裝束。一身合身的鴉青縐紗衫褲，腳上穿著窄窄的青緞挖花小蠻靴，上下一身黑，益發把玉面朱唇，雪膚皓腕，襯得珠瑩玉潤，柳媚花嬌，從她一對梨渦內，漾出滿臉的春風，和大廳上見面時，一臉沉靜肅煞之態，又像換了一個人。

在堂屋門口迎著楊展，笑孜孜的說：「楊相公，你料不到我們這兒，還有這幾間隱士之廬？」

楊展笑道：「真是隱士之廬，這樣亂世，能夠在這兒埋名隱跡，理亂不聞，也是難得的清福。」

齊寡婦嘆口氣說：「我也這樣想，可惜月易缺，花易殘，假使……我真想在這兒度這亂世春秋。」

楊展聽得心裡一動，進了堂屋，齊寡婦趕到右側一重屋門口，素手一揚，竟親身撩起湘簾，讓楊展進這屋去。他口上謙讓著，舉步進室，只見屋內地方不大，卻佈置得精雅絕倫，桌椅几榻，都是利用天然老年樹根，只打細磨光，不加髹漆，鑲上堅木面子，椅子再加龍鬚草墊，四壁都糊上牙光銀花箋，疏疏地掛著一兩幅宋元小景山水，南向幾扇紗窗，裡面掛著落地素絲窗簾，兩邊矗地高腳古銅雕花燭台上，點著兩支明旺旺的巨燭，照得虛室生白，別有靜趣。楊展大讚道：「妙極！妙極！不是夫人，也佈置不出這樣幽雅屋子。」

齊寡婦嫣然微笑，請他坐在右壁矮腳雕根逍遙椅上，自己在靠窗一張琴案旁邊的小椅上坐了，微笑著說：「山居高寒，現在雖屆夏令，這兒卻和秋天一般，可是冬天，卻不十分冷，因為這兒是岩腹，四面岩壁如屏，把風擋住了……」正說著，紫電托著兩杯香茗進來，分獻主客，飛虹也跟著進來，端著一個雕漆大十錦攢盒，盒上擱著一柄鏨金酒壺，一直進了通連的一間內室。

紫電敬完了茶，又翻身走到楊展面前，笑道：「楊相公沒偏沒向，我也給你下跪了！」說罷，竟插燭似的拜了下去。楊展笑著跳起身來說：「快請起來！你們要折殺我了！」

齊寡婦也笑道：「這是什麼把戲？」

紫電從地上跳起來說：「娘還說呢！大廳上道爺叫我們和楊相公比劍，娘還低低囑咐我們：『只許敗，不許勝，相公是客。』娘這樣護著相公，我們可在眾人面前吃了相公的大虧。還是飛虹機靈，黑地裡纏著相公，求他傳授『脫影換形』的奇門步法，我親眼見她跪在相公面前苦求的，此刻逼著問她，才知楊相公竟應允了，所以我忙著找補這一跪，否則，便沒我的份了。」

裡屋飛虹跳了出來，笑指著紫電說：「瞧你這張破嘴，我和楊相公說了半天話，也沒說出娘暗地囑咐的話，你一張嘴便露了。」

紫電笑罵道：「爛舌根的壞蹄子，得了便宜還賣乖，我這話也沒說錯，這樣，才顯得娘敬重相公哩！橫豎我沒白下這一跪，有你的便有我的。」

齊寡婦笑叱道：「相公面前，休得無禮！」

飛虹忍著笑說：「娘！裡屋佈置好了，請相公進去喝酒吧！」

齊寡婦向楊展說：「山居氣候稍差，雖屆夏令，一到深夜，便覺山高風峭，宛似深秋，相公身上穿得單薄，我們到裡屋喝幾杯自釀的桂露蓮花白去，剛才在大廳上，相公只顧和他們談話，也沒有好好兒吃喝，此刻找補一點。」

裡屋情形大異，屋子也比外室深邃，珠燈璀璨，異香醉人，一派錦繡輝煌之象，靠裡垂下落地杏黃透風珠絲幔，幔後燭光閃爍，隱約可以看出雕床羅帳，角枕錦衾，原來縱深兩開間的屋子，中間用絲幔隔開，分成前後兩部，前部中心一張紫檀圓心小和合桌，左右兩個錦墩，分坐著楊展和齊寡婦，桌上十錦格的大攢盒，裝著各色精緻餚果，齊寡婦親自提著鏨金鴛鴦壺，替楊展斟酒，飛虹、紫電並沒在跟前，似乎有步驟的故意避開，好讓兩人商量機密大事，而且聽得兩人悄悄退出時，輕輕把外屋的門拽上了。

楊展覺得這局面有點尷尬，心裡有點怦怦然，可是暗地留神對面殷勤勸酒的齊寡婦，雖然滿面春風，卻是落落大方，談吐從容，別無可異之處，心裡又暗暗慚愧。人家從前是閨閣千金，又是總兵命婦，怎能和鐵琵琶三姑娘一流女子相比，何況她是機智絕人，威振江湖的女傑，舉動當然和普通女子不同，男女禮防，定然視為庸俗小節，否則也不會雄踞塔兒岡，指揮一般綠林人物了，萬想不到為了虞二麻子，跳入是非之境，事情逐步變幻，像做夢一般，會在這盜窟幽秘之地，和這位巾幗英雌深宵對酌，款款深談，真是想不到的奇緣，他自己一想到這是奇緣，心頭又未免跳了幾跳。

他暗地裡自疑自解似憂似喜當口，臉上神色，不免跟著心裡有點變化，這點變化，卻逃不過齊寡婦一對明察秋毫的秋波，明眸深注，梨渦上不斷漾起一陣陣的媚笑。

楊展明知她笑必有因，心裡一發惶惶然，連舉動上也有點不自然了。不料她微微笑道：「楊相公在廳樑上留下的『英雄肝膽，兒女心腸』八個字，我不但佩服，而且歡喜。因為這八個字，暗合我的心思，相公留下這八個字，是不是和我心思一般，我不敢說，我卻認為這八個字，正是我和相公萍水奇緣的無上紀念，而且最貼切沒有了……」

楊展聽得吃了一驚，自己剛想著奇緣兩字，萬不料她竟從嘴裡說了出來，而且大有開門見山之勢，她如果把這八個字，另起爐灶，做出反面文章來，來個對客揮毫，切題切景，如何是好？在這局面之下，便是叫柳下惠魯男子來，也受不住，看情形，今晚有點劫數難逃。

正在想入非非，忽聽對面格的一笑，一抬頭，又和脈脈含情，款款深汪的剪水雙瞳，重重碰了一下，立時覺得遍身發熱，心旌搖搖，連耳根都有點熱烘烘的。忙把面前一杯蓮花白，舉起來啜了一口，好像借這杯酒可以掩飾一些似的，再也不敢向她臉上瞧了。

可是眼觀鼻，鼻觀心，通通沒用，對面銀鈴般的嬌音，句句入耳：「相公！人非草木，孰能無情，我毛紅萼平時視一般男子糞土一般，在內宅供奔走的都是女子，塔兒岡並非縉紳閥閱之家，可是內外男女之防，勝似閥閱門第，不料和相公萍水相逢，不由我不起愛慕之念，但也止於愛慕而已！」說到這兒，竟悠悠一聲長嘆，這聲長嘆，嘆得楊展噤若寒蟬，不知說什麼才好。

她一嘆以後，半晌才凄然說道：「世上最可貴的，是一個『情』字，唯不濫用情的人，才是真真懂得情的人，此刻我們兩情相契，深宵相對，此情此景，誰能遣此，但是我毛紅萼是綠林之英雌，非淫奔之蕩婦，使君且有婦，妾是未亡人，南北遙阻，相逢何日，何必添此一層綺障，相公，只要你心頭上，常常有一天涯知己，毛紅萼其人，妾願已足，並無他求！」

楊展聽得迴腸盪氣，黯然魂銷，忍不住抬起眼皮，卻見她玉容慘淡，淚光溶溶，正掏出一方香巾，在那兒拭淚，一副凄愴可憐之色，令人再也忍受不住，脫口喊出一聲，「夫人……」可是下面竟沒法接下話去。

不料齊寡婦嬌嗔道：「誰是夫人！夫人於你何關，你只記住毛紅萼三字好了！」

楊展低低喊道：「紅姊！我難過極了……無奈我……辜負深情，永銘肺腑，相知在心，千里無隔，希望……」

剛想說下去，齊寡婦玉手一揮，說是：「不必說了，古人說得好，『相見爭如不見』，一點不錯，此刻縱有千言萬語，亦無非多添一點日後的無窮相思罷了！」

楊展被她用話一攔，話裡又那麼柔腸百折，蝕骨銷魂，越發渾身不得勁兒，兩眼直直的，面上紅紅的，心裡迷糊糊的，一個身子，好像在雲端裡飄浮，沒有著力的地方，肚裡好像有許多話，嘴上卻一個字說不出來。

忽又聽她顫顫的發話道：「相公！你還有一事不明白哩！我內外之防素嚴，忽然在內宅掃榻迎賓。雖然做得機密，金眼雕、飛槊張們，並沒知道，可是瞞不過我義父耳目，其實這是我義父的主意呀！」

楊展吃驚似的問道：「哦！是他的主意，這是為什麼？」

齊寡婦說：「我義父博古通今，平時又任性行事，不拘小節，對我又忠心耿耿，百般愛護，常勸我『古人再醮，不拘貴賤，為你自己，為塔兒岡擴展基業，都需要物色一位文才武略，高出恆流的丈夫，我這麼大歲數，沒有多少年能扶助你的了。』

「他這話，是常常說的，他一見著你，便存了這個心，沿途試你膽量和箭法，黃粱觀用藥酒，把你們主僕運進塔兒岡，由客館移到內宅，都是他的主意，當然，我不願意的話，他也不會那麼做，等到我偷瞧相公行李內書信，以及昨夜從相公口中，探出相公身世。家中嬌妻膩友，本領非常，可憐我宛如跌入萬丈深淵，我義父卻說：『英雄難得，多妻何害。』而且他擅相人之術，說是『相公神清骨秀，英俊絕倫，前程無量。』加上今晚相公略顯身手，連他也欽佩得了不得，硬逼著我今夜……唉！我義父當然一切為了我，一味任性而為，卻沒有替相公想一想，南北遙阻，兩地懸心，老母嬌妻，祖產家業，和一般扶佐俠友，盡在川中，怎能為我一人捨棄一切？

「我亦不能捨塔兒岡已成之業，從君入川，情勢如此，有離無合，萬無法想，我昨夜千思萬想，一夜未眠，你瞧我在大廳上默默無言，不知我心裡難過已極，此刻我又看出相公也是情種，益發叫我不知如何是好，相公！外面傳說，都以為我齊寡婦有了不得的本領，江湖聞名喪膽，哪知道，全仗我駕馭有方，輔佐得人，說到武功，我除出從小練習梅花針防身暗器外，其餘僅屬皮毛，別無他長，全仗著飛虹、紫電隨身護衛，這是外面所不知道的。

「不過從小隨侍先父，出入疆場，對於行軍布陣，攻堅守險之道，卻略有心得，假使真個能夠嫁得像相公這樣英雄丈夫，在這舉世鼎沸，明室危亡當口，也許我塔兒崗這點基業，可以縱橫河朔，逐鹿中原；我義父的主意，多半在此，無奈……一片癡情，結果還是一場春夢，我義父一廂情願，無非白費心機罷了！」

這一番至情纏綿的話，若迎若卻，好像在那兒施展欲擒故縱的迂迴戰術，極盡籠絡之能事，又像推心置腹，把一片真情，宣露無遺，究竟是真情還是策略，只有齊寡婦自己肚裡明白，只可憐我們這位天涯歸途的楊相公，被這一片似怨似慕的哀訴，化作千萬縷漫天情絲，纏繞得暈頭轉向，不知天南地北了。

他在沙河鎮碰到風塵中的三姑娘，還有方法對付，定力擺脫，可是也險而又險，現在又巧遇了這位智機絕人的紅粉怪傑，綠林英雌，一切一切比三姑娘不知高了多少倍，我們這位駕了雲的楊相公，除出低頭降伏，還有什麼辦法呢？

但是我們這位楊相公，到底不凡，居然還要掙扎一下，不過他掙扎的方式，在這渾淘淘的局面之下，已無暇仔細考慮一下，在這局面之下，他和她，好像對峙的兩座火山，肚裡幾杯蓮花白，又是最危險的導火線，兩座大山，只隔著一張桌子，這是一道最薄弱的防線，如果這道防線一動搖，兩座火山，爆發無疑。

不料魂不守舍的楊相公，竟放棄了這道防線，迷忽忽站了起來，而且離開了座位，向她走近了一步，萬般無奈地說：「夫人……不……紅姊！我們天涯巧遇，洵是前緣，紅姊說得好，『人之相知，貴在知心』，何必拘泥於形跡之間，我雖然辜負一片深情，卻把紅姊當作平生知己，從此雖千里相隔，可是形隔神交，永銘肺腑的了，將來紅姊如有需弟相助之處，一紙相招，定必盡力奔赴，此刻我……不瞞你說……方寸大亂，你……」

他心裡想說：「你趕快讓我躲開你吧，否則……」可是嘴上啞啞巴巴的，竟有點說不下去。

不料這當口，齊寡婦兩頰飛紅，兩眼盯著他，忽地嚶的一聲，從席上跳起身來，失神似的喊了一聲：「你想走！你害死我了！」一個身子卻向他直撲過去。

楊展也吃驚似的喊一聲：「啊喲！」兩隻手卻不由得張了開來，防她跌倒似的想扶住她，也許由扶住改為擁抱。

哪知他這一聲「啊喲！」剛喊出口，撲到身前的她，也是一聲「啊喲！」忽地雙手一搗粉面，轉身向那落地杏黃珠絲幔奔去，飛風一般，撩開絲幔，鑽了進去。

雖然隔著珠絲幔，無奈這座落地絲幔，薄於蟬翼，幔內燭光映處，很清楚地瞧見她投身幔內一張雕床上，芳肩一聳一聳的在那兒隱隱啜泣，忽又跳起身來，指著幔外癡立的楊展，哀哀欲絕地嬌喊著：「相公！這幅絲幔，你把它當作四川到我塔兒岡的千山萬水吧！你把它當作無情的老天爺，捉弄我的一重鐵門關吧！我真願你帶著劍進幔來，把我這顆心掏了去！天啊！天南地北的兩個人，為什麼鬼使神差碰在一塊兒呢？毛紅萼強煞，也是個女子呀！」悲戚戚喊得那麼動心，而且一翻身，又撲倒床上，在那兒宛轉嬌啼了。

可憐這位楊相公，心非鐵鑄，魂已離身，明知是火炕，也得往下跳，而且也算自作自受，誰叫他逞能在廳樑上寫那「英雄肝膽，兒女心腸」八個字呢，這時珠絲幔內這位英雌，正在抓住這個題目，把這篇文章做得淋漓盡致，把中間隔開的落地杏黃珠絲幔，霎時化作蜘蛛精的千丈蛛絲，緊緊把他罩住，從一片婉轉嬌啼聲中，放射出無比的吸力，把心旌搖搖，腳底飄飄的楊相公，一步步吸進幔裡去，這時要叫他懸崖勒馬，除非珠絲幔內的佳人，突然變作白骨巉巉的骷髏、青面獠牙的魔鬼，可是事情真奇怪，萬不料在這要命當口，突然來了天外救星，居然救了他這步魔難。

第廿九章　回頭見！

原來在楊展六神無主，一頭鑽進珠絲幔內當口，忽地聽得——叮令令，叮令令——一陣鈴鐺急響之聲。這鈴聲似乎發自床鈴，可又像床後牆壁內，而且響個不停。這陣清脆的鈴聲，變成震破迷魂陣的法寶，非但把楊展的癡魂收回了一半，也把毛紅萼的嬌啼立時打斷，從床上一躍而起。一轉臉，瞧見目瞪口呆的楊展，在絲幔中間，探進了半個身子，似進不進，似退不退，竟被這陣鈴聲定在那兒。

她一瞧他這傻樣兒，不禁噗嗤一聲，破涕為笑，接著玉手一揮，似乎叫他退出幔去，忽又趕過去，一把將他拉住，兩眼瞅著他，珠淚又一顆一顆掉了下來，嗚咽著說：「相公！我明白，這是老天爺捉弄人，不許我們到一塊兒！但是我……我已滿足了，我已得到你的愛了！古人說：『朝聞道，夕死可矣。』我是朝聞愛，夕死可矣！」

楊展惘然問道：「這……這鈴聲，怎麼一回事？」

齊寡婦嘆口氣說：「這是前面發生重大的事故，飛虹、紫電在隔室掣鈴通報，要我趕快出去。咳！這斷命鈴，真是……」一語未畢，鈴聲又起，齊寡婦俏然說道：「相公，你先到那面坐一忽兒，待我問清了什麼事，咱們再談。」

楊展縮身退出幔外，一個身子，還像站在雲端裡一般。卻聽得幔內呀地一聲響，似乎裡面床邊有一重暗門，一開一關，似乎齊寡婦從這暗門出去了。他一個人坐在幔外，約有一盞茶時，心魂才逐漸安定，暗暗喊聲：「好險啦！」

在他暗地喊險當口，外屋門戶一響，飛虹悄然而入，瞧瞧楊展，瞧瞧珠絲幔內，咬著牙，似乎極力忍住了笑，飛步進了幔內。半晌，轉身出來，向他說：「楊相公，我送你回去吧。」這一聲：「回去吧！」楊展聽得，不由得黯然神傷，魂又飛去，忍不住問道：「前面發生了什麼事，夫人呢？」

飛虹忍著笑說：「潼關破在旦夕，闖王密派幾員心腹健將，各帶幾支精兵，已從間道，潛入潼關，會同我們塔兒岡各山寨義軍，分佈黃河兩岸要口，掃蕩敗逃官軍，乘勢一鼓盡占黃河兩岸要地。此刻闖王幾員勇將，暗藏兵符，潛蹤到此，和夫人密商軍事機要，兵貴神速，也許連夜就要發動。

「這樣大事，前面道爺明知夫人陪著相公，也只好請她出去，真是沒法子的事，偏在這當口，大事之外，又夾進了一點小事。據外面密報，還有一個冒失鬼，竟偷偷摸進我們塔兒岡來了。夫人臨走時，吩咐我在相公面前，不必隱瞞，還叫我囑咐相公不必掛心，請相公先回房安息，明天夫人再和相公談話。」

楊展聽得吃了一驚，在這局面之下，自己回川路程益發困難了。已經過河的劉道貞、三姑娘、曹勳，不知有沒有動手？如在路上發生凶險，如何是好。心裡一陣歷亂，把有人偷進塔兒岡這句話，沒有聽進去，便和飛虹走出屋去。臨走時，不免又向珠絲幔內悵然張望，幔內風去樓空，只剩了搖曳的燭影，照著那錦衾角枕的雕床，立時覺得心裡一緊，滿室生涼。剛才還是熱焰飛空的一座火山，轉瞬之間，便變成冷颼颼的冰窟，那陣叮令令的鈴聲，實在有點不可思議。一路跟著飛虹從秘道回去，似乎那陣鈴聲，還老是在耳邊響著。

飛虹領著楊展從秘道回來，送到書齋側面，花圃前面一道垂花門口，便說：「相公，我不送你進屋去了，我們得伺候娘到前廳會客議事。」

楊展說：「你去罷！」

飛虹忽又回身問道：「相公，我從沒瞧見娘掉過淚，剛才卻是滿面啼痕，這是什麼緣故？莫非相公欺侮我娘了！」說罷，卻吃吃地笑。楊展不防她有這一問，一時正還不好回答，只好說：「你問你娘去吧！」

飛虹笑道：「問爹不是一樣的麼！」說罷，一轉身，飛風似的跑了。

這一個「爹」字，鑽在楊展耳內，實在不大好受，馬上跳進黃河，也洗不清，幸而問的人跑掉了，否則其窘無比。可見凡是齊寡婦的貼身心腹，都明白今晚的把戲，於此也可見得今晚的把戲，是他們預先佈置好的陣勢，要逼自己上梁山的。啊喲！好險。好險！今晚算是跳出龍潭虎穴，但是事情沒有完，幾時才跳出這龍潭虎穴呢？

他信步向花圃走去，心裡卻七上八落在那兒轉念頭。他一進自己住的一所精緻小院，忽聽得屋後有兵器擊撞的聲音，似乎有人在那兒交手，還夾雜著嬌聲叱罵。他心裡一驚，忙向屋內喊了一聲：「仇兒！」無人答應。

一撩衣襟，刷地飛縱上屋，翻過屋脊，立時瞧見了屋後馬廄前面空地上，用光照處，仇兒把九節亮銀練子槍，來回飛掣，正和了紅一支檀木棍，打得難解難分。楊展忙喝聲：「仇兒休得無禮！」人隨聲下，縱落空地上。仇兒一見主人到來，一撤招，霍地往後一退。拖著九節亮銀練子槍，笑道：「我們鬧著玩的。」

了紅指著仇兒嬌叱道：「鬧著玩的，你真能說，我不和你說，只向你主人評理好了。」

說罷，提著檀木棍走到楊展面前，訴說道：「你這個小管家，壞透了，不好好睡覺，仗著一點輕功，半夜三更，滿屋上亂跑，掐了頭的蒼蠅似的，亂跑了一陣，竟跑到後面我們姊妹們住所，倒卷珠簾，偷偷窺探她們在房內洗澡。今晚是我的班，遠遠在屋上眺望，認出是他，追到跟前，他還沒覺察，還倒掛在簷口，死命偷瞧。我不看相公的金面，早已一棍，把他擱下房去了。我不去揍他，提醒了他一聲，他翻上屋簷，拔腿便逃，我追到此地，向他論理，他還說我們不是好人，和我動起手來。剛動手，相公便到了，他還說鬧著玩哩！相公，你評評這個理，為什麼半夜三更在屋上亂跑了？為什麼偷窺女孩們洗澡？相公，你問他！」

她雖說得這麼凶，臉上卻露著笑意。仇兒在一邊極喊道：「你休得血口噴人，我是為了屋內失落了重要東西，看看月色，快近三更，相公還沒回來，路徑又不熟，人也碰不到一個，只好從屋上去找相公，瞧見下面一間屋內有燈光，有人說話，才取探聽一下，誰願意偷瞧人家洗澡！你還說好聽話，不是我躲閃得快，你一棍早已撩上我了。我們是客，我幾次三番讓你，你得理不饒人，硬逼著我出手，你還評理呢！」

楊展忙把仇兒喝住，向了紅說：「確是他不對，回頭我責罰他。夫人此刻在前廳和客人商量大事，紫電、飛虹也去了，內宅沒有人，你只管值班守望去吧。我們也要安息，明天我再叫他向你賠禮。」

了紅笑道：「誰要他賠禮！相公，你也不要責罰他，我知他護主心切。才到處亂跑的，我一半也是和他鬧著玩的。我聽飛虹她們說，相公本領驚人，強將手下無弱兵，我故意試試他的。相公！他說的失落了東西，倒是真的，但是不要緊，東西會回來的。」說罷，向仇兒噗嗤一笑，提著棍先自走了。

了紅走後，仇兒悄悄地說：「相公，你再不回來，我真急死了，今晚我碰著怪事，相公那柄瑩雪劍也丟了，到現在我還摸不清怎麼一回事？」

楊展聽得摸不著頭，忙說：「跟我回屋子裡去說。」

主僕回到房內，楊展急問：「什麼怪事？那柄劍怎樣丟的？」

仇兒先不說話，跳出房外，屋前屋後查勘了一遍，才進房來，掩上房門，悄悄地向主人說出自己碰見的怪事。

原來仇兒跟著主人從大廳回來時，半途和主人分子，紫電並沒送他進屋，送到花圃相近，便匆匆走了。仇兒一人回到自己主人臥室，把背上瑩雪劍卸下來，照常橫在主人枕邊。心想自己在前廳伺候著主人，還沒吃夜飯，肚子裡早覺得餓了，人生地不熟的，只好餓著肚皮，等人來再說。沒有多大功夫，便聽得屋外嘻嘻哈哈的幾個女子的笑聲，半晌，一個小丫頭探進頭來說：「小管家，請到那邊屋子用飯去吧。」

仇兒跟著她，到了自己屋內，一瞧，桌上已擺列著許多豐盛講究的佳餚，還有一壺撲鼻香的好酒，心中暗喜，忙說：「教姊妹們這樣張羅，實在太打擾了。姊妹們有事，請便罷！」

小丫頭說：「好！你自已慢慢吃喝，回頭我們再來收拾傢伙。」說畢，轉身便走，仇兒又說：「這位姊姊，我問你一句話，我們相公和夫人，在哪兒講話，我吃完了飯。可以進去伺候麼？」

小丫頭回頭說：「我們夫人所在，從來不許男子進去，相公身邊有人伺候，依我看，你老老實實，吃喝完了，早點睡覺。」說罷，笑得格格地走出房去了。仇兒心想；我相公不是年輕男子麼？強盜窩裡，也有這臭排場。

仇兒在自己房內，吃了獨桌兒，一桌的佳餚美酒，吃喝得興致勃勃，暗想那小丫頭乳毛未退，不解事，假使那個鬼靈精似的了紅在面前，還可以和她鬥鬥嘴，臊臊皮，也是一樂。也許還可從她嘴上，探出點什麼來，一個人吃悶酒，畢竟有點乏味，他也有點想入非非了。

正想著，猛聽得後窗外，悠悠地一聲長嘆，這嘆聲非常特別，真有點不像人的聲音。仇兒酒杯一放，側耳細聽，卻又聲響寂然，屋外也沒人走動的聲音，疑惑自己聽錯了，也許是屋後馬廄前面幾株古柏，被風颳得作響。一時不以為意，端起酒杯，剛到後邊，猛又聽得堂屋那面主人屋內，又是一聲悠悠地長嘆，還逼緊喉門，哭著聲音說：「小臭要飯進了女兒國，臭美呀！可把我這個遊魂孤鬼饞壞了！」

仇兒大驚，酒杯一放，托地跳起，一縱身，跳出房門，喝聲：「誰在我們主人房內說話！」人已從中間裡屋竄進主人房去，一瞧，主人房內，桌上燭台上三支明燭點得旺旺的，一切如常，哪有人影！仇兒心裡大疑，略一琢磨，又翻身回到自己房內，一瞧桌上自己吃剩還有半壺酒沒有了，一盆堆尖雪粉似的新蒸饃饃，只剩下小半盆了，菜盌裡還沒動的整隻紅燒雞，也飛了，這可以看出有人和他開上玩笑了，這是誰呢？

身法這樣奇快，本領定然非常。齊寡婦手下許多大小丫頭，看情形都有幾下子，但未必有這樣功夫，也許是飛虹、紫電兩個女子的，在大廳上看出這兩人，輕功甚高，定是特地來試我的，我不信，鬥你們不過，咱們走著瞧！我心裡一轉，故作鎮定似的，泰然坐下來，酒壺被人拿走，酒是沒得喝了，便狼吞虎嚥，吃那小半盆裡的饃饃，眼睛耳朵，可是四面留神，且看她們再鬧出什麼把戲來。他以為她們既然存心開玩笑，定有下文，不如一面吃，一面坐以觀變，來個以逸待勞。

不料在他吃飽了肚子以後，隔了不多功夫，還是音息全無。兩個丫頭，卻笑嘻嘻進來收傢伙了。進房時，一個手上卻提著那把酒壺，向他笑道：「小管家，你喝完了酒，把這酒壺擱在房外門口上，這是為什麼？幾乎把我們摔一跤。」

仇兒弄得無話可說，只好說：「剛才偶然高興，想來個月下賞花，把這傢伙忘在門外了。」

仇兒嘴上瞎謅，心裡越發起疑，忙又問道：「飛虹、紫電兩位姑娘，你們進來時瞧見她們沒有？」

一個丫頭答道：「你問她們幹什麼？她們是頂兒尖兒的人物，夫人到那兒，她們便跟到那兒，焦不離孟，孟不離焦，她們無緣無故上這兒來幹什麼！」

仇兒心想，飛虹、紫電既然不會上這兒來，和我開玩笑的又是誰呢？心裡想著，便走向自己主人的臥室。一進門，便見桌上亂七八糟的散著許多雞骨頭，走近一看，趕情用大小塊雞骨。排成了三個字：「回頭見！」

仇兒大驚，一翻身，忙不及檢查主人的行李，有沒有被人動過？似乎並沒走樣，再到床前一瞧，自己擱在枕畔的瑩雪劍不見了。

這一下，仇兒驚得背上冒汗，後悔自己安心坐在隔室足吃一氣，還以為以逸待勞，不料這人偷了酒食，安心坐在主人房內也吃上了，吃空以後，偷了瑩雪劍，還把酒壺擱在自己房外，才悄悄走了。看這情形，不是飛虹、紫電兩個女子開的玩笑了，另外有人摸上我們了，這裡邊定然有事，不見得是開玩笑。奇怪的是，他既然把雞骨頭，擺出「回頭見」三字，定然還得回來，卻把主人瑩雪劍偷去幹什麼？這人先開玩笑，後拿劍去，存著什麼主意？

能夠到這兒的人，當然是塔兒岡內的人，這人是誰呢？是善意還是惡意呢？他把桌上雞骨頭收拾乾淨，便在主人房內，守候這人回來，卻又怕他這「回頭見」三字，是緩兵之計，故意佈作疑陣，他卻偷著瑩雪劍溜掉了。

仇兒疑疑惑惑，摸不準怎麼一回事，又不敢離開這屋子，萬一這人真回來呢？一個人只在屋內轉圈兒，急得像熱鍋上螞蟻一般。越等越急，越急越沒有著落，非但偷劍的人沒有蹤影，連自己主人，隔了這許多功夫，還沒見影兒。他猛地想起自己吃喝時，這人罵我「小臭要飯」，塔兒岡的人們，不會知道我的出身的，在成都假扮小要飯，暗探仇人的事，除出主人夫婦和川南三俠幾個人以外，知道的沒有幾個，怎地在這塔兒岡內，也有人會罵出「小臭要飯」來呢？還是隨意開玩笑，無心暗合的呢？

仇兒越想越糊塗，跳出屋外，抬頭看看月色，似乎已近三更，別的不要緊，那柄劍失落不得，主人不在家，連一柄劍都看不住，怎樣對得起主人呢？奇怪，自己主人到了這般時候。還沒回來，難道發生了意外麼？今晚情形不對，萬一主人發生意外怎麼好？

他想到這兒，可真急，摸了摸腰裡纏著的九節亮銀練子槍和暗器，一縱身，竄上屋簷，施展輕功，飛房越脊，向房屋多的地方，躡足潛蹤地淌了過去。

他是急於找尋自己主人，卻沒法知道自己主人和齊寡婦在哪一所院內。想暗地探聽一下，也許從幾個丫頭口中，探出主人所在。一瞧下面，相近幾所院子，都黑黝黝的，只有左面一所偏院內，漏出燈光，似乎有人在屋內說笑。他奔了過去，剛一伏身，從簷口捲下身去，忽然飛來一塊小小的沙土，打在他身上，他吃了一驚。忙又翻上屋簷，一聳身，落在房坡暗處，四面偷瞧，卻無人影。他疑惑這塊小沙土，是天上飛鳥嘴上掉下來的，心猶未甘，第二次又想捲下屋去，偷聽屋內說話。

剛在簷口一探頭，身後呼地一聲，一條木棍從身後橫掃過來。這一下真夠險的，幸而仇兒輕功，得有真傳，沒功夫再回頭。兩手一按屋簷，像飛鳥般竄下簷去，那條木棍竟掃了個空。

仇兒身一落地，腳一沾土，哧的又竄上對屋，月光下看清了對面屋簷口，俏立著了紅，手上木棍向他一指，卻不開聲，大約她也怕驚動人。仇兒心頭火發，一聲冷笑，向她一招手，刷地竄過一層屋脊，向自己住的所在退了回來，他向了紅一招手，明擺著較上勁了。了紅當然明白，在屋面上飛風似的趕了過來，居然腳上沒帶出響聲來，似乎對於輕功很有幾下子，而且追了個首尾相連。

仇兒被她追得緊，向下一撲，正是自己住屋後面。安設內廄的那塊空地。仇兒一落地，了紅也飄身而下，嬌叱道：「你不好生睡覺，為什麼在屋上亂跑？你不是好人。」

仇兒急道：「你們才不是好人，我找我們相公，礙著你們什麼事？竟向我暗下毒手。」

了紅說：「小管家，你休急，我知道你是為了一柄劍被人偷走了，不要緊，這柄劍，跑不出塔兒岡去，你快回房去，不要搗亂。」

仇兒怒道：「原來是你偷的！」兩人三言兩語，便在空地上交起手來了。

仇兒把上面經過向主人一說，楊展一琢磨，也猜不透怎麼一回事，但是寶劍被人偷去，豈能置之不理，如說寶劍是了紅偷的，她偷去幹什麼？似無此理。主僕二人正在想主意，忽聽得後窗外颯啦啦一陣輕響，似乎一陣沙土灑在紗窗上，同時鬼也似的，噓地一聲口哨。楊展一聲冷笑，一個箭步竄出房去，躍下堂階，翻身縱上屋簷，一聳身，越過屋脊，縱下屋後空地，在幾株古柏間一搜索，哪有人影。馬廄裡的烏雲驄，也是好好兒的。楊展轉身，瞧見仇兒跟在身後，忽地省悟，笑道：「你一跟來，又中了人家調虎離山計了，快回屋去！」

主僕一先一後，又翻過屋去，仇兒先奔入房內，楊展聽他在房內歡呼道：「相公快來，寶劍回來了！」

楊展一進房，仇兒立在床前，眼開眉笑地捧著瑩雪劍說：「這人本領不小。居然把劍又擱回原處了。」

楊展先不看劍，上下打量屋內，並無躲藏之處，一張南式雕花紅木床，床頂淺淺的，下面床幃吊得高高的，四腳落地，一望空空，床前床後，都無人影。楊展以為這人放下寶劍，早已走了，卻想不出這人偷劍還劍，是什麼主意？心裡放不下，叫仇兒留在房內，自己出屋去，再查勘一下這人來蹤去跡。楊展前腳剛出門，仇兒把手上瑩雪劍放回枕邊。這當口，忽聽得屋內有人逼緊嗓音，低低喊著：「小臭要飯，你這個壺酒。把我酒蟲都引上來了，這不是要我命嗎！」

真奇怪，仇兒剛俯身床上安放那柄劍，這幾句話，便像枕頭底下說出來一般，驚得仇兒一聲怪喊，連身子都直蹦起來。楊展也聞聲回進房內，猛見從床後轉出一個怪模怪樣的人來，細一看，真像活鬼一般，可是一入楊展眼內，便知這人是誰。卻驚喜得指著這人喊道：「你……原來是你，你怎會也到此地來了？」一面說，一面奔過去，把這人拉了出來。這時仇兒也看清是誰了，原來這人便是川南三峽之一的丐俠鐵腳板。

川南的鐵腳板，怎會到了黃河北岸的塔兒岡？這是出於意外的事。

鐵腳板一現身，向楊展扮了一個鬼臉，指著他說：「我的進士相公，我的靖寇將軍，你大約想在這兒招駙馬了，你把劉道貞、曹勳和三姑娘撩在虎牢關，急得要上吊，你統不管了？」

楊展吃驚似的說：「噫！你怎的都知道，你難道和他們都會過面了？」

鐵腳板剛要張嘴，忽聽得屋外甬道上腳步聲響，有個女子說道：「娘真是未卜先知，準知道楊相公還沒安睡，不是正在房內和人說話嗎！」房內鐵腳板忙向楊展、仇兒一搖手，一伏身，向床幃下一鑽，立時蹤影全無。

可是床下好像依然空空的，仇兒瞧得奇怪，伏下身去，向床掉下一探頭，才明白鐵腳板整個身子像一張皮似的，繃在床上棕棚底下了。不鑽進床下去，當然瞧不出他的身影，怪不得剛才滿屋子找不出他躲藏處所了。

鐵腳板床下一隱身，兩個女子，走進房來。前面走的是了紅，兩手都提著食盒酒具，進門隨手擱在桌上。後面進來的是飛虹，進門時，卻向屋內四處留神，嘴上說道：「娘正在前廳議事，分不開身，她知道楊展相公有遠客到來，私底下吩咐我們，快送酒食到此，預備相公們宵夜，免得遠客受餓。我娘又說，相公回川的事，已有辦法，請相公安心，還有重要大事，明天再和相公商談。」

楊展和仇兒，聽得都發愣了，聽飛虹口風，鐵腳板到來，她們已知道了，嘴上只好含糊著連連道謝。飛虹一笑，便和了紅走了。出房時，了紅走在後面，卻轉過身來，向仇兒嫣然一笑，點點頭說：「小管家！剛才的事，誰也不許擱在心裡，咱們誰也不許記恨誰，你道好麼？」

仇兒似笑非笑朝她點點頭，目送了紅翩然出房，心裡卻也怦怦然，兩眼還盯在房門口的簾子上，覺得這丫頭有點意思，剛才誣賴她偷劍，有點對不過似的。

兩女走後，鐵腳板從床下鑽出來，跳身而起，一吐舌頭，低喊著：「姓齊的小寡婦夠厲害的，名不虛傳，怎會知道我到此呢？……」一語未畢，房簾一晃，飛虹悄沒聲地又進房來，這一下，誰也沒防到，連鐵腳板也呆在一邊了。飛虹立在房門口，不錯眼珠的，向鐵腳板上下打量，一面向楊展笑道：「我把娘一句話忘掉了！我娘叫我請問相公貴客尊姓大名，是哪路英雄？」

楊展這時被人家捉著真贓實據，無法掩飾，索性直說道：「這位便是川南三俠裡邊的丐俠鐵腳板，是岷江一帶幾萬袍哥們的大龍頭，是來接我回川去的。」

飛虹對於「袍哥」等字樣，有點生疏，臉上有點迷惘之色。楊展覺察，笑道：「我們川中的『袍哥』，就和北道上好漢所說的瓢把子，差不多。」

飛虹笑道：「哦！原來如此，失散失敬。」又向鐵腳板掃了一眼，才款款地走了。

飛虹一走，鐵腳板拍地一拍雙手，喊聲：「罷了！老虎不離窩，蛟龍不離水，老虎離山變成貓，蛟龍離水變蝦米，我的相公，你還替我報什麼腳本，我栽給這女孩子了！」說罷，哈哈大笑，他知道既已露形，不必再藏頭露尾，不容人家開口，旋風似的撲到桌上，從食盒內提出兩壺蓮花白來，揭開壺蓋一聞，大讚道：「好酒！好酒！」回頭向仇兒笑道：「小臭要飯，你聞聞！這是小寡婦敬相公的體己物事，比你那半壺酒，強得多了，老臭要飯，這趟沒白跑，先得找補一下，再說別的！」一面說，一面拿起酒壺，嘴對嘴的先來了一大口，直讚：「好極！好極！不在我們茅台大麴以下！」

仇兒慌趕過來，把食盒裡的餚果、點心、杯箸，一樣樣搬到桌上，請鐵腳板和主人坐下對酌。

最奇怪是鐵腳板出這樣遠門，迢迢幾千里。行李毫無，光身一人，連隨身包裹雨傘，都不帶一樣，頭上依然是一蓬雞窩似的亂髮，身上依然是一身七洞八穿，泥垢寸積的破短衫褲，下面依然是一雙熱銅似的精赤瘦毛腿，光著腳板，連草鞋都沒穿一雙，他身上只缺少了一樣東西，一根精鐵的討飯棒，卻沒有拿在手上，不知擱在哪兒了。

楊展深知他脾氣，讓他詼諧一陣，吃喝一陣，吃喝到差不多當口，才問他從什麼時候動身？單身到北方來，有什麼重要的事？路上很不好走，怎麼過來的？怎麼會碰著劉孝廉等三個人，又怎樣渡過了黃河？被你偷進塔兒岡尋到我們住所呢？一連串的問他，他統不理會，一口氣，把兩壺蓮花白都喝得點滴不存，才長長地吁口氣，低低喊聲：「痛快！」

突又仰頭哈哈大笑，扎手舞腳地說道：「一出了門，水路到荊襄，旱路到黃河兩岸，可以說，已經變成活地獄。一段路是官軍，一段路是亂民，官軍亂民還沒到的地方，也是成群結隊的遊兵散勇，水盜山匪，不論兵匪。都像蝗蟲過境一般，洗劫一空，道上哪還有正經過客。但是這樣鬼哭神哀的路上，世間只有一種人，可以隨意出入，安然無事……」

他說到這兒，向自己鼻尖一指，笑著說：「只有像我這樣臭要飯，才能放心大膽，安步當車。你想！路上為什麼鬧得這樣亂，這樣凶，無非有的要防要躲，沒有的要搶要殺罷了，不論兵也罷，匪也罷，大家都紅了眼睛，在金銀財寶，美色嬌娘上面，爭殺搶奪，可像我一無所有的臭要飯，誰也不會瞧在眼內，這樣，我便安心，走我的清秋大路了。可笑的，一路吃喝住宿不用發愁，兵匪洗劫過的村莊富宅，留下一點劫餘，便好像替我預備的一般。可是眼睛看到的，耳朵聽到的。只有一個字『慘』！不是人世，是地獄，不是人類，是禽獸世界。想從這條路回川，便是臭要飯當中，也只有我鐵腳板一人可走的了，所以固守虎牢關的三位，急得要上吊了。現在你先瞧瞧那位酸氣衝天孝廉公的便信。」

說罷，從腰裡掏出一封信來，交與楊展。他接過一看，是劉道貞親筆，信內寫著：

「弟偕拙荊，自洛返途，道出偃師，被潰卒遊男所困，拙荊獨力難支，幸遇川南丐俠，仗義解救，得免於難，結伴護行，同赴虎牢，互剖衷曲，始悉丐俠，跋涉千里，專誠迎君，既念君狀，回寓坐盼。但兵氛日惡，黃河渡斷，益愁兄駕難以飛渡。正焦盼間，忽有豪客，指名索訪，自稱奉塔兒岡齊氏十，囑先返川，毋庸坐候，並稱計成畫餅。

「虞翁入網，兄客齊氏，親同貴賓，此則取瑟而歌，意在揶揄。所驚怪者，吾兄何以深入塔岡！齊氏禮待，是否真誠？來客匆匆一晤，倏然別去，不容詰詢。倘況迷離，益滋疑慮。

「丐使潛躡來客，誓探真相，此行殊險，唯冀天佑。以內子臆測，綠林尤物，定加青睞，禮待之語，竟或非虛。以見英傑，豈受牢籠，但荊襄之路已阻，勢須返旆改道，由晉陝入川耳。

「而弟等三人，大河既阻，進退維谷，形同坐困，其勢更危。唯望吾兄善處齊氏，川圖良謀，加以援手也。風聲鶴唳，心與函馳，丐俠此行，生死繫之！」

楊展看完劉道貞的信，心裡暗暗慚愧，信內三姑娘已經料到齊寡婦的舉動，正唯女人能識女人，但是自己幾乎成了情侶，此刻想起來，好像做夢一般。但是他們三人，在隔河坐困，潼關危機，一天險似一天，還得趕快想法才好。

鐵腳板瞧他雙眉緊湊，看信看得出了神，大笑道：「進士相公，我說他們三人，急得要上吊，不假吧！相公休急，臭要飯雖然虎落平陽，能夠如影隨形的，跟著塔兒岡嘍囉們，渡過黃河，深入塔兒岡，見著了我們進士相公，便不愁沒有辦法了。」

楊展問道：「我從這兒幾個丫頭口中，得知他們備有渡船，密藏隱僻之處，塔兒岡嘍囉們，來往兩岸，原是意中事，但是你墜著他們。怎樣過的河呢？」

鐵腳板五官亂動，扮著鬼臉說：「丟人！丟人！把我一根討飯棒掉在黃河裡了。相公！我們岷江水急如箭，不亞崩山倒海一般，我臭要飯赤手空拳，也要泅過江去，黃河雖闊，我暗中附在他們渡船的舵後上，也風平浪靜過來了，不過流年不利，一個疏神，討飯棒丟在河裡了，這是臭要飯最丟人的事！將來回去，被狗肉和尚、藥材販子知道，真得一世抬不起頭，可是完全為的是你呀！你可不許恩將仇報，你得對天立誓，替我遮瞞這檔事。」

楊展笑道：「你還是老脾氣，我們說正經的哦，我明白了：猢猻沒有了棒弄，才把我枕邊這柄劍偷走了——當真！你拿著我寶劍，到前面去窺探他們了。你不知道，他們雄心勃勃，今晚是和闖王派來的心腹，商議軍情大事哩！」

鐵腳板點了頭說：「我知道，我在暗中，已聽出他們的機密大事了。我來時，三姑娘把塔兒岡說得龍潭虎穴一般，但是我臭要飯赤手空拳，也悄沒聲地進來了。不過，那位小寡婦，不由我不佩服，她從什麼地方，瞧見我的身影呢？而且知道是找你來的呢？到現在我還弄不清楚。你要知道，我暗地跟著嘍囉們進身，並不困難，困難的是在這許多屋內，要找你主僕二人，實在太不易了。幸而坐困虎牢關那位傻大爺曹勳，告訴我你在武闈怎樣得寶馬，叫什麼追風烏雲驄，毛片怎樣特別，形態怎樣神駿，聽過心裡有點根。

「一到這兒，滿屋亂蹦，誤打誤撞的在這屋後，瞧看了廄裡兩匹異樣好馬，一白一黑，黑的和傻曹爺所說一般無二，這才在這所院子裡留上意了。果不其然，從隔屋後窗瞧見我們小臭要飯正在吃獨桌兒，我正跑得又餓又渴，小臭要飯一個人臭美得神氣活現，老實不客氣，先偷了一隻雞，半壺酒，解解饞勞……」

仇兒笑道：「你偷東西吃不要緊，你一聲不響把相公的劍偷去，幾乎嚇得我半死，因此，我也上屋亂蹦，去找我相公，不想在這屋後，和一個丫頭交起手來了，這事你瞧見麼？」

鐵腳板搖著頭說：「這事倒沒瞧見，大約正是我拿著劍，上前廳窺探他們去的當口了。」

楊展說：「這些沒要緊的事，且不談它。你究竟怎樣來的？我岳父定然知道你來的，舍間情形怎樣，你知道嗎？我先打發兩個長隨同去，未知到家沒有？」

鐵腳板並沒理睬，卻伸手把桌上兩把酒壺，搖了幾搖，嘆口氣說：「唉！菜真不錯。

可惜酒沒有了，這也難怪，主人怎知相公的貴客，是位醉鬼呢！可是齋僧不飽，不如不齋，酒又這麼好法，滿肚子酒蟲，一齊向上爬，真要醉鬼的命了！」

楊展和仇兒忽聽他自言自語，不知他搗的什麼鬼？鐵腳板嘴上嘮叨，兩眼卻盯著前窗，又悄悄說道：「臭要飯神通廣大，我念的是仙家咒語，一忽兒，這桌上兩壺酒，會變成四壺酒。你們信不信？」

楊展坐在下首，是背窗坐的，仇兒卻機伶，站在一邊，已瞧出鐵腳板神氣各別，便明白他的用意了，走到桌邊，悄說道：「窗外定然有人偷聽，我瞧瞧去。」鐵腳板一伸手把他拉住，笑道：「你一動，破了我的法，便沒得酒喝了。」

果然，不到一盞茶時，了紅又提著食盒進房來了。盒內兩壺酒之外，還添上兩色餚點，她把盒內東西搬上桌子，又把桌上兩把空酒壺和幾碟殘肴，放進盒去，笑嘻嘻說：「我們好酒有得是，貴客想喝，只管說話。」

鐵腳板笑道：「好一個貴客，你們想不到楊相公有一個臭要飯的貴客，你們背後沒笑掉大牙才怪！」

了紅說：「真人不露相，露相不真人，我們塔兒岡不是普通人進得來的，能夠讓他進來的，定是貴客。」

鐵腳板脖子一縮，兩眼亂翻，點點頭說：「小姑娘有一手，話裡含骨頭，你是說我進來的露了相，不是真人了！」

了紅噗嗤一笑，瞧著鐵腳板這副怪相，不禁笑道：「不瞞你說，你綴著我們的人。一進塔兒岡那兩面石壁的口子，便被石壁頂上守望的人瞧見，一路傳報進來了，你以為一路進來，如入無人之境，其實各處要口，都有暗樁守著，不過我們這兒，和別處山寨不同，平時輕易沒人敢闖進來的，既敢進來，定有所為，當時決不動手，非要看清來人是為什麼來的，才下手；而且來人一進內宅，外面監視的人們，便不用管了。因為我們的暗器太厲害，一動手，來人不死必傷，極難逃出手去。我們在暗處，你在明處，你路徑又不熟，到處瞎摸，我們在暗地看得很清楚。後來你在這屋後柏樹上蹲了半天，忽又縱下來，和小管家開玩笑了。

「最奇怪的，你竟敢放心大膽，把偷來的東西，在這兒吃喝起來，那時我們真還瞧不出你幹什麼來的？我們夫人和楊相公，又在商量機密大事，一時不便通報，還是我們道爺有先見之明，暗地派人知會我們『不得魯莽，此人不是尋常人物，也許和楊相公有關。』湊巧外廳到了許多客人，夫人和道爺出外陪客，楊相公也回屋來了。但是你沒見著楊相公，先偷偷到了前廳，膽也真大，竟敢在廳屋上揭開幾片瓦，偷聽下面說話。

「說也真險，你身後遠處，有兩張打十步開外的連珠匣弩伺著你；下面夫人身邊飛虹、紫電預備著兩套見血封喉梅花針，針對著你在瓦上揭開的一點小窟窿。但是夫人暗地傳令，不准出手，非得看清了路道和來意再說，橫豎不怕你逃出手去。後來你和楊相公見了面，才明白是相公的貴客了。那時你上前廳，這位小管家失了主人的寶劍，害得他到處亂尋主人，我又不便明說，用話點他，他反而疑心到我身上來了。真可笑！害得我們也瞎打了一陣。」

她說到這兒，又向仇兒說：「你現在可明白了，不是我衝撞你，我們對付著這位貴客，怕你夾在裡面受誤會呀！」說罷，提著食盒出去了。

鐵腳板指著出房的了紅後影，嘴上嘖嘖響了幾聲，笑道：「這位姑娘說得一口京腔，百靈鳥似的脆嗓子，多受聽！可是她說的兩張匣弩，兩套梅花針，對付我臭要飯，似乎還錯一點，未必能夠把我怎樣；不過她們這樣一聲不響暗中監視，這法子真夠毒的。唉！我早說過了！流年不利，蛟龍擱淺變蝦米嗎！獨龍難鬥地頭蛇呀！」

楊展恨著聲說：「你這人真是……我問你的正經話。一句都沒說，故意逗著人急，這是何苦！」

鐵腳板大笑說：「慢來！慢來！我得還問問你，我的相公，你放著平陽大道不走，為什麼蹦進了寡婦人家的門，剛才小臭要飯滿屋亂蹦地找尋，據那小姑娘說，你和小寡婦商量機密大事去了，這是什麼機密大事呀？我在前廳瞧見那小寡婦一對水淋淋的眼，心裡直犯疑！我來時，你尊夫人雪衣娘，因為身懷六甲，肚子有點鼓鼓的，不好意思見人，叫小蘋到烏尤寺囑咐我，見著相公，千萬留神他在北道上，有沒有拈花惹草，招災惹禍？我的相公，受人之託，忠人之事，我不能不問個牙清口白呀！」

仇兒笑得別過頭去，楊展卻聽得心裡勃騰一跳，又暗暗喊聲：「險呀！」忙不及一本正經的，把自己到塔兒岡經過說了。

促狹的鐵腳板點點頭說；「原來吃了人家迷魂藥進來的，這算明白了。還有今晚你們商量的機密大事呢？」楊展心裡這個恨呀！卻又不能不張嘴，人急智生，忙說：「也沒有什麼機密大事，無非她野心勃勃，和闖王大股人馬有聯絡，也想聯絡我們罷了。」他原是沒話好說，無非觸景生情，隨口編出來的，不料隨口一編，卻對了景。

鐵腳板說：「唔！怪不得那位小寡婦，在廳上和闖王派來一般人物提起你來了。好，這兒的情形，我有點明白了。現在要說我的事了。當真，你酒也不喝，東西也不吃，我一到，相公堵了心了。」

楊展笑道：「今晚你沒來時，我已是騙過兩頓酒了，這算第三頓，是這兒主人敬遠客的，你就毋庸客氣，一面喝，一面快說正經的，時候不早，你說明以後，我們得好好想辦法啊！」

第三十章　天曉得

鐵腳板說：「我雖沒有上你府上去，從破山大師口中，知道你們府上平安無事。老太太和尊夫人以及那位女飛衛虞小姐，都平平安安的；你高中進士的泥金捷報，已經高貼尊府。聽說府上親友們，還很熱鬧地慶賀了一場。不過先回去的兩位尊隨，大約還沒到府。沒有聽人提起，這是我捎來的府上平安吉報，讓你先放了心。可是我們四川，卻有點禍事進門，恐怕要生靈塗炭了！」

楊展聽得吃了一驚，忙問：「我們川中，也鬧戰亂嗎？」

鐵腳板嘆口氣說：「沒有家鬼作祟，野鬼便不易進門，現在是家鬼引野鬼，家寇招外寇了。」

楊展關心鄉情，連催快說。鐵腳板卻連灌了三杯蓮花白，才說道：「黃龍這班怨魂，自從串通活殭屍，在大佛岩上碰了一鼻子灰以後，居然匿跡銷聲。但是我們料定這般怨魂難成正果，怨氣不散，怨魂纏腿，還得興風作浪。我們邛崍派下暗地盯著他們，並沒放鬆。果不其然，被我們探出黃龍為首一班怨魂。暗地和盤踞房竹山內那顆煞星——八大王張獻忠有了聯絡。這還是你北上以後沒多久的事。

「在近兩個月內，張獻忠竄出房竹山，裹脅了一二十萬人馬，分擾荊襄蘄黃各地。官軍四面堵截，疲於奔命。在我來的當口，長江下流已被張獻忠鬧得一塌糊塗。我們四川，踞長江上流，謠言四起，人心惶惶；各處謠傳，張獻忠已有進蜀的檄文，在某處張貼，某處已埋伏多少兵馬。我們四下一打聽，趕情都是華山派黃龍那班人放的謠言，他們確是暗集黨羽，預備趁火打劫，做張獻忠的內應。

「這事我們已查得有憑有據，萬一真個如了他們的心願，不用說，對於切齒深仇的我們，當然要盡量報復，這還是小事一段。如果那顆熱星真個進了四川，川中一般老百姓，劫數臨頭，個個都是死數，富庶安樂的川境，定變成修羅地獄。說起來，夔巫江流有十三隘之險，足可自守，但是你定明白，蜀中幾位偷生怕死的大僚，能有這種擔當嗎？何況還有家鬼在裡邊搗亂！為保全自己，為捍衛全川百姓，這是我們川南三俠，和邛崍派下幾萬同道，到了賣命的時候了。

「為了這事，我和狗肉和尚、藥材販子幾次到烏尤寺請教令岳破山大師，他說：『家國興亡，匹夫有責，何況為了生長的桑梓，成敗不計，雖死猶榮。』道高德重的老和尚這麼一助勁，我們三位寶貨便像喝了狂藥似的，立時在佛前歃血為盟，誓衛桑梓。大家一商量，憑臭要飯、狗肉和尚、藥材販子三個寶貨，要辦這樣大事，畢竟還差一點，蛇無頭不行，可是我們沒有把自己當蛇看，最不濟也是條孽龍，不過我們三塊料，都是龍爪龍尾，沒有龍頭可不成，我的相公，你是我們的龍頭呀！

「我們眾口同聲，非得馬上請回欽點靖寇將軍楊大相公不可。於是藥材販子、狗肉和尚，湊上兩位牛鼻子矮純陽和摩天翮，叫他們在家，召集同道，暗暗佈置，先盯住了黃龍一般怨鬼。我狗癲瘋般甩開兩隻鐵腳板，哪管路上兵荒馬亂，鬼哭神嚎，充軍似的來請我們進士相公了，我的相公，玩笑管玩笑，君子一言，快馬一鞭，現在臭要飯要聽相公一句話了！」

楊展劍眉一揚，霍地站起身來，朗聲說道：「眾志成城，義無反顧，我在北京和劉道貞兄，早有預約，匆匆出京，結伴四川，多半為此。豈但保衛桑梓，假使行有餘力，義旗所指，何嘗不可以掃蕩群魔，由保衛桑梓而保衛華夏。」

鐵腳板哈哈一笑，跳起來，一隻腳擱在椅子上，拿起酒壺，向嘴便灌，只聽他喉頭咯咯有聲，宛如長鯨吸川般，吸得淋漓滿襟，酒壺一放，大拇指向楊展一豎，大喊道：「有志氣，有胸襟！這才是破山大師的快婿，川南三俠的好朋友，對！一言為定，我先替我們邛崍派幾萬同道、川南千萬生靈，謝謝你！」喊罷，猛地一聳身，向楊展跪了下去，咚咚咚！叩了三個響頭。楊展驚得雙膝一屈，對跪下去。他卻一跳而起，喊一聲：「咱們一言為定，咱們嘉定見，我要走了。」

楊展大驚，跳起來一把拉住，急問道：「這般時候，你上哪兒去？休得胡鬧！」

鐵腳板大笑道：「你以為我出不了塔兒岡，渡不了黃河麼？這點事難得住我，也不成其為鐵腳板了。至於入川的荊襄要道，不管他刀槍如林，鬼多人少，我早說過，只有我臭要飯還可走得。一到巴東，在進川的江口上，早已安置下幾位吃水皮飯的袍哥們，到了那兒，便算到家了。我的相公，不是我走得急，你不知道，川中局勢一天緊似一天，黃龍這班怨鬼，說不定先出花樣。再說，我走法和你們不同，你也沒法和我同行，讓我先走一步，充作我們龍頭的先站，早點到家，通知他們一聲，也好叫他們安心，你拉住我怎的？」

楊展硬把他推回椅子上，笑道：「你且稍安毋躁，早走一步，晚走一步，不爭這一忽兒功夫。你聽聽——外面山腳下已有雞聲報曉了。以我推測，今晚此地幾位頭兒腦兒，也和我們一般，多半沒有睡覺。也許這兒瓢把子要找我說話，也許所說大有關係，而且我還要想法子，把困守虎牢關三位救過河來。你從外表看，以為劉道貞酸氣沖天，其實此人胸有經緯，是條臂膀；那位曹勳，性憨而直，氣剛而勇，還是個世襲指揮，一旦有事，此人在黎雅、建昌一帶，也可號召一部分人馬。你要走，總得等我們這幾個人有了起程的辦法，才能安心返川。那時，你願意和我們同行也好，你願意獨行，也無所謂，你說是不是？」

他說的原是正理，也明知鐵腳板聽到剛才了紅說的塔兒岡暗地監視森嚴，有點負氣，想顯點本領給他們瞧瞧。但在楊展想來，多一事不如少一事，回川要緊，何必多生枝節呢。

鐵腳板這種人，也真特別，一聽楊展說得有理，馬上點頭應允。連說：「依你！依你！」一抬頭，向窗外瞧了瞧，笑道：「可不要天亮了。既然如此，沒有我的事了，我可兩夜沒好生睡覺，我得高臥一下，我不管你們了。」忽又向仇兒啟牙一笑，點點頭說：「小臭要飯，你得留點神，老虎也有打盹時，不要叫人家把老臭要飯這顆頭偷去！」說罷，一個虎跳滾進床來，一轉身，竟抱頭大睡起來了。

這時，紗窗外漸漸發現天光，曉風習習，楊展主僕被鐵腳板鬧了一夜，而且出於意外的，鐵腳板竟會離川北上，來到塔兒岡。楊展滿腹心事，暗地籌劃了一陣。一看床上鐵腳板，竟已睡得呼聲如雷，囑咐仇兒在房內守著。自己踱出房外，走下堂階，徘徊花圃之間，運用內功，迎著清曉爽氣，調節呼吸，疏散一夜的神思。半輪殘月。幾顆晨星，兀自掛在發曉的天空。

他信步向花圃出口那重垂花門外走去，忽見對面書齋牆角拐彎處，轉出了齊寡婦和飛虹。

她扶著飛虹肩頭，正嬝嬝婷婷向垂花門走來，一抬頭，瞧見了楊展，立時笑靨迎人，遠遠嬌喊道：「噫！相公也在這兒，我料定相公被貴客打擾，和我一般，一夜沒好生安睡的。我聽她們說，來客便是大名鼎鼎的川南丐俠鐵腳板，我特地來會會這位貴客。」

楊展說：「他是來迎接我的，他昨夜暗地進來，夫人愛屋及烏，不肯難為他，我先謝謝夫人！」說罷，緊走幾步，向她深深一揖。

齊寡婦滿臉嬌嗔地瞅著他，悄悄地說：「相公！你……這是為什麼？我們一夜之隔，便這樣生疏了麼？」

楊展聽得心裡一盪，不由得想起了昨夜兩人的情況，自己也不覺得為什麼，竟悠悠地嘆了口氣。他一嘆氣，她眼圈立時一紅，癡癡地瞧著他，兩人你看我，我看你，誰也不說話，竟對立了半天。還是楊展先警覺，一瞧他身後的飛虹，不知什麼時候走掉了，怕被仇兒出來瞧見。忙說：「敝友性好詼諧，不修邊幅，昨夜到時，夫入正在議事，不敢叫他冒昧求見，此刻他又正在睡覺，夫人一夜勞神，不如請回吧！」

齊寡婦粉頭低垂，微一思索，笑道：「相公！你跟我來，趁這時候，我們先談一談也好！」

楊展說：「好！我也有事和夫人相商。」

兩人進了書齋，齊寡婦一瞧室內無人，伸手拉著楊展，又進了書齋羅幃內的複室。未待坐下，齊寡婦嘆口氣說：「相公！昨夜我們兩人的事，把它當作夢境吧，但是這樣夢境，我一輩子忘不掉，不過我勸你把它忘掉吧！」齊寡婦說時，好像咬著牙，忍著淚說的。

楊展聽得有點承受不住，心頭辣辣的，半晌無言。

齊寡婦忽然苦笑道：「我們有離無合，這是命中註定的事，夢已過去，不必再提了相公！我不瞞你，昨夜丐俠和你談了一夜，談的什麼事，我都知道，並不是故意叫人監視，你身上的事，我不能不注意。從你們談話裡，才知你多麼被川南三俠重視。你既然有這麼好的羽翼，在這亂世，大有可為，我不敢以兒女之私，耽誤你的英雄事業。我雖然是個女子，這兒也有我應做的事，我們雖然一南一北，迢迢千里，但是魚龍變化，豈能逆料，也許我們重見有日。不過希望我們不要走到敵對地步。

「相公！你前程無量，千萬不要拘泥迂儒之見，千古英雄事業，都從審機達權而來，明室必亡，外患必至，英雄命世，中興誰屬，此時言之過早，以眼前而論，崛起草野的人物，沉毅雄偉，羽毛日豐，隱有席捲天下之勢者，莫如闖王。餘如『曹操』羅汝才等，還有張獻忠之輩，東奔西突，不顧民命，不脫蠻橫行為，難成大業。尤其無法無天，張獻忠這顆煞星，現在已和闖王分道揚鑣，志在得蜀，闖王也恨他殘暴不仁，時時想消滅他。相公，你回川以後，千萬注意此人，能夠固守全蜀，阻止這顆煞星進川，便是替桑梓挽回大劫，替國家保全一方元氣，然後雄據天富之國，沉機觀變，以待中興之主，這是上策。相公，我這婦人之見，還有幾分可取否？」

楊展昂然說道：「夫人，你這些話，所見甚大，我真佩服之至，但是你把我抬得太高了。張獻忠裹脅二三十萬，如火燎原，將逼蜀境，蜀中執掌兵柄的人們，又無出色人物，我雖有志保衛桑梓，無奈年輕資淺，建樹毫無，此刻還是赤手空拳。雖有川南三俠等一般豪俠臂助，亦非旦夕所能成事，我正在這兒焦急呢！」

齊寡婦笑道：「我早料定相公還不免拘執之見，這樣亂世，講什麼資望和建樹，我聽說相公家中富甲全郡，川南三俠，也有上萬同道，這便是英雄崛起的基本，然後振臂一呼，廣攬羽翼，便可號召全域。張獻忠這顆煞星，還能隨地裹脅，相公豈不能號召多子弟！張氏出之以邪，終難成事，相公出之以正，便能日起有功。可是我所謂出之以正，並非效忠一姓，聽命於人，必須權由己出，砥柱中流，志在保民，不拘一格，然後方能綰握全蜀鎖鑰，保障一方生命。這裡面千變萬化，非三言兩語所能盡，扼要一句話，貴在審機達變而已。」

楊展明白她話內用意，是想自己割據稱雄。她原把明室危亡，置之度外，自然有此想頭，但在我做起來，談何容易，可是能夠擺脫蜀中闒冗大僚的束縛，獨樹一幟的幹起來，確是痛快爽利得多，川南三俠，這種想頭，不是沒有，所以她這種策劃，不是沒有道理，而且可以說是對的。不過從自己嘴上，卻沒法出口，也不便贊一辭，只好朝她不住點頭，表示心領而已。

一個丫環送茶進來，在齊寡婦耳邊低低說了幾句話。齊寡婦吩咐道：「你去告訴飛虹，暫緩傳令，還得帶點東西去。」丫環退出，飛虹走進屋來，在齊寡婦耳邊說了幾句，忽然轉身向楊展笑道：「楊相公！聽我娘說，相公便在這幾天內，要動身回川，我和紫電急得不得了，昨夜相公允許我們的話，不要忘記呀！那手『脫影換影』的功夫，今天得傳授我們呀！」

楊展笑說：「好……好！你們武功已到火候，人又聰明，武功這樣東西，只要功夫到，訣竅一點就透，回頭有工夫時，就傳給你們，決不失信。」飛虹大喜，再三稱謝而去。

齊寡婦笑道：「相公歸心如箭，她們還這樣囉嗦，相公還有耐心教她們。不過，相公可以安心，昨夜她們聽到那位丐俠所說，還有在虎牢關三位貴友，束手坐困，沒法動身，相公定然犯愁，這檔事，我也替你安排好了。現在要從荊襄這條路上進川，阻礙重重，那條路上，又是張獻忠出沒之處，不用說三位貴友沒法走，便是相公仗著本領，情願冒險，我也不放你投這條路上去，也不犯著冒這種險。不走這條路。便得走潼關進陝，由漢中奔劍閣，可是這幾天潼關內外，變成戰場，如何過得去。這條路也走不得，只有辛苦一點，從小道避開戰場繞過潼關去，沿著黃河北岸，由垣曲進山西，越中條山，從龍門渡河入陝，奔膚施，再達漢中。這條道雖然路上辛苦一點，此返回去，從娘子關進山西，畢竟近得多。」

楊展笑道：「現在我是忙不擇路，有路就走，夫人替我想的路程，決不會錯，不過還有黃河南岸三位敝友，還得求夫人派人接他們渡回北岸來呢。」

齊寡婦說道：「你莫急！聽我說呀！我不是說替你安排好了麼，虎牢關的三位，既難南行，勢須返回北岸同走，我已預備派人去接，但須帶著相公親筆字條，免得他們疑慮不前，事不宜遲，請你就在這兒一揮吧。」

楊展說：「這太好了，不過那位丐俠鐵腳板，決計走原路回川，而且急於先走，就請夫人順便把他帶過河去，由他嘴上，通知虎牢三位，連字條都可不用了。」

齊寡婦驚詫道：「這人真特別，但是他能夠過來，也許便能走回去。」

楊展把鐵腳板的情形和本領，略微一提。齊寡婦不住點頭，向他說：「相公有這樣人物輔佐，何愁事業不成，現在你快去叫醒他，我馬上發令。請他一同過河好了。」

楊展匆匆回到自己住室，不料鐵腳板在這一忽兒功夫。已經一覺睡醒，正和仇兒談得很起勁。一見楊展回房，指著他笑道：「我知道你又和……」

楊展知道他沒好話，忙攔著他說：「白天耳目眾多，休得亂說！你不是急於回去麼，我此刻替你和劉兄們辦渡河事去了，齊夫人此刻已傳令派船送你渡河，順便把劉兄們把回北岸，和我同伴從小道繞潼關走，潼關破在旦夕，馬上得走。我也不必寫信了，請你嘴上通知他們。」

鐵腳板一躍而起，說：「禮不可廢，你領我見見這位瓢把子去。」楊展和他出房，他忽翻身，在房門口探進頭去，向仇兒一扮鬼臉，笑道：「小臭要飯，我走後，你盯著他一點，你主母會重重犒賞你的，說不定會犒賞你一個花不溜丟的小媳婦，你自己掂著辦吧！」說罷！才哈哈一笑，跟著楊展，去見齊寡婦去了。

齊寡婦真有手腕，並不以貌取人，厭惡丐俠之身體，在書齋內殷勤禮待，一席話，說得鐵腳板肅然起敬，嘴上的小寡婦固然收起，而且也滿嘴的夫人夫人了。飛虹進來，報說派去頭目，已在外面恭候貴客動身。鐵腳板才起立告辭。齊寡婦和楊展直送到大廳近處，由外面派好的兩個頭目，陪著鐵腳板，一同騎馬趕奔黃河渡口。

兩人送走了鐵腳板，並肩進內，經過懸崖上那條長廊，齊寡婦立停身，扶著欄杆，指點崖外景物，和楊展絮語，忽地向他笑道：「今天我塔兒岡，變成空城計了。」

楊展不解，她說：「金眼雕、飛槊張等，都被我分頭派出去了。連我義父也親自出了馬，我身邊只有飛虹、紫電兩人，豈不變成一座空城！他們這次分頭出發，至少三四天，才能回來，恰好他們回來時，你也動身了，天賜給我，叫你在這兒陪我幾天，這幾天，是我……」她說到這兒，沒說下去，卻嘆了口氣，兩眼不斷向他盯著，楊展心裡也跳了起來，忙問：「怎的連涵虛道長都遠出了麼？」

她緩緩說道：「這幾天也是我塔兒岡一鳴驚人，替我先父揚眉吐氣的日子。也許你在四川途中，便能聽到我們塔兒岡辦的什麼事，我毛紅萼自問不是普通女子，而且有膽能夠辦普通男子所不敢辦的事。但是有一樣東西，普通女子或者得來不難，我卻偏偏缺少這東西。」

楊展聽得一愣，貿然說道：「既然普通女子都能得到，在你手上，更不為難了！」

她冷笑道：「這件東西。確是俯拾即是，原不為難，不過因為我不是普通女子，我所要的也不是普通東西，這就難——喂！你知道我要的什麼呀？」

楊展有點覺察了，哪敢答話。自己心裡勃騰勃騰在那兒跳，好像聽到跳的聲音似的。心裡一面跳，一面又琢磨著，這兒派人去接劉道貞三人，來回在返，途中毫無耽擱，最快也得兩天。在這兩天內，叫我……怎麼辦？……怎麼辦？……她不是說過當作夢境麼？對！這兩天當作做夢吧！

齊寡婦瞧他半晌沒開聲，怔怔地在那兒出神，鼻子裡哼了一聲，冷冷地說：「我知道你明白我的話，但是你想的，未必想得到我說的用意，你不必為難，對你說，毛紅萼不是普通女子，一般普通女子想得的，是有形的東西，我想得到的，是無形的東西。說也可憐，我想得到的這件無形的東西，並不是整個的，但是我能得到一小半，便心滿意足了——喂！我這樣一說，你便明白，和你想的有點不同吧？」說罷，頭也不回地一個人走了。

這兩天內，這位楊大相公，究竟怎麼過去的呢？是不是像他自己所說，當作做夢一般過去的呢？還是清醒不醒地過去的呢？這成了上海人的口頭語：「大舞台對過——天曉得了。」

不過從齊寡婦所說，可以證明她要的不是有形的，是無形的東西，這無形的東西，大約便是她自己說過的，「朝聞愛，夕死可矣，」的「愛」字。

但是世上最難捉摸，最難保險的，便是這個「愛」字。而且這個愛的東西，看著好像無形，但是愛的表現，未必是真個無形，不在於有形無形，這要瞧楊大相公有沒有給她這個東西？或者用什麼方法給她？這都是「天曉得」的事，便是忠心護主，有意監視的仇兒，也瞧得五花八門，摸不清怎麼一回事，所以這檔事，依然是個千古疑案。

兩天光陰，一晃即過，第三天上，困守虎牢關的劉道貞、三姑娘、曹勳三人，居然脫離險境，渡回了北岸。他們不必再進塔兒岡，因為這次結伴同行的路線，是照齊寡婦指定，沿著北岸，進垣曲，向中條山這條道上走的，不必老遠的返回來。渡過北岸以後，叫他們在北岸指定處所等著。

楊展騎著追風烏雲驄，仇兒也騎著塔兒岡的快馬，另外還帶著三匹，是替劉道貞等三人預備的。這都是齊寡婦愛屋及烏的贈品。趕到指定處所，大家相會，大家經過這場奇而不奇，險而不險的曲折風波，真像做夢一般。於是重行結伴，向垣曲進發。路程迢迢，沿途烽煙在目，難民成群，進了垣曲，走的又是中條山的崎嶇山道，而且匪寇出沒，到處橫行，能否一路無事，安抵故鄉，實在沒有把握。在這時候，楊展一行歸客，只好走一程算一程了。

第卅一章　小腳山

跋涉長途不辭勞瘁的楊展等一行歸客，因為潼關內外，闖王李自成兵馬，正與官軍交戰，一攻一拒，烽火連天，萬難通行，只好繞道走中條山的崎嶇僻徑。但由垣曲渡河，經過晉、陝邊境，以及入陝到長安一條路上，也難免碰上闖王部下的兵馬。楊展對於這層阻礙，卻有辦法，因為他身上密藏著毛紅萼私自送他的護身符，這道護身符，便是楊展在塔兒岡時，適值闖王精銳先鋒，已有一部分潛入潼關，和塔兒岡齊寡婦取得聯絡，塔兒岡一股綠林，已變成闖王部下的別動隊，毛紅萼自然容易弄到闖王的兵符令旗之類。楊展有了這樣護身符，跋涉長途，自然比較有點把握了。

楊展等走僻徑，繞潼關，越秦嶺，入漢中，然後登棧道，進劍閣，一程又一程，迢迢數千里，才能回到川中。這樣兵荒馬亂，遍地荊棘當口，能不能安返家鄉。實在難以想像。便是一路不起風波，也要走不少日子，才能回到本鄉本土的川南。

現在作者的筆頭，暫時不跟著三十條腿（楊展等五人和五匹馬的腿數），進中條山去，卻要掉轉筆鋒，緊跟著一對鐵腳板，向荊、襄路上跑了。

川南丐俠鐵腳板，自從別了楊展，趁了毛紅萼令派船隻渡回虎牢關劉道貞等三人之便，渡過了南岸。過了黃河，鐵腳板把楊展囑咐的話，通知了劉道貞、三姑娘、曹勳三人以後，他便甩開兩隻精赤的鐵腳，獨自走了。他是從虎牢關，越嵩山，奔汝州、方城、南陽這條路上走去。這一條路上也是草木皆兵，比他來時還要緊張，他居然順利地到了南陽。

照他來時走的原路，應該走新野，出河南境，望襄陽，奔宜昌，但是這當口他在路上一打聽，張獻忠和「曹操」羅汝才兩大股亂軍，從房、竹竄出來，蟻聚蜂屯，各路並進，官軍方面，也逐步設防，實在沒法過去。他由南陽小道，奔了鄧州，渡過老河口，進了湖北，預備從穀城、保康、歇馬河、興山、而達秭歸，從秭歸下船，便可溯江而上，由巴東進川了。但是這條路上，只比襄陽路上略好一點，也是張獻忠兵馬從老巢房山、竹山竄出來的幾道必由之路。

從穀城到歇馬河這一帶已被張獻忠屠城洗村，殺得雞犬不留，鬼哭神嚎，必須過了興山，到了秭歸入川江口，大約還沒有遭到煞星光顧，路上才比較好一點，但是富厚一點的，也早逃光了。

鐵腳板一過老河口，越看情形越不對。官道上難得看到有個人影，河裡漂著的，岸上倒著紛走幾步便可瞧見斷頭折足的死屍。餓狗拖著死人腸子滿街跑，天空成群的飢鷹，公然飛下來啄死人吃。一路腥臭衝天，沿路房屋，十有八九，都燒得棟折牆倒，卻灰遍地。

抬頭看看天，似乎天也變了顏色，顯得那麼灰沉沉的慘淡無光，簡直不像人境，好像走上幽冥世界，像鐵腳板這樣人物，也覺得凛凛乎不可再留，只有加緊腳步，向前飛奔。

走著走著，突然會聽到前途號角齊鳴，剎時千騎萬馬奔騰而來。忙不及一聳身，竄入隱僻之處。待得這批人馬，一陣風似的捲過，才能現身出來，重向前進，也沒法分辨過去的人馬，是官兵還是匪兵？他一看大道上兵馬絡繹不絕，時時要伏身躲避，而且在大道上走，反而不易找到果腹的東西，連喝冷水，都帶著一股血腥臭，於是他避開了官道，揀著小道走，一走小道，倒還能碰著人影兒，離大道遠一點的山徑上，居然還有完全的村莊。

沿途聽著逃難的人們談著災難的淒慘故事，說是現在金銀珠寶，綾羅錦繡，都變成廢物，誰也看不入眼，寶貴的能夠解饑解渴，苟延生命的東西，有幾家避入深山的富戶，人口既多，隨帶糧食有限，吃完以後，拿出成袋的珠寶，成錠的金銀，向近處山民貧戶，換一點治餓延命的粗糧，還十求九不應，終於全家大小活活餓死在深山內。因為山村人家沒法下山，也只剩了一點點的餘糧，如果換一點給別人，等於縮短自己的生命，這時金銀珠寶堆成山，也當不了飯吃，自然沒法換取性命相關的糧食了。

躲在深山的富戶，和不敢下山的山民，把苟延性命的糧食，視同奇寶。可是一路行來的鐵腳板，卻沒感受缺糧的威脅，因為他是兩腳不停，路上碰著兵馬，無非暫時間避隱身，有時還施展輕身小巧之能，在虎口上拔毛，從路過兵匪的大群給養隊伍內，偷點東西，足可吃喝一氣。有時還利用偷來的東西，救濟了不少難民。

有時弄到偷無可偷的時候，空中的飛鳥，深林的野獸，他只要施展一點本領，便可手到擒來，在僻靜處所，幾塊石頭一搭，便是他的行灶，枯枝敗葉，塞進行灶，生起火來，把捉來的飛禽走獸，或烤或炙，一頓野餐，還吃得異常香甜。偶然走到逃避一空的村子，順手牽羊，捉著幾隻無主的雞鴨之類，他便哈哈一笑，施展他叫化的獨有吃法，用黃泥一圈，便煨起神仙雞來，飽餐一頓。可惜美中不足，這時候想弄瓶好酒，解取酒饞，卻有點為難，趕路要緊，也沒心去細細搜尋這件東西。

有一天，鐵腳板從穀城、保康一路過來，已經過了歇馬河，再往前走一百幾十里，便可到達秭歸相近的興山。這一百幾十里路，盡是山道。這天他清早從歇馬河動身，走到日落月上，約莫已走了七八十里。在鐵腳板一雙鐵腳的行程，雖不是飛行太保，一天功夫，還不止走這點路，無奈路徑生疏，崎嶇難行，時常迷失方向，因此耽誤了他的腳程。

這時他走上一段沒有人煙的山嶺上，時候已快到起更時分。在嶺上四面一看，山影重重，盡是山套山的重岡疊峰，天上一鉤新月，發出微茫的光輝，也只略辨路徑，山風一陣陣吹上身來，卻覺得涼爽舒適，把白天頂著毒日頭趕路的一身臭汗，都吹乾爽了。他想乘著月夜，多走幾程，這條山道，在歇馬河走來時，已向路人探問清楚，地名叫作五道峽，要走出五道峽，渡過霸王河，便能踏進興山縣城了。

他在這條山道上，向前飛奔，忽高忽低，翻過幾重峻險的岡陵。這條山路上，雖無人影，沿途卻發現許多蹄印馬屎，而且山道上還有遺棄的破弓折箭、軍灶帳篷之類。好像這一帶駐紮過兵馬大隊似的。再向前走，經過一座山口，瞧見山口豎著一座巍峨的石牌坊，石牌坊下一步步整齊的磴道，直通到山腰上，樓道盡頭，現出寺院的山門，林木掩映之中，露出氣象莊嚴的幾重殿脊，似乎這座寺院，規模不小，不知哪一朝敕建的古剎，寺內寂寂無聲，聽不到晚課的鐘響之音。

鐵腳板一想，走了這許多荒涼的山路，想不到這兒，倒有這樣整齊的廟宇，既然有這現成處所，何妨進寺去，向寺內出家人借宿一宵，如果是座空寺，也是一個憩宿之所。心裡這樣一轉，兩腿已登上石碑坊下的樓道，走上山腰。到了山門口，借著微茫的月色，依稀辨出山門口寺匾上「雷音古剎」四個大字。向山門內一邁腿，便聞到一股難聞的氣味，這種氣味，是他過老河口以後，一路聞到的死人腥臭氣味，不禁嘴上喊出一聲「噫……」！

越過當門的護法韋陀佛龕，露出大殿階下一塊空地，正想從中間甬道走向大殿，目光之下，驀見甬道上有不少圓圓的像西瓜一般的東西，活的一般，在地上一蹦一蹦地來回亂蹦。鐵腳板看得奇怪，心想這是什麼東西？往前過去仔細一辨認，連鐵腳板這樣勇膽的人，也驚得怪叫起來。

原來他看出甬道上蹦著走的東西，竟是人的腦袋，而且是光光的和尚腦袋，地上蹦著的腦袋竟有六七具之多。甬道兩旁。沒有亂蹦亂跳的光腦袋，到處都是，簡直數不清。被人砍下的和尚腦袋，會在地上蹦著走，這是從來沒有的怪事。

鐵腳板瞧得也有點毛骨森森，忍不住大喝道：「休在我面前作怪，我鐵腳板豈怕這個！」

不料經他一聲一喝，甬道上來回亂蹦的幾顆光頭腦袋，好像怕他似的，突然一齊向大殿那面平移過去，好像腦袋下面長著腳一般。鐵腳板越看越奇，一個箭步竄了過去，把一顆擦著地皮跑的腦袋，用腳尖一撥。

把這顆腦袋撥得翻了個身，猛見從腦袋腔子裡。鑽出毛烘烘的一件東西，四條小腿，飛快地跑得沒有影兒。鐵腳板一時沒有瞧清，又趕上一顆腦袋，踢了一腳，才看清跟著腦袋滾出一隻黃鼠狼來。這才明白，這幾顆腦袋能蹦能走，因為幾隻黃鼠狼鑽進腔子裡去吃死人血肉，一時鑽了進去，退不出身來，才在地上亂蹦，聽得鐵腳板的大喝，又嚇得帶著腦袋奔逃，在稀微月色之下看去，才變成了怪物。

鐵腳板看清了底細，不禁哈哈大笑，在這荒山古剎，滿地腦袋，絕無人影的深夜，突被他一聲哈哈大笑，震破了淒慘荒涼之境，連大殿口幾棵古柏上的宿鳥，也驚得噗噗亂飛。不料他笑聲一起，猛聽得大殿內，噹！噹！兩聲鐘響，這一下，卻把鐵腳板嚇了一大跳。這樣境界，廟內和尚定已殺光，便是沒有殺光，也逃得一個不剩，哪會有人躲在殿內撞鐘？這兩下鐘聲，卻比滿地亂蹦的腦袋還奇異而且有點可怕了。

鐵腳板對於這兩下鐘聲，未免聳然驚異，他正在驚異當口，不料殿內，又是噹！噹！……幾下，不過這鐘聲有點特別，其聲啞而悶，而且一聲比一聲弱，真不像是人撞的。鐵腳板藝高膽大，不管殿內藏著什麼怪物，非看個究竟不可，赤手空拳，大踏步向大殿直闖。兩扇大殿門原是敞著的，他一走近大殿門口，便看出大殿內，近門口的地上，修小山似的堆著高高的一大堆東西，一陣陣的爛屍臭，向殿外直衝。

鐵腳板捏著鼻子，伸腿往大殿內一邁，猛地驚喊了一聲：「好慘，世上竟有這樣的事！」伸進去的一條腿，不由得又縮了出來。原來他向殿內一邁腿時，兩眼瞧清了殿內小山似的一堆東西，竟是斬下來的一隻隻的女人小腳，而且隻隻都是三寸金蓮，依然穿著繡花弓鞋。堆得像小山似的一座小腳山，怕是有幾百隻女人小腳。不知斬下來有多少日子，時當夏令，有這許多血肉淋漓的小腳，當然要發出濃厚的爛肉臭了。

奇怪的是大殿外甬道上，有那麼許多和尚腦袋，大殿內又堆著這麼多的女人小腳，卻沒見到剁腳砍頭的一具屍體，慘死的和尚和女人的屍體，又藏在哪裡去了呢？是誰在這寺院內慘殺了這許多人？還特地把小腳堆成山呢？

藝高膽大的鐵腳板，親眼瞧見這樣慘的怪事，也有點頭皮發炸，殿內又一陣陣衝出難聞的臭味，心裡想查究殿內的鐘聲，無奈殿內這座小腳山當門堆著，實在看得噁心。心裡一轉，從大殿左側轉了過去，且瞧一瞧大殿後面，是什麼景象。他從大殿前面，沿著走廊，繞到殿後，是品字式三間殿屋，院子裡清清楚楚，卻沒有什麼礙眼的東西，院心一具一人高的石鼎香爐，居然餘煙裊裊，石鼎內還燒著一大束佛香，想不到這樣死氣沉沉頭顱滿地滾的荒寺古剎，後殿還有人燒著大捆佛香，這真是奇而又奇的事了。

鐵腳板認為生平未遇之奇，大步走入正面一重殿門，一看殿內，空空無物，連佛龕內的佛像，都不知搬到哪裡去了。地上灰塵卻積得厚厚的，實在不像還有人住著的光景。頂樑懸掛的長明琉璃燈，卻還存著一點油腳，燈芯上還留著鬼火似的一星星火苗。他瞧見琉璃燈上一點點火苗，算計這座寺內殺人剁腳的日子不致過遠，因為寺院裡佛前長明琉璃燈內一缸清油，總可點個十天半月，但是處處都顯出一座空寺的光景，前殿微弱的鐘聲，後殿石鼎內的燒殘束香，又是怎麼一回事？滿腹狐疑的繞到佛龕後身，是一重敞開的後殿門，門外松聲如濤，十幾株長松，把門外一塊園地，遮得黑沉沉的，松樹下還潤著石桌石凳之類。從幾株松樹後面，遠遠地通過一線燈光。

鐵腳板瞧見了這點燈光，雙臂一抖，一個「飛鳥投林」，從後殿門飛身而起，躍出二丈開外，一落身，向一株松樹身上一貼，探頭向燈光所在細瞧，才辨出那面距離隱身所在四五十步以外，有孤零零的一兩間矮屋，一線燈光，便從一間矮屋的窗口上透射出來。矮屋後身，靠著短短的一圈圍牆，沿著圍牆四面，還有幾間大小不等的房屋，卻正由這間矮屋內射出燈光。鐵腳板看清了四面情形，一聳身，直向矮屋竄去，躡足潛蹤，到了有燈光的屋窗下，破紙窗上窟窿甚多，不用費事，貼近破紙窗向屋內一瞧，又被他瞧見了莫名其妙的怪事，奇怪得幾乎喊出聲來。

原來他瞧見這間屋內，是所空屋，沒有什麼傢具床鋪之類，卻有半個人好像從地上鑽了出來一般。這個人，是個披頭散髮的年輕女子，臉上像白紙一般，血色全無，上身還穿著講究的繡花紅衫，自腰以下，埋在土裡，所以變成半個人，而且活像從地上鑽出來一般，驟然一瞧，這半截女子像木雕一般，兩手合掌當胸，紋風不動，疑惑這女子是死人。可是這女子面前地皮上，擺著一具燭台，一具香爐，燭台上點著燭，爐上插著香，燭光香火映著半截女子的臉上，卻見她的兩瓣毫無血色的薄嘴唇，不斷地在那兒顫動，好像在那兒默不出聲的喃喃誦佛。

這真是不可思議的怪事，鐵腳板在窗外偷瞧得兩眼發直，心裡想著，我一路行來，所見所聞，盡是凶掠慘殺的事，卻沒有像這座寺內奇凶極慘以外，還加上種種不可測度的怪事。不用說別的，這屋內半截女子，究竟是人是鬼？鬼，也許會從地上鑽出半截來，人，世間哪有埋了半截的大活人？我的天！難道我臭要飯在這兒做夢嗎？

他越看越奇，正想推門入室，探個水落石出，猛聽得身後突然發出「哈哈……」一陣怪笑。其聲慘而厲。鐵腳板大驚，一頓足，從窗腳下斜竄出丈把路，回頭一瞧，只見一株松樹底下。閃出一個滿頭白髮，直擻到肩上的醜怪老婆子，簡直是個活鬼。穿著一件碩大無朋的僧衣，兩腳被衣服掩沒，下擺拖在地上，一手拄著一根拐棍，一手指著鐵腳板，裂著一張闊嘴，還在那兒怪笑。這一下，又出鐵腳板意料之外，他簡直沒有把這怪老婆當作活人，在這怪寺內，所見所聞，都非人世，這怪老婆幽靈似地出現，對他發出刺耳怪笑，聲音又那麼難聽，一身本領的鐵腳板，這時也鬧得汗毛根根直豎，兩眼直勾勾的盯著那白髮老鬼，不知如何是好。

卻見那老鬼，竟拖著身上又肥又長的僧衣，一步一步，向他逼近過來，衣角掃著地面，沙沙直響，卻走得非常之慢，走到半途上，那老鬼笑聲一停，一隻鳥爪似的瘦手，顫抖抖指著他，發出嘶啞的怪喊：「你……你……你這還有腦袋的冤魂，八大王作了這麼大孽，你們這般冤鬼，怎的沒本領去找八大王算帳，卻在我老婆子面前來顯魂……我老婆子和你也只差了一口氣……在這兒受活罪，還怕你顯什麼魂……」哆哆嗦嗦地說罷，又裂著大嘴怪笑起來。

鐵腳板一聽，自己錯把她當作鬼物，原來是個活人，而且那老婆子也把自己當作鬼了，當作幽魂冤鬼在她面前顯靈了，這真是從來沒有的事。在這樣荒山古寺，兇殺慘境的局面之下，她如果真個是鬼，倒是順理順章的事，偏偏在這幽冥一般的境界內，無端出來一個活人，而且是個龍鐘不堪的老婆子，這又是出於意外的奇事，她嘴上所說的八大王，當然就是張獻忠（八大王是張獻忠的諢號），這寺內一切古怪的事情，也許從這怪婆子口中，可以探出一點來。

他一認清面前老婆子，是這座寺內的唯一活人，不由得哈哈一笑，走了過去，指著老婆子笑道：「喂！老太太！你定定神，我和你都是有口活氣的人，我是從這兒過路的。奔波了一天一夜，進寺來想休息一忽兒，萬想不到這樣古怪的空寺，還有你一位老太太住在這兒，我問你……」鐵腳板話還未完，那老婆不等他說下去，顫抖抖的那隻手，指著他怪喊起來：

「咦！怪事……怪事……你是活人？誰信？連我自己是不是活人？還弄不清楚，這條路上，哪裡還有活人？你過來，讓我摸摸你，是活人不是死人？」她這幾句話說得鐵腳板真有點毛髮直豎，心裡直犯嘀咕，竟有點舉足不前。

鐵腳板一犯嘀咕，那老婆子又哈哈怪笑道：「如何……我說你不是人，你準不敢過來讓我摸一摸，你做了鬼還怕死，我老婆子如果還是人的話，人哪會捏死了鬼？如果我老婆子也是鬼的話，鬼和鬼打架，老鬼也鬥不過壯鬼呀！」

鐵腳板越聽越奇，真還摸不準這老婆子是人是鬼了？心裡又好氣又好笑，我鐵腳板嘻笑怒罵，橫行川南，想不到在這兒，被這怪老婆當面恥笑，還把我當作鬼怪，真是做夢都想不到的事，一賭氣，挺身而前，站在怪老婆面前，說道：「讓你摸一摸吧！」一面說，一面打量怪老婆臉上，白髮蓬鬆之中，藏著一張皮包骨的灰白醜怪臉，兩顆眼珠又特別小，皺紋層疊的一對眼眶，凹得深深的，卻鑲著極小的兩粒白多黑少的小眼珠，只微微有點光芒，活像棺材裡面蹦出來的活殭屍。鐵腳板瞧清了她這張死人的面孔，慌忙暗運了一口氣。怪老婆顫抖抖的一隻手，已向他臂上肩上摸去，嘴上說著：「有點像活人，怎地身子像鐵打一般？」

鐵腳板唾了一口，說：「好說！有點像活人……大約七分還像鬼……老太太，我也有點不放心，我得摸摸你。」嘴上說著，手已接著怪老婆子臂上，頓時吃了一驚，怪老婆子一條臂膀，瘦得比麻楷桿粗得有限，如果兩指一用勁，準得咯蹦就斷。

怪老婆說：「你摸我怎的？我便不是鬼，也是半截埋進了土裡的人。」鐵腳板被怪老婆一語提醒，忙問：「老太太，那屋內真有半截埋進土裡的人，這是怎麼一回事？還有你老太太，怎會獨自一人，住在這種地方？大殿內我聽到幾下鐘響，也許還有別人住在這兒吧？還有……」

老太婆沒等他說下去，瘦爪一搖，闊嘴一裂，又桀桀怪笑起來，笑得並不自然，聲音難聽異常，簡直沒有人音。笑時臉上無數皺紋，又抽風似地一陣陣牽動，全身四肢，也像拘攣一般。鐵腳板看出她笑時，全然是瘋癲狀態，這種瘋狂形狀，定然經過極可怕的事，才嚇成這樣的。

怪老婆瘋狂一般的幾陣怪笑過去，一對綠豆眼，向鐵腳板瞧了半天，點點頭說：「不錯，你準是活人，真難得，我老婆子還能看到一個活人，你跟我來，我告訴你……」她說完這話，拄著拐棍，拖著又肥又長的僧衣，轉身便走。穿過幾株松樹底下，真像幽靈一般，緩緩地向那一面走去。

鐵腳板跟著她身後，走到那面圍牆近處，才瞧清了這一面還有一排整齊的僧家，大約是以前寺內僧眾憩息之所。怪老婆推開一扇門戶，走了進去，點上一支燭火。鐵腳板進門一瞧，這間屋內，起居飲食一類的東西，居然色色俱全，牆角一細細的束香，還堆成了垛。

怪老婆舉動雖有點瘋瘋癲癲，卻也禮數周全，居然拿出解飢解渴的東西，請鐵腳板吃喝。鐵腳板身上帶的乾糧不多，也就無須客氣，可是他滿腹疑雲，急於探問內情，一面吃喝，一面向怪老婆問長問短。經怪老婆把這座寺內遭遇慘劫的經過，從頭至尾說了出來，才明白了種種怪像的原因。

原來這座雷音古剎遭劫，還是最近的事。離鐵腳板向這條道上走時，不過十幾天光景，張獻忠和「曹操」羅汝才兩大股部隊，從房、竹分途竄出來。「曹操」羅汝才一股，從竹山出發，志在劫掠鄖城、均州、襄陽等地。張獻忠一股。從房山竄出來，志在先佔據秭歸、巴東一帶，預備竄進夔、巫，攫取天富之區的川蜀。五道峽一帶山地，變成張獻忠這股人馬的要衝之地，張獻忠分派部下，進窺秭歸、巴東，他自己率領親信，佔據了五道峽一帶山地，作為根據，便把這座雷音古剎，當作地發號施令的黃羅寶帳，全寺僧眾三四十人，一個沒有逃脫，起先並沒殺死，拘留起來，關在一間屋內。

這當口，張獻忠分派幾支兵馬，分途進窺秭歸、巴東以外，他自己帶著三四萬人，分佈五道峽一帶，原預備一鼓而下巴東，然後水陸並進，溯江而上，長驅進川。不料出兵不利，先遣部隊，和秭歸、巴東兩地守將及義勇鄉練相持了多日，一時未能攻克。攻打均州的「曹操」羅汝才一股部隊，也被襄陽、鄖陽兩支官軍夾擊，吃了敗仗，向張獻忠飛書告急，請他暫停進川之舉，回兵直攻襄陽。襄陽富庶，名聞天下，王府財寶山積，早已聞名，只要他肯合力攻進襄陽，「曹操」羅汝才願與他平分襄陽城內的財富。「曹操」羅汝才完全為了解救夾擊之危，不惜把自己垂涎的襄陽，和張獻忠秋色平分。

張獻忠正值前進受阻，他又一貫狼奔豕突，乘虛剽掠的作風，「曹操」羅汝才這樣一求救，正中下懷。便預備撤回攻打秭歸、巴東兩處人馬，改途向穀城、襄陽進發，一面派人飛報「曹操」羅汝才。這邊向襄陽疾進，夾攻「曹操」羅汝才的官軍，當然要撤圍，回救後路襄陽重鎮，教羅汝才人馬，躡官軍之後，牽制這支官兵，使他沒法回救。計議停當，張獻忠一心要攻取襄陽了。

張獻忠這人，雖是個膽大包天的煞星，有時卻能從斗膽包天裡面，使出想入非非的心計。

當他和「曹操」羅汝才一股人馬，商量好要合力攻取襄陽當口，他暗地巡查自己部下各處營帳，偵查出他部下幾個重要得力的頭領，營帳內都有女子嘻笑之聲，他明白這種女子，都是一路擄掠來的，自己身邊也帶著幾個美貌的女子，這種女子。還是自己部下，挑選出來獻給他的。

他這時卻想到這次攻打秭歸、巴東，勞而無功，頭領們似乎不甚賣力，多半是營帳內有了女子的毛病，他忽然心生一計。在他自己駐紮所在雷音古剎內，宰牛殺羊，大會自己部下全體大小頭領，而且傳諭各頭領們，挑著自己營盤內的美貌女子，隨身帶來，大家快樂喝酒。各頭領們以為八大王要取樂，盡量挑了貌美腳小的，帶到雷音古剎，一時如虎如糧的勇士們，夾著許多鶯鶯燕燕的美人兒，擠進了雷音古剎大雄寶殿。大殿正中蓮花寶座上的如來佛，早已搬走，變成了八大王的虎皮寶座，寶座兩旁，還偎著他幾個得寵的美人兒，酒池肉林，鶯啼燕語，大雄主殿內，成了對對成雙的歡喜道，殺氣騰騰中，又夾雜著粉白黛綠的脂粉氣。

酒至半酣，上面虎皮座上的張獻忠，忽然怪眼一瞪，大聲說道：「這次我們齊心合力去攻打襄陽，大家可得賣點氣力，你們大約也明白，襄陽城內是什麼所在，不用說別的。只說襄陽王府內的美人兒。和數不盡用不完的金銀財寶，便夠你們大樂一輩子，我們如果遲到一步，被老羅先得了手，我們可真泄氣了，喂！哥兒們，泄氣不泄氣？」

張獻忠這麼一說，下面無數的粗拳頭都舉得高高的，齊聲大喊著：「不泄氣！不泄氣！」一片「不泄氣！」的聲浪，像春雷一般，震撼著大雄寶殿。有幾個重要大頭領，還喊著：「我們這次攻取襄陽，只要我們一努力，穩穩地可以進了襄陽城，老羅不濟事，在均州對付著官兵，哪會趕在我們先頭，可是兵貴神速，我們得馬上開發。」

張獻忠喝聲：「好！準定今晚子時起馬，可有一節，襄陽城內有的是美嬌娘，你們身邊玩膩了的一般小腳婆，可得替我留下來，現在我替你們擺座小腳山玩玩，免得你們牽腸掛肚。」他說罷，煞氣滿臉，喝一聲：「把這般小腳婆都推出去，要腳不要人，拿她們小腳來，好好兒堆成尖垛兒。」

一聲令下，兩邊預備好的大隊刀斧手，齊聲嗷應，馬上把殿內眾頭領身邊的鶯鶯燕燕，捉小雞似的，一隻隻提出大殿門外，片刻功夫，一個個刀斧手，端著滿筐血淋淋的小腳，在大殿口堆起小腳山來，最少也有二三百隻三寸金蓮。上面張獻忠瞧著下面小腳山，呵呵大笑道：「小腳堆成山，你們沒有開過這個眼吧！可是還差一點，還差一個尖兒，上面得放一隻最小最尖的腳，才合適。」

他說這話時，湊巧坐在他近身的一個得寵的美人兒，大約命裡該死，把自己裙下一隻小腳，向張獻忠抗翹了一翹，撒嬌撒癡地說：「大王，你瞧！叫他們去找像我這樣小腳，便可湊上小腳山的尖兒了。」

在她以為是八大王的寵人兒，這一下，是獻媚賣風流，哪知道張獻忠向她裙下一瞧，又向她滴酥搓粉的臉蛋上撇了一下，點點頭說：「好！沒偏沒向，就借你的用一用吧。」話一出口，刀斧手馬上把這位得寵的美人兒拿下去了，立時拿進一隻最尖最小的小腳，湊上小腳山尖尖兒了。

眾頭領一瞧，八大王把自己最得寵的一雙小腳都剁下了，還有什麼話說，好在砍了幾個女人，有什麼關係，只要賣點力氣，攻進襄陽，還不是隨意挑選嗎？但是張獻忠砍了自已寵妾的小腳，非但是一點權術作用，要買眾頭領的心，其實還是一舉兩用，他平時在暗地裡，已體察出這位寵妾，和自己身邊一個年輕頭目，發生了曖昧，藉此也渲泄了胸中一股酸氣。在當夜兵馬出發，離開雷音古剎當口，命手下合力把大殿角裡一口千把斤重的大銅鐘，從鐘架上拿下來，又把那個年輕頭目推入鐘內，扣在地上，這比當場殺死還凶，讓這人活活在鐘內餓死，這樣荒山古剎，路絕行人，便是有人，誰能夠把這千把斤重的大鐘掀起來，救他一命呢。

但是天下事，往往有非意料所及的，張獻忠大批人馬，離開雷音古剎時，還把關在一間屋內幾十個本寺僧人，都牽出來，在大殿外一個個砍下腦袋，這許多無頭和尚的屍體，和許多砍下小腳半死不活的女子，因為張獻忠要在大殿外空地上，學了官軍的排場，舉行一次出師典禮，嫌這地上許多血淋淋屍體，礙手礙腳，命人一齊都丟入山澗裡去，還有地上亂滾的幾顆光頭腦袋，和殿內一座小腳山，不甚礙事，也沒功夫清除它，便沒人理會，留作了荒山古剎的紀念品了。在張獻忠人馬離開這座寺時，以為寺內絕沒留著一個活人，誰知道還留下一個白髮龍鐘的老太婆。因為寺內留著這個老太婆，非但砍去小腳，湊成小腳山尖的那位寵妾，還留著一線生機，連扣在鐘下的那位小情郎，過了十餘天，也還沒有死，還能有氣無力的從裡面敲幾下啞鐘。

這位老太婆是誰呢？她是在路上逃難，被那位斬足寵妾一念之仁，帶在身邊，作為伺候自己的佣人。在大殿堆小腳山時，她在後面得知寵妾也被八大王砍去小腳，嚇得魂靈出竅，因為是個年邁老太婆，沒有人注意她，竟被她偷偷地從後面圍牆一重小門逃了出去，躲進了偏僻的山窟窿裡。等得張獻忠人馬開拔盡淨，才敢露出身來。

她不是此地人，身邊一無所有，連路的方向都認不清，這麼大年紀，也沒法逃出山去，唯一的地方，只有仍回寺去。她知道寺內還留著不少可吃的東西，還能延長自己一條老命，她鑽出了山窟窿，望見了雷音古剎的殿屋，便向那面走了過去，她走過一條山腳下的旱溝，驀地瞧見一個穿紅衫的女子。在溝內慢慢的爬著走，而且已從一條斜坡上，一點點地爬了上來。她奔過去一瞧，這女子不是別人，正是自己伺候的那位斷足寵姬，人已經變成活鬼一般，居然還沒有死，拖著兩條斷腿，居然還能爬著走。

她忙不及趕到寵妾跟前，抱是抱不動，只好蹲下身去，半推半拖地幫著那女子爬路。兩人掙命似的，費了不少功夫，才爬進了寺後的那重小門，那女子已奄奄一息，昏死過去。片刻，又慢慢地醒了過來，老婆子想法弄了點米汁，從女子嘴上灌了下去，又到各處搜出許多僧衣，裂了許多布條，把那女子兩條斷腳，裹了起來，經過了兩天兩夜，斷腳女子，居然沒有死。也不知她裹著布的兩條斷腳，有沒有止血生肌。不過那女子雖然不死，好像嚇得失了知覺，忘記了以前的一切，連自己被八大王斬了雙腳，都像沒有感覺，只嘴皮老在那兒牽動，細聽著，好像不斷地在那兒念佛。但是想把她身體平放下去，讓她睡一忽兒，卻辦不到，身子一放平，百脈拘攣，嘶聲鬼叫。沒法子，想了個半意，在一間空屋裡，平地掘了個地洞，把她下身放了下去，每天餵她一點吃喝，讓她在那空屋裡半死不活地插在地洞內。

所以鐵腳板驟然瞧見，好像從地下鑽出來的活鬼一般。還有那位扣在鐘下的小情人，身受的活罪，不亞於這位半截寵妾。老婆子發現鐘內有人，只在四五天以後，扣在鐘下的這一位，已經餓得兩眼發藍。因為他在鐘下已餓了四五天。而且前殿小腳的屍臭氣味已一陣陣發洩出來。老婆子明白，這是八大王作的大孽，她搜羅了全寺所有的佛香，每天大把地點著，投在二殿院內那具石香爐內，略微可以解點難聞的穢氣。她在各處搜索可燒的香類時，像鐵腳板般，聽見了幾下啞啞的鐘聲，她乍著膽大聲喝問時，鐘內的人已喉頭乾裂，沒法出聲呼救。

卻從鐘下起伏波形的邊緣空隙內露出鬼爪一般的手來。這時老婆子只知道鐘內有人，還沒知道鐘內扣的是誰。慈心的老婆子，想法弄點湯水米汁之類，從下面空隙遞了進去，慢慢把這人救得能張嘴，有聲無氣地說話了，才知道鐘內扣著的和那位半截美人，是一對可憐蟲。

這位鐘內小情人，雖然仗著老婆子一點東西，延緩了幾天生命，可是大殿內小腳山上發出來的穢臭，越來越盛，鐘內小情人，已經身體虛弱，怎經得天天薰著這樣穢氣，早已薰得命如遊絲，只剩一口氣了。在鐵腳板聽到鐘聲，他已水米難進，只剩了奄奄一息，命在旦夕了。這位老婆子目擊這種千古未有的慘境，荒山古剎，只剩下她一個孤老婆子，和兩個半死不活的一男一女相處，連她也變成半瘋半癲的形狀，常常裂著嘴慘笑。

上面這種奇慘的經過，這怪老婆瘋瘋癲癲地東一句，西一句說出來，一半還是鐵腳板憑她所說，和自己所見，推想出來的。

鐵腳板明白了這麼一回事，打量房內貯藏的東西，倒還夠這怪老婆吃喝不少日子，那面小屋內半死不活的半截美人，已經與鬼為鄰，連自己也無法可想，還有大殿內扣在鐘底下那個小情郎，雖已奄奄一息，憑自己兩臂之力，也許能夠掀起那口鐘來，救那小情郎一命，可怕的是殿中一堆腐爛的小腳山，實在臭穢難當。他想法在怪老婆屋內，弄了兩橛粗香頭，塞住了鼻孔，點了一支殘燭，同怪老婆走到前面大殿，憑一念之仁，滿心想救活扣在鐘下的小情郎。

不料一到鐘前，用燭火照時，一隻雞爪般血色全無的僵手，從鐘底邊緣空隙內伸了出來。鐵腳板一瞧這隻僵手，便知鐘內的人業已有死無生，蹲下身去，向腕上一按，其冷卻冰，早已脈息全無。大約起初鐵腳板聽到殿內最後一聲鐘響時，便是這人絕命時，最後敲的一下鐘響。既然人已死去，算是劫數難逃，不必再費氣力去掀這口鐘了。他朝著這口鐘，連連嘆息，忽又嗤嗤一笑，扣著鐘笑道：「鐘內的老兄！你這樣死法真特別，我還佩服你的色膽，居然敢在張獻忠魔頭身上找便宜。」說罷，哈哈大笑，和怪老婆回到後面。坐到天色發曉，不忍再往前段去瞧那種慘象，別了怪老婆，從寺後越牆而出，向興山直奔而去。

第卅二章　婷婷

鐵腳板離開雷音古剎時，天色剛剛發曉，時當夏令，他貪圖清早紅日未出，路上涼爽，甩開兩雙鐵腳板，不管路高路低，向前飛步趕路。約莫趕到一二十里路時，天氣忽變，眼看東方太陽，已經探出頭來，烏雲四合，日色無蹤，而且起了大風，山路上樹木，被風吹得東搖西擺，呼呼怒號，頭上一陣陣潑墨似的黑雲，剎時布滿了天空。迎風急行，涼爽已極。可是天色驟變，眼看傾盆大雨，就要降臨。這時他正翻過一座高嶺，嶺下岡腳起伏，樹林稀少，並無避雨之處。前面一二里外偏東山坳內，一片森林之中，似乎露出幾層高聳的屋脊，忙不及飛步下嶺，向那面奔去。

他為了避雨，飛步進了偏東的山坳，鑽進了一片大松林，天上陣雲如墨，電光亂閃，悶雷如萬鼓齊鳴，加上狂風怒卷，走石飛沙，連林內也震撼得天搖地動。忽地眼前金光亂掣，一個驚天動地的焦雷，打了下來，一株極大的枯松，竟被天雷劈為兩半，還從樹上冒出火光。

鐵腳板幾乎被倒下來的枯乾砸在身上。焦雷過去，大雨如翻江倒峽般直瀉下來，松林雖密，也擋不住這樣豪雨。鐵腳板身上，已被雨淋得落湯雞一般，揀著枝葉稠密之處，穿出松林。

一瞧林外是一所規模崇宏，已經破敗的世家祠堂。石庫大牆門的兩面，還矗立著半支斷旗桿，一對石獅子，門樓上掛著匾額，漆落木腐，也只剩了匾額的骨架子，依稀還看得出匾上「王氏宗祠」四個字。鐵腳板兩臂一抖，一個「燕子穿林」，從雨林中飛縱出兩丈開外，一停身，已站在祠門台階上。他想在祠堂大門的簷下，躲避直淋的大雨，一看祠堂兩扇大門並沒關嚴落鎖，半扇大門是虛掩的，被狂風搖撼得吱嘍嘍直響。他一偏身，門進了大門，門內倒是風雨不透，絕好一個躲雨避風的處所。因為門內還有第二重落地屏門，上面蓋著椽瓦，左右兩面是兩堵磨磚門縫的牆壁，門斗內四方正正的一塊乾燥地。

鐵腳板心想：「一夜未眠，這樣大雨，一時怕停不住，便是雨止風收，這條山路也是濘泥難走，有這現成地方，不如脫下身上衣服，在地上睡他一覺再說。」想定主意，正要脫衣，忽聽得屏門內，簷下直掛的雨水，嘩嘩落地聲音之中，夾雜著「喔喔……喔喔咕……咕……」一種異樣的叫聲。這種聲音，一入鐵腳板之耳，立時聽出這是巨蛇的叫聲，而且其聲頗異，是一種異樣的怪蛇。他雖不是真的叫化子，卻是四川叫化子裡面的王，叫化子捉蛇的門道，他也有點明白，所以能聽聲辨異。

他一聽祠內有異蛇的叫聲，而且「喔喔……」之聲，愈叫愈厲，不禁聳然驚異，把他預備脫衣睡覺的主意也打消了。向第二至四扇屏門一打量，這四扇屏門，年深月久，扇扇都露著透光的縫隙，靠左的一扇，已經脫了臼，歪歪地虛掩著，裡面並沒上閂，他先不推這扇脫臼的邊門，湊向中間屏門縫上，打量屏門內是何境象？有什麼怪蛇出現？不料他一湊向門縫上，朝洞內一瞧，怪蛇倒沒瞧見，卻瞧見了出於意外的一件奇事，幾乎失聲怪叫起來，疑惑自己眼花了。再一細瞧，幾乎要回頭大嚷，卻又不敢出聲。既然遇上了，索性屏著氣，瞧個究竟。

原來他瞧見了稀罕景兒了。房門內是一條鵝卵石砌就的甬道，甬道兩面對峙著幾株兩人抱不過來的大柏樹。只有一株，上面還長著疏疏的柏葉，其餘幾株，都已枯死，遍身纏繞的藤蘿，卻又肥又粗，朱藤牽帶，花葉繽紛，緊繞著虬枝螭幹，飄舞樹巔，好像幾個頂天立地的巨怪，披著錦繡，在甬道兩面，嘯風迎雨，作天魔之舞。甬道盡頭，白石為階，巍巍然一座享堂，雖已破敗不堪，猶存當年規模。

奇怪的是，享堂廊簷下石階上，赫然站著一個長髮披肩，只穿緊身小衫褲的人，這人面裡背外的站著，雖瞧不見她的臉孔，從她披肩的長頭髮，和全身體態，可以斷定是個女的。最奇的是頸下膝上，露出雪也似白的一段皮肉，膝下和小臂，卻漆也似的黑，而且黑裡泛紫，比他一對鐵腳板還黑幾分。

那女子左手拿著長長的一枝細竹鞭，這支竹鞭，不是尋常的細竹，是一寸一節，生長高峰石縫的異竹，其堅如鐵，右手拿著一把碧油油的不知什麼一種草，孤零零地立在石階上，讓上面簷上直奔下來，像瀑布般的雨水，沖涮全身，而且仰著脖子，張著嘴，接那衝下來的雨水，不時把手上一把草，送到嘴上亂嚼，嚼一陣青草，便接一口雨水送了下去，把手上滿把青草，吃了個乾乾淨淨以後，忽地一轉身，面孔朝外，竟淋著這樣大雨。走下階來。

這人一轉身下階，屏外門縫裡張望的鐵腳板，倒咽了一口涼氣。果然是個女子，雖然漆黑的一張臉孔，五官楚楚，還帶著幾分英秀之氣，左邊耳上，還帶著一個玉環，下面是一雙天足，是精赤著，看年紀不過二十五六樣子。鐵腳板萬想不到這種地方，會碰著這樣怪女子，如在黑夜裡碰見，還以為山精海怪出現了。這樣孤身女子，竟會一個人留在荒山野洞內，而且小衫小褲，舉動異常，難道和雷音古剎內怪老婆一般，也是個半瘋半傻的女子嗎？鐵腳板看得出奇，顧不得什麼忌諱，也忘記了剛才異蛇的叫聲，單目吊線，湊在門縫上，非要看個水落石出不可。

只見那神秘莫測的女子，把左手一支三尺多長的細竹鞭，交在右手上，走下台階，立在南道上，抬頭向右側一株枯柏上直瞅。瞅了一忽兒，撮口作聲，也發出「喔喔……咽咕……咕……」的異聲，她嘴上一發出這種怪音，那株枯柏上，「喔喔……」之聲大起，其音急促，非常難聽。門縫張望的鐵腳板猛地省悟，卻恨中間這條門縫，只能往直瞧，看見甬道上的情形，沒法拐彎看清樹上的怪蛇。忙移身換了右邊一條門縫，縫窄光直，依然沒法瞧仔細，而且瞧見了樹身，瞧不見那女子了。

一轉身，悄悄地開出了大門，知道祠內那個女子，面向著右邊一株枯柏上，從相反的方面偷瞧，不怕女子覺察。他不顧雨還淋著頭上，沿著祠外牆基，向左邊繞了過去，一聳身，上了牆頭，卻喜牆內一株柏樹的粗枝，正伸到牆頭上，樹身也正可遮住自己身形，立時施展輕功，從牆頭蛇行到柏樹枝上，又從枝上渡到古柏枝幹相接的槎椏上。這一下，很得法，人隱在粗幹後面，可以俯察無遺，和女子所立的甬道，距離甚近，看那女子，全副精神，都貫注在右邊那株枯柏上，似乎一毫沒有覺察，這邊樹上有人偷瞧。

這時，鐵腳板已潛身入祠，把全盤情形看清楚了。原來右邊那株枯柏頂上，蟠著一條從未見過的雙頭怪蛇，遍身赤斑，隱似鱗甲，頭下尾上蟠在一條橫出的粗幹上，身子並不十分長，形似壁虎，前半身長著四條短腿，緊抓著樹幹，下半身一條尾巴，比前半身長得多，不到一丈。也有七八尺，可怕地並生著兩個蛇頭，頭頂上長著雞冠似的東西，鮮紅奪目，四隻蛇眼，其赤如火，兩個怪蛇頭，朝著下面那女子，此伸彼縮，不斷地發出急促的「喔喔……」的怪叫，兩個並生蛇頭，並非同時發聲，是一遞一聲的互換著出聲怪叫，下面甬道上的女子，也不斷地學著蛇叫，好像此應彼和一般。

鐵腳板明白那女子想引誘雙頭怪蛇下樹，卻替這女子擔心，這樣怪蛇，定然奇毒，何況是衣衫單薄，手上又只有一支細竹鞭，實在危險異常。

心想助那女子一臂之力，可是身無寸鐵，這樣怪蛇，沒有捉蛇的本領，萬難近身，萬一自己染上蛇毒，卻是不了。心裡一轉，把自己上身破短衫兩顆銅鈕，摘了下來，暗藏掌心，預備萬一。

這當口，甬道上女子，和樹上雙頭怪蛇，對耗了半天，似乎有點不耐，趕到那株柏樹下，把手上一支細竹鞭，向左膀一挾，雙足一頓，竟縱起一丈多高，挽住樹上垂下來的一條紫藤，一悠一宕，跳上了弩出的一枝樹幹上。和上面雙頭怪蛇蟠踞之處，也只一丈五六的高下了。那女子在樹幹上穩定了身子，嘴上又學著蛇叫，「喔喔……」之聲不絕。上面雙頭怪蛇忽地停住叫聲，雙頭往後一縮，四條短腿，不住向樹幹爬動，後面一條長尾，伸得筆直，突然呼地一聲，比箭還疾，竟向下面女子存身所在，直射下來。

這邊樹上的鐵腳板，吃了一驚，一瞧那女子早有防備，左脅下那支細竹鞭，已交右手，左手握住了一條宕空的粗藤，覷準那雙頭怪蛇飛竄下來，快到身上時，兩腿一拳，右手上粗藤一顫動，身子向對面一悠，那怪蛇正從她腳下飛過，她右手上那支細分鞭呼地向下一撩，「劈啪」一聲怪響，正鞭在怪蛇腰尾之間。

這一下，大約力量不輕，減去了怪蛇飛竄的力量，怪蛇前腿還沒搭到弩出的樹幹上，身子往下一沉，竟翻下地來，叭噠一聲，雙頭怪蛇跌落樹下，一陣翻滾，倏地四腿撐起，雙頭高昂，喔喔亂叫，一條長尾，來回亂掃，把近身柏樹椿子，鞭得叭叭直響，靠近一片帶雨的野草，被牠長尾一陣亂捲，齊根拔起，四面飛舞。那女子竟膽大包身，在那條粗藤上，打了個千斤墮，把懸空悠宕的那條粗藤，拉長了不少，她忽地在這條藤上，一使身法，變成頭下腳上，僅用兩腳勾住粗藤，上身倒掛下來，輪起手上細長竹鞭，向地上任蛇的雙頭和腰項上，鞭如雨下，劈啪之聲震耳。

雙頭怪蛇，大約禁不住這陣竹鞭亂抽，雙頭一縮，四腿劃動，掉尾轉身，向甬道這邊逃走。倒掛藤上的那個女子，一聲嬌叱，兩腿一鬆，嗤溜地直瀉而下，一個懸空筋斗，雙腳落地，揮鞭便趕。不料雙頭怪蛇狡猾異常，似通靈性，並非真個逃走，竟也懂得誘敵之計，待得那女子雙腳落地，倏地一轉身，一條長尾呼地向女子兩腿纏去。

女子一聳身，長尾從腳下掃過，可惡的怪蛇，竟也滿身解數，女子兩腿一落，怪蛇的長尾又潑風似的掃了回來。幸而這女子，輕身飛騰之術，很有功夫，兩腳一沾地皮，哧地又斜縱出去一丈多遠，人已到了鐵腳板隱身的樹下。瞧那怪蛇時，雙頭高昂，兩條歧舌，吞吐如火，轉身拖著長尾，直追過來。那女子一時降伏不下怪蛇，已顯出焦急之色，一縱身，攀住密繞樹身的藤蘿，向樹上直升，似乎想暫避怪蛇的追噬，定了喘息，再想別法。不意雙頭怪蛇追到樹下，毫不停留，上身向樹上一貼，四條短腿，攀著樹根密繞的藤根，竟也追上樹來，而且動作比人快得多，四腿齊施，遊身而上，兩個怪蛇頭，離那女子腳下，已只四五尺距離，蛇嘴翕張，鉤牙盡露，白涎下掛，其形兇惡異常。

女子一面向上柔升，一面揮鞭下擊，兀自打不退怪蛇。上面隱身槎椏的鐵腳板忍不住一探身，一聲怪喊：「不要慌！瞧我的！」

一聲喊出，手上兩顆銅鈕，已先後脫手飛出。他急於替女子解危，用了十二分功勁，兩顆銅鈕從他手上發出，不亞於兩顆鐵彈，勁急勢足，窺準怪蛇雙頭襲擊，居然一齊命中，一顆銅鈕竟把左面怪蛇上的一撮鮮紅雞冠打落，一顆中在右面蛇腦上，直陷入骨，巧不過，這兩處都是怪蛇要害，蛇頭上的雞冠，是蛇身蘊毒所在，卻最脆嫩，一經擊落，怪蛇便像抽了筋似的，又加上右面頭上，也受了重傷，四腿一鬆，立時向樹下翻跌下去。可是下面附身藤蘿，猝不及防的女子，也嚇得魂靈出竅，她攀著藤蘿，往上柔升，全副精神，都貫注在下面怪蛇身上，萬料不到樹上面還藏著人，而且是個男人。鐵腳板在上面一聲怪喊，那個女子抬頭一瞧，一聲驚喊，兩腳向樹身上一蹦，小衣緊裡的一個身子，幾乎和怪蛇同時翻了下去。不過那個女子並非失足驚跌，而是因為樹上突然發現男人，羞急驚慌之下，兩腿一蹦，人像弩箭離弦似的，向遠處翻身縱下，飛一般往事堂直奔，連手上一支細竹鞭，掉在樹下，也顧不得了。

這當口，狂雨已停，變了濛濛細雨，太陽像金線般，從烏雲縫裡，漏射下來，鐵腳板瞧那女子急匆匆奔進享堂去，還有點惘惘然，不知她為何逃進屋去。再瞧樹下雙頭怪蛇時，兩個怪蛇頭上，都冒出血漿來，一陣翻騰，並沒死掉，四腿劃動，長尾堅得旗杆一般，竄過甬道，奔向牠原來棲身的那株古柏根下，上身一起，兩腿一搭，似想逃回樹上。

鐵腳板手上兩顆銅鈕已經發出，別無武器，已無法制那怪蛇死命，一陣猶豫之間，驀見那女子從事堂內飛躍而出，身上已加上了一件露臂赤腿，長僅及膝的破爛黑衫，腰束一根草繩，胸口卻斜掛著一個豹皮袋，左手上倒提著一柄爭光耀目的短刀，從享堂內一躍而出，竄下台階，向鐵腳板棲身的樹上瞧了一眼，便飛步向怪蛇所在趕去。這時，雙頭怪蛇已全身離地，向樹上爬升，那女子伸手向胸口豹皮袋一探，隨手一撒，便覺一道白光，向怪蛇身上飛去，連探連撒。

咻！咻！咻！接連從她手上撒出幾道白光，一一中在怪蛇四條短腿上。雙頭怪蛇身子像釘在樹上一般，已沒法往上爬升，只一條長尾來回擺動。那女子轉身又飛縱到鐵腳板藏身樹下，從地上撿起那支細竹鞭，抬頭向樹上招手道：「喂！你是誰？怎會走到此地來的？承你相助，謝謝你！不過不明白我的用意，以為我鬥不過那怪蛇了，其實不是這麼一回事。」

鐵腳板在樹上瞧出她用幾柄飛刀，很不費勁的，便把雙頭怪蛇釘在樹上，既然有這本領，為什麼剛才要費這麼大勁，僅用一支細竹鞭，像逗著玩一般，和那怪蛇追奔逐北，以身涉險呢？正在思索，聽她在樹下招呼，哈哈一笑。像燕子般飛縱下來，身子一落地，忽見那女子柳眉倒豎，黑臉蛋繃得緊緊的，指著他嬌叱道：「你笑什麼？你笑我剛才身穿小衣，被你偷偷地瞧見了，是不是？瞧你這賊頭賊腦。便不是好人，須知我不是好欺侮的。」

鐵腳板真還吃了一驚，想不到她翻了臉皮，而且聽她口音，也是川人。可是自己偷瞧人家是真的，一時真還說不出什麼來，慌把手一拱，一本正經地說：「我不是有意偷瞧，我長途跋涉，途逢大雨，到此暫避風雨，聽得蛇聲有異，才翻牆上樹，萬不料這樣荒山野祠，還藏著你孤身女子，我想迴避，已經來不及，我又擔心你孤身和怪蛇抗鬥，想瞧個究竟，才隱身樹上，原擬看清了起落，悄沒聲地退出祠外，不料你也奔到我棲身的樹上來了，這真是沒法子的事。不過你可放心，我不是歹人，請你多多原諒吧！」那女子聽得一聲冷笑，向鐵腳板上下打量了幾眼，手上細竹鞭一擺，轉身便走。

這時風雲漸止，雲開日出，鐵腳板大可撤身一走，趕奔自己的前程，可是他瞧得這個女子，身有功夫，絕非普通人物。不知是何路道？舉動又這樣詭異，用飛刀把雙頭怪蛇釘在樹上，有什麼用意？種種疑竇，還想看個清楚，他捨不得走，便站在樹下，瞧著那女子轉身又進了享堂，一忽出來。一頭披在肩上的濕髮，已換了起來，用一塊布紮住，腳上也穿上一雙男人似的酒鞋，身上又多了一個黃布口袋，一柄鋒利的短刀，插上皮鞘，拽在束腰的草繩上，一手仍然拿著那支細竹鞭，走下階來。一眼瞥見鐵腳板還站在那邊樹下，並不理會，大步走到釘蛇的樹下，揮動手上細竹鞭，便向怪蛇身上，用力排抽，從頭到尾，從尾到頭，來回鞭打了一陣，停了手，向怪蛇全身，上下細看。

這邊站著的鐵腳板，瞧得莫名其妙，不禁一步步走了過去，逼近細看，看她為什麼用鞭抽打。見她向蛇身上下細看了一忽兒，突又掄鞭專向蛇腰一處，不停手地抽打。每次逢她抽下鞭去，蛇腰上便像氣包似的，向外一鼓，越抽得猛，氣包越鼓得高，她專向蛇腰鼓起的氣包抽了幾十下，氣包已突得老高，猛地裡她擲掉手上細竹鞭，拔出腰刀，向蛇暖氣包上劃了一個十字，蛇皮綻裂，血肉分離，她左手疾向綻裂處一探，掏出墨綠色亮晶晶的一件東西，右手刀插進腰上皮鞘，從黃布袋內掏出一塊油布，把這件東西，仔細包好，放入袋內。

鐵腳板在她背後，瞧清了這點動作，才恍然大悟，點點頭說；「哦！原來是取蛇膽！」

那女子一轉身，怒叱道；「你還不走，意欲何為？」說時，怒容滿面，兩眼發光，一手叉腰，一手扶著腰裡刀柄。

鐵腳板仰天打了個哈哈，大笑道：「蛟龍出水被蝦戲，我鐵腳板這趟出門，真是流年不利，到處吃啞吧虧，算了！算了！好男不和女鬥，走路要緊。」說罷，轉身便走。

那女子忽地趕了過去，嘴上喊著；「莫走！莫走！你真是川南丐俠麼？」

鐵腳板不睬，直向大門口那重屏門走去。那女子急了，一聳身，從橫堵裡躍到鐵腳板面前，攔住去路，急喊道：「尊駕慢行，我有話說。」

鐵腳板看了她一眼，冷笑道；「我不瞧你是咱們鄉音和孤身女子，真想教訓你一頓，你瘋瘋癲癲的攔住我幹什麼？我是川南丐俠便怎樣？快說！」

那女子瞧見鐵腳板有點急了，忙說；「尊駕如果真是川南丐俠，這真不巧了。我先提一個人，現在寄寓在嘉定楊府的女飛衛虞錦雯，尊駕可認識？」

鐵腳板大愕，忙問：「你是誰？你怎會知道虞小姐？」

那女子說：「我叫婷婷，我自己不知姓什麼。我的事說來話長，我此刻得用蛇膽去治一個人的病，蛇膽越新鮮越好，遲了吃下去，便差得多，我求你跟我到一個地方去，這地方沒多遠，便在祠後山峽內，我替你引見一個人，這人你或許認識，你如果真是川南丐俠的話，我們有極重要的大事，和你相商，請你快跟我走吧！」

鐵腳板聽得大奇，點著頭說：「好！你領路！」

婷婷大喜，忙說：「你稍等一忽兒，我把蛇身上幾柄飛刀取下來。」說罷，她走向那面柏樹下，一看雙頭怪蛇，兀自在樹上顫動，拔出腰刀，向致命處再搠了幾刀，才絕了命，把釘在四條短腿上幾柄飛刀，拔下來，收入豹皮袋，把腰刀也抹拭乾淨了，還入鞘內，從地上拿起細竹鞭，一瞧樹上怪蛇，雖已死去，四條短爪，竟還趴在樹身上，不再管它，轉身走到鐵腳板跟前，笑著說：「我們走吧！」

鐵腳板一面走，一面說：「這樣怪蛇，真還少有，剛才你站在雨地裡亂嚼青草，大約是一種專解蛇毒的藥草。」

婷婷聽得妙目大張，湊著鐵腳板喊道：「唷！你這人！原來你偷瞧了半天了，你瞧著女人家短袖露腿，以為好玩麼？」

鐵腳板後悔不迭，嘴上不小心，又露了馬腳，憑自己稱為川南丐俠，這樣沒出息的事，傳到人家耳朵去。可不大好，被狗肉和尚、藥材販子兩位寶貨知道，更是不了，可恨自己嘻笑怒罵，遊戲三昧，從沒抬不起頭的事，想不到誤打誤撞的碰著這位女叫化似的婷婷，把柄偏落在她手上，真是流年太不利了。

婷婷回過頭來，看他半天沒開聲，誤會他老想著她吃藥草捉蛇的怪劇，冷笑道：「你以為我奇奇怪怪幹這勾當，有點瘋魔了，是不是？你哪知道我是救人性命要緊，這樣荒山，明知路斷行人，才這樣子的，因為蛇性最淫，這怪蛇又是毒蛇裡面最出奇的一種，叫做『雙頭蝮』，不是露出腿臂，不易誘牠下樹頭，不是大雷雨，不易制伏牠，因為牠一逢雷雨，凶威殺，毒氣大減，所以沒法子才只穿了小衣，趁這場大雨下手，天氣又熱，借著簷口的急流，才偷閑淋了個爽快。

「你定奇怪，我為什麼不先用飛刀？因為蛇膽非常難取，如果飛刀誤中在身上致命之處，蛇膽立碎，非得趁牠活命時候，用鞭抽掣蛇膽所在，一下子取出來，才合用，剛才你用暗器傷了牠雙頭，我怕牠致命膽碎，忙不及用飛刀釘住牠四腿，急急下手割取，還算好，膽沒有碎。可是事情真怪，萬想不到這樣地方，還藏著你這麼一個人，我說尊駕是川南大俠，大名鼎鼎，我雖打扮成女要飯一般，女兒家身體，也一樣的寶貴，想不到鼎鼎大名的丐俠，把我偷瞧了半天，你叫我怎麼說呢。」

鐵腳板萬不防她說出這樣話來，還摸不準她是什麼主意？竟把他一張口似懸河，善於詼諧的利嘴，窘得啞口無言，如果不是她說出虞錦雯和替他引見熟人的話，真想遠走高飛，一溜了事。暗想我平時捉弄人，想不到在她身上現世現報，路走得好好的，偏下了雨，偏不爭氣，湊在屏門縫裡多看了幾眼，偏又跳進牆去，要看個水落石出，一步步地自投羅網，碰著這顆剋星，非但流年不利，簡直是劫數。滿肚皮搜索了半大，竟找不出半句應付得體的話，只好權裝聽不見。他裝啞巴，前面走的婷婷，一張嘴，卻沒法堵住她，聽她又說道：

「我也是四川去的，是奉了一位老神仙之命，才回川去的，我知道你認識這位老神仙，定然在我之先，而且我此刻請你去見一個人，和同你想商量的重大要事，都是那位老神仙吩咐我們這樣辦的。」

鐵腳板聽得大奇，忙喊道：「慢走！慢走！你且說那位老神仙是誰？」

婷婷一字一字地說：「那位老神仙便是鹿杖翁。」

鐵腳板大喊道：「怪哉！快哉！快領我見見那個人去！」

大雨以後，泥濘的山路，很不好走，夏天的陣雨，來勢雖然凶，晴得卻快，這時，腳下爛漿似的黃泥，頭上卻是火缽似的太陽。鐵腳板跟著婷婷離開了王氏宗祠，踏著爛泥路，從祠路後一條高高低低的山峽小徑走去。路徑越走越窄，進了兩面截然如削的峭壁縫，長長的兩面十幾丈的峭壁，形似夾弄，上面只露著一絲天光，走盡這條峭壁夾道，突然開朗，別有天地，奇峰列嶂圍繞之中，一片曲沼的盆地，樹木蔚秀，溪水瀠洄，部屋茅簷，自成村落，竟有點世外桃源的意味。可是在矮屋上牆內，進進出出的村民，都是囚形鵠面，身上破破爛爛的，和一群叫化一般，嘰嘰喳喳，一片口音，各處都有。

經婷婷說明原因，才知這地方叫做冷盤垔，原住村民，也有四五十戶，盡是王姓，那座王氏宗祠，也許當年冷盤垔發達時候的王姓族建祠堂。到了最近，張獻忠一路殺到此地，向興山進兵窺蜀，冷盤垔內住戶逃避一空，等得張獻忠回兵轉攻襄陽，冷盤垔原住戶回來的，只有十分之二三，卻被各處逃來的一批難民，發現這地方偏僻安全，有不少現成的空屋，大家擁進村內，鵲巢鳩占，作為避難之所。

婷婷領著鐵腳板渡過一座獨木溪橋，走入村內，茅屋矮簷下，一群老老小小的難民，趕著婷婷打招呼。有幾個泥腿小孩，伸著小手亂招亂喊：「姑姑！你父親不放心，到橋上望你好幾次了！」

婷婷一路含笑招呼，拐過一堵黃泥土牆，便見一家瓜棚底下，站著一個怪模怪樣的矮老頭兒，一張漆黑的大麻黑，禿著卸了頂的大腦門，赤足草履，身上披著一件破衫，身子靠著棚柱，手上扶著一支小松樹削就的木拐，兩眼盯著婷婷身後的鐵腳板。婷婷一見那矮老頭兒，麻雀似的跳了過去，向矮老頭耳邊說了一陣，伸手向鐵腳板亂招。鐵腳板走到眼前，婷婷笑著說：「這是我乾爹，你認識他麼？」

鐵腳板覺得這矮老頭兒面目很生，拱著手，搖著頭說：「恕我眼拙，似乎和老丈沒有會面過。」

矮老頭兒雙手舉著拐杖亂拱，滿面笑容地說：「幸會！幸會！久仰川南三俠大名。想不到在此相逢，巧極！巧極！門外非說話之地，快請進屋坐談，小老兒有事奉告。」說罷，扶著拐杖，一跛一跛地當先領路。

進了瓜棚，婷婷向鐵腳板笑道：「原來你們沒有會過面，進屋一談，便明白了。」說罷，過去扶了矮老頭兒穿過瓜棚，進了矮矮的三間茅屋中間的一重門戶，鐵腳板滿腹狐疑：「這是誰？他們和虞錦雯、鹿杖翁，又是什麼關係？」

鐵腳板一進門，中間屋內一張折腳破桌子以外，什麼東西都沒有，矮老頭兒和婷婷兩人，又領他進了左面的一間屋內。這間屋內和外面也差不多，地上用磚頭支著兩塊破板，鋪著一領草席，壁上卻掛著兩具皮囊。鐵腳板肚裡暗暗直樂：「想不到我獨步川南的一個臭要飯，現在進了叫化窩，一村子男女老少，都是叫化，其實這村裡面真真叫化子出身的，怕挑不出一個來，這兩位不知什麼路道？看情形有意扮作叫化模樣，混在難民裡面的。」

矮老頭兒和鐵腳板，同坐在離地半尺高的兩塊破板上，婷婷在矮老頭面前蹲下身去，掏出胸前黃布口袋內那顆蛇膽，從油布包內取出來，硬逼著矮老頭兒一口吞了下去。

矮老頭兒直著脖子吞了蛇膽以後，向婷婷說：「姑娘！真難為你手到擒來，姑娘！你可不要染上了蛇毒！」

婷婷笑道：「不要緊，我特地撿著大雷雨時下手，雙頭蝮雖然奇毒，卻沒法噴出毒氣來，這位助了我一臂之力，兩個蛇頭一齊重傷，更減了牠不少凶毒，你放心，我一點沒沾毒氣。你們談著，我去替你們弄點茶來解解渴。」說罷，站起身來，出屋去了。

婷婷一出屋，鐵腳板忙請教矮老頭兒姓名。

矮老頭兒嘆口氣說：「我雖久仰大名，尊駕大約還沒曉得從前華山派下，有我虞二麻子這個人，」虞二麻子話還未完，鐵腳板一聽他自報名姓，他便是在塔兒岡死裡逃生的虞二麻子，不禁跳起身來喊道：「喂！你就是北京城赫赫有名的虞大班？不瞞你說，我是從塔兒岡見著楊相公以後，從這條路回川去的，老丈的事，我略知一二，但是你為什麼不回北京去？卻走到這條路上來，又弄成這一般模樣呢？這位姑娘，又是你什麼人呢？」

鐵腳板這樣一說破，虞二麻子也吃了一驚，顫巍巍地指著他說：「你……你怎會進了塔兒岡，又見著了我們楊姑老爺？」

虞二麻子嘴上一聲「楊姑老爺」，鐵腳板莫名其妙，楊相公怎會變了他的姑老爺？事情可真怪，忙問道：「虞老先生，你且慢問我，我得先問一聲，你和楊家幾時結的親戚？」

虞二麻子原沒知道侄女虞錦雯和楊家結合的詳情，只從鹿杖翁口中得來了一點消息。鹿杖翁認定了千妥萬妥，自己義女，已由楊老太太、破山大師兩位作主，和雪衣娘共事一夫。虞二麻子也認定了這個死扣，在沙河鎮領見著楊展，常面稱姑老爺，楊展又沒解釋內情，更是千信萬信。此刻見著鐵腳板，「楊姑老爺」脫口而出，鐵腳板一追問，他還居然不疑的，說出「自己侄女虞錦雯，便是楊展第二房妻子，是由鹿杖翁破山大師和楊老太太作成的」。

鐵腳板聽得暗暗好笑，自己並沒聽到有這檔事，裡面定有可笑的誤會，但也難說，也許還沒水到渠成，這位虞老頭子，聽風當雨，便認定結成親了。一時不便說破，忙把話扯過一邊，說出自己進塔兒岡，見著楊展主僕的經過。只說奉破山大師、楊老太太之命，去迎接楊相公回川，並沒細說其中原委。虞二麻子聽得不住點頭，接著悠悠地一聲長嘆，說出自己蒙楊展救了性命，逃出塔兒岡以後的情形來。

原來虞二麻子在塔兒岡得了性命，悽悽惶惶地變成了孤身一人，王太監身落虎口，性命難保，二十萬兩銀子，非同小可，自己這樣回轉北京，官面上要在自己身上追問下落，一樣難以活命，自己多少年的威名，到老受了這樣挫折，也沒有面目再見京中的朋友和徒弟們，好在京中並無家眷，素來孤身一人，時局日非，這樣年紀何苦再去現世？不如悄悄地回轉自己家鄉，去瞧瞧自己多年不見的侄女錦雯，再作打算。

他打消了回京之意，便暗籌渡河四川的計劃。他知道從塔兒岡奔黃河渡口，距離洛陽軍營太近，無舟可渡，只好往回走，沒法子，再走餉銀改道失事被擒的那條小道。這條小道，得繞大名邊境，奔濮陽、滑州、衛輝，一路裝作商民，渡過河去。好在身邊，還帶著一點銀兩，能夠捱到荊、宜一帶水道上，再想法搭船進川。

他遠兜遠繞的進了河南，從許昌奔南陽，想走湖北襄陽、荊門一條路上，奔進川水口。

不料一到南陽，路上塞滿了官軍，奸掠兇殺，不亞於義軍。而且沿途設卡，盤詰甚嚴，再往前走，形勢嚴重，想從這條路上奔襄陽，已不可能。混在潮水一般的難民隊中，糊裡糊塗地進了伏牛山，由伏牛山穿過紫荊關。走向隕西路上，正碰著「曹操」羅汝才大股義軍，在天河口、隕陽一帶，蟻屯蜂聚，和官軍左光斗部下大戰。成萬難民，都被義軍圍住，少壯的威脅入隊，老弱的拉去當牛馬使喚。

虞二麻子仗著身上功夫，逃出兵匪交戰之區。一路受盡千辛萬苦，曉伏夜行，為的是躲避沿途兵匪騷擾。這天走到竹山相近的崔家寨，已是夜半時分，遠遠便見崔家寨內火光衝天，人聲吶喊。不用說，定有大批匪徒，攻進寨內，盡情殺掠了。他不敢再往前走，正在進退兩難之際，猛見前途，蹄聲雜遝，火把簇擁，已有一批匪徒，從這條道上，捲將過來，忙不及閃開正道，竄入道旁樹林內躲避。剛躲入林內，偷偷地向那面張望，只見一匹馬馱著一個黑衣女子，飛奔而來，後面兩匹馬，兩個凶漢，各人手上一柄長鋒斬馬刀，追得首尾相連，嘴上大喝道：「野丫頭！還往哪裡逃，乖乖地下馬受縛，有你的好處！」

當先的凶漢嘴上吆喝著，襠勁一緊，坐下馬往前一竄，惡狠狠揚刀便剁，正剁在女子身後馬屁股上。這一下，等於助女子一臂之力，因為女子的馬，被後面凶漢用刀一剁，皮綻血流，疼得拚命往前一竄，卻把鞍上女子帶出一丈多路。馬上女子柳腰一扭，一抬手，白光一閃，不知發出什暗器，後面揚刀的凶漢，竟難躲閃，猛地一聲狂吼，倒撞下馬來。原來前面女子撒手一飛刀，正中在凶漢胸口致命處所，立時廢命。等二騎的凶漢，看見同伴遭了兇手，一聲怒喝，催馬橫刀，潑風般逼近前來，一個橫刀平斬，向女子上身掃去。女子赤手空拳，無法招架。倏地一個鐙裡藏身，竟被她躲過刀鋒，趁勢棄卻自己傷馬，從馬肚下斜縱了出去。那凶漢也甩鐙下馬，舉刀便追。這當口一逃一追，已逼近了虞二麻子藏身的林口。

虞二麻子在林內，催得兩個馬上凶漢追殺馬上女子，原想暗地助那女子一下，瞧不清怎麼一回事，不敢造次。此刻女子棄馬逃入林內，後面凶漢，也要下馬窮追，虞二麻子怕被他們發現，有點藏不住身，同時瞧見道上女子的一匹傷馬，已帶傷驚奔，不知去向，還有兩個凶漢騎來的馬，仍在道上並沒走遠。心裡一動，想乘機奪匹馬，脫離是非之地，剛一動念，那女子飛奔入林，提刀追趕的漢子，也躡足伏腰，掩進林來，而且正向虞二麻子隱身的一株大樹跟前闖來。他心裡一急，伸手向懷裡一掏，摸出兩枚制錢，當金錢鏢使。一擦身，右臂一招，一聲不哼，哧！哧！那兩枚制錢向凶漢迎面襲去。

林深夜黑，追殺女子的凶漢，認定逃走的女子，是孤身一人，絕不防有人埋伏，瞪著眼只顧往前瞧，哪料到身邊樹後藏著人，距離又近，兩鏢齊中。只聽他一聲狂喊，兩眼立瞎。虞二麻子一不做，二不休，一個箭步從樹後竄出，提腿向凶漢後腰著力一踹，凶漢撒手棄刀，撲地便倒。虞二麻子飛風般撿起刀來，順手一刀，立時了帳。借把刀一擲，一聳身，竄出林去，伸手拉住一匹馬的轡繩，一躍上鞍，正想飛逃。忽然聽得林內一聲嬌喊：「老英雄！謝謝你！我們一塊兒走！」喊聲未絕，從林內飛出一條黑影。像燕子般一起一落，已縱上另外一匹馬鞍上，向身後一指說：「快走！那面追兵來了。」

虞二麻子扭腰一瞧，那面火把簇擁，蹄聲奔騰，火光影星，約有十幾個包頭纏腰，扣弓搭箭的強徒，驟馬飛追過來。羽箭破空的聲音，呼呼直響，嗤地一箭，正從耳旁飛過。時機緊迫，沒法向女子探問別的，只喝了一聲：「走！」和那女子，一先一後，風馳電掣般向來路跑下去了。

女子在先，虞二麻子在後，沒命的催著坐下的馬，向前飛奔。方向不明，路徑不熟，黑夜逃命，哪管路高路低，跟著前面女子那匹馬，一路疾馳，拐過幾座山灣，翻過一條山嶺，也不知跑了多少路，只覺後面沒有了追蹄之聲，胸頭才安定了一點，嘴上才喘了幾口氣。

前面的女子，忽地勒轠停蹄，跳下馬來，伏在地上，聽了又聽，跳起身來，笑道：「老英雄放心，強盜們追迷了路，沒有從這條路上追來，我們可以放心走了。」女子說時，身子已躍上馬背。

虞二麻子說：「姑娘！我不是此地人，是遠道路過此地，本想避開沿途兵馬，從崔家寨繞道奔竹山、房山一路，再向興山、秭歸路上搭船進川。現在這樣一陣亂跑，人地生疏，弄不清在那條道走了，姑娘如果熟悉路徑，請你指示一二，感激不淺！」

那女子說：「老英雄，你幸而碰著我，你單想從房、竹這條路上走，可不妥。房山、竹山是『曹操』羅汝才、張獻忠兩大股義軍的老巢，剛才燒掠崔家寨的強人，便是『曹操』羅汝才的部下。聽你口音，雖然一嘴京腔，還帶點本鄉川音。不瞞你說，我也不是此地人，我原籍也是川東。老英雄，你替我解了圍，我們又是同鄉，請你相信我，跟我到一個安穩處所，保你有辦法，穩穩回鄉。」

虞二麻子對於馬上女子，摸不清她是什麼路道。跟著女子瞎跑了許多路，走的已非來時之路，路徑不熟，進退兩難。心想我是個老頭兒，一身之外，沒有什麼貴重東西，權且同她去，弄清了方向路程再說。主意一定，便笑道：「姑娘這番好意，小老兒感激不淺，但是姑娘你自己剛從崔家寨逃出來，大約是奔就近親戚家去，帶著小老兒不方便吧？」

馬上女子說：「不！我不在崔家寨住家，說來話長，我們還得趕二三十里路才到地頭，老英雄跟我走吧！」

說罷，一拎馬韁，當先跑下去了。虞二麻子無可奈何，只好跟著她走，最後到了冷盤埡暫居。

鐵腳板聽聞至此，已大致明瞭虞二麻子與婷婷相識之因，便力邀二人與之一同赴楊府見虞錦雯。

第卅三章　仇兒的急報

鐵腳板、虞二麻子、婷婷三人，船到嘉定，泊在沿江碼頭上，已是日落時分。鐵腳板向虞二麻子、婷婷兩人說：「你們一老一少從這兒上岸，沒多遠便進城，進城一問楊府，便可找到，我可不能同你們一塊兒進楊府，我得神不知鬼不覺地進門，如果和你們一同進楊家，明天嘉定城內茶坊酒肆，便講開新聞了。他們絕不信楊家有個臭要飯的朋友，準會編個漫天謊，說是：『進楊家的臭要飯，決不是人』……」

虞二麻子和婷婷聽得一愣。

婷婷笑道：「不是人，是什麼？」

鐵腳板大笑道：「是神，不然怎麼叫漫天謊呢？他們定說：『楊家積善之家，楊相公在京高中武進士，楊少夫人又身懷六甲，進去的臭要飯，決不是人，定然神仙下凡來投股的，那臭要飯一進門，定然沒了蹤影，鑽到雪衣娘肚裡去了。』你說，我能吃這個虧麼？」婷婷笑得直不起腰來。

虞二麻子笑著說：「神仙什麼不會變化，偏要變個臭要飯？你是不講笑話不過日子，可是人們確是長著一對勢利眼，我們先走一步也好。」

鐵腳板把船家打發了，陪著虞二麻子、婷婷上岸。岸上是高高的一帶長堤，堤上正有一個小姑娘騎著一匹駿驢。蹄聲得得，鑾鈴鏘鏘，從南往北，飛快地跑了過來。看情形也是進城去的。三人從岸下走上長堤，驢上小姑娘飛快地向三人身邊跑過。鐵腳板眼光如電，已看出驢上小姑娘是誰。那小姑娘已跑過了一段路，忽地勒住驢韁，也扭腰回頭，嘴上「啊唷！」一聲。驢韁一帶又跑了過來。到了二人面前，翻身跳下驢背，指著鐵腳板嬌喊道：「咦！你……你不是陳師父麼……什麼時候回來的？陳師父回未得不巧了……你不知道，事情不得了，把我們少夫人快急死了，我此刻剛從烏尤寺外老太爺那兒回來，陳師父！快跟我去，我們少夫人一定有話問你……這兩位是？……」這位小姑娘一張小嘴，百靈鳥似地咭咭呱呱，說得沒頭沒尾，蘋果似的小臉蛋，還顯出焦急之色，恨不得伸手拉著鐵腳板就走。虞二麻子、婷婷兩人，在一旁瞧得莫名其妙。

鐵腳板卻從容不迫地笑道：「小蘋！瞧你急得這個樣子——算算日子，你們少夫人十月懷胎，還沒滿呀！這可不是性急的事，如果肚子裡有點不安穩。我不是接生婆，你到烏尤寺請老和尚也沒用……」

小蘋被他嘔得咬牙跺腳地說：「陳師父！你和我開什麼玩笑。你知道什麼？我家虞小姐悄沒聲地溜掉了，我家相公好容易回家來了，聽說從陝西旱道回來的，可沒到家，不知怎麼一來，仇兒和相公失散了。還有多少奇奇怪怪說不清的事，不得了，吉凶難卜，請你快跟我走吧！」

鐵腳板聽得吃了一驚，忙說：「此地不是談話之所。小蘋！你快領這兩位先回家去，這位是虞小姐的伯父，這位婷婷姑娘，也是虞小姐的幼年同伴，你快領他們家去，我一忽兒就到，從你們後花園進去，一切事，見了你們少夫人再說，你們一塊兒走吧！」

小蘋嘴上說的：「虞小姐，悄沒聲地溜掉了。」聽著好像女飛衛虞錦雯，自己不願在楊家留戀下去，才悄悄走掉的。其實不是這麼一回事，其中藏著複雜微妙的內情，這內情，楊家上上下下，除出楊老太太、雪衣娘婆媳兩人以外，只有小蘋略微明白一點表面，其餘便莫名其妙了。而且虞錦雯離開楊家，還是最近幾天的事，她走了兩天以後，楊家突然得到楊展從陝西旱道返川，中途出事的意外消息，把雪衣娘急得坐立不安，一面派人追趕虞錦雯，一面請破山大師召集僧俠七寶和尚、賈俠余飛等，商量機密。這檔事發生，便在鐵腳板到嘉定的前一天。

從楊展春初上京會試，直到由陝返川，已是夏末，算日子，離家已半載有餘。在這半年之中，楊老太太盼望兒子，雪衣娘懸念丈夫，自不必說。便是以義女的身分，寄身楊家的女飛衛虞錦雯，暗地裡也何嘗不盼望著楊展早日榮歸，盼到泥金捷報到門，楊展高中第三名武進士，欣賞參將職銜的喜訊，傳遍嘉定城，楊老太太盼得兒子成名，當然笑口常開，喜集門楣，滿城親友，鬧嚷嚷慶賀一番以後，一家上下，便只盼這位進士公榮歸的家報。

無奈一天一天地過去，楊展的平安家報，魚雁杳沉，連一個便人捎來的口信僅無。這不是楊展忘記了家，他在中式以後，原派兩個長隨，帶著親筆詳信，先行返川，向慈母嬌妻報喜，哪知道這兩位長隨，一直沒有回到嘉定，是否在途中遇險，生死難明。或者荊、襄道阻，到現在還停滯中途，都已沒法考查。可是楊老太太和雪衣娘，不知楊展已派兩個長隨返川，當然心頭焦慮，盼望彌切。

過了不多日子，謠言蜂起，下江義軍縱橫荊、楚、潼關內外，烽火連天，張獻忠窺覷川蜀等等風聲，從下江傳到上江，川北傳到川南。楊老太太頭一個急得求神拜佛，保佑兒子平安。雪衣娘更急得常常向烏尤寺進香，她不是拜佛，是借拜佛為名，去求她父親破山大師探聽丈夫消息。照她暗地想的主意，便要單槍匹馬，萬里尋夫，無奈低頭看看自己肚皮，已經懷孕六個多月，一天比一天往外鼓，身體上也起了變化，實在不便長行。事實上，也沒法丟下楊老太太，如果自己再一走，楊老太太非急出病來不可。

幸而這當口，川南三俠動了保衛桑梓的雄心，鐵腳板赤腳長征，去接楊展回川。鐵腳板這一走，楊老太太和雪衣娘兩顆心，也跟著鐵腳板兩條泥腿走了。每天非但盼望楊展平安回家，還盼望著鐵腳板一路順風地迎著楊展，攜手同歸。再不然，鐵腳板神通廣大，也得有個消息到來。哪知道鐵腳板走後不多日子，下江風聲越來越緊，一忽兒謠傳張獻忠前鋒，已攻下秭歸，直如夔門，一忽兒傳說漢中也有一股義軍，從米倉山殺進川東，已到巴峪關。

又亂傳某處某處張貼著張獻忠進蜀的檄文，某處某處有接應張獻忠的伏兵。謠言百出，人心惶惶，非但全蜀百姓，心驚膽寒，已如大禍臨頭，便是蜀中幾位宗室和守土的大員們，也手忙腳亂，不知如何是好。

這樣不祥消息，傳到了雪衣娘、女飛衛兩人耳朵內，也不由得暗暗驚心。暗地裡兩人竊竊私談，還不敢使老太太知道。雪衣娘說：「雯姊！我的雯姊。小妹如果能夠把心掏出來，早已掏出來給你瞧了。你只當可憐我這妹子吧，玉哥如果再不回來，老太太非急出病來不可。往大處說，川南三俠，還天天盼望他回來，作個領袖，保衛家鄉哩。雯姊！小妹既然難以出門，雯姊情同手足，替妹子到陝、川交界上探他一探，非但妹子感激一輩子，老太太也要感激一輩子的。不過，老太太也未必讓雯姊單身遠走的。」

虞錦雯嘆口氣說：「瑤妹！不瞞你說，我身在此地，心裡老惦著我的義父，他老人家這樣高年，在這兵荒馬亂當口，走得不知去向，我一樣地不安心呀。偏逢著這位情深義重的老太太，待自己如親生兒女，也不過如是，還有你們兩位這樣深情，我屢次想走，畢竟沒法出口。現在老太太盼子心切，你又懷著身孕，我不自告奮勇，便是沒良心的人了。我此去一面探尋玉弟消息，一面也探尋我義父蹤跡。好在這條路上，你們有運鎖鹽塊的夥友來往，好歹我可以託人捎回信來。咱們一言為定，你千萬不要亂動，我準定明天便走，老太太面前，我自有法和她說的。」

雪衣娘拉著虞錦雯的手，叮嚀再三地說：「雯姊！我先謝謝你，可有一樣，你在半路裡，碰著玉哥的話，可得和他一同回家來，鹿老前輩行蹤不定，知道他在南在北？決不能踏遍天涯地去找他。姊姊！我們雖然不是普通女子，倒底是女孩子，姊姊說我胡鬧，你自己可不許犯糊塗，無論如何，碰著了玉哥，或者得著他消息，婉姊得馬上回來。如果回來了一位，又走掉了一位，可坑死我了，我們老太太也一樣要急壞的。」

虞錦雯笑著說：「好罷！我怎能不回來，我還捨不得你這位好妹子哩！事不宜遲，我此刻便和老太太商量去。」說罷，便自走了。雪衣娘在她出房以後，暗自點點頭說：「但求天從人願，她這一去，非但碰著我玉郎，一同平安回家，也許她這一去，促成了老太太娥、英並美的私願。」

原來雪衣娘和虞錦雯說的一番話，並非真個自己要不顧一切，去尋丈夫，實在是個激將計。一半自己思念丈夫，想虞錦雯代替自己打探消息，一半也想虞錦雯和自己丈夫半途相逢，同行同止，也許可以達到自己一番心願。因為老太太這檔心願，始終沒有放下，楊展中進士捷報到後，楊老太太暗地和她舊事重提，有時當著虞錦雯面前，話裡話外，也有點露骨。冷眼觀察虞錦雯，似乎沒有不樂意的表示。暗想自己丈夫將來飛黃騰達，虞錦雯也是一條好臂膀，看老太太意思，遲早要促成這段姻緣，自己何樂而不兩全其美。這幾個月來，早夕和虞錦雯相處，彼此交情，有增無減，確也情投意合，捨不得彼此分離。暗地思維了多日，決計想法促成其事。這次自己掛念丈夫安危，故意在虞錦雯面前施展激將法，也算得一計兩用，煞費苦心。

在虞錦雯方面，心裡也起了微妙複雜的作用。她自從義父鹿杖翁一走，跟著楊老太太由成都回嘉定，她眼瞧著雪衣娘、楊展花團錦簇的成婚，心裡似酸非酸，似辣非辣，沒法說的一種滋味。楊老太太和楊展夫婦越待她情深誼厚，她越覺得心裡委屈。不過這種委屈，實在沒有理由可說，連自己也覺得受著人家這樣情誼，還抱委屈，實在不對。無奈這種沒來由的委屈，還是常常兜上心頭。

楊展出門進京以後，自己義父絕無消息。光陰飛快，瞬已半載，雖然在楊老太太百般愛憐之下，心裡時時感覺空虛，時時想到自己在楊家這樣飄浮著不是事，屢次想遠走高飛，心裡卻總決定不下。

日子一久，楊老太太不留神，話裡帶出話來，楊家丫環使女們，人前人後，瞎揣瞎指，又透漏出一點消息來，聽在虞錦雯耳內，疑假疑真，似愁似喜，又惹她柔腸百折，萬種思量。雖然還常想遠走高飛，卻敵不過感念楊老太太情深恩重了。

直到外面謠言四起，楊老太太盼子，雪衣娘盼夫，一家上上下下，弄得眉頭不展，茶飯無心，她也沒有例外，一樣地盼著楊展早早地平安返鄉。忽然雪衣娘在她面前說出獨身尋夫的話，她便覺得這是義不容辭的時候了，這才自告奮勇，代替雪衣娘去跑一趟。明知自己義父鹿杖翁，是沒法尋找的，也得把這個題目，說在先頭。

她自己琢磨著，覺得這一舉動，是光明正大的俠腸義膽，在楊家一門中，除出她自告奮勇，義不容辭以外，無第二個人能辦這檔事。上自楊老太太，下至丫環使女，除出感激以外，不能說出第二句話來。只希望此次走沒多遠，迎頭便碰著楊展，平平安安地接他回家。但是她一想到半路上碰著了楊展以後，還是一塊兒聯轡而回呢，還是真個從此遠走高飛，走遍天涯去尋義父鹿杖翁呢？這一層越想越委決不下，想下去，又覺委屈似的，只好暫時不作決定，尋著了楊展，再看事行事的了。

楊老太太，對於虞錦雯自告奮勇，去一路探訪楊展歸蹤，又高興，又犯愁。自己兒子，消息杳沉，能夠有個親信有本領的人去探訪，當然是好，可是虞錦雯也是位如花似玉的大閨女，讓她一人獨行，實在不放心，但是除出她還有誰能夠走一趟呢？隨便差一個沒本領的人，一點用處沒有，在這局面之下。只好讓她走了。楊老太太千叮嚀、萬叮嚀的送走了虞錦雯，沒有第二件事可做，只在她手上一串念佛珠，佛堂內一尊觀世音，早晚燒香念佛，保佑兒子平安回來，又保佑虞錦雯碰著自己兒子，快去快回。

虞錦雯一走，雪衣娘便把自己兩全其美的一點意思，和楊老太太悄悄一說，又樂得楊老太太不住口地說：「我的好孩子！你真是我賢德的好孩子，知道娘的心，我有了你們姊妹似的兩房賢惠媳婦，在我面前孝敬著我，娘真要樂死了，但願我玉兒早早平安回來，聽了你的勸，不發左性，早點如了我的心願才好。」

虞錦雯走後第三天午後，雪衣娘正陪著楊老太太談話，忽然外面管事的老家人進來稟見，說是：「成都鹽棧派夥友星夜趕來，有要事面稟少夫人。」

楊老太太聽得奇怪，便吩咐管事的說：「你去領那夥友進來，難道虞小姐到了成都，便得著消息了？沒有這麼快呀！」

管事的領命出去，把成都夥友引進了中堂。那夥友本想避開老太太，獨見少夫人，為的是怕老太太受驚嚇。不想一進中堂，老少兩位女主都在一塊兒，行禮以後，趕忙先報喜信：「老太太！大喜，大喜，我們相公高中榮歸，從陝西、漢中走棧道回鄉，已到劍閣了！」

老太太和雪衣娘大喜之下，忙問：「你怎的知道？你見著相公沒有？」

夥友說：「在下是成都聯號，派到梓潼到廣元一條路上去的，沿途運銷事畢，收齊帳目，從廣元、昭化回來，走到劍門，無意中碰著了相公貼身小管家戴仇兒，這才知道我們相公回來了。」

雪衣娘急問道：「你既然見著了仇兒，當然也見著了相公，怎地他們還沒到家？」夥友在女東家面前，沒法使眼色、歪嘴巴，急得抓耳摸腮，沒法子才從貼身掏出一張摺疊得小小的字條，恭恭敬敬的雙手送與雪衣娘，嘴上說：「在下沒有見著我家相公，這是仇兒草草寫成的字條，囑咐我不分晝夜，趕到嘉定，面呈少夫人的，請少夫人一看便知。」

楊老太人一聽，便知其中有事，便說：「這是怎麼一回事？瑤霜你快瞧瞧仇兒寫的什麼？」其實雪衣娘比老太太還急，早料夥友在劍門，見僕不見主，定出事故，忙不迭把字條舒開，只見上面潦潦草草，一筆淡，一筆濃，字不成字，行不成行，不逐字細看，簡直認不大清。她知道仇兒從小跟著鐵拐婆婆，沒有好好兒念幾年書，能夠寫成一張字條，已是不易了，忙一字一字地細認下去，才看清上面寫著：

「主母容稟：傻爺結傻友，二傻闖窮禍，害得我主僕失散，快請三俠趕來接應，遍地有黃龍賊黨們作祟，仇兒急煞了，尋不著我主人，沒臉見主母了！劍門仇兒飛稟。」

雪衣娘瞧得心驚肉跳，要命的是仇兒信內，瞧不出怎麼一回事來。二傻是誰？闖的什麼禍？主僕怎會失散？仇兒肚裡沒有多少墨水，不能怨他寫得不清楚，而且從歪歪斜斜，濃濃淡淡的字跡上，可以看出仇兒是手忙腳亂寫的，可見他急得了不得，事情定然很凶險，照說不能給老太太知道，可是老太太是認識字的，事情又當著面，想掩飾一下都沒法。

楊老太太一回頭，瞧見雪衣娘柳眉深鎖，面色有異，急問：「仇兒寫的什麼？拿來我瞧！」

雪衣娘忙說：「仇兒這孩子，沒認識多少字，字也寫得看不清。娘！眼花，一發認不清，我把字條上的意思說與娘聽吧，字條上大概是這樣說，他們已經到了劍閣。玉哥在路上從識了兩個朋友，大約這兩個朋友闖了點禍，玉哥為了這兩個朋友的事，離開了仇兒，仇兒人地生疏，一時找不著主人，急壞了，怕娘責備他，先托夥友送個信來，字果然看不清，話又說得沒頭沒腦，大約沒有什麼了不得的事，一半天，他們主僕也快到了。」

雪衣娘怕老太太受驚，把字條上凶險的字眼，都去掉了，便覺平和得多。老太太雖然信以為真，沒索字條瞧，心裡一樣焦急，嘴上說：「哦！玉兒心腸是熱的，為了朋友的事，仗著自己有點本領，排難解紛，原也難免的，仇兒這孩子，怎會找不著主人呢？他們既然到了劍門，本鄉本土，比較兵荒馬亂的在外鄉，總好一點，不過為什麼失散的呢？」

老太太居然往寬處想，卻又問那夥友道：「大前天，我們虞小姐上成都去了。你們碰著她麼？」

夥友說：「老太太，在下在劍門碰上了仇兒。回到成都，便搭船趕來，和虞小姐一來一去，不會碰上頭的。」

老太太說：「你快回成都去，馬上再派聯號兩位妥當的人，向劍門一路迎上去，把玉哥兒主僕接回來，最好能夠碰著虞小姐，也通知她一聲，和玉哥一塊兒早早回家，你費心替我趕一程吧。」

夥計領命退出。雪衣娘卻急得了不得，在老太太面前，敷衍了一陣，始終沒把字條讓老太太過目，急急回到自己房內，暗想主意。虞錦雯已走，沒人可以商量，和小蘋一說，小蘋出主意，說是：「這事非川南三俠出馬不可，鐵腳板還沒回來，七寶和尚和余飛，烏尤寺外老太爺定能找得到。」

雪衣娘被她一語提醒，一看窗外日色，已經西斜，急忙抽毫揮翰，寫了一封簡信，把仇兒字條附在裡面，吩咐小蘋帶著這封信，騎著家養俊驢，悄悄從花園後門出去，趕奔南門外烏尤寺求見外老太爺破山大師，面呈書信，立等回渝。這樣，小蘋奉命而去，從烏尤寺取得破山大師回諭，趕回家時，湊巧在城外碰著了剛剛上岸的鐵腳板、虞二麻子、婷婷三人。小蘋不料會上了鐵腳板，喜出望外。恨不得馬上把鐵腳板拉到雪衣娘主母面前，可算奇功一件。可是鐵腳板不願和她們同行，於是小蘋領著虞二麻子和婷婷先回楊家。

小蘋在雪衣娘和虞錦雯談話時，也聽過虞錦雯說起北京有位當官差的伯父。想不到會突然在嘉定出現，還帶著一位貌美腳大的姑娘。她一手牽著黑驢，領著一老一少住城內走，一面不斷地打量婷婷。

虞二麻子邊走邊向她問：「姑娘！聽你說，我們姑老爺還沒到家，我們侄姑奶奶也出門了，我們這樣去見親家太太，太沒禮貌了！姑娘！聽你隨上稱著『虞小姐』，你是我侄女身邊的麼？」

小蘋起初聽他滿嘴姑老爺姑奶奶的稱呼，有點發愣，心裡一轉，便明白了幾分，暗暗直樂，不便點破，笑著說：「老先生，你在京裡，碰著我們相公麼？」

虞二麻子說：「怎麼不碰著呢。非但碰著了我們姑老爺，還碰著了鹿杖翁，我不碰著姑老爺，我這老頭子便不回到家鄉了，回頭見著我們親家太太，我的話多著呢。」

小蘋明知這老頭兒回來得古怪，偏又會和鐵腳板在一起，其中定然有事，暗地一琢磨，忙說；「老先生，我叫小蘋，伺候我們少夫人的，我們少夫人，便是外面稱為雪衣娘的一位。和虞小姐情投意合，彼此不分，勝似骨肉。老先生！你不知道，我們少夫人得到相公回川，已到劍門的消息，可又不知為了什麼，主僕失散了，其中定有凶險的事。這消息不能讓我們老太太知道，免得老太太急壞了身子，此刻我是奉少夫人之命，出來辦事，也是悄悄地從後花園出來的。依我說，老先生和這位姑娘，暫時避開一點，先跟我進後門，見見我們少夫人再說。老太太盼子情切，早夜燒香念佛，帶點凶險的事，總是避開了老太太的耳目，這也是少夫人一點孝心。

「老先生！你見著我們少夫人，和見著你侄小姐是一樣的，她們兩位親上加親，和同胞姊妹一般，老先生，前面石獅子大牆外，便是楊府，請兩位跟我繞後門進去吧。」虞二麻子聽她口齒伶俐，說話婉轉，便說：「也好！請你領我們去好了！」

小蘋把虞二麻子、婷婷兩人領進了後門，天色已黑下來，屋內已掌燈了。一進門，在花園內，碰見了獨臂婆。小蘋和獨臂婆悄悄一說，囑咐獨臂婆，領兩人先到靠近內宅一所精緻內客堂坐候。自己飛也似地向雪衣娘報告去了。

雪衣娘驟然聽到鐵腳板已經回來。而且還有虞錦雯的伯父和一位姑娘到來。驚喜之下，忙不及吩咐廚房安排款待酒食。一面又囑咐下人們，暫先瞞著老太太，等自己探聽明白以後，再行稟報。安排妥貼，才和小蘋到了後面，和虞二麻子、婷婷相見。雪衣娘對於虞二麻子，依禮拜見，口稱「伯父」，對於婷婷也問長問短，顯得非常親熱。一陣周旋以後，虞二麻子忙不及把自己出京經過，和楊展身入盜窟，救他一命的情形，一五一十地說了出來。

最後又說到鹿杖翁隱身賊營，和婷婷先行回川，路遇鐵腳板，結伴同行的經過。他說得非常詳細，連楊展在武闈得寶馬，京城鬧血案，都說得一字不遺。幸而楊展在塔兒岡內一段離奇經過，他毫不知情，沒有漏出來。

饒是這樣，雪衣娘聽得自己丈夫在北道上，經過了這許多驚奇故事，一個勁兒問他：「齊寡婦怎樣的一個人？伯父見過她沒有？外子和她並沒認識，怎能替伯父說情？」

虞二麻子也是老江湖，一聽雪衣娘問得緊，才明白自己嘴上說得太急，這位少夫人面前，有點避諱，忙說：「我沒見著齊寡婦。我們姑老爺多大能耐，藝壓當場，怕她們不乖乖地聽他吩咐當真，我們侄女怎的沒等姑老爺回來，便獨自出了門呢，為什麼走的呢？上那兒去的呢？偏不湊巧，我們到此偏沒碰著她。剛才這位小蘋姑娘說，我們姑老爺到了劍門，和仇兒失散了，究竟是怎樣的情形呢？」

雪衣娘聽他一口一個姑老爺，非常刺耳，定又是鹿杖翁在他面前，說得活靈活現，當作真有其事了，這樣半空裡飄的侄姑老爺，敞著口喊個不停，被下人們聽到，定然當笑話講，將來雯姊知道了，也不是事，初見之下，又不便細細解說，正在心口相商，略一遲疑當口，門外哈哈一笑，神不知鬼不覺地闖進了鐵腳板。

也不知他從那兒進身，尋到這屋子來的，一進門，便向雪衣娘笑道：「姑奶奶，臭要飯這趟萬里迢迢可不易呀！虎落平陽受犬戲，蛟龍離水被蝦欺，足足打掉我三千年道行，連我命根子，一條討飯棒都掉在黃河裡了。你說，為的是誰呀？為的是姑奶奶你呀！好容易把我們新貴人進士公、欽賜參將前程、外加靖寇將軍旗號的一位姑爺請回來了，奇功一件，姑奶奶定有上賞？」說罷，哈哈大笑。

剛才虞二麻子一口一個姑老爺，雪衣娘聽著刺耳。此刻鐵腳板嘴上的姑老爺，卻聽著覺得受用。抿著嘴笑道：「不用忙，早已吩咐廚下，預備著接風洗塵的筵席，但是你誇了半天響嘴，人呢？人還沒到家呀！」

鐵腳板脖子一縮，舌頭一吐，扮著鬼臉向虞二麻子笑道：「老先生，你聽聽，我們路上過五關、斬六將、出死人生，差點把我臭要飯一身臭骨，葬在千軍萬馬之中，還討不了姑奶奶一個好來，這差使真不易呀！」

虞二麻子笑道：「這也是真話，陳師父這一趟真不易。」

雪衣娘笑道：「虞伯父！你不知道，這位鼎鼎大名的丐俠，不講笑話不過日子……咱們說正經的。」說罷，從身上掏出仇兒寫的那張字條，送與鐵腳板過目，說道：「這是仇兒在劍門碰上了我家收帳的夥友，才送回家來的，剛才我派小蘋送到我父親那兒討主意，我父親看得平淡無奇，在上面只批了『放心』兩個字，真叫人哭不得，笑不得，他老人家現在面壁功深，不問世事，連自己女兒都不管了。」

鐵腳板把仇兒字條，略微一瞧，隨手還了雪衣娘，笑道：「姑奶奶，你莫急，剛才叫小蘋領著虞老先生兩位先到尊府，我甩開兩隻臭腳，便奔了烏尤寺，早已領了破山大師法諭，已派幾個同道，連夜趕奔成都，分頭知會藥材販子、狗肉和尚、矮純陽幾個寶貨，設法向梓潼、劍閣一路，探查姑老爺行蹤。現在姑老爺，是我們龍頭，龍爪龍尾和龍頭是分不開的，姑奶奶！你望安，臭要飯千里迢迢，回到家鄉，沒有缺臂少腿，天大的事，也有法想了。姑奶奶有什麼軍國大事，且放在一邊，現在可得先救臭要飯一條命，飽人不知餓人飢，臭要飯肚皮餓癟，已不得了，酒蟲偏又在嗓眼裡打群架，實在受不了！」

雪衣娘笑著，忙命小蘋到廚房催擺筵席。一面卻向鐵腳板探問他楊展深入塔兒岡、和齊寡婦打交道的細情。鐵腳板雖然到處裝瘋賣傻，性好詼諧，遇到有關出入的地方，不論大小事情，他卻機智絕倫，一絲不亂。雪衣娘一打聽齊寡婦的情形，他肚內雪亮，如果實話實說，楊大相公回家來時，苦頭定然不小，急忙口上戒嚴，撿著好聽的說，而且說得有板有眼，一絲不亂，簡直無懈可擊。其實他在塔兒岡，僅僅只留了一夜功夫，察言觀色，舉一反三，早瞧出風流小寡婦和美丈夫的楊大相公，裡面大有說處，身落虎口的虞二麻子，居然能夠三言兩語，逃出命來。這裡面便可看出機關，否則，哪有這樣容易的事。

小蘋指揮下人們，在內客堂擺起一桌盛筵，美酒珍餚，流水獻上。可笑虞二麻子以新親自居，還要謙讓再三。鐵腳板滿不理會，早已虎踞高座，酒到杯乾。雪衣娘拉著婷婷貼身就座，自己親自相陪，殷殷勸酒。酒過三巡，雪衣娘在三人嘴上，已探出楊展在京的大概情形，便盈盈起立，向三人告罪，說是：「三位到來，上面老太太還沒知情，因為怕老太太聽得外子一路凶險情事，難免受嚇擔驚，故而先和諸位見面。此刻趁老太太還沒安睡，理應去稟報一聲，尤其虞伯父和婷婷姑娘，初次光降，老太太也許要出來面談，回頭如果老太太出來，諸位口頭還得留神一點，撿著可說的說。」說罷，便要走向內室。

鐵腳板一看雪衣娘要去請老太太，忙不及雙手亂搖，喊著：「慢來！慢來！我的姑奶奶，我剛喝得滋滋有味，老太太一到，還讓我喝不喝？我這一身臭要飯的鬼相，不用說老太太瞧著堵心，連我自己也覺得八下裡不合式，姑奶奶諒你還記得，你大喜日子，我們三塊臭料，躲在後花園吃喝得海晏河清，沒到老太太面前，叩頭賀喜，此刻如果你把老太太請來，他們兩位，認親認眷，有說有道，我臭要飯夾在裡面，算那棵蔥？姑奶奶！你行好，饒了我罷！說實了，我實在捨不得這桌美酒佳餚，否則，我便溜之乎也。」

雪衣娘笑道：「你是沒話找話，我可不是嫌窮的人，你千里迢迢的找外子去，我娘還早晚叨念著，感激不盡呢，出來見見何妨，一聽你到，娘還非出來不可，想當面謝謝你呢！」

鐵腳板笑道：「姑奶奶！你且安坐，聽我說剛才我說的是笑話，可是笑話裡面有文章，你不是怕老太太聽著我們講話，擔驚受嚇嗎？如我本想肚子治飽，酒蟲往下，再和你說軍國大事，現在被你姑奶奶一逼，天生窮命，沒法吃頓安心飯，這有什麼辦法！」

雪衣娘笑道：「誰不讓你安心吃喝呢？一面喝，一面說，也礙不了什麼事呀！」

鐵腳板幾句話，把雪衣娘留住，暫不進內去請老太太，他卻安心大吃大喝。吃喝得差不多了，才說道：「姑奶奶，臭要飯兩條臭腿，剛從千山萬水，掙著命似地跑回來，滿心想找個叫化窩，睡幾宿安穩覺，養養精神，哪知道命中註定我一對鐵腳板，沒福氣安定一忽兒，剛在城外上岸，便碰著小蘋急急風地一報，不由我不腳板打屁股，急急風地跑到烏尤寺，你們外老太爺破山大師，和我一說仇兒字條內沒頭沒腦幾句話。破山大師雖然在字條上批了『放心』兩個字，這是他老人家怕這兒老太太和姑奶奶愁急，才下了兩個字的安心藥，其實他自己一手訓練出來的姑老爺，哪會不關心。一見我狗癲瘋般跑進山門，馬上吩咐我：『劍門接近川東，小婿主僕失散，仇兒字條雖沒寫出細情，已可看出那條路上，定有黃龍賊黨作祟。說不定已和小婿為難，沿途攔截，想報前仇。也許賊黨一心勾結亂軍，怕小婿回鄉，和你們聯合一氣，壓制賊黨們野心。發生阻礙，不外乎這樣情形，現在你們川南三俠，得火速想法打接應。再說，虞小姐孤身已向這條路上趕去，也頗可慮。』大佛似的老方丈這麼一說，姑奶奶你想，我還能安心在嘉定睡覺麼？」

雪衣娘一聽，急得站了起來，睜圓了一對杏眼，嘆口氣說：「我也料定他碰上黃龍這般賊黨了，怎麼好呢？雙拳難敵四手，他強煞是單槍匹馬呀！」

虞二麻子也說：「此刻老太太不在這兒，我們隨便說著不妨事。姑老爺如果在那條路上，真個被賊黨們困住了，救兵如救火，我們可不能待在嘉定了。我雖然老朽無能，我也得趕往前去湊個數。婷婷姑娘惦記著我侄女錦雯，她是金鷲姆姆的傳人，輕功更出色，也得前往。幫手不怕多，我說，陳爺！咱們得趕快想法打接應！」

鐵腳板向虞二麻子瞧了一眼，提起酒壺替他滿滿地斟了一杯，笑道：「我的親家老爺！你且安心喝了這杯會親酒，聽我說。」雪衣娘聽他喊親家老爺，忍不住別過頭去暗樂，暗罵鐵腳板：「缺德！」驀地計上心來，拉著婷婷，在她耳邊悄悄地說了一陣。

雪衣娘暗地說的是：「老太太確已作主，將來錦雯姊姊和自己共事一夫，事情不久成熟，不過得等外子回來，才能正式辦事，現在親眷們和家中上下，還沒知道這樁事的內情，替錦雯姊姊著想，還是隱瞞一點的好。」婷婷一聽這幾句要言不煩的話，便明白了，這位虞老頭子滿嘴「姑老爺」，非鬧成笑話不可，如果被虞錦雯知道，真難為情，非恨死這位伯父大爺不可，也許這檔好事，還被這位伯父大爺鬧決撒了。忙向雪衣娘暗暗點頭，附耳說明：「自己得便暗地知會虞老頭子，叫他把這『姑老爺』三字，先藏一藏。」

雪衣娘和婷婷私談當口，鐵腳板和虞二麻子對乾了那杯會親酒，忽地一扮鬼臉，向雪衣娘笑說：「兩位咬完了耳朵沒有？」

雪衣娘笑道：「你不用管我們咬耳朵，我正等著你酒蟲掉頭，說正經話呢！」

鐵腳板忽地面色一整，向婷婷說道：「姑娘！你既然和女飛衛虞小姐有交情，姑娘胸襟，又勝似男子，我們斗膽，要請姑娘替我們四川幾千萬生靈出點力。」

婷婷看他一本正經地說得鄭重，便昂然說道：「陳師父，有話只管吩咐，鹿老前輩叫我回川，原預備跟著諸位義士，效點微勞，只要辦得了的事，沒有不遵命而行。」

鐵腳板說：「姑娘言重，我想請姑娘依然掩飾本來面目，臉上用藥擦成以前在神策營時一般，和我們同到成都，再行分手。分手以後，姑娘假裝負著神策營使命，去見黃龍這般賊黨。姑娘剛到嘉定，又是恢復本來面目上岸的，料想賊黨們絕不疑惑姑娘和我們有關。黃龍等見著姑娘，是神策營派來的人，定然遠接高迎，姑娘便可隨機應變，窺探賊黨一切動靜，隨時可以假借一種理由，脫離賊黨，飄然遠行。

「我不必細說，姑娘便可明白這裡面用處很大，姑娘這一去，從賊黨裡面，非但可以探出賊黨們是否沿途攔截回川的楊相公，或者和單身前往的虞小姐為難。還可以替我們探清賊黨們最近的舉動，將來在我們力圖保衛家鄉的一樁大事上，得益匪淺。我們也不願姑娘長留賊巢，日子一久，也許要露出馬腳來，我們另外還得挑選幾位同道，暗隨姑娘，潛身賊巢近處。萬一姑娘感覺孤掌難鳴，需要同道幫助，暗通消息之處，便可隨時和他們接頭辦理。」

婷婷說：「一切聽陳師父吩咐行事，我多年不見面的雯姊，已經走了兩三天，事不宜遲，我得趕快就走。」

鐵腳板說：「姑娘且自安心，橫豎今夜來不及動身，我已派人雇好妥當快船，明早我還有幾位同道和我陪著姑娘同赴成都。」說罷，又向雪衣娘說：「狗肉和尚和藥材販子兩人，據此地同道們說均在成都，矮純陽是在沱江一帶出沒的，剛才我和破山大師見面以後，立時派遣得力同道，連夜起早出發，分頭知會他們，各人挑選得力同道，立時向梓潼、劍閣一條道上消去。我相信狗肉和尚一般寶貨，他們耳目靈通，平時原派著精細同道，在黃龍賊巢一帶，暗探動靜，楊相公從那條道上回川，不論中途出事，狗肉和尚們，定比我們先得消息。賊黨如有動作，也許早已趕往接應。現在算他們是第一撥的接應人馬，我們是第二撥的接應人馬。我相信我們龍頭——楊大相公本領驚人，他身邊還有仇兒以及那位傻曹爺和新婚燕爾的劉大奶奶三姑娘，都有幾下子，黃龍等這般賊坯，未必敢虎口捋毛。便是單槍匹馬趕去迎接的女飛衛，也是非同尋常的女英雄，碰著賊黨，足夠對付一起，不必過分擔憂。」

虞二麻子說：「久仰陳師父，英名遠揚，是邛崍派的龍頭，手下袍哥們到處都有，自然聲氣廣通，容易辦事。但願我姑老爺和我侄女仰仗大力，平安無事。我明天也得跟陳師父一同前在，湊個數，讓我也會會本鄉本土的高人。」

鐵腳板笑說：「虞老前輩吃了蛇膽，病體剛剛復原，依我說，你可不必勞動了，且在這兒高樓大廈，安息幾天，聽我們消息。我們這位姑奶奶，身上有喜，不比往時可以動槍搶劍，令侄女虞錦雯又走了，楊府上也得有人守護，老前輩千萬不要動了。」

雪衣娘也說：「虞伯父多年沒回家鄉來，一切情形，多半隔膜，這麼遠道回來，路上受了許多辛苦，務必在舍下靜養一下。萬一老前輩一走，雯姊回來了呢？再說，今晚沒通知老太太，明天老太太知道了，難得要和虞伯父見面，談談北方情形，有虞伯父在這兒，和老太太談談外面的故事，我們老太太盼子的心腸，也可寬解一點，如果虞伯父再一走，老太太便要責備我不是了。」

虞二麻子一聽說得很懇切，便沒法再說別的了。

於是大家按照鐵腳板的主意，決定了一切。鐵腳板走後，雪衣娘替虞二麻子安排好寢宿之所，吩咐下人們好好照料。然後拉著婷婷回到自己房內，暢談一切。一面替婷婷預備改頭換面的應用藥品，和出門的應用東西。

婷婷碰著這位嬌艷如花、溫情厚待的雪衣娘，大有相見恨晚之慨。兩人談談武功和張獻忠同夥的古怪事情，講得非常投機。雪衣娘派人打聽得老太太已經安睡，索性明天，再說明一切。第二天婷婷離了楊家，和鐵腳板等幾個同道，同赴成都，然後分道揚鑣，按計行事。鐵腳板等也奔赴劍閣一帶，暗探楊展和虞錦雯等人的行蹤去了。

《七殺碑》原刊本至此告一段落

近代武俠經典復刻版

七殺碑（下）

作者：朱貞木
發行人：陳曉林
出版所：風雲時代出版股份有限公司
地址：10576台北市民生東路五段178號7樓之3
電話：(02) 2756-0949
傳真：(02) 2765-3799
執行主編：劉宇青
美術設計：吳宗潔
業務總監：張瑋鳳

出版日期：2024年5月
ISBN：978-626-7369-73-9
風雲書網：http://www.eastbooks.com.tw
官方部落格：http://eastbooks.pixnet.net/blog
Facebook：http://www.facebook.com/h7560949
E-mail：h7560949@ms15.hinet.net
劃撥帳號：12043291
戶名：風雲時代出版股份有限公司

風雲發行所：33373桃園市龜山區公西村2鄰復興街304巷96號
電話：(03) 318-1378
傳真：(03) 318-1378
法律顧問：永然法律事務所 李永然律師
　　　　　北辰著作權事務所 蕭雄淋律師

行政院新聞局局版台業字第3595號 營利事業統一編號22759935

定價：320元

國家圖書館出版品預行編目資料

七殺碑 / 朱貞木著. -- 臺北市：風雲時代出版股份有限公司, 2024.04
　冊；　公分

ISBN 978-626-7369-73-9 (下冊：平裝). --

857.9　　　　113001005